삼국지 9

출사(出師)

삼국지 9
출사(出師)

1판 1쇄 펴냄 2020년 2월 26일

원 작 나관중
편 저 요시카와 에이지
번 역 바른번역
출 간 하진석
출판사 코너스톤
주 소 서울시 마포구 독막로3길 51
전 화 02-518-3919
ISBN 979-11-90669-01-6 04830

천 하 패 권 을 다 투 는 영 웅 들

삼국지

9

출사

차례

차례

♦♦♦

뼈를 깎다

1

번성(樊城) 함락까지 시간문제이자 일보 직전인 지금, 아직 아군과 적군 양쪽 다 감지하지 못했지만, 관우 군 내부에는 미묘한 변화가 일었다.

위나라 본국에서 원군으로 급파된 칠군을 격퇴하는 한편 번성 아래까지 돌진하여 적군을 제압하고 승리를 눈앞에 두었건만 어쩐지 지금까지 보여주었던 관우 군다운 파죽지세는 무너진 상태다.

그 이유를 아는 사람은 관평(關平)을 비롯한 극소수 막료뿐이다.

지금도 관평과 왕보(王甫) 등 여러 장수가 이마를 맞대고 침통한 표정으로 속삭이는 참이다.

"전군 생사가 걸린 일이니 소홀히 할 수는 없소."

"원통한 마음은 잠시 접고 일단 군사를 형주로 돌려 만전을 기한 다음 다시 출정하는 편이 좋을 듯합니다."

"그것참 큰일이오."

그때 참모가 군영 안쪽 방에서 다급히 달려 나와 전했다.

"관우 대장군 하명이오. '새벽부터 총공격을 개시하여 무슨 일이 있어도 내일 안으로 번성을 점령한다. 나도 출전한다. 각 진영에 이 뜻을 전하여 소홀함이 없게 하라'는 분부요."

"뭐라? 총공격을 시작해 전장에 서신다?"

장수들은 간담이 내려앉아 얼굴을 마주 보았고 큰일 났다는 듯 일제히 진영 깊숙이 자리한 방으로 발걸음을 옮겼다.

"오늘은 기분이 좀 어떠십니까?"

장수들은 조심조심 장막 안으로 들어섰다.

관우는 자리에 앉아 고민에 잠긴 듯 보였다. 뼈가 앙상하고 혈색이 좋지 않았으며 눈두덩이 움푹 팬 곳에 검푸른 피로가 엿보였지만, 목소리는 평소와 조금도 다르지 않았다.

"아, 별일 없다. 모두 이리로 모이다니 어쩐 일인가?"

"방금 하명을 받았습니다. 그렇지 않아도 편찮으신 몸을 걱정하던 참이라 뜻밖의 소식을 듣고 조금 더 안정을 취하심이 어떨지 여쭈러 왔습니다."

"하하하, 내가 활에 맞아 입은 상처를 걱정하는가? 염려하지 말게. 이까짓 상처가 뭐라고 천하의 관우가 굴복하겠는가? 또 어찌 천하 중대사를 내버려 두겠는가? 내일은 진두에서 말을 몰아 기필코 번성을 일격에 무찌르겠네."

왕보가 바짝 다가갔다.

"건강한 모습을 뵈니 마음이 든든합니다. 허나 어떤 영웅호걸도 병을 이길 수는 없습니다. 얼마 전부터 용태를 살피건대,

아침저녁으로 식욕이 없으시고 날로 얼굴빛이 흐려지시는데다 주무실 때 신음을 들으면 어지간한 고통이 아닌 듯합니다. 촉나라에서 둘도 없는 몸이시니 앞으로 이룰 대계를 위해서라도 이번에는 형주로 철수하여 일단 충분한 치료를 받으심이 좋을 듯합니다. 지금 대장군 신변에 무슨 일이라도 생긴다면 형주뿐 아니라 촉나라 전체에 중대한 손실입니다."

"…."

말없이 듣던 관우가 천천히 자리를 고쳐 앉고는 왕보가 하는 말을 막았다.

"왕보, 관평과 다른 장수들도 공연히 시간을 허비하고 마음을 쓰지 않아도 되네. 내 목은 이미 촉나라에 바쳤네. 무인 목숨은 언제나 하늘만이 알 뿐. 번성 하나를 공격하지 못하고 형주로 퇴각했다는 소문이 나면 무장 관우의 명성이야 어찌 되든 상관없으나 촉나라 국위와 직결되네. 금창이 대수인가? 전장에 서면 10발, 100발이나 되는 화살이 쏟아지지 않는가? 잔소리 말고 내 명령에 복종하게."

모두 조용히 자리에서 물러났지만, 근심은 더 깊어졌다. 그날 밤 관우는 다시 고열이 올라 밤새 고통에 시달렸다. 방덕이 쏜 화살에 맞은 왼쪽 팔꿈치에 입은 상처 탓이다. 그 화살촉에는 죽은 방덕의 집념이 스며든 것만 같았다.

그로 인해 총공격도 자연스레 중단되었다.

"명의는 없는가?"

왕보와 관평은 각지로 사람을 보내 널리 수소문했다.

때마침 바람 따라 여행 중이던 의원이 동자를 데리고 작은 배에 몸을 실어 오나라 쪽에서 흘러왔다. 패국(沛國) 초군(譙郡) 사람으로 화타(華陀)라는 의원이다.

2

강기슭을 감시하던 장수가 화타를 데리고 관평이 있는 곳으로 발걸음 하였다.

"이 의원은 오나라에서 왔다는데 얼마 전부터 여러 주에서 의원을 수소문한다는 말을 듣고 도움이 될까 싶어 데리고 왔습니다."

관평은 입이 딱 벌어지며 일단 화타를 자기 막사로 맞이한 후 정중히 물었다.

"선생 존함은 어찌 되십니까?"

"화타요. 자는 원화(元化)."

"그렇다면 오나라 대장 주태(周泰)를 치료했다고 소문이 자자한 명의가 아니십니까?"

"전부터 존경하던 천하 의인이 독화살을 맞고 고생하신다는 풍문을 듣고 멀리서 배를 저어 왔소이다."

"아버지는 촉나라 대장군입니다. 선생님은 오나라 의원인데 무슨 까닭으로 멀리까지 건너오셨습니까?"

"의술에는 국경이 없소이다. 다만 인(仁)을 따를 뿐"

"오오, 그러면 어서 아버님이 입은 금창을 진찰해주십시오."

관평은 화타와 함께 관우가 기거하는 장막으로 발걸음을 옮겼다. 마침 관우는 마량(馬良)을 상대로 바둑을 두느라 열심이었다. 고열로 입안은 바싹 말라 가시나무를 문 듯했고 상처를 입은 곳은 극심한 통증으로 종종 온몸이 떨릴 지경이었지만 단단한 정신력으로 고통을 억눌러 다른 사람에게는 아무 일 없는 듯이 보일 정도로 태연히 대국에 집중했다.

"아버님, 오나라 명의 화타가 멀리서 오셨습니다. 한번 상처 치료를 청하면 어떠십니까?"

"으음, 가만있자. 마량, 내 차례인가?"

관우는 윗옷을 벗으며 상처 입은 한쪽 팔꿈치를 화타에게 맡긴 채 오른손으로는 여전히 바둑돌을 두었다.

"어떤가, 마량? 좋은 수지?"

"무슨 말씀을…. 그 한 점은 결국 저를 위한 좋은 먹이가 될 것입니다."

두 사람 모두 바둑에 열중하느라 화타 얼굴조차 돌아보지 않았다. 반면 화타는 관우 뒤로 다가서서 속옷 소매를 걷어 올린 후 가만히 상처를 진찰했다.

주위에 서 있던 여러 무사는 눈이 휘둥그레졌다. 상처는 마치 잘 익은 모과처럼 팽팽하게 부어올라 보기 안쓰러웠다. 화타는 탄식했다.

"이 상처는 화살촉에 오두(烏頭, 일명 초오草烏로 바꽃 덩이뿌리를 한방에서 이르는 말. 독성이 많은 열성熱性 약재로, 심복통이나 관절통에 쓰임 – 옮긴이)라는 독약을 발라 생긴 것으로, 그 맹독이 이미 뼛속까지 스며들었습니다. 조금 더 방치하면 한쪽 팔은 못쓰게 될 것입니다."

관우는 처음으로 화타 얼굴을 쳐다보며 물었다.

"지금이라면 고칠 방법이 있소?"

화타는 자신 있게 대답했다.

"방법이 있기는 합니다만 장군께서 놀라실까 두렵습니다."

"하하하, 죽음조차 두려워 않는 대장부가 의원 손길에 놀랄 일은 없소이다. 좋을 대로 치료해주시오."

관우는 한쪽 팔을 맡긴 채 다시 대국에 몰두했다.

화타는 약주머니를 가져오더니 그 안에서 쇠고리 2개를 꺼냈다. 하나는 기둥에 고정하고 하나는 관우 팔에 끼운 다음 끈으로 묶을 준비를 했다. 관우는 괴이한 치료법도 다 있다는 듯 팔을 쳐다보며 물었다.

"화타, 어찌할 셈이오?"

"수술칼로 살을 찢어 팔꿈치 뼈를 드러낸 다음 오두 독에 썩어 문드러지거나 색이 변한 뼈를 깨끗이 깎아내고자 합니다. 이 수술을 받으면서 혼절하지 않는 환자가 없습니다. 아무리 장군이라도 괴로움에 못 이겨 몸부림칠 게 분명하니 움직이지 말고 참아주십사 묶으려는 것입니다."

"무슨 일인가 했더니 그런 준비인가? 염려 말고 마음 편히 치료해주시오."

그러면서 쇠고리를 치우고 그대로 수술하기를 청했다.

화타는 상처를 과감하게 째기 시작했다. 받쳐둔 은쟁반에 피가 가득 차서 넘치고 수술하는 화타 양손과 수술칼도 피투성이가 되어갔다. 다음에는 팔꿈치 뼈를 예리한 칼로 박박 긁어댔다. 관우는 의연히 바둑판에서 눈을 떼지 않았지만, 주변에 있

던 관평과 다른 부하들은 새하얗게 질려 개중에는 참지 못하고
고개를 돌린 채 자리를 뜨는 이도 생겼다.

간신히 수술을 끝낸 뒤 상처 부위를 술로 씻어 소독하고 실
로 일일이 꿰맸다. 화타 이마에 진땀이 흘렀다.

건업에서 열린 회의

1

수술을 마치고 물러난 화타는 이튿날 관우가 차도가 있는지 살피러 왔다.

"장군, 간밤에는 어떠셨습니까?"

"지난밤에는 오랜만에 깊이 잠들었소이다. 오늘 아침 눈을 뜨니 통증도 가셨다오. 선생은 천하 명의요."

"과찬이십니다. 저도 오늘까지 많은 병자를 접했지만 장군 같은 환자는 처음입니다. 장군은 정말 천하에 보기 드문 명환자십니다."

"하하하, 명의와 명환자란 말인가. 그러니 병의 뿌리가 뽑히지 않고 배기겠소? 앞으로 몸조리는 어찌하면 되겠소?"

"화를 내지 마셔야 합니다. 노여움은 금물입니다."

"고맙소. 명심하리다."

관우는 많은 금을 싸서 화타에게 선물했다. 하지만 화타는 손도 대지 않았다.

"위대한 의원은 나라를 고치고 어진 의원은 사람을 고칩니다. 저에게는 나라를 고칠 만큼 신통한 의술이 없으니 적어도 의로운 분의 몸이라도 고쳐드리고 싶어 멀리서 예까지 왔습니다. 돈을 벌려고 온 게 아닙니다."

화타는 다시 작은 배를 타고 표연히 강 상류로 떠났다.

그 무렵, 위나라 왕궁을 중심으로 허도(許都)와 업도(鄴都) 부(府)는 평소와 다른 공포에 휩싸여 무시무시했다.

파발마, 또 파발마…. 파발마들은 하나같이 번천(樊川) 지방에서 벌어진 패전을 알려왔다. 칠군이 전멸했다, 방덕이 전사했다, 우금(于禁)이 투항했다 등 패전 소식이 온 나라에 퍼지니 서민들까지 혼란에 빠져 소동을 일으켰으며 관우 군이 쳐들어온다며 지레 겁을 먹고 도망가는 백성까지 생겨났다.

위나라 왕궁에서는 오늘도 그 일로 긴급회의를 열었다. 이 회의에서도 관우 명성을 두려워하는 사람들은 왕궁을 천도해야 한다며 목소리를 높였지만, 사마중달(司馬仲達)이 일어나 그 불가함을 논하며 열변을 토했다.

"이번 참패는 위군이 약해서가 아니라 홍수가 관우를 도와준 덕입니다. 관우가 기세등등해지면 달가워하지 않는 자는 바로 오나라 손권입니다. 지금 관우 뒤를 치자고 오나라를 설득하면 손권은 반드시 응할 것입니다."

사마중달과 함께 승상부에서 주부(主簿)를 맡은 장제(蔣濟)도 대성통곡하며 고했다.

"저와 우금은 30년을 벗으로 지냈는데 지금 보니 방덕만도 못할 줄 어찌 알았겠습니까? 지금 중달이 말한 방책은 금과옥

조 같습니다. 하루빨리 오나라에 급사를 파견하고 우리도 단결하여 이 굴욕을 씻어야 합니다."

조조도 같은 생각이었지만 달변에 능한 사신을 보내보았자 오나라는 움직이지 않을지도 모른다. 어디까지나 난국이 닥치면 위나라가 맞서리라는 증거를 보여주고 나서 오나라를 설득하자고 종용했다.

즉시 이를 증명할 목적으로 서황(徐晃)을 대장으로 뽑아 군사 5만을 주고 황급히 행군토록 하여 양릉파(陽陵坡)까지 출진시켰다.

'오나라가 반응을 보이면 곧바로 관우 군을 공격하라.'

서황 군은 조조가 내린 명을 받고 양릉파에서 대기하며 만반을 위한 준비에 박차를 가했다.

위나라 급사는 오나라 주도(主都) 건업(建業)에 도착하여 지금이야말로 오나라 향배가 천하 앞날을 좌우한다며 모든 외교 수단과 이면공작에 호소한 후 결과를 초조하게 기다렸다.

건업 성안에서 열린 회의는 좀처럼 결론이 나지 않았다. 오나라에게도 중대한 기로다. 그뿐 아니라 오나라는 예전부터 위나라가 어수선한 틈을 타 강북 서주(徐州)를 빼앗으려고 은근히 기회를 노리던 참이다. 그렇지만 조조가 제시한 조건도 제법 만족스러웠다.

'관우를 공격하여 형주를 빼앗을 것인가? 아니면 위나라가 해온 요구에 퇴짜를 놓고 서주를 빼앗을 것인가?'

한참을 망설일 만한 일이다.

그때 상류 육구(陸口, 한구漢口 상류)에서 수비를 맡던 여몽(呂

蒙)이 부리나케 건업으로 돌아왔다.

"시국이 심상치 않은 듯하여 열 일을 제치고 기막힌 방책을 아뢰러 왔습니다."

"그대에게 어떤 방책이 있는가?"

"지금이야말로 우리 오나라는 천혜의 장강을 이용하여 형주를 손에 넣고 촉나라와 위나라 침략에 대비하여 천고불후(千古不朽)의 국경을 다져야 합니다. 장강 상류에 펼쳐진 험준한 지세를 경계로 삼고 안으로는 강마정병(强馬精兵)을 길러둔다면 서주 정도는 언제든 차지할 기회가 찾아올 것입니다."

여몽은 작전상으로 반드시 이기리라는 확신을 품은 듯 주장했다.

2

여몽이 주장하는 말에는 회의 방향을 주도하기에 충분한 힘이 있었다. 여몽이 수비를 맡은 임지(任地) 육구는 위, 촉, 오 삼국이 품은 이해가 충돌하는 중요한 지역인데다 여몽이 현지 방위사령관이라는 중임을 맡았으며 지혜와 재모(才貌) 또한 오나라에서는 단연 손꼽히는 인물이다.

"중대한 방책을 정한 이상 현지 일은 전부 그대 판단에 맡기겠소. 소신껏 해보시오."

손권은 나중에 여몽에게 일임했다. 여몽이 온 즉시 위나라가 해온 요구와 시국 방침이 일거에 해결되었다고 볼 수 있다.

여몽은 다시 쾌속선을 타고 육구로 돌아갔다. 그 즉시 형주 방면으로 밀정을 보내고 정세를 살펴 촉나라가 세워둔 의외의 대비책을 꼼꼼하게 알아냈다.

그 대비책은 연안 20리, 30리마다 봉화대를 세워 오나라 접경 지역에서 이상을 감지하면 순식간에 그 봉화가 형주 본성에 위급 상황을 알리며, 지원군을 파견하는 일과 방어망을 구축하는 방면에도 정연한 법이 있어 물샐틈없는 체계를 갖추었다는 사실이다.

"아, 어찌하면 좋은가!"

관우가 취한 예상외의 수비 태세를 파악한 여몽은 혀를 끌끌 차고는 그날로 꾀병을 부려 지병으로 몸져누웠다며 아군까지 감쪽같이 눈속임했다.

움직여야 할 육구 병사가 여전히 그대로인데다 여몽까지 병석에 누워 두문불출한다는 소문이 돌자 건업에 있는 손권도 슬슬 걱정이 되었다.

"이리 중차대한 시기에 몸져누웠단 말인가?"

손권은 초조한 나머지 오군(吳郡) 육손(陸遜)에게 명했다.

"화급히 육구로 가 여몽 용태를 살피고 오라."

"염려하실 것 없습니다. 아마 여몽 장군이 앓는 병은 꾀병일 것입니다."

육손은 명을 받자 이리 말하고 출발했다. 이미 여몽 의중을 간파한 것이다.

육구에 도착해보니 여몽은 정말로 병석에 누워 있는 게 아닌가. 모든 진영이 적막하고 장병들은 근심에 잠겨 낯빛이 어두웠다.

육손은 여몽을 만나자마자 빙글빙글 웃었다.

"장군, 이제 병상에서 훌훌 털고 일어나십시오. 병환은 이 몸이 당장 고쳐드리겠습니다."

"육손, 그대는 환자를 놀리러 왔는가?"

"아닙니다. 주군이 내린 명에 따라 장군을 진찰하러 왔습니다. 저는 재주가 없는 사람이지만 일전에 장군이 건업에 오셨을 때 그 심중을 헤아렸습니다. 현지에 되돌아오자마자 오후(吳侯) 기대를 저버리고 갑자기 자리보전하는 까닭은, 형주 방위가 장군이 예상한 것과 정반대여서 아닙니까?"

여몽은 부스스 자리에서 일어나서는 갑자기 주위를 둘러보았다.

"육손, 목소리를 좀 낮추게. 장막 밖에서 누군가 들을지도 모르네."

"괜찮습니다. 경계병도 물렸습니다. 형주의 관우는 번성을 공략하면서도 우리 쪽과 만나는 접경 역시 조금도 방심하지 않았지요. 오히려 평소보다 수비 병력을 강화시켰을 터. 각처에 해놓은 봉화대 공사도 이미 완료했을 겁니다. 여몽 장군이 앓는 병은 바로 이 때문입니다. 제 진단이 잘못되었습니까?"

"으음…. 그대 형안에 탄복했네."

"그렇다면 큰 병에 걸렸다는 소문을 내고 둘이서 건업으로 돌아가지 않으시겠습니까? 제가 환자를 모시러 온 모양새가 되니 구색도 딱 맞습니다."

"그러고 나서는? 그다음은 어찌할 텐가?"

"이미 장군 심중에도 계획이 있을 터. 관우가 방심하지 않는 이유는 육구 접경선에 장군처럼 오나라에서 으뜸가는 장수가 버티고 호시탐탐 기회를 엿보는 덕분입니다. 꾀병을 핑계로 장군이 자리에서 물러나고 이름 없는 장수를 그 자리에 앉혀 오로지 형주 위세에 벌벌 떠는 모습만 보인다면 관우도 점점 우쭐해져서 결국에는 병사를 번성 쪽으로 돌릴 것입니다. 오나라가 대대적으로 진격할 시기는 바로 그때가 아니겠습니까?"

여몽과 육손

1

육손은 여몽보다 10살가량이나 어렸다. 당시에는 오군 지방에 머무르며 명성도 없고 지위는 보좌관급에 그친 상태다.

육손이 가진 재능과 수완은 오후도 평소부터 아끼는 바였으며 여몽은 한층 높이 평가하여 장래를 주시했다.

여몽과 육손은 함께 배를 타고 다시 오나라 건업으로 돌아와 오후 손권을 알현하고 형주 상황을 낱낱이 고했다. 더불어 여몽은 꾀병은 적군에게 보여주기 위한 일시적인 계책에 지나지 않았다는 취지를 말하고 주군을 심란케 한 점을 사죄했다.

"이참에 육구 수비 임무에 반드시 다른 장수를 임명해주십시오. 제가 있다면 관우는 경계에 대한 끈을 늦추지 않을 것입니다."

"그대 계책대로라면 지금이야말로 병을 이유로 자리에서 물러나기 좋으나 육구는 오나라에게 몹시 중요한 땅이오. 그대 외에 대체 다른 누구를 임명하면 좋겠소?"

"육손이 좋을 듯합니다. 육손 외에 적임자는 없으리라 생각합니다."

"육손을?"

손권은 난색을 드러냈다.

"지난날 주유(周瑜)는 오나라에서 으뜸가는 요충지가 육구라며 수비 대장으로 노숙(魯肅)을 택했고 노숙은 다시 그대를 추천했소. 이번에는 제3대 수비 대장이니 그대 역시 인망과 재덕을 갖추고 원대한 계책과 기략을 겸비한 인물을 추천해야 하지 않겠소?"

"그러니 그 자격을 갖춘 자가 감히 육손이라 말씀드립니다. 육손에게 부족한 건 지위, 명성, 나이뿐인데 그 이름이 아직 안팎으로 알려지지 않은 상황이 외려 좋은 조건이라 할 만하며 육손 이상으로 유능하다고 평판이 난 대장을 대신 파견하면 관우 눈을 속일 수는 없습니다."

오후와 여몽이 밀담을 주고받은 지 얼마 되지 않아 육손은 일약 편장군(偏將軍) 우도독(右都督)에 올랐다. 그러고는 곧 육구로 부임하라는 명을 받았는데 누구보다 당사자 육손이 간담이 서늘해졌다.

"저는 나이도 어리고 재주도 없습니다. 도저히 여몽 장군 뒤를 잇는 막중한 임무를 감당할 수 없습니다. 분명 기대를 저버리고 귀한 명령을 더럽힐 것입니다. 부디 다른 장군에게 하명해주십시오."

육손은 여러 번 고사했지만, 손권은 허락지 않았고 말 1필, 비단 2필, 술과 안주를 보내 전별하며 부임을 재촉했다.

하는 수 없이 육손은 부임지에 도착했다. 임지에 닿기가 무섭게 바로 예물에 서한을 얹어 관우 진영으로 사자를 보내 '앞으로 잘 살펴주십시오' 하는 신임 인사를 전달했다.

사자를 앞에 둔 관우는 너털웃음을 터뜨렸다. 여몽이 병들어 당장 햇병아리 같은 풋내기에게 육구를 지키게 하다니. 드디어 때가 온 건가?

"앞으로 형주 수비는 수월할 것이다. 경사스럽다."

관우는 혼잣말하며 홀로 기쁨에 겨워 쉼 없이 웃어댔다.

돌아온 사자 입을 통해 관우 반응을 전해 들은 육손도 마찬가지로 더없이 기뻐했다.

"경사났구나, 경사가! 이걸로 됐다."

그 후 육손은 일부러 군무를 게을리하고 오로지 관우 눈치를 살필 뿐이니 관우는 팔꿈치 상처가 아물자마자 아직 함락하지 못한 번성에 주의를 기울였고 근간에는 눈에 띄지 않게 육구 쪽 병력을 번성으로 나누어 야금야금 이동시켰다.

"때가 무르익었다."

육손은 관우 동태를 바로 건업에 보고했다.

손권은 보고를 받자마자 지체 없이 여몽을 불러 명했다.

"이제 됐다. 육손과 협력하여 형주를 공격하라. 지금 바로 출발하라."

최후방 부장으로 아우 손호(孫皓)를 특별히 딸려 보냈다.

3만 정예군은 하룻밤 사이에 쾌속선과 군함 80여 척에 올라탔다. 참전 장수로는 한당(韓當), 장흠(蔣欽), 주연(朱然), 반장(潘璋), 주태, 서성(徐盛), 정봉(丁奉) 등 이름난 맹장만 선발하였다.

그 가운데 10여 척은 상선으로 위장하여 장사꾼 차림으로 변장한 군사만이 산더미 같은 상품을 실은 채 높다란 돛을 활짝 펴고 반나절쯤 앞서서 강을 거슬러 순항했다.

2

며칠 후, 오나라 위장 선단은 심양강(瀋陽江, 구강九江) 북쪽 기슭에 정착했다. 칠흑 같은 어둠이 깔린 풍랑이 거센 밤이었는데 돛을 접을 틈도 없이 병사 한 무리에게 발각되었다.

"누구냐! 어디서 온 선박이냐?"

즉각 배에서 나온 대표자 일곱은 그대로 병사들 둔영(屯營)으로 끌려갔다.

파수병은 모두 관우 휘하였다. 그곳 상산(象山)에는 예의 봉화대가 있었는데 육로로 형주까지 비스듬히 뻗은 수백 리 길 도처에 솟은 산봉우리에도 똑같은 경계 태세를 갖춘 형국이다.

둔영은 봉화대를 설치한 산 아래에 자리잡았다. 대표자 일곱은 엄중한 조사를 받았다. 물론 전원이 오나라 무사였지만 능청스럽게 둘러댔다.

"소인들은 매년 북쪽에서 생산한 물건을 싣고 강을 따라 내려갔다가 남쪽에서 물건을 구하면 북쪽으로 기슭따라 나오는, 마치 이곳 곤들매기처럼 철 따라 강을 오르내리는 상인에 지나지 않습니다. 여느 때처럼 건너편 기슭 심양강으로 들어가 모레 열리는 시장에 물건을 내놓을 계획이었는데 공교롭게도 거센 풍랑을 만나 아무리 해도 저쪽 강가에 배를 댈 수가 없었습니다. 날이 새면 바람 방향이 바뀔 테니 그 즉시 이 땅에서 물러나겠습니다. 부디 작은 은혜를 베푸셔서 새벽까지만 이쪽 강변에 머무를 수 있도록 허락해주십시오."

7명이 번갈아 사정하고 도움을 청하며 남쪽에서 나는 좋은 술과 맛난 음식을 배에서 꺼내 가장 먼저 파수장에게 건네니 추궁의 눈초리가 순식간에 누그러졌다.

"일단은 눈 감아주지만, 이 땅은 봉화대도 있는 요충지니 날이 밝는 대로 즉시 심양강 쪽으로 배를 돌려라."

"예, 예. 여부가 있겠습니까?"

7명은 싹싹 빌던 두 손을 마주 잡고 대답했다.

"그 고마운 말씀을 배에서 기다리는 동료에게도 똑똑히 전하겠습니다."

한 사람이 먼저 강기슭으로 돌아갔다.

그러고는 얼마 지나지 않아 선원 10여 명을 더 데리고 왔다. 저마다 술독과 먹을거리를 내려놓고는 배에 탄 일동이 얼마나 감격했는지를 고하며 이 음식들을 추가로 바치겠다고 한다.

"좋다. 받아두어라."

파수장은 먼저 받은 술을 마시고 벌써 알근하게 취한 상태다. 부하들도 금세 술기운이 올랐다. 배에서 뭍으로 올라온 선원들은 천연덕스럽게 오랑캐 노래나 민요를 부르는 등 숨은 재주까지 부리며 흥을 돋우었다.

그러다 파수병 하나가 귀를 쫑긋 세웠다.

"뭐지?"

"바람인가?"

"아니야, 이상해."

술에 취한 파수병들은 박차고 나가 봉화대 위를 올려다보았다. 봉화대에서 와! 하고 선풍 같은 함성이 들려왔다.

"으악! 적이다!"

비명을 지르기가 무섭게 기마병 한 무리가 이미 그 주위를 둘러싼 모습이 보였다. 별동대는 산 뒤편으로 기어올라 이미 봉화대를 점령하였다.

날이 밝아오자 간밤에 보았던 상선뿐 아니라 군함 80여 척이 강 위를 압도하는 분위기다. 형주를 지키는 수비병은 망연자실한 얼굴로 생포되었다.

"놀라지 마라. 무서워하지도 말고. 목숨을 빼앗지는 않을 것이다. 오히려 너희들은 오늘 이후로 세우는 공훈에 따라 장차 출세 가도를 보장받을 터."

여몽은 상륙한 후 포로를 보며 감언이설로 어루꾀었다. 그러고는 금품을 주며 후하게 대접한 후 파수병 가운데 가장 항복할 듯한 기색이 뚜렷한 사람을 가려내어 풀어주며 다독였다.

"다음 봉화대를 지키는 파수장에게 달려가 설득하라. 만약 잘 구슬려 그 파수장 마음을 돌리는 공을 세운다면 좋은 자리에 등용하겠다."

그 계책은 차례차례 성과를 올렸고 여몽이 이끄는 대군은 힘도 쓰지 않고 나날이 형주에 가까워졌다. 초군이 비상시를 위해 대비해둔 봉화 대부분을 야금야금 무력화시키며 드디어 형주성 아래까지 밀고 들어갔다.

여몽은 그전에 막대한 포상금을 내걸고, 항복한 병사 한 무리를 성 아래로 잠입시켜 소문을 퍼트리고 적을 교란시켰다.

다른 한 무리는 성벽 아래로 가서 큰 소리로 외쳤다.

"문을 열어라! 큰일 났다!"

성안 병사들이 그 무리를 아군으로 착각하여 성문을 열자마자 오군에게 신호를 보냈고, 오군이 물밀 듯이 성안으로 몰려들어 사방팔방에 불을 지르니 형주성은 그야말로 혼란의 도가니로 변했다.

삿갓

1

형주 본성은 맥없이 함락되었다. 관우는 후방을 지나치게 등한시했다. 전장에만 집중하여 내정과 방어는 소홀히 하는 중대한 실수를 저질렀다.

봉화대만 의지한 것도 문제였지만 무엇보다 큰 불찰은 공격을 막아내는 데 적합한 인재를 얻지 못했다는 점이다. 형주에 남아 수비를 맡은 대장 반준(潘濬)도 평범한 장수일 뿐이었고, 공안(公安) 수비를 맡은 부사인(傅士仁)도 경박한 재주꾼에 지나지 않았다.

고르고 골라 왜 이리도 예사로운 장수만 남기고 전장으로 나갔는가? 번성으로 출진하기 전 이 두 장수가 잘못을 저지른 탓이다. 관우는 군 기강을 다잡기 위해 그 둘이 지은 죄를 엄중히 꾸짖으며 징계를 내리는 대신 축정구에서 게이꼈Ⅱ. 무사가 선장에 나가지 못하고 본성이나 지키는 건 군벌을 받는 것보다 못한 불명예로 여겨진다.

반준이 제대로 된 인물이었다면 그 불명예는 오히려 스스로 분발하는 계기가 되었겠지만, 반준은 물론 부사인도 내심 관우가 내린 처사에 앙심을 품고 앞으로 계속 관우 휘하에 있으면 출세는 엄두도 내지 못하겠다며 셈평을 따지는 중이었다. 하여 내정과 군사 일체를 게을리하던 참에 봉화는커녕 아무런 예고도 없이 갑작스럽게 공격해 온 적이 바로 오나라 대군이었다. 결과로 보면 당연한 함락이다.

　하나, 함부로 사람을 죽이는 자
　하나, 함부로 물건을 훔치는 자
　하나, 함부로 소문을 퍼뜨리는 자
　이 가운데 하나에라도 해당하는 자는 참형에 처함
　오군 대도독 여몽

점령 직후, 오후 손권이 입성하기도 전에 이미 마을 곳곳에는 방이 나붙었고 사람들은 순순히 따랐다.

형주성에 있던 관우 가족이 여몽 지시에 따라 정중한 대우를 받으며 거처를 옮기고 불안해하거나 속박당하는 일 없이 오군 보호를 받는 모습을 보자 형주 주민들은 '여몽'이라는 이름을 입에서 입으로 속삭여 전했다.

"이 얼마나 고마운 일이냐?"

여몽은 날마다 말을 걸터탄 군사 대여섯을 이끌고 몸소 전쟁 후 겪는 민정을 일일이 시찰하러 다녔다. 하루는 도중에 소나기가 내렸는데 비에 젖으면서도 순찰을 이어가던 중 멀리서 병사가 백성이 쓰는 삿갓을 투구 위에 겹쳐 쓴 다음 쏜살같이 달려오는 모습을 발견했다.

"잡아라! 저 병사를 당장 잡아 와라."

여몽은 채찍으로 무섭게 가리켰다.

기마 무사 둘이 빗속을 내달려 이내 그 병사를 끌고 왔다. 자세히 보니 여몽도 얼굴을 잘 아는 동향 사람이다.

여몽은 그 병사를 노려보며 질책했다.

"나는 언제나 성과 고향이 같은 자는 죽이지 않는다는 맹세를 지켰지만, 이는 사사로운 일이며 공무에 관한 맹세는 아니다. 너는 이 소나기를 만나 백성이 쓰던 삿갓을 훔쳤다. 버젓이 방에 붙인 조항을 어긴 이상 아무리 동향 사람이라 해도 법을 어지럽힐 수는 없는 법. 목을 베어 거리에 내걸 테니 각오하라."

병사는 기겁하고 목 놓아 울면서 여몽에게 엎드려 절하며 읍소했다.

"목숨만은 살려주십시오. 생각 없이 저지른 실수입니다. 저도 모르게 그만 이깟 삿갓쯤이야 아무것도 아니라고 생각했습니다."

여몽은 고개를 저을 뿐이다.

"안 된다. 결코 아니 된다. 실수인 건 안다. 삿갓 하나에 지나지 않는다는 사실도 안다. 그렇다고 용서할 수는 없다. 그것이 법이 담고 있는 엄중함이다."

병사는 그 자리에서 참수되었고 머리와 삿갓은 효수되어 긴 거리에 높이 내걸렸다.

"얼마나 공평한 장군님인가?"

시중에 사는 사람들은 소문을 듣고 전하며 여몽이 베푸는 덕망에 감탄했고 오나라 삼군은 벌벌 떨며 길거리에 떨어진 물건조차 함부로 줍지 않았다.

강가에서 기다리던 오후 손권은 여러 장수를 이끌고 위풍당당하게 입성했다. 그 즉시 오나라에 투항한 반준을 만났고 반준이 해온 청을 받아들여 오군으로 거두었으며 옥중에 있던 적장 우금을 방면하여 목에 찬 칼을 풀어주었다.

"오나라를 받들어라."

변모하는 형주

1

오나라는 커다란 숙원 하나를 이루었다. 형주를 오나라 영토에 편입하는 건 유표(劉表)가 세상을 떠난 이래로 여러 해 동안 품어온 야망이다. 손권이 얼마나 만족하고 기뻐했을지, 오군 전체가 얼마나 득의양양했을지 가히 짐작할 만하다.

육구를 지키던 육손도 축하 인사를 하기 위해 지체 없이 손권을 찾아왔다. 그때 여러 사람이 모인 자리에서 여몽이 육손에게 물었다.

"형주 중부(中府)는 점령했지만, 이것으로 형주 전체가 우리 손안에 돌아왔다고는 할 수 없네. 공안에는 부사인이 있고 남군(南郡)에는 미방(麋芳) 군대가 있지. 자네에게 그 군대들을 칠 좋은 계책이 있는가?"

그러자 곁에 있던 사람이 벌떡 일어나 호언장담했다.

"그 일이라면 시위를 당겨 활을 쏠 이유도 없습니다."

누구인지 보니 회계군(會稽郡) 여요(餘姚) 사람 우번(虞翻)이다. 손권은 빙그레 웃으며 입을 열었다.

"우번, 어떤 계책인가? 어려워 말고 말해보라."

우번은 절을 한 번 하고 고했다.

"저와 부사인은 어릴 적부터 교분이 두텁습니다. 제가 득실을 따져 타이르면 분명 부사인도 제 말에 귀를 기울일 것입니다. 그러니 피 한 방울 흘리지 않고 공안을 점령할 수 있으리라 믿습니다."

"그럴듯하구나. 가서 설득해보라."

손권은 우번에게 군사 500명을 내주었다. 우번은 자신감에 차서 공안으로 발걸음을 재촉했다. 사실 우번은 내심 이 임무가 성공하리라 확신했다. 부사인의 평소 사람됨을 누구보다 잘 아는 까닭이다.

한편, 부사인은 그즈음 전전긍긍하며 지냈다. 해자를 더욱 깊이 파고 성문을 닫은 채 정찰병을 푸는 등 예민하게 굴었다.

그때 친구 우번이 500명쯤 되는 군사를 데리고 공안으로 온다는 소식을 들었지만, 더욱 의심에 사로잡혀 성안에서 숨죽여 지냈다. 얼마 지나지 않아 우번은 성문 아래 도착해 화살에 편지를 묶어 성안으로 쏘아 보냈다.

"뭐라? 화살에 묶은 편지가 떨어졌다? 어디, 뭐라 쓰였는지 한번 볼까…."

부사인은 편지를 펼쳐서 우번이 쓴 글을 읽어 내려갔다. 여러 번 되풀이해서 읽으며 이 잡듯이 글자를 뚫어져라 살폈지만 아무리 의심해도 수상쩍은 문구를 찾아내지 못했다.

"그래, 공안을 아무리 잘 지켜도 언젠가 관우가 돌아오면 출정 전에 지은 죄를 물을 테니 이번 공으로 예전 죄가 상쇄되는 게 고작이겠지. 만약 오군에게 포위당했을 때 관우가 보내준 지원군이 제때 도착하지 못한다면 이곳에서 자멸할 뿐. 우번의 설득은 진심으로 나를 걱정해주는 말이다."

부사인은 달려 나가 병졸에게 성문을 활짝 열도록 시켰다. 그러고는 우번을 반갑게 맞이하며 일단 옛정에 호소했다.

"정말 보고 싶었네."

부사인은 모든 일을 우번에게 맡겼다.

"잘 부탁하네."

"내가 왔으니 아무 걱정 말게나."

우번은 부사인을 데리고 곧장 형주 땅을 밟았다. 손권은 물론 이 결과를 기쁘게 받아들였다. 우번에게는 적당한 상을 내리고 부사인에게는 아량을 베풀었다.

"그대 심중을 안 이상 결코 옛 신하와 차등을 두지 않겠다. 돌아가거든 부하들을 잘 타일러 앞으로는 오나라에 충성하도록 맹세를 받아라. 예전같이 공안 수비를 맡도록 허락한다."

부사인이 그 은혜에 감사한 후 형주성을 떠나려는 순간, 여몽이 가만히 오후 소매를 끌었다.

"부사인을 저대로 돌려보내시렵니까?"

"이제 와 죽일 수도 없잖소?"

"빈손으로 돌려보내는 것이야말로 모처럼 투항한 인물을 살리지 못하는 일입니다. 어찌 그자에게 이러이러한 임무를 맡기지 않으시고…"

여몽이 무슨 말인가 속닥이자 손권은 부리나케 근처에 있던 신하를 보내어 부사인을 다시 불러들였다.

그러고는 즉시 질문하며 명령을 내렸다.

"어제까지는 아군이었으니 당연히 남군에 주둔하는 미방과 친교가 있을 테지?"

"예…. 교분이 있습니다."

"그렇다면 우정으로 미방을 설복하는 건 그대 의무라고도 할 수 있다. 만약 미방을 설득하여 내 눈앞에 데리고 온다면 미방에게는 좋은 자리를 주고 그대에게는 그에 걸맞는 상을 내리겠다. 어떠한가?"

"곧장 남군으로 떠나겠습니다."

부사인은 서둘러 돌아갔다. 손권은 여몽을 돌아보고 빙긋이 웃어 보였다.

2

"참으로 어려운 임무를 짊어졌구나."

부사인은 근심이 가득한 얼굴로 친구 우번에게 상의하러 들렀다. 그러고는 푸념을 섞어 곤혹스러운 상황을 하소연했다.

"아무래도 이리되고 보니 자네 말을 들은 게 큰 실수였네그려. 오후가 내린 명을 듣고 '이루기 어려운 임무입니다. 미방을 설복하는 건 아무래도 무리입니다. 그만두겠습니다' 하면 나는 딴생각을 품었다며 그 즉시 목이 베였을 거고 공안은 거저 내어주는 꼴이 아닌가? 그렇다 해도 미방은 촉나라에서도 다른 사람들과 달라서 현덕(玄德)이 미약한 세력으로 군사를 일으켰을 때부터 함께했던 노장일세. 내 세 치 혀에 놀아나 순순히 항복할 인사가 아니란 말일세."

우번은 그 소심함을 비웃으며 부사인 등을 살짝 한번 쳤다.

"이봐, 정신 차리게. 지금 자네 흥망의 갈림길 아닌가? 아무리 미방이라도 돌부처는 아닐세. 미방 일족은 호북(湖北) 지역 거상이라 굉장한 갑부라네. 따분한 생활에 이골이 난 자산가가 어쩌다 현덕이라는 풍운아가 벌이는 일에 흥미를 느끼고 뒤에서 슬쩍 군자금을 대주던 게 인연이 되어 어느새 미축(麋竺), 미방 형제까지 현덕 유막에 가담하게 됐다. 이러한 사정이 미방이 가진 내력이 아닌가? 그 점을 헤아리면 지금도 미방 가슴속에는 분명 이익을 가늠하는 성정이 남아 있을 걸세. 명예고 목숨이고 다 필요 없는 인간이라면 손쓰기 어렵지만, 이해득실에 눈이 밝은 인물은 설득하기 쉬운 법. 자, 확신을 가지고 한번 나가보게."

"나가보라니?"

"음, 그게 말이야…."

마침 주변에 있던 종잇조각 위에 우번은 무엇인가를 빠르게 적어 내려갔다. 부사인은 목을 쭉 내밀고 소리 없이 읽다가 순간 무언가를 깨달은 얼굴이다.

"아, 그렇군! 다녀오겠네그려."

우번은 감탄하는가 싶더니 금세 용기를 얻은 모습으로 인사를 하며 자리를 떴다.

말을 걸터탄 병사 열만 거느리고 부사인은 남도(南都)로 향했다. 미방은 성에서 나와 벗을 맞이하고 관우 소식을 물은 후 형주 함락을 탄식하며 비탄 섞인 눈물을 훔쳤다.

"사실 오늘은 그, 그 일로 공과 상의하러…."

"상의라면 군사 회의요?"

"아니, 나도 충의를 모르는 사람은 아니지만 형주가 패한 이상 이제 만사가 끝난 셈이오. 부질없이 병사를 죽게 하고 백성에게 고통을 주는 것보다 낫다고 고심한 끝에 이미 오나라에 항복을 맹세했소."

"뭐라? 항복?"

"그대도 깃발을 거두고 나와 함께 오후를 알현합시다. 그분은 젊어서 장래를 기대할 수 있고 제법 명군인 듯하다오."

"부사인, 사람을 보고 말을 하라. 이 미방과 한중왕(漢中王)이 맺은 군신의 연을 무엇이라 생각하는가?"

"하지만…."

"닥쳐라. 오랜 세월 한중왕에게 하늘 같은 은혜를 입고 이제와 배반할 내가 아니다."

그때 다급히 미방 휘하 신하가 전갈을 고하러 들었다. 전장에 있는 관우가 띄운 파발이라 전했다.

"들라 하라."

파발꾼은 미방과 부사인이 이야기하는 곳으로 와 화급을 다투는 일이라 말로 하겠다고 양해를 구하며 관우가 보낸 요구를 고했다.

"번성 지방이 겪은 대홍수 덕에 전황이 유리하게 풀렸지만, 군량 결핍은 말로 다 할 수 없어 전군이 피폐하기 이를 데 없다.

그러니 남도, 공안 두 지역에서 시급히 군량미 10만 석을 마련하여 관우 진영까지 수송하기 바란다. 만일 지체하면 성도(成都)에 보고하여 엄벌에 처하겠다'는 하명입니다."

미방과 부사인은 동시에 얼굴을 마주 보았다. 도무지 불가능한 주문이다. 군량미 10만 석 마련도 지난할 뿐 아니라 형주가 함락된 지금은 수송 방법도 있을 리가 만무하다.

"아, 어쩌면 좋단 말인가."

미방은 팔짱을 긴 채 고개를 떨궜다. 변심한 부사인은 이미 의논 상대가 아니었으며 관우가 내린 명을 어겼다가는 후에 어떤 화를 입을지 알 수 없었다.

"으악!"

느닷없이 사방에 피보라가 튀더니 그 아래로 파발꾼이 쓰러졌다. 미방도 간담이 한 웅큼 되어 펄쩍 뛰었다. 검을 빼 들어 갑자기 파발꾼을 벤 사람은 다름 아닌 부사인이다. 그 피투성이 검을 치켜든 채 부사인은 미방을 재촉했다.

3

미방은 실신할 듯이 핏기가 가신 채로 부들부들 떨다가 이윽고 입을 뗐다.

"난폭한 것도 정도가 있다. 대체 귀공은 어찌하여 관우가 보낸 파발꾼을 베어 죽였는가?"

부사인도 새파랗게 질려 입술을 파르르 떨었다.

"그대 결단을 촉구하기 위해서다. 또, 우리 목숨을 부지하기 위해서다. 그대는 관우 본심을 읽을 수 없는가? 자기가 내린 명령이 불가능하다는 사실을 알면서도 생트집을 잡아서 나중에 형주가 겪은 패인을 우리가 나태한 탓이라 둘러대려는 시커먼 속셈이다. 미방, 함께 오후에게 가자. 어찌 수수방관하며 개죽음을 기다리는가? 자, 어서 성을 나가자!"

부사인은 검을 거두고 미방 손을 잡아끌었다. 물론 이 상황은 우번이 전수한 계책으로 관우가 보낸 전령도 거짓이고 파발꾼도 가짜다.

미방은 여전히 망설였다. 다소 의심스러운 점이 엿보였다. 그때, 성을 뒤흔드는 듯한 함성과 북소리가 들려왔다. 대경실색하여 성벽 위로 달려 나와 성 밖을 내려다보니 오나라 대군이 이미 성을 둘러싼 게 아닌가.

"왜 그대는 기꺼이 살려 하지 않는가?"

부사인은 망연자실한 미방 팔을 잡고 억지로 성을 나왔다. 그러고는 우번을 통해 여몽을 만나고, 여몽은 다시 미방을 데리고 손권을 알현했다.

위나라 수도로 오나라 특사가 정보를 전했다.

'오나라는 이미 형주를 격파했다. 위나라는 어찌 이 기회를 잡아 관우를 치지 않는가?'

물론 조조는 이 형세를 아무 계획 없이 보고만 있지는 않았다. 단지 오나라 태도가 확실해질 때까지 기회를 엿보았을 뿐이다.

"전기가 무르익었다!"

조조는 슬슬 움직이기 시작했다. 위나라 대군을 이끌고 낙양 남쪽으로 진격했다. 그보다 더 남쪽에 위치한 양릉파에는 먼저 출발한 서황 군 5만이 이미 적과 대치하는 중이었다.

"위왕께서 몸소 출진하여 이번에야말로 적군 관우를 전멸하려고 하십니다. 조만간 수십 리를 더 전진하실 것입니다. 서황 군은 그 선봉에 서서 적의 선봉진에게 일격을 가하십시오."

연락병이 서황 진영에 도착하여 조조 뜻을 전했다.

"알겠습니다."

서황은 즉시 서상(徐商)과 여건(呂建) 두 부대에게 대장기를 단 채로 정면 공격을 가하라 명하고는 자신은 기습 부대 500여 기를 편제하여 면수(沔水) 흐름을 따라 적군 중심부라 생각되는 언성(偃城) 후방으로 우회했다.

그때 관우 양아들 관평은 언성에 주둔했고 부하 요화(廖化)는 사총(四冢)에 진을 쳤다. 그 사이에 있는 열두 요새는 광야를 가로지르는 높고 낮은 곳에 길게 세우고 한편으로는 번성을 둘러싸고 한편으로는 위나라 증원군에 대비했다.

"양릉파에 있던 위군이 서황의 대장기를 높이 걸고 갑자기 움직이기 시작했습니다."

언성에 있던 군사가 소리쳐 보고했다.

"서황이 직접 온다면 적으로서 모자람이 없다."

관평은 만반의 준비를 하고 적이 다가오기를 기다렸다가 정예병 3000기를 이끌고 성문을 나가 지리적 이점을 이용하여 진을 펼친 다음 북을 치고 징을 울리니 관평 군 깃발이 하늘을 뒤흔들 정도였다.

맙소사! 위나라 대장기는 거짓이었다. 그 아래에서 달려 나온 사람은 서상과 여건이다.

"돌려보내지 않겠다, 이 애송이 녀석!"

두 사람 다 창을 높이 들고 외치며 관평을 협공했다.

용맹한 관평은 서상을 쫓고 여건을 베며 오히려 그 둘을 당황하게 만들었다. 마침내 도망가는 두 사람을 쫓고 쫓다 보니 10여 리 이상 추격했다.

그러자 전혀 예측하지 못했던 쪽에서 말을 걸터탄 군사 한 무리가 회오리바람을 일으키며 측면을 향해 달려 나왔다. 한 장수가 목청껏 외쳤다.

"아직도 모르겠느냐, 관평! 형주는 이미 오나라 손권이 차지했다. 너는 집 없는 패장의 자식이다. 무엇을 위해 아직도 전장에서 우물쭈물하느냐!"

진짜 서황이다.

귀밑머리에 내린 눈

1

"뭐라? 형주가 함락되었다?"

관평은 투지를 잃고 서황을 뒤로한 채 쏜살같이 되돌아갔다.

"정말일까? 설마?"

머릿속은 혼란스럽고 가슴이 두근거려 갈피를 잡지 못했다.

그러고는 언성 가까이 달려왔을 때 어찌 된 영문인지 성에서 검은 연기가 자욱이 피어오르는 게 아닌가. 불길 아래서 사방 팔방으로 도망쳐 나오는 아군에게 물으니 저마다 하는 대답이 똑같았다.

"어느새 뒷문으로 돌진해 온 서황 군 병사들이 여기저기 불을 지르며 공격했습니다."

"그렇다면 오늘 벌인 싸움이야말로 서황의 독 안에 걸려든 아군의 졸전이었단 말인가?"

발을 동동 구르며 외쳤지만 이미 때는 늦었다. 관평은 말을 몰아 사총에 있는 진영으로 발걸음을 재촉했다.

요화는 관평을 맞이하며 진영으로 들어가 물었다.

"오늘 여기저기서 '형주가 함락당했다', '형주는 오나라가 점령했다'며 소식을 전하는 말이 끊이지 않는데 장군도 들으셨습니까?"

관평은 검을 뽑아 들고 아군 한가운데 서서 요화에게 할 대답을 전군을 향해 큰 소리로 외쳤다.

"유언비어는 우리 전의를 꺾으려는 모략이다. 분별없이 헛소리를 퍼트리거나 거짓말에 관심을 보이는 자는 목을 베겠다."

며칠 동안은 오로지 수비만 하며 근방에 있는 요충지와 적의 상황을 견주어 살폈다. 사총은 바로 앞으로 면수가 흘렀는데 중요한 길목마다 돌담을 쌓았으며 성 뒤쪽은 산이 험하고 숲이 울창하여 새조차 날아오르기 쉽지 않은 지형이다.

"지금 서황은 승세를 타고 정신없이 진격하여 저쪽 산까지 와 있다고 정찰병이 보고했다. 생각건대 저 민둥산에서는 지세 덕을 볼 수 없다. 반대로 우리 사총 진지는 견고하기 이를 데 없으니 이곳은 적은 병사로도 수비할 수 있으리라. 우리가 몰래 한번 나가 서황을 야습하면 어떻겠는가?"

언성을 잃은 관평은 자연히 그 설욕을 하고 싶은 마음에 초조했다. 결국, 요화를 설득해 본진을 나섰다. 물론 따르는 병사로는 정예병 중에서도 가장 출중한 자를 추리고 또 추렸다.

광야 한쪽 둔덕에 진지가 하나 보였다. 이른바 최전방 부대다. 이 소부대는 열두 곳에 점점이 옆으로 배치하여 늘어선 모습이다.

이 전선을 적이 돌파하면 큰 위험에 빠지리라. 한 곳이 돌파당하면 열두 부대가 뿔뿔이 흩어지리라. 관평이 내뿜는 혈기를 따라 요화가 움직인 까닭도 그만큼 중요한 전선이어서다.

"오늘 밤 적이 있는 민둥산에는 내가 직접 올라가 공격하겠다. 그대는 이 전선을 지키다가 적이 혼란에 빠지는 모습을 보면 열두 진을 한 줄로 세워 서황을 압박하고 사방으로 흩어져 달아나는 패주병을 몰살하라."

이 말을 남기고 요화를 뒤로한 채 관평만이 깊은 밤중에 민둥산을 급습했다.

아뿔싸! 산 위에는 깃발만 나부낄 뿐 사람은 없었다.

"당했구나!"

황급히 하산하는데 도처에 파놓은 구덩이와 바위틈, 산그늘에서 한꺼번에 땅이 갈라질 듯한 함성과 폭발음, 욕설, 고함 등이 마치 소리의 산사태가 난 듯 쩌렁쩌렁 울려 퍼졌다.

"이 애송이, 네 애비는 도망치는 일만 가르쳤더냐?"

서상, 여건 두 장수는 도망치는 관평을 악착같이 쫓고 또 뒤쫓았다.

산에서 멀어져 들판으로 나와도 위군은 하나둘 늘어날 뿐이다. 풀 한 포기조차 위나라 병사로 변하여 관평을 귀신같이 추격하는 듯했다.

요화가 지키던 전선도 노도처럼 밀려오는 적군을 막아내지 못하고 단번에 붕괴되었다. 그보다 사총에 있는 진지에서도 활활 타오르는 불길이 치수○며 발키늘○ 네ᆕ시 시삭했다. 헐레벌떡 면수 강물까지 와보니 서황이 선두에서 말을 세우고 한 치의 실수도 없는 섬멸진을 펼치고 있는 게 아닌가.

"단 한 놈도 건너지 못하게 하라!"

이제 만회할 방도가 없었다. 완벽한 패배다. 관평과 요화는 하릴없이 번성으로 줄행랑을 놓을 수밖에 없었다. 그러고는 관우 앞에 나가 주먹으로 눈물을 훔쳤다.

"면목이 없습니다."

"전쟁에서는 늘 있는 일이다."

관우는 나무라지 않았다. 그렇지만 관평이 형주에 관해 떠도는 소문을 보고하자 이번에는 반응이 생판 달랐다.

"허무맹랑한 소리!"

관우는 관평을 호되게 꾸짖었다.

"육구를 맡은 적장은 풋내기인데다 봉화대 같은 대비책도 있으니 형주 수비는 태산처럼 굳건하여 걱정이 없다. 너까지 적이 퍼트린 뜬소문에 놀아나서야 되겠느냐!"

2

조조가 중앙에서 이끄는 대군도, 서황이 맡은 선봉군도 전광석화처럼 진격했다. 몇 십만인지 셀 수도 없는 대군은 이제 산과 들에 새까맣게 가득 차 물밀 듯이 관우 진지로 슬금슬금 다가온다.

"왔는가, 서황?"

관우 왼쪽 팔꿈치는 이제 말끔히 나은 듯 보였지만 그 손에 커다란 청룡언월도를 꼬나든 건 상처를 입은 뒤 오랜만이다.

"서황만큼은 피하십시오."

"무슨 소리?"

적잖이 걱정된 듯 관평이 간언했지만, 관우는 긴 수염을 좌우로 흔들며 대답했다.

"서황은 옛 친구다. 한마디 해주며 내가 아직 늙지 않았음을 보여줘야 한다."

드디어 두 진영이 마주한 날, 관우는 말을 걸터타고 나가 서황을 만났다. 서황은 맹장 10여 명을 거느리고 나타났다.

말 위에서 예를 갖춘 후 서황이 먼저 운을 뗐다.

"작별한 지 어느덧 여러 해, 장군 귀밑머리가 눈처럼 세었을지 생각지도 못했습니다. 젊은 시절, 친히 가르침을 베푸셨던 일 지금도 잊을 수 없습니다. 오늘 다행히 얼굴을 뵙습니다. 감개무량합니다. 기쁘기 그지없습니다."

"그래, 서황인가? 그대도 근래 제법 명성을 얻었더구나. 나도 마음속으로 경하하였다. 어찌 내 아들 관평을 가혹하게 대했는가? 옛정을 잊지 않았다면 다른 이에게 공을 양보하더라도 그대는 후진에서 조용히 있어야 할 게 아닌가?"

"아닙니다, 장군. 벌써 잊으셨습니까? 지난날 제가 젊었을 때 장군께서 제게 가르쳐주신 말은 '대의를 위해 사사로운 정은 끊어야 한다'가 아니었습니까? 여봐라, 저 백발을 단 목을 다투어 베라! 은상은 원하는 만큼 내리리라!"

서황은 큰 소리로 외치고 말굽으로 명을 사늘리기가 무섭게 뒤에 있던 맹장들과 함께 자신도 도끼를 휘두르며 관우에게 돌격했다.

'나는 늙지 않았다! 아직 늙지 않았어!'

관우는 자신을 다잡으며 번쩍이는 불꽃 속에서 수십 합 동안 청룡도를 무섭게 휘둘렀다.

허나 어쩌면 좋은가? 아직은 금창이 완치되었다 단정할 수 없었다. 연로하고 상처 입은 몸이다. 관우가 보이는 위태로운 모습은 차마 눈 뜨고 볼 수 없을 정도다. 특히 부자간 정으로 얽힌 관평에게는 오죽했겠는가! 관평은 즉시 퇴각을 알리는 징을 울려 군사를 일제히 거두었다.

그 징 소리는 불길한 징조다. 징 소리가 울리자마자 거의 동시에 오랫동안 성문을 굳게 닫고 번성을 지키던 군사들이 별안간 돌격해 나왔다. 사생결단으로 날뛰는 병사들은 포위망을 쉽게 돌파했고 그 자리에 있던 관우 군은 양강(襄江) 기슭으로 무너지듯 쫓겨 갔다.

양쪽으로 수세에 몰린 관우 군은 궤멸 직전이었고 밤이 이슥해지자 차례로 양강 상류를 향하여 패주하기 바빴다.

가는 길마다 위나라 대군이 들고일어나는 탓에 기세가 약해진 관우 군은 뿔뿔이 흩어졌다. 특히 여상(呂尙) 부대가 기습하자 풍비박산하여 참변을 당해 강에 빠져 죽은 자가 수를 헤아릴 수 없을 정도였다.

간신히 도강하여 양양(襄陽)에 들어가 아군을 돌아보니 털끝만큼 남은 군사와 그 처참한 모습에 관우도 비통한 눈물을 흘리지 않을 수 없었다.

그뿐 아니라 양양에 도착한 후 형주가 함락되었다는 말이 헛소문이 아니라는 사실을 파악했다. 오나라 대장 여몽 수중에서 온 가족이 목숨을 부지한다는 소식을 전해 듣고 관우는 분한 마음으로 장탄식했고 하늘을 올려다보며 한동안 말을 잇지 못했다.

위군은 곧 강가에서 시작해 양양 외곽까지 새까맣게 밀려들어 양양에서도 오래 발붙일 수 없었다. 공안성으로 말 머리를 돌리려 했더니 도중에 아군 장수가 도망쳐 와서 공안 역시 부사인이 성문을 열어 오나라에게 넘겼고 남도를 지키는 미방마저도 부사인 꼬임에 빠져 손권에게 항복했다는 비보를 전했다.

"아아, 어찌하여 이토록….."

원망이 하늘을 찌르니 관우는 이를 악물고 찢어질 듯 부릅뜬 눈으로 한 곳만을 노려보다가 별안간 말갈기에 머리를 푹 파묻었다.

팔꿈치 상처가 터진 것이다.

사람들이 말에서 안아 내려 간호하려 시도했지만, 관우는 육손이 부려놓은 계책과 봉화대에서 벌어진 참변을 듣고 자신의 어리석음이 부끄러운 나머지 갑옷 소매에 얼굴을 묻은 채 꺼이꺼이 통곡했다.

"내 실수로 풋내기가 파놓은 계략에 빠지고 말았구나. 무슨 낯으로 살아서 형님을 만나뵙겠는가?"

한편, 하룻밤 사이에 수비에서 공격으로 전투 방향을 전환하여 번성을 나와 관우를 쫓던 조인(曹仁)에게 부하 사마(司馬) 조엄(趙嚴)이 심사숙고하여 짜낸 계략을 지어했다.

"이 이상 관우를 궁지로 몰아넣는 건 어리석은 일입니다. 오나라에 화근을 남기기 위해서라도….."

"그렇다…."

조인은 그 의견에 찬성하며 병사를 거두었고 모든 군사는 조조가 이끄는 중앙군으로 모였다.

조조는 서황을 이번 전투에서 일등 공훈자로 가려 뽑아 평남장군(平南將軍)에 봉하고 양양 수비를 맡겼다.

달이 지는 맥성

1

나가려니 앞에는 형주 오군이 있다. 물러나려니 뒤에는 위나라 대군이 득실거린다.

패군이 도망치는 아득한 벌판에는 다만 슬픈 바람만이 사무치게 불어온다.

"대장군, 시험 삼아 여몽에게 편지를 띄워보시면 어떻습니까? 일찍이 여몽이 육구에 있을 때는 종종 그쪽에서 밀서를 보내어 때가 되면 손을 잡아 오나라를 치고 위나라를 멸망시키자고 문경지교를 청한 적도 있습니다. 혹시 지금도 그 생각을 아로새겼을지도 모릅니다…."

부하 조루가 권했다.

"그렇게라도 해야 할 것인가?"

칠흑 같은 밤길을 걷는 듯했다 두불 헌 길이나노 찾아내려 내렸나.

이윽고 관우는 붓을 들었다.

사자는 그 서한을 가지고 형주로 발걸음을 옮겼다. 그 소식을 전해 들은 여몽은 부러 성 밖까지 마중 나와 나란히 말을 몰며 몸소 안내했다.

"관우 장군이 보낸 사자가 왔대. 그분 부하라면 번천으로 싸우러 간 우리 애 소식도 알 거야."

"그래?"

형주 사람들은 이 말을 전해 듣고 우리 아들 소식은 없는지, 우리 남편, 우리 아버지, 우리 동생, 우리 숙부, 우리 조카들은 살았는지 전사했는지 번성을 떠난 후 소식을 알려달라며 사자 주위를 하나둘 에워쌌다.

"가는 길에, 돌아가는 길에!"

사자는 사람들을 달래며 겨우 성안으로 들어갔다.

여몽은 서한을 읽고 담담하게 답했다.

"관 장군이 처한 처지는 충분히 짐작할 수 있소. 옛정도 잊지 않았소이다. 허나 그 교제는 사사로운 것이고 지금 벌어지는 일은 국가 명령이오. 그저 옥체 보중(保重)하시기를 바란다고 말씀 전해주시오."

여몽은 사자를 후하게 대접하고 선물로 금과 비단을 보내며 정중하게 성문까지 전송했다.

돌아가는 사자를 본 형주 사람들은 적어둔 편지며 위문품을 손에 손에 가지고 와서 사자에게 맡겼다.

"이걸 우리 아이에게 전해주시오."

"이건 제 남편에게, 좀."

"우리는 모두 여몽 장군님이 펼친 어진 정치 덕분에 예전보다 훨씬 더 따뜻하게 입고 아픈 사람은 약도 받고 재난을 당하면 구호도 받으면서 걱정 없이 사니 그런 얘기를 아이들하고 남편에게 꼭 전해주시구려."

사자는 괴로웠다. 귀를 틀어막고 도망치고 싶은 심정이다.

이윽고 겨우 쓸쓸한 광야 한복판에 있는 진영으로 돌아와 관우에게 있는 그대로 보고하자 관우는 긴 한숨을 내쉬었다.

"아, 나는 앞날을 위한 계책까지 생각하는 여몽에게 도저히 미치지 못하는구나. 지금 생각하니 이미 여몽은 멀리까지 내다보았다. 형주 주민을 그렇게까지 따르도록 만들다니…. 무서운 인물이다."

그러고는 입을 꾹 다물고 아무 말도 하지 않았다. 다만 눈물 한 방울만이 반짝하고 빛날 뿐이다.

들판에 꾸린 진영에는 오래 머물 수 없다. 큰비라도 쏟아지면 그 부근은 순식간에 늪이 되고 강이 된다. 이리된 이상 깨끗이 죽음을 택하고 형주로 돌진하자. 여몽과 겨루는 일전도 통쾌하리라.

관우는 명령을 내려 다음 날에는 진영을 거두고 출발하기로 결정했다. 그러나 날이 밝고 보니 병사 가운데 태반이 야반도주하여 아주 적은 병력만이 남았다.

"아아, 낭패로구나. 이리될 줄 알았다면 형주 사람들이 부탁한 편지나 물건, 다른 소식을 병사에게 전해주지 않았을 것을…."

사자로 갔던 장수는 내심 후회했지만 이미 때는 늦었다. 남은 병사들 얼굴에도 고향을 그리는 마음과 미련을 담은 그림자가 짙게 드리워져 그 어떤 전의도 느껴지지 않았다.

"자, 떠날 사람은 떠나라. 혼자 남더라도 나는 형주로 들어간다."

관우는 단호히 전진했다.

하지만 전진하는 도중에 오나라 장흠과 주태 두 장수가 그 험난한 길을 장악한 채 떡하니 기다렸다. 강변에서 싸우고 들판에서 고함치며 캄캄한 밤에는 산속에서 서로 으르렁거렸다. 더욱이 산에서는 오나라 서성이 우레 같은 북소리를 울리며 복병을 일으켜 위아래에서 부지불식간에 덮쳐 왔다.

"백만 적이 대수냐."

평소와 다름없는 침착함 속에서 관우가 휘두르는 무예와 용맹함은 지칠 줄 몰랐다. 교교한 반월이 비칠 즈음 산골짜기 사이에서 메아리치는 목소리를 듣고는 천하의 관우도 싸울 힘을 서서히 잃어갔다.

부모는 자식을 부르고 자식은 부모를 불렀다. 혹은 남편 이름을, 혹은 아내 이름을 서로 부르는 소리가 슬픈 바람결을 타고 끊어질 듯 말 듯 들려왔다. 피를 말리는 상황이다. 관우가 이끄는 병사는 여기저기서 백기를 흔들며 형주 쪽으로 하나둘 달려갔다.

"아아, 이것도 여몽이 파놓은 계략인가…."

관우는 허망하여 달빛 아래에 못 박힌 듯 우뚝 멈췄다.

2

날아가 버린 새는 불러도 돌아오지 않는다. 흐르는 물은 손짓하여 불러도 뒤돌아보지 않는다. 무릇 전의를 잃고 미련을 버리지 못해 뿔뿔이 도망가는 병사 발길을 다시 군 깃발 아래로 불러들이기는 그 어떤 명장이라도 불가능한 법. 이제는 손을 놓을 수밖에 없었다.

"만사가 끝이구나."

관우는 차디찬 석상처럼 움직이지 않았다. 남은 장병은 400~500명에도 미치지 않는 듯했다.

"어떻게든 살길을 도모해야 한다."

관평과 요화는 몇 되지 않는 군사를 그러모아 적이 쳐놓은 포위를 기습하여 간신히 한쪽으로 혈로를 뚫고 관우를 지키며 산기슭을 내달렸다.

"일단 맥성(麥城)까지 피하시지요."

맥성은 가까운 곳에 있었다. 그곳에는 이제 지명만 남은 전진(前秦) 시대 옛 성이 있을 뿐. 물론 오랫동안 사람이 살지 않아 벽돌담도 황폐하게 무너져 볼썽사나웠다.

"때에 따라서는 500명의 정신이 하나가 되어 굳게 버티면 여기도 철옹성 못지않으리라."

맥성에 들어가 요화가 사기를 북돋우자 관평도 맨 먼저 분연히 떨치고 일어나 애써 큰 소리로 외쳤다.

"그렇다! 미숙하고 약한 병사는 모조리 떨어져 나갔으니 여기 남은 군사야말로 추리고 추린 진정한 대장부들이다. 하나가

천(千)을 당해내는 맹장만 남았다. 병력이 많고 적고는 문제가 아니다!"

관평과 요화도 내심 최악에 벌어질 사태를 각오했다. 두 사람은 관우 앞으로 나가 진언했다.

"이곳에서 상용(上庸) 땅이 그리 멀지 않습니다. 상용성에는 유봉(劉封)과 맹달(孟達)이 있습니다. 구원을 청하여 유봉과 맹달 휘하 촉군을 불러 병력을 재정비하고 위나라를 쫓아 무찌른 다면 형주 탈환은 십중팔구 가능합니다."

"그 방법밖에 없구나…."

관우는 성루에 올랐다. 그러고는 고성 밖을 물끄러미 바라보았다. 놀랍게도 맥성 일대 산천이 모두 오군 깃발과 군사로 덮여 있는 게 아닌가. 이른바 개미 한 마리 빠져나가지 못할 만큼 철통같이 에워싼 형국이다. 더욱이 대오도 잘 정돈되고 사기가 드높아 말 울음소리조차 기운찼다.

관우는 뒤돌아보며 나직이 읊조렸다.

"누가 용케 겹겹이 둘러싼 포위망을 뚫고 상용성까지 사자로 갈 수 있겠는가? 성문을 나서면 그 즉시 죽음에 이르는 길이건만…."

그 말을 듣자마자 요화가 결연하게 대답했다.

"맹세컨대 제가 사자 임무를 다하겠습니다. 만약 완수하지 못한다면 죽음이 있을 뿐입니다. 곧바로 그다음 사자를 내보내 주십시오."

그날 밤, 요화는 관우가 쓴 편지를 옷 속에 넣어 꿰맨 다음 아군이 보내는 염원을 담은 배웅을 받으며 고성 성문을 몰래 빠져나갔다.

캄캄한 밤길에 느닷없이 꽹과리와 북, 철창 소리가 잔잔히 울려 퍼졌다. 오나라 대장 정봉 부하가 재빨리 요화를 발견하고 추격해 오는 게 아닌가. 그 모습을 성안에서 지켜보던 관평 부대가 밖으로 나와 사정없이 말을 달려 오군을 혼란시키며 요화를 지원해주었다. 요화는 가까스로 사선을 넘었다.

요화는 갖은 고초를 겪고 걸인 행색이 되어 드디어 목적지 상용 땅을 밟았다. 그러고는 상용성을 찾아가 득달같이 유봉을 만나 사정을 고하며 물 한 모금 마실 겨를도 없이 위급한 상황을 알렸다.

"천하의 관우 군이 지금은 맥성 안에서 진퇴양난에 빠졌습니다. 구원병이 늦어진다면 장군님은 최후를 맞을 수밖에 없을 터. 하루, 아니 일각을 다투는 상황입니다. 바로 원군을 보내주십시오."

유봉은 고개를 주억거렸다. 하지만 무슨 생각에서인지 요화를 기다리게 하고는 돌연 맹달을 불러들였다.

"일단 맹달과 상의하겠소."

이윽고 맹달이 다른 전각으로 들었다. 유봉은 맹달이 있는 전각으로 가 단둘이 이 문제를 심각하게 의논했다. 어찌 되었든 지금 이 상용에서도 각지에서 벌어지는 자잘한 전투에 병사를 분산시킨 상태다. 그런 상황에서 본성 군사를 나누어 멀리 보내는 방법을 두 사람이 택할 수 있는 비김픽한 일이 아니다.

3

맹달은 난감한 얼굴로 유봉을 설득했다.

"거절해야 합니다. 애써 예까지 사람을 보냈지만, 관우가 하는 요구에 응할 수는 없습니다. 이유를 설명할 필요도 없이 형주 구군(九郡)에는 적어도 40만 오군이 있고, 강한(江漢)에서는 조조가 이끄는 촉군이 40~50만은 움직입니다. 그곳으로 겨우 원군 2000~3000명을 보낸들 무슨 소용이 있겠습니까? 오히려 이 상용을 위험에 빠트리는 일입니다."

맹달이 내뱉은 말은 상식적이었다. 맹달과 달리 유봉은 고민에 빠졌다. 다름 아니라 관우는 숙부다.

맹달은 그 기색을 살피고는 말을 이어 나갔다.

"당신을 한중왕 태자로 삼으려 했지만, 유씨 가문 양자라는 이유로 반대한 자가 바로 관우임을 기억하십시오. 처음 그 문제를 한중왕이 공명에게 물었을 때 공명은 영리한 자라 집안일은 관우나 장비에게 상담하라며 교묘히 빠져나갔습니다. 해서 관우에게 물으니 관우는 '태자는 서자를 세우지 않는 게 고금에 내려오는 법도입니다. 유봉은 양아들이니 산중에 있는 성이나 한 채 주면 될 것'이라고 당신을 흡사 티끌만도 못한 사람으로 여기도록 말한 자입니다."

"설사 그렇다 해도 지금 관우를 죽게 내버려 두면 세상으로부터 쏟아지는 비난은 어찌 감당한단 말인가?"

"한잔의 물로 수레에 붙은 불을 끄지 못했다 한들 그 누가 비난하겠습니까?"

"음….'

유봉도 이윽고 거절하리라 마음먹고 다시 요화를 만나 그 뜻을 전했다. 요화는 아연실색하여 머리를 땅에 찧고 얼굴을 바닥에 비비며 대성통곡했다.

"만약 도와주시지 않으면 관우 장군님은 맥성에서 멸망할 것입니다. 저대로 죽게 내버려 둘 생각이십니까?"

"한잔의 물로 어찌 수레에 붙은 불길을 잡을 수 있겠는가?"

유봉은 그 말만 내뱉고 내실로 발뺌했다.

요화는 다시 한번 맹달과 만나기를 청했지만, 맹달은 꾀병을 이유로 아무리 청해도 만나주지 않았다. 요화는 발을 동동 구르다 상용성을 떠났다. 욕을 퍼붓고 달리는 말에 채찍질하며 머나먼 성도로 방향을 잡았다. 산 넘고 강 건너 아무리 먼 길이라도 한중왕에게 직접 구명을 요청할 수밖에 없다고 결심한 것이다.

맥성은 날로 패색이 짙어갔다.

"오늘일까? 내일일까?"

관우와 관평, 그 아래 장수 500명은 목을 길게 빼고 요화가 돌아오기만을 학수고대하며 원군 깃발을 기대했지만 때때로 하늘을 나는 철새 떼밖에 보이지 않았다.

군량이 떨어져가고 마음도 지쳐 사람이고 말이고 생기 하나 없었다. 그 기간에 소폐된 빙인배는 십초반 수성했나.

관우는 어두운 방에서 혼자 눈을 감고 우두커니 앉아 있었다. 조루가 그 앞에서 엎드려 안타까워하며 입을 열었다.

"이 성에 다가오는 운명은 이제 정말 풍전등화입니다. 어찌하면 좋겠습니까?"

"그저 잘 지켜라. 마지막까지…."

관우는 그 한마디밖에 하지 않았다.

그 시간, 성문을 두드리는 자가 있었다. 오나라 독군참모(督軍參謀)이자 공명 형이기도 한 사람, 제갈근(諸葛瑾)이다.

"참으로 오랜만입니다."

제갈근은 관우를 만나 오후의 속마음을 전했다.

"가장 급한 일을 파악하는 게 명장이 지녀야 할 혜안입니다. 대세는 이미 정해졌습니다. 형주 구군 가운데 남은 건 맥성 한 곳뿐, 이제는 오군 아래 들어오지 않은 곳이 없습니다. 더욱이 안으로는 군량도 떨어지고 밖으로는 원군도 오지 않는 한 아무리 장군이 절개를 지킨다 해도 부질없는 일 아닙니까? 주군 손권께서는 저를 보내 정중하게 장군을 모셔오라 분부하셨습니다. 어떠십니까? 저와 함께 영화로운 장생을 보장하는 길로 가지 않으시겠습니까? 오나라에 항복하지 않으시겠습니까?"

관우는 어깨를 떨며 쓴웃음을 지었다.

"오후는 사람 보는 눈이 밝지 못하다. 겁쟁이를 꾀는 감언이설은 치워라. 아무리 궁하다 해도 나는 무사 집안의 주패(珠貝)다. 깨트려도 빛을 잃지 않고 더럽혀지지 않는다. 조만간 성을 나가 손권과 미련 없이 일전을 펼쳐 승부를 정할 터. 돌아가 그리 전하라."

"어찌하여 장군은 그토록 자멸하려 하십니까?"

"닥쳐라!"

갑자기 한쪽 구석에서 일갈하며 칼을 뽑아 들어 제갈근에게 뛰어드는 젊은 무사가 있었다. 관우는 꾸짖으며 관평 팔을 덥석 잡았다.

"기다려라, 기다려. 공명 형이다. 공명을 보아 놓아주거라."

제갈근을 성 밖으로 쫓아낸 관우는 다시 조용히 눈을 감았다.

촉산은 멀다

1

잠시 여담을 하자.

1700년 전 중국에서 오늘날 중국을 들여다볼 수 있고, 21세기 중국에서 삼국 시대 중국을 종종 투영해볼 수 있다.

전란은 고금을 통틀어 중국 역사를 가로지르는 황하를 흐르는 하나의 흐름이고 장강에 치는 파도다. 무슨 숙명인지 이 나라 대륙에는 수천 년 동안 반세기만이라도 전란이 끊인 적이 없었다.

그러니 중국을 대표하는 인물은 대개 전란 중에 태어났고, 전란 속에서 삶을 꾸역꾸역 이어갔다. 민중도 그 한없이 소용돌이치는 땅에서 흙을 일구고 불안에 벌벌 떨면서도 아이를 낳고, 떠돌고, 헤어지고, 만나고, 괴로움과 슬픔을 느끼는 등 전화속에서 땅벌처럼 악착스럽게 생계를 영위해왔다.

특히 후한(後漢) 시대 벌어진 삼국 간 대립은 중국 전역을 전쟁이라는 화염 속으로 이끌어 불바다로 만들었는데 그 광대한 전화가 북으로는 몽강(蒙疆)을 침범했고, 남으로는 오늘날 운남(雲南)에서 인도차이나 반도까지 이르렀을 만큼 황토 대륙 전체에 몰아친 큰 회오리바람이었다. 거대한 난세의 도가니였다.

그때 백성을 구하고 어진 마음으로 사랑하는 정치를 기치로 삼아 세력을 일으킨 자는 유비고, 한조(漢朝) 이름을 빌려 왕위에 올라 무력과 꾀를 써 나라를 다스린 자는 위나라 조조였으며, 강남의 부강과 정예 기마대 양성으로 끊임없이 북진을 꾀한 자는 건업(오늘날 남경南京)을 디딤판으로 삼은 오후 손권이다.

건안 24년.

조조는 꿈꾸던 야망을 이루어 스스로 '위왕' 자리에 올라 천자 행세를 하기에 이르렀고, 유비 역시 공명이 한 권유를 받아들여 촉나라 성도에서 '한중왕'이라 자칭한다. 이어서 위나라와 오나라 양국 접경지 형주에 관우를 두고 당분간 내정 확충에 힘썼다.

촉나라에 닥친 커다란 불행은 바로 그때 형주에서 시작되었다. 관우가 죽고 형주를 잃었다!

훗날 역사가들은 이 부분을 두고 의견이 분분하다. 형주가 패배한 원인을 놓고 현덕 손에 쥔 행운과 순조로운 상황이 시나브로 불러일으킨 부주의 탓이다, 왕을 보좌하는 임무를 맡은 공명이 저지른 일대 실수다, 하며 유비와 공명 두 사람을 향해 비난의 화살을 쏘기도 했다.

하지만

크게 놓고 보면 촉나라에게 정말 중요한 중원에서 벌어진 대사는 형주보다 되레 한중(漢中)에 있었다. 위나라 조조가 직접 군사를 이끌고 한중 탈환을 꾀하려던 시점이다. 그때 촉나라 관심은 당연히 조조에게 쏠렸다.

조조와 오나라 손권은 적벽전을 겪은 이래 죽 숙적 관계였다. 설마 하룻밤 사이에 그 해묵은 장벽을 외교 공작으로 허물어 우호를 맺고, 오나라 대함선이 장강을 거슬러 올라가 형주를 제압하리라고는 꿈에도 생각지 못한 반전이었으리라.

유비는 물론 공명도 관우가 보여준 용기와 지략에 지나치게 의지한 면이 없잖다. 충성스럽고 절개와 의리를 지키며 용기와 지혜를 갖춘 인물, 관우는 당대 명장이다. 그렇다 해도 한계는 있었다. 일단 형주라는 발판을 잃는다면 아무리 관우라 해도 비참한 말로와 전쟁에 지친 노년 등 차마 그려낼 수 없는 결과만 남을 뿐이다. 온 나라에 닥친 전운이 절정으로 치달을 때 관우라는 큰 별이 맥성 풀밭에서 아득히 그 생명을 다했으니 장대한 삼국 전쟁사도 그때를 기준으로 '전(前) 삼국지'와 '후(後) 삼국지'로 나눈들 손색이 없으리라. 《후삼국지(後三國志)》야말로 현덕이 남긴 후주(後主) 유선(劉禪)을 받들어 오장원에서 스러지는 날까지 충성스러운 눈물과 의로운 피로 생애를 보낸 제갈공명이 중심을 이룬다. '출사표를 읽고 울지 않는 자는 사내가 아니'라고 예부터 우리 선조는 말해왔다. 그 선조는 분명 동양인이다. 해서 오늘날 《삼국지》를 새롭게 해석하는 의의를 필자는 굳게 믿는다. 모쪼록 독자들도 그 의의를 헤아려 항상 같은 뿌리에서 연유한 전란과 권변(權變) 탓에 화를 입는 중국인을 이해하고 관심을 기울이는 데 조금이나마 도움이 되어주기를 청한다.

2

제갈근은 늘 괴로운 자리에 있었고 항상 어려운 심부름만 맡았다.

온후하고 박식한 제갈근 역시 비범한 인물이었지만 지나치게 걸출한 아우 공명 그림자에 가려 이름을 떨치지도 못했고 그 존재까지 잊히기 일쑤다.

아무튼 제갈근은 오나라를 섬기고 아우는 촉나라에 있었다. 오후를 비롯해 오나라 장수들은 제갈근을 전혀 의심하지 않았고 오나라 진영에 있다는 사실만으로도 제갈근이 얼마나 정직하고 지조 있는 인물인지 미루어 짐작할 수 있다.

그럼에도 제갈근이 등용되거나 사자로 뽑힐 기회는 촉나라를 상대로 한 외교 공작이나 관우를 아군으로 포섭하려는 계책 등 어느 쪽이든 간접적으로 육친에게 활을 겨누는 괴롭고 어려운 임무를 맡을 때뿐이다.

지난번 사자 임무를 띠고 형주에 갔을 때 씁쓸한 경험을 했건만 이번에도 맥성에 들어가 관우를 설득하며 그 가슴속이 얼마나 괴로웠는지 몰랐다.

"관우는 젊은 시절 도원에서 현덕과 형제 의를 맺었고 아우 공명도 언제나 존경해 마지않는 장군이다. 아무리 좋은 미끼나 달콤한 말로 설득해도 그분이 절개를 꺾고 오나라에 항복하는 일은 없으리라."

관우를 만나기도 전에 제갈근은 그 결과를 예측했다.

물론 그 예측은 빗나가지 않았다.

한 가닥 희망은 있었다.

"관우도 맥성이 처한 운명은 이미 안다. 군량은 이미 떨어진 지 오래고 병력도 없으며 후방에서 올 원군도 전무하니 인정에 약한 관우라면 굶주림에 시달리는 부하 500명을 구하기 위해 항복할 마음이 들지 모른다."

이건 제갈근 혼자만의 망상일 뿐이다. 의연한 관우 앞에서 제갈근은 항복을 권하러 간 사자로 서 있기조차 부끄러워 견딜 수 없었다. 어떻게 설득해도 일소할 뿐 아니라 관우 양아들이 검을 뽑아 들어 위협하기까지 하니 허겁지겁 쫓겨나는 쓰라린 경험을 맛보았다.

"아깝다. 참으로 아까운 인물이로다."

제갈근은 통절히 혼잣말을 읊조리며 터덜터덜 돌아갔다.

오후 손권은 공격군 본진에서 안타까운 표정으로 기다렸는 데 제갈근이 돌아오는 모습을 보자 즉시 물어왔다.

"어찌 됐는가?"

"들은 척도 하지 않습니다."

제갈근은 있는 그대로 보고했다. 뒤이어 이런 말도 덧붙였다.

"관우 마음은 철벽 그 자체입니다. 분명 평범한 사람에게 하 듯 이해를 따지는 설득은 헛수고일 뿐이며 오히려 주군에 대한 심사는 관우가 보내는 비웃음밖에 사지 못할 것입니다."

그러자 곁에 있던 여범(呂範)이 손권 얼굴을 우러러보며 말 했다.

"제가 점을 한번 쳐보겠습니다."

관우가 촉나라에 바치는 충성을 알면 알수록 어떻게라도 살려 오나라 진영으로 섭외하려고 온갖 수단을 쓰려는 주군 심중을 여범은 그 누구보다 잘 헤아렸다.

"그래, 점을 한번 쳐볼까….""

여범은 주군 앞에서 물러나기가 무섭게 깨끗한 옷으로 갈아입고 제단을 차려놓은 방에 틀어박혔다. 복희(伏羲)와 신농(神農)에게 빌며 엎드려 있기를 일각, 세 번 점을 쳐 지수사(地水師, 《주역》64괘 중 하나 – 옮긴이) 점괘를 얻었다.

이미 밤이 깊었지만, 주군 앞으로 돌아와 점괘를 알리자 손권과 바둑을 두던 여몽이 손바닥을 들여다보듯 말했다.

"그 점괘는 적중할 것입니다. 적이 멀리 달아난다는 모양을 나타내는 괘입니다. 제 생각과 정확히 일치합니다. 필시 관우는 지금쯤 맥성에서 빠져나가려고 필사적으로 애쓸 것입니다. 그것도 큰길은 택하지 않고 성 북쪽으로 난 좁고 험한 산길을 노려 이슥한 밤을 틈타 돌파하려 힘쓸 것입니다."

"그때다. 복병을 심어 그 협로에서 관우를 생포해야 한다."

손권은 박수를 치며 다급히 군령을 내리려 했지만 여몽은 여전히 바둑판을 보며 홀로 빙긋 웃었다.

3

"자, 두던 대국을 끝내시지요. 이번에는 주군께서 두실 차례입니다."

여몽은 바둑판을 사이에 두고 손권에게 다음 수를 재촉했다.

"그럴 때가 아니오. 이제 바둑은 접고 맥성 샛길에 채비를 갖춰야 하오."

손권은 벌써 마음이 들떴다.

"심려치 마십시오. 설령 관우에게 땅을 뚫고 하늘을 날 재주가 있어도 그 안에서 빠져나가지 못하도록 물샐틈없이 작전 순서를 짜놓았습니다."

"그러면 이미 성 뒷문이나 뒷산 쪽에도 복병을 배치해두었다는 말이오?"

"물론입니다. 자, 다음 수는 어떻게 두시겠습니까?"

여몽은 재차 바둑판을 가리켰다. 손권도 그 이야기를 듣고는 이내 마음이 진정되어 다시금 바둑을 두려는 순간, 이번에는 여몽이 불현듯 혼잣말하며 시립한 무사에게 명령했다.

"그렇지, 북문에 배치한 공격군이 너무 강하다. 아무도 없느냐, 반장을 불러라."

즉시 반장이 불려 왔다. 여몽은 바둑을 두다 뒤돌아보며 지령을 내렸다.

"맥성 북문에 공격수 3000명을 배치했으나 그 자리에 약졸 700~800명만 남기고 나머지는 서북쪽에 있는 산속에서 매복하도록 자네가 화급히 가서 지휘해주게."

반장이 떠나자 시종에게 부탁했다.

"주연을 불러주게."

주연이 나타나자 여몽이 새로운 지시를 내렸다.

"새로운 병사 4000기를 더하여 적이 주둔한 성 남쪽, 동쪽, 서쪽 세 방향에 압력을 더 가하고 자네는 따로 1000기를 이끌고 유격대로서 북쪽 샛길과 산과 들 등을 샅샅이 살피게."

그러고 나서 여몽은 바둑판 앞을 떠나며 유쾌한 듯 웃었다.

"어떻습니까? 제가 이겼지요. 황송하지만 아직 주군 솜씨로는 이 여몽을 이기실 수 없습니다."

바둑은 졌지만, 손권도 함께 너털웃음을 지었다. 대국에서는 패했지만 지금 적이 주둔하는 성은 풍전등화 같은 상황이고 관우를 생포할 확실한 계책을 세웠으니 또 다른 만족감이 가슴속을 채워왔다.

이와 정반대로.

어제오늘 맥성 안은 그야말로 처참했다.

군사 500명은 300명으로 줄어들었다. 병자는 늘어가고 탈주자는 끊이지 않았다. 밤이 되면 옛 성 밖에는 오군 진영에 있는 형주 출신 병사가 소리를 낮추고 부르러 오느라 바빴다.

"구 아무개야, 나오너라."

"이씨, 이씨. 도망치자."

그 유혹에는 유달리 힘이 있었다.

아무리 관우라도 지금은 모든 계책이 다한 듯했다. 왕보와 조루에게도 절망적인 심경을 내비쳤다.

"이제 마지막이다. 돌이켜보니 큰 패배를 불러일으킨 건 오로지 내 재주가 부족해서다. 요화도 도중에 죽임을 당했는지 아무래도 원군을 기다릴 희망도 사라진 듯하다."

이름을 마음 추서스러우 여흐ㅇ로 하 시대를 풍미한 영웅호걸이 이제는 그 말로를 깨닫는 것인가?

왕보는 저도 모르게 눈물을 줄줄 흘리며 탈출을 권했다.

"아닙니다, 아직 백계가 다 했다고는 단언할 수 없습니다. 살길이 있습니다. 전부터 살피건대 뒷문에 해당하는 북쪽에는 적의 방비가 허술하니 돌파하여 북쪽 산중으로 숨어 들어가 촉나라를 향해 달아나신다면 어찌 오늘 맞은 비극을 적에게 되갚아 줄 날이 오지 않겠습니까? 나머지는 이 왕보가 목숨 걸고 책임지겠습니다. 성과 함께 가루가 될 때까지 뒤를 지키겠습니다. 부디 조금이라도 빨리 촉나라를 향해 떠나십시오."

이미 군량도 다하고 화살도 없었다. 관우는 눈물을 삼키며 왕보와 헤어졌다. 겨우 100여 명을 성안에 남겨두고 나머지 200명이 채 되지 않는 군사를 이끌고 달 없는 어두운 밤을 골라 맥성 북문을 급습하여 떠났다.

4

관평과 조루 두 장수가 관우 앞에 서서 우선 북문 근처에 경계 서는 오군을 물리쳤고 말을 걸터탄 군사 200명은 오직 산을 향해 내달렸다.

맥성 북쪽으로 치솟은 산봉우리만 넘으면 길은 촉나라로 통하고 몸은 오군 포위망 밖에 서게 될 터였다.

"거기까지만 참자!"

"거기까지는 적이 숨겨놓은 복병을 만나더라도 눈길을 주지 마라. 그대로 쫓아버리기만 하고 그저 발길을 재촉하라."

작전 구호처럼 서로에게 전하며 관우를 호위하던 일행은 드디어 초경 무렵 암흑같이 깜깜한 좁은 산길을 올랐다.

얼마간은 튀어나와 맞서는 적군도 없고 초목을 건드리는 복병 기척도 없었다.

산 하나를 넘고 다시 다음 산에 이르렀다. 그 사이는 칠기 단지처럼 새까만 어둠이 내려앉은 분지를 서쪽 습지대가 소매를 끌 듯 감아 도는 곳이다. 졸졸거리며 창백히 흐르는 물과 우뚝 솟은 바위를 지나며 관우와 관평이 걸터탄 말은 몇 번이나 돌부리와 칡넝쿨에 걸려 넘어질 뻔했다.

그러자 돌연 앞쪽 늪지에서 깜빡깜빡 수없이 많은 불빛이 보이는 게 아닌가. 왼쪽 산에서 한 덩어리 횃불이 달려 내려왔다. 오른편 산봉우리에서도, 그보다 더 뒤에서도 관우 군이 있는 곳으로 불빛이 하나둘 몰려들어 드디어 하늘을 태울 듯한 화염이 되었다.

"오군이다!"

"복병이었어!"

이미 화살이 바람을 가르며 소나기처럼 쏟아졌다.

"관평, 혈로를 열어라."

미리 각오했던 일, 관우는 말 위에서 언월도를 고쳐 잡으며 당당하게 외쳤다.

"아버님, 이쪽으로 가십시오."

앞장선 관평은 떼 지어 몰려오는 복병들 속으로 칼을 휘두르며 들어갔다. 이어서 관우도 말을 몰았다.

그러자 오나라 장군 주연이 측면에서 소리쳐 불렀다.

"장군, 기다리시오."

관우는 힐끗 돌아보았지만 싸우려 하지 않고 그대로 달려 나갔다. 주연은 추격해 오며 집요하게 창을 들이댔다.

"일찍이 장군이 적에게 등을 보였다는 예는 듣지 못했는데 오늘 밤은 어찌 되신 겝니까?"

"이놈, 그렇게도 내 칼에 목이 베이고 싶으냐!"

관우는 말 머리를 돌려 커다란 청룡도를 한 바퀴 뒤로 휘둘렀다. 주연은 고개를 숙이고 전력을 다해 용맹하게 덤볐지만 본디 관우 적수가 되지 않으니 겁을 집어먹고 도망쳤다.

"뒤쫓아서는 안 된다."

관우는 되뇌었지만, 기호지세(騎虎之勢, 호랑이를 타고 달리는 형세라는 뜻으로, 이미 시작한 일을 중도에서 그만둘 수 없는 경우를 비유적으로 이르는 말 – 옮긴이)라 하였던가! 어느덧 관평도 보이지 않았고 얼마 되지 않는 아군 세력도 뿔뿔이 흩어져 관우는 그만 주연을 추격하여 산골짜기 좁은 길까지 가고야 말았다.

그곳은 임저(臨沮) 샛길이라는 곳으로 나무꾼조차 곧잘 길을 잃는 미로다.

돌연 사면으로 난 산에서 바위가 하나둘 굴러떨어져 말 다리까지 파묻힐 듯했다. 관우 주변을 떠나지 않았던 예닐곱 정도 되는 무사도 너나없이 바위에 깔리고 말았다.

"아아…. 이곳은 이승인가, 지옥인가…."

혼잣말하며 화급히 말 머리를 돌렸지만, 오나라 대장 반장이 이끄는 복병들이 횃불을 던지며 관우 앞뒤를 가로막았고 관우가 고립되어 진퇴양난에 빠졌음을 확인하자, 일제히 북을 치고 꽹과리를 울리며 맹수 왕을 사냥하는 몰이꾼처럼 와! 하고 아군을 부르고 다시 와! 하고 아군에게 대답했다.

"아버님, 아버님…."

어디에선가 관평 목소리가 들려왔다.

'내 아들은 어딨는가? 조루와 부하들은 어찌 되었는가?'

관우는 마음이 어지러웠다.

"장군, 관우 장군. 이미 조루 목을 베었소. 언제까지 미련을 버리지 못하고 악전고투할 작정이시오? 깨끗이 투구를 벗고 오나라에 천명을 맡기시오."

오나라 장수 반장은 이윽고 말을 몰고 다가와 관우에게 부탁했다. 관우는 긴 수염을 바람에 휘날리며 말을 달리기 무섭게 높이 쳐든 청룡도 아래로 반장을 노려보며 응답했다.

"이놈! 진정한 무인 넋이 무엇인지 아느냐!"

10합도 채 겨루지 못하고 반장은 달아났다. 이를 추격하여 밀림으로 난 좁은 길로 접어들었을 때 주변 일대 우람한 나무들 사이에서 갈고리와 추가 달린 밧줄이 우수수 쏟아져 내렸다. 관우가 걸터탄 말은 또 무언가에 다리를 휘감겨 힝힝거렸다.

'진정 천명은 여기서 끝나는 건가….'

순간 관우는 안장에서 고꾸라졌다. 그곳에 반장 부하 마충(馬忠)이라는 자가 갈퀴를 뻗어 관우 목을 내리누르니 떼 지어 몰려든 적군들 손에 결박당했다.

풀을 뜯지 않는 적토마

1

관평도 아버지 모습을 찾아 헤매는 사이 주연, 반장 휘하 군사들에게 사로잡혔다. 동아줄에 묶여 오후 손권 진영으로 끌려오는 동안에도 아버지 이름을 부르며 원통하다는 말만 되풀이했다.

보고를 받은 손권은 다음 날 새벽 일찍 장막에서 나와 마충에게 관우를 끌고 오라 하여 흡족한 얼굴로 관우를 바라보았다.

"나는 진작부터 장군을 흠모하여 장군 따님을 내 아들과 맺어주려 한 적도 있소. 어찌하여 그대는 그때 간청을 물리셨소?"

관우는 침묵할 뿐이다.

손권은 말을 이어 나갔다.

"장군은 언제나 천하무적이라고 여겼는데 어찌 오늘은 우리 군사 손에 잡혔소? 내게 항복하고 오나라를 섬기라는 하늘이 장군에게 내린 뜻이라 생각되오."

관우는 조용히 눈을 들어 대답했다.

"우쭐대지 마라. 눈깔 파란 애송이에 벌건 수염이 달린 쥐새끼 같은 놈아. 진정한 장수가 하는 말을 들어라."

그러고는 자세를 바로잡았다.

"유 황숙과 이 몸은 도원에서 결의하고 청신한 천하를 만들고자 뜻을 품은 후 수많은 전투와 난관을 거쳤지만, 의심이나 배반은 꿈도 꾼 적이 없는 사이다. 오늘 과오를 범하여 오나라 계략에 넘어가 설령 이 한목숨을 잃는다 해도 구천 아래에는 도원에서 맺은 맹세가 있고 구천 위에는 내 혼령이 있다. 네놈 오나라 역적들을 멸망시키지 않고 어찌 그냥 두겠느냐? 항복하라니 가소롭고 가소롭다. 어서 목을 베어라."

관우는 그 말을 마지막으로 입을 닫고 한마디도 하지 않았다. 마치 거대한 바위를 앞에 둔 듯했다. 손권은 좌우를 돌아보며 속닥였다.

"한 시대를 풍미한 영웅이 아깝다. 무슨 방도가 없느냐?"

주부 좌함(左咸)이 의견을 제시했다.

"단념하십시오. 그 옛날 조조도 관우를 얻고 사흘마다 작은 잔치, 닷새마다 큰 잔치를 열었고 영예로운 수정후 작위를 주고 번뇌를 잊으라며 미녀 열을 주어 밤낮으로 기분을 맞추며 붙들어두려 애썼지만 결국 그 밑에 머물지 않고 다섯 관문 장수를 베고 현덕에게 돌아간 예도 있지 않습니까?"

"…"

"관공하오나 천하일 주주도 그랬습니다. 하물며 어찌 오나라에 머무르려 하겠습니까? 고배를 마신 조조도 후일 뼈저리게 후회했습니다. 이번에 목을 베지 않으면 훗날 오나라에 큰 해를 입힐 게 분명합니다."

"…."

손권은 여전히 입을 꾹 다물고 코로 씩씩거리며 숨을 쉬더니 이윽고 자리에서 벌떡 일어나 전에 없이 큰 소리로 외쳤다.

"베어라! 목을 베어라! 저 관우를 끌고 나가라!"

무사가 우르르 몰려들어 관우를 진영에 있는 넓은 마당까지 끌고 갔다. 그러고 나서 양자 관평과 나란히 세워 그 목을 베어 떨어트렸다. 때는 건안 24년 10월, 그날 만추에 뜬 구름은 맥성 들판을 낮게 덮었고 비도 안개도 아닌 자욱한 공기가 싸늘하게 맴돌았다.

"마충에게는 포상으로 관우가 타던 말을 주겠다. 관우에게 부끄럽지 않은 공훈을 세워야 한다."

관우가 타던 애마는 발이 빠르기로 이름 높은 적토마다. 손권은 마충에게 적토마를 하사하고 반장에게도 관우가 애용하던 유품 청룡언월도를 내렸다.

'명장을 닮고 싶다'는 소망은 누구든 같은 마음인지라 오나라 장수들은 비록 적이기는 하지만 관우 유품이라면 소매나 옷고름 하나라도 소장하고 싶어 했다. 그런 의미에서 마충은 모두에게 부러움을 받는 대상이었지만, 어찌 된 일인지 네댓새가 지나자 상당히 기가 죽었다.

"큰일 났다. 왜 이러는 걸까?"

상으로 받은 적토마는 관우가 죽은 그날부터 풀을 뜯지 않았다. 가을 햇살 아래로 끌어내 아무리 향기로운 마초를 주고 물가로 이끌어도 고개를 젓고는 맥성을 향해 구슬프게 울 뿐이다. 맥성에는 아직 100여 명이 성안에 머무는 상태다. 그 후 오군이 닥쳐오자 왕보도 이미 관우의 죽음을 알았는지 망루 위에서 뛰어내려 유명을 달리했다. 관우 한쪽 팔이라 불리던 주창(周倉)도 스스로 목을 베어 분연히 죽음을 택했다.

2

관우 사후에는 여러 가지 불가사의한 일이 있었다고 전해진다. 무장 관우가 베푼 덕망과 백성이 보내는 신망이 두터워 그 죽음을 애석해하고 한탄하는 백성이 제각기 지어낸 이야기가 어느 틈에 신비로움이 더해져 설화가 되고, 항간에 퍼졌으리라.

형주 옥천산(玉泉山)에 보정(普靜)이라는 노승이 있었다. 사수관(汜水關) 진국사(鎭國寺)에서 지내던 승려로 관우와 젊은 시절부터 알고 지낸 스승이며 마음을 나누는 벗이었다 한다.

그즈음 그 보정이 달 밝은 밤 암자에 고요히 홀로 앉아 있는데 하늘에서 소리가 들렸다.

"보정, 보정."

내 머리를 돌려다오, 내 머리를 돌려다오.

두 번이니 똑같은 말이 분명하게 들려왔다.

올려보자 구름 사이에 관우 얼굴이 생생히 보이고 오른쪽에 주창, 왼쪽에 관평 그리고 다른 장수도 따르는 게 아닌가. 보정은 소리 높여 물었다.

"관 운장(雲長), 지금 어딨는가?"

그러자 하늘에서 들려오는 목소리는 자못 원통하다는 듯 대답했다.

"여몽이 쳐놓은 계책에 빠져 오나라에서 죽임을 당했소. 스님, 내 머리를 찾다가 내 혼을 달래주오."

보정은 일어나 뜰에 나가 살살 달래었다.

"장군, 이리 떠도는 건 어리석은 짓임을 어찌 깨닫지 못하시오? 장군이 지금까지 걸어온 산과 들 뒤편에는 장군 같은 한을 품은 백골이 겹겹이 쌓여 있잖소? 도원에서 할 일은 이미 끝났소이다. 이제는 고이 잠들어 구천에서 편히 쉬어도 좋소. 어서 가시오!"

그러고는 불자(拂子, 고승이 번뇌와 어리석음을 떨치는 표지로 사용하는 도구 – 옮긴이)로 달을 치니 관우 모습이 홀연히 안개처럼 사라졌다.

그 후에도 달이 밝거나 비 오는 밤이면 번번이 암자 문을 두드리는 사람 목소리가 들려왔다.

"스님, 가르침을 베푸시오."

하여 옥천산에 사는 사람들은 함께 의논하여 사당을 지어 관우 넋을 달랬다고 한다.

또한.

오나라 손권은 형주에서 벌인 전투가 끝난 후 성대한 연회를 베풀어 병사들을 위로했는데 연회 자리에 여몽이 보이지 않았다. 손권이 그 자리에서 여몽에게 사자를 보내 말을 전했다.

"이번에 형주를 얻은 건 그대가 끌어올린 웅숭깊은 생각과 멀리 내다본 계책 덕분이오. 그대가 보이지 않으니 과히 적적하구려. 나는 그대가 올 때까지 잔을 들지 않고 기다리겠소."

여몽은 과분한 말씀이라고 황송해하며 바로 연회장으로 달려왔다. 손권은 술잔을 높이 들고 한마디 한 후에 여몽에게 건넸다.

"주유는 적벽에서 조조를 물리쳤지만, 불행히도 일찍 세상을 떴소. 노숙도 제왕을 논할 만큼 웅대한 지략을 품었으나 형주를 함락하지는 못했소. 그 둘은 분명 내 반평생 중에 만난 쾌걸이었지. 오늘 형주는 내 것이 되었고 게다가 그대는 내 눈앞에 건재하오. 이만큼 유쾌한 일은 없소이다. 그대는 주유, 노숙에 버금가는 우리 오나라 보물 중 보물이오."

그러자 여몽은 느닷없이 술잔을 내팽개친 후 눈을 부릅뜨고 일갈했다.

"눈깔 파란 애송이에 벌건 수염이 달린 쥐새끼 같은 놈아! 우쭐대지 마라!"

그러고는 마구 욕지거리를 퍼부었다.

자리를 가득 채우고 앉아 있던 사람들은 일제히 일어나 여몽 주위에 몰려와 다른 곳으로 끌어내려 애썼지만, 여몽은 무서울 정도의 힘으로 사람들을 뿌리친 뒤 놀라서 웅성대는 이들을 짓밟더니 급기야 상석을 앗았다. 그러더니 귀신에 홀린 눈을 부릅뜨고는 통곡하듯 외쳤다.

"내가 전장에서 종횡무진한 지 30여 년, 한때 네놈들이 파놓은 속임수에 빠져 목숨을 잃었지만 기필코 내 넋은 촉군 위에 남아 오나라를 멸망시키리라. 나는 한수정후 관우다!"

　손권은 물론 모든 사람이 덜덜 떨며 모조리 다른 전각으로 달아났다. 하지만 등잔불이 꺼져 칠흑같이 어두워진 연회장에서 여몽은 나오지 않았다. 나중에 여러 사람이 살그머니 등불을 켜고 가보니 여몽은 자기 머리털을 움켜쥔 채 고통스러운 모습으로 눈을 감은 뒤였다.

　이 역시 당시 세상에 떠돌던 이야기다. 물론 실제와는 거리가 멀다. 하지만 형주를 점령한 후 얼마 되지 않아 여몽이 병으로 세상을 떠난 것만큼은 진실이다.

국장(國葬)

1

오후는 여몽이 죽자 한없이 눈물 흘리며 작위를 주고 관곽(棺槨)을 준비하여 극진하게 장례를 치른 후 명령했다.

"건업에서 여패(呂覇)를 불러라."

여패는 여몽 아들이다. 여패는 이윽고 장소(張昭) 손에 이끌려 형주 땅을 밟았다. 손권은 여패를 측은하게 바라보며 위로했다.

"부친 직위를 그대로 이어받아도 좋다."

그때 장소가 물었다.

"관우 시신은 그 후 어찌하셨습니까?"

"참형에 처한 채로 내버려 두었소. 머리는 소금에 절여 보관했고."

"어떻게든 해야 합니다."

"장례를?"

"아닙니다. 앞으로 준비를 말하는 것입니다. 관우, 현덕, 장비는 사는 것도 죽는 것도 반드시 함께하겠다고 도원에서 맹세한 사이입니다. 그 관우가 참형을 당했다는 소식을 들으면 촉나라는 국력을 총동원하여 어떻게든 원수를 갚으려 들 것입니다. 공명이 세우는 뛰어난 지략과 장비가 뽐내는 용맹을 더해 마초(馬超), 황충(黃忠), 조운(趙雲) 등 쟁쟁한 맹장이 목숨을 아끼지 않고 오나라에 쳐들어온다면 우리가 어찌 막아내겠습니까?"

"…."

손권 얼굴에서 이내 핏기가 가셨다. 손권도 같은 생각을 하지 않은 건 아니었으나 장소가 절박하게 장차 닥쳐올 재앙을 두려워하는 모습을 보이자 새삼 진지하게 그 필연성을 실감했다.

장소는 말을 이어 나갔다.

"오나라에게 두려운 문제가 또 있습니다. 촉나라가 목적을 이루기 위해 불리한 상황에서는 잠시 눈을 감고 분명히 위나라에 접근하리라는 점입니다. 촉나라가 영토 일부를 떼어 조조에게 주고 '위촉 제휴'를 맺어 오나라로 남하한다면 우리는 앉은 자리에서 사분오열(四分五裂)하여 패배라는 쓴잔을 마시고 다시는 장강에서 휘두르던 패권을 쥐고 시대를 거슬러 올라갈 수는 없을 것입니다."

"장소, 그 상황을 미연에 방지하려면 어찌하면 좋겠소?"

"해서 이야기를 꺼냈습니다. 이미 저세상 사람이라고는 하나 관우를 처리하는 일은 신중해야 합니다. 관우의 죽음은 조조가 내린 지시를 따른 것이며 조조가 한 짓이라 꾸며 이 화근에 대한 책임을 조조에게 전가하는 길뿐입니다. 저는 그리 판단합니다. 그러니 관우 수급을 사신에게 들려 조조에게 보낸다면 조조가 먼저 우리에게 서한을 보내 관우를 치라고 한 적이 있으니 기뻐하면서 받을 것입니다."

"옳거니…."

"오나라는 공공연하게 천하를 향해 관우를 죽인 건 위나라라며 그 공을 기리는 것처럼 말을 퍼뜨려야 합니다. 그리하면 현덕이 품은 원한은 당연히 위나라 조조를 향할 테고 오나라는 제삼자 자리에서 다음 일에 대처할 수 있습니다."

이렇듯 국제 문제에 절묘한 꾀를 낼 줄 아는 사람은 장소 외에는 달리 없었다. 손권은 그 원로가 하는 말을 진중하게 받아들여 바로 사신을 가려 뽑고 관우 수급을 주며 위나라로 파견했다.

그때 조조는 이미 개선하여 낙양에 돌아와 머물렀는데 오나라 사신이 관우 수급을 바치러 왔다는 말을 듣고 아득히 먼 옛일을 추억했다.

"결국, 관우는 목이 베이고 나는 살아남아 이렇게 만나는 날이 왔구나."

그러고는 손권이 보인 행보가 신묘하다며 가상히 여기고 여러 신하와 함께 사신을 불러 관우 수급을 살폈다.

그러자 그 자리에 있는 많은 사람 가운데 한마디를 외치는 자가 있었다.

"대왕이시여! 기뻐하신 나머지 오나라가 보낸 커다란 화근까지 함께 받으시면 아니 되옵니다."

사람들 시선이 일제히 그 얼굴을 찾았다. 조조가 무슨 영문인지 몰라 그자에게 묻자 주저 없이 잘라 토로했다.

"재앙을 담은 씨앗을 전가하여 촉나라 원한을 위나라에게 향하게 하려는 오나라가 세운 끔찍한 계략입니다. 관우 수급을 이용해 위나라와 촉나라를 상극으로 만들어 두 나라가 싸우다 지치기를 기다리려는, 오나라가 친 간사한 계책입니다."

그 사람은 바로 사마의(司馬懿), 자는 중달(仲達)이다.

2

오나라에서 세운 고단수 계책에도 위나라는 끝끝내 속지 않았다. 위나라에도 사리에 밝은 문관이 있었다. 사마중달이 한 발언은 말 그대로 철저하게 오나라가 어루뀐 속임수를 폭로한 것이다.

조조도 섬뜩해하면서도 중달이 오나라 의중을 간파했다며 고개를 주억거렸다. 그러고는 관우 수급을 그대로 오나라에 돌려보낼지까지 논의했지만, 중달이 다시 의견을 올렸다.

"아닙니다. 그러면 대왕은 도량이 좁은 사람이 됩니다. 우선은 받아두고 아무렇지 않게 사신을 돌려보낸 후에 재고하심이 좋습니다."

이윽고 오나라 사신이 물러나자 조조는 발상(發喪)하고 100일 동안 낙양에서 풍악을 금했다. 그러고는 침향목(沈香木)에 관우 시신을 조각하여 수급과 함께 낙양 남문 밖에 있는 언덕에 매장했다. 그 장례는 왕후 예를 갖추어 치렀으며 장의 위원장은 사마중달이 담당했다. 높고 낮은 모든 벼슬아치가 발인했고 의장

수백 기를 대동하였으며 조화를 꾸미고 새를 날리고 제수로 바치는 양과 소 등이 끝없이 낙양 거리를 지나갔다. 이 성대한 국장을 치르는 곳에는 위왕 조조가 특별히 청한 칙사가 서서 지하에 있는 관우에게 작위까지 내렸다.

"형왕(荆王) 자리를 하사한다."

오나라는 화근을 위나라에 넘겼고 위나라는 화를 돌려서 촉나라에게 은혜를 베풀었다.

삼국이 벌인 싸움은 이제 그 산처럼 쌓인 시체와 강처럼 흐르는 피로 물든 전투에 그치지 않고 외교 수단과 인심 파악까지 허허실실 기지를 발휘하는 불꽃이 튀기 시작했다. 조조나 현덕이 세상에 처음 나섰던, 모든 일의 서막과도 같았던 시절과 비교한다면 이제 전쟁을 벌이는 방법 자체는 물론 그 특성까지도 변모했다는 사실을 알 수 있다. 예전처럼 부분적인 승리나 성과만으로는 우리가 이겼다며 축배를 들 수 없게 된 것이다. 바야흐로 촉나라, 위나라, 오나라 어디든 총력을 기울여 건곤일척 승부를 겨뤄야 하는 시대로 들어섰다. 물론 삼국이 대립하는 형세 역시 일대일로 싸우는가, 정세를 바꿔 두 나라가 동맹을 맺어 다른 하나를 공격하는가 등 국제적인 움직임과 외교전을 유도하는 방법에 중대한 국운이 달리게 되었다. 따라서 큰 전쟁을 전개하는 무대 뒤에는 언제나 전쟁을 능가하는 전쟁이 모든 지혜를 총동원하여 전개된다는 겉과 속이 다른 사정을 이 시대 전장에서도 찾아볼 수 있다.

시간을 조금 거슬러 올라가 볼까?

성도에 있는 현덕은 전에 같은 집안사람인 유모(劉瑁)의 미망인 오(吳)씨를 후궁으로 맞아 왕비로 삼았다.

오씨는 정숙하고 용모도 빼어났다. 현덕이 형주에 있던 시절 오나라 손권 누이동생과 혼인한 적도 있었지만, 그 부인과 이별한 후로는 오래도록 적적한 집안에서 지내다 젊은 왕비 오씨를 맞아 두 아들을 얻었다.

형 이름은 유영(劉永), 자는 공수(公壽)다.

아우 이름은 유리(劉理), 자는 봉효(奉孝)다.

그 무렵.

형주 방면에서 촉나라로 온 사람이 재밌고 우스운 이야기를 전했다.

"얼마 전에 오나라 손권이 관우를 포섭하고자 관우 딸을 맏아들 비로 맞으려고 사자를 보냈더니 관우는 '호랑이 자손을 개 자식에게 시집보낼 수 없다'며 거절했다 합디다."

공명 귀에 그 소문이 들어간 시기는 훨씬 나중이었으므로 공명이 형주에 난리가 날 것을 직감하고 현덕에게 주의를 주었다.

"누군가 관우와 교대하지 않으면 형주는 분명 위험에 빠질 것입니다."

그때 이미 형주 전황을 전하는 파발이 밤낮으로 촉나라로 속속 들어왔다. 그 소식은 하나같이 승전보뿐이어서 현덕은 오히려 기뻐했는데 이윽고 10월 어느 가을밤, 책상에 앉아 꾸벅꾸벅 졸 때 왕비 오씨가 현덕을 흔들어 깨우자 방금 꾼 꿈에 모골이 송연하여 주위를 둘러보았다.

성도가 진동하며 울다

1

교교한 달빛은 궁궐 처마를 넘어 현덕 무릎 언저리까지 비추었다. 왕비는 초가 꺼진 걸 발견하고 시녀를 불러 불을 붙이게 한 후 현덕 곁으로 다가갔다.

"어찌 그러셔요?"

"글쎄, 책상에 기대 홀로 책을 읽었는데…."

현덕은 혼잣말하다가 곧 자기가 내뱉는 말을 부정하듯 반문했다.

"내가 신음하는 소리라도 들었소?"

"예, 가위에 눌리신 듯했습니다."

왕비는 두 번이나 큰 소리가 나 무슨 일인가 살피러 왔다며 미소를 머금고 말했다.

"그랬소? 어느새 선잠이 들어 꿈이라도 꿨나 보오."

이윽고 정신이 돌아왔는지 현덕이 짓는 미소가 불빛에 비쳤다. 그러고는 두 아들을 불러 왕비와 함께 얼마간 즐거운 시간을 보낸 뒤 침소에 들었다.

　그날 밤 새벽, 현덕은 또다시 초저녁에 꾼 꿈과 똑같은 꿈을 꾸었다.

　꿈속에는 달이 떠 빛났다. 먹물같이 서늘한 바람이 쉴 새 없이 불어 구름을 쓸어 가는데 구름 소리인지 바람 소리인지 분간할 수 없는 비명이 그치자 침소 장막 아래 자락에 누군가 푹 엎드린 모습이 보였다.

　간담이 서늘해진 현덕은 꿈속에서 그 사람에게 소리쳤다.

　'아니! 내 아우가 아닌가? 관우, 관우여. 깊은 밤에 대체 무슨 일로 왔는가?'

　분명 관우 그림자가 틀림없건만 평소에 보던 관우답지 않게 고개도 쉬이 들지 않고 그저 꼼짝 않고 눈물만 흘릴 뿐이다.

　'도원에서 맺은 인연도 덧없는 과거가 되었습니다. 형님, 어서 병사를 꾸리시어 아우 가슴에 맺힌 한을 풀어주십시오….'

　관우는 홀연 입을 떼는가 싶더니 말없이 절하고 스르륵 장막 밖으로 빠져나갔다.

　'기다리게. 기다리게, 아우.'

　현덕은 꿈속에서 소리치며 관우 그림자를 쫓아 편전 회랑까지 달려 나갔는데 바로 그 순간 하늘에 떠 있던 달이 마치 공처럼 날아 서쪽 산에 떨어지는 모습을 보고는 악! 하고 소리친 후 얼굴을 손으로 가리며 그대로 쓰러졌다.

　꿈은 꿈에 지나지 않지만, 현덕이 편전 회랑에 쓰러진 상황은 사실이다. 공명은 그날 아침, 평소보다 일찍 군사부에 모습을 나타냈다가 하인에게 그 소문을 듣고 한달음에 한중왕 내전에 들었다.

"어쩐지 안색이 좋지 않으십니다. 간밤에 편히 주무시지 못하셨습니까?"

"아, 군사(軍師)인가?"

현덕은 공명을 기다렸다는 듯이 지난밤 겪은 일을 소상히 설명했다.

"어젯밤 두 번이나 같은 꿈을 꾸어 그대에게 사람을 보내 들라 할까 싶던 참이오."

공명은 웃으며 말했다.

"어제 일은 주군께서 멀리 계신 관우 장군의 신변을 밤낮으로 염려하셔서 생긴 번뇌몽(煩惱夢)으로, 마음에 새겨진 피로 위에 그려진 환상에 지나지 않습니다. 오늘은 화창한 가을 정원에 걸음 하시어 왕비 마마, 왕자 마마와 온종일 즐거이 쉬시는 편이 좋을 듯합니다."

그러고는 곧 물러났다.

중문 회랑까지 나오니 태부(太傅) 허정(許靖)이 안색이 변해 달려오는 게 아닌가. 공명은 허정을 불러 세워 물었다.

"태부, 무슨 일 있느냐?"

허정은 다급하게 고했다.

"형주가 무너졌습니다. 오늘 새벽 올라온 파발입니다."

"뭐라? 형주가?"

"오나라 여몽이 꾸민 계책에 빠져 관우 장군은 형주를 빼앗기고 맥성으로 달아나셨다 합니다."

"으음…, 사실이겠지. 매일 밤 천체를 살피니 형주 하늘에 한 줄기 흉한 구름이 떠 있었네. 역시 그랬군. 태부, 이 일은 한중왕께 고하지 않는 편이 좋겠네. 갑작스레 놀라시면 혹여 옥체를 해칠 수도 있으니 말일세."

그러자 회랑 모퉁이에서 현덕이 모습을 드러내더니 저 멀리서 쓸쓸하게 입을 열었다.

"군사, 그리 염려하지 마시오. 나는 건강하오. 형주 함락과 관우에게 생길 변고도 어느 정도 짐작하여 각오했소."

그 자리에 마량과 이적이 들어와 형주가 함락됐다는 비보를 저마다 전했다. 더욱이 그날 오후에는 관우 부하 요화가 마치 동냥아치 같은 모습으로 아득한 맥성에서 출발해 마침내 성도에 당도했다.

2

요화가 도착하자 드디어 사태가 명확해졌다. 비통했던 현덕 안색은 그때부터 분노로 변했다.

상용에 있는 유봉과 맹달이 형주 함락을 지켜보고도, 관우가 궁지에 몰렸음을 알고도, 요화가 상용까지 원병을 청하러 갔을 때조차 완강하게 버티며 군사를 내주지 않고 방관했다는 진상을 요화 입을 통해 직접 들었다.

"어찌 내 아우 관우를 죽게 내버려 둘 수 있느냐? 생각할수록 괘씸한 유봉과 맹달 패거리다! 반드시 엄벌에 처하리라."

현덕은 삼군에게 명하여 친히 출진하리라 말하고 낭중(閬中)

에 있는 장비에게도 파발을 보냈다.

"변고가 생겼다. 당장 달려와 합류하라."

공명은 현덕의 비통한 마음과 분노를 극진하게 위로했다.

"우선 냉정히 마음을 다잡으셔야 합니다. 신이 직접 군을 지휘하여 고립된 관우 장군을 반드시 구하겠습니다. 유봉과 맹달에 대한 처분은 그 뒤로 미루어야 마땅합니다."

이윽고 장비가 서둘러 도착하고 촉나라 병마도 속속 성도에 들어오니 그 사나흘 동안 삼협(三峽)에 낀 짙은 구름이 바람을 품고 말로 할 수 없는 삼엄한 기운이 감돌던 차에 온 나라를 비탄에 빠트리는 비보가 최후 파발을 타고 촉나라 궁전 문에 닿았다.

관우 군은 밤중에 맥성을 나와 촉나라를 향해 달리던 중 임저라는 곳에서 마침내 오나라 대장 반장 부하 마충이라는 놈 손에 붙잡혔습니다. 그날로 오나라 진영에서 관우, 관평 부자가 함께 참수되어 허무한 최후를 맞이했습니다.

미리 각오했지만, 현덕은 비보를 듣자마자 아연실색하여 소리쳤다.

"아아, 관우는 이미 이 세상 사람이 아니란 말인가!"

통곡 끝에 혼절하여 사흘 동안 음식을 먹지 않고 신하를 만나기도 않았다. 공명만은 기어코 장막 안으로 들어 뵈고 주기를 청하였고 마치 아낙네처럼 비탄에만 빠져 있는 현덕을 보고 꾸짖듯 간언했다.

"생과 사는 명(命)이 있고 부귀는 하늘에 있다고 했습니다. 도원에서 맺은 맹세가 약속이라면 사람이 맞이할 죽음과 이별도 당연한 약속이 아니겠습니까? 만일 주군 옥체까지 상해버리면 저희는 어찌해야 합니까?"

"군사, 나를 비웃게. 기개 없는 처사임을 알지만 어떻게 해도 범부 마음을 지울 수가 없네."

"주군 심정을 어찌 모르겠습니까? 비탄에만 빠지시고 원통한 모습을 보이지 않으시니 의아합니다."

"바로 그 원통함을 풀 길이 없으니 아무도 만나지 못하건만 군사는 어이하여 그토록 날 비난하는가? 두고 보게. 맹세컨대 오나라와는 해와 달을 함께하지 않을 것이며 오나라에게 이 원수를 갚지 않고는 가만있지 않을 것이네."

"그 결심을 가슴에 새기셨다면 언제까지고 연약한 모습으로 아낙네 같은 눈물을 보이셔서는 안 됩니다. 그 후로도 속속, 오늘 아침까지도 파발마가 새로운 소식을 들고 도착하는데 장막을 치고 내전 깊숙이 틀어박히시니 정보관조차 주군께 보고 드릴 길이 없어 어쩔 줄 몰라 합니다."

"내가 잘못했군그래. 마음을 가다듬겠네."

"오늘 아침 들어온 정보에 따르면, 오나라는 관우 장군 수급을 위나라에 보냈고 위나라에서는 그 수급을 왕후 예를 갖추어 국장으로 치렀다 합니다."

"음, 오나라 의중은 무엇이겠소?"

"우리 촉나라가 가질 원망이 두려우니 위나라에게 책임을 전가하여 촉나라 창끝을 그쪽으로 돌리려는 계책입니다."

"누가 그런 기만에 호락호락 당할 것 같은가! 당장 출정하겠소. 오나라를 치고 관우 넋을 달랠 터."

"아직 때가 좋지 않습니다."

"어째서요? 방금 내가 흘리는 눈물이 아낙네와 같다며 질책한 그대가 그런 말을 하다니, 모순이오."

"때를 기다려야 합니다. 관우 장군이 생존해 계신다면 어떤 희생도 무릅쓰겠지만 지금 조바심을 내도 무익할 뿐입니다. 당분간은 군사를 거두고 조용히 시대 흐름을 살피면서 오나라와 위나라 사이에 불화가 생겨 서로 다투려 들 때 촉나라가 일어나야 합니다. 그때까지는 이 원통함을 가슴속 깊이 간직하셔야 합니다."

그날, 한중왕 이름을 걸고 촉나라 전역에 상(喪)을 선포했고 성도궁 남문에는 관우를 기리는 제단을 세우니 조기(弔旗)는 눈 쌓이는 한겨울 차가운 하늘 아래 얼어붙었다.

배나무

1

　전쟁터에 있을 때는 나이를 모르던 조조도 개선하여 다소 한가해지고 마음껏 호화로운 생활을 누리게 되자 어디가 아프다, 여기가 안 좋다며 몸 상태를 푸념하는 일이 흔해졌다.

　애석하지만 조조도 올해로 이미 예순다섯이라는 노령이다. 몸이 마음처럼 움직이지 않는 게 자연스럽지만 자기 자신은 아직 그렇게 생각지 않았다.

　"아무래도 요즘처럼 건강이 좋지 않은 까닭은 관우 넋이 앙갚음을 해서가 아닐까?"

　이따금 이런 걱정을 하기도 했다.

　신하들이 어느 날 조조에게 권했다.

　"이곳 낙양 행궁도 매우 낡아 자연스럽게 괴이한 일이 자꾸 벌어지는 것입니다. 집은 기분을 바꾼다는 말도 있으니 다른 곳에 새로운 궁을 지으시면 어떻습니까?"

　그전부터 조조는 건시전(建始殿)이라 이름 붙일 웅장한 누각을 짓고 싶다는 소망을 품었지만, 자신이 원하는 만큼 실력이 좋은 기술자를 찾을 수 없었다. 해서 이번에도 그런 속내를 털어놓으니 한 가신이 조언을 해주었다.

"낙양에 소월(蘇越)이라는 건축 명인이 삽니다. 그 사람이라면 분명 마음에 드실 것입니다."

가후(賈詡)에게 명하여 곧 소월에게 그 일을 달성하도록 분부했다. 소월은 명을 받은 후 가후 손을 거쳐 설계도를 내놓았다. 조조가 보니 9칸짜리 대전을 중심으로 남쪽과 북쪽에 누각을 늘어놓았는데 안쪽에 건시전을 배치한 구상이 가장 마음에 들었다.

9칸 대전에 쓸 만큼 기다란 대들보가 없으리라 생각해 소월을 불러들여 직접 물었다.

"그대가 만든 설계도는 훌륭하지만 그림만 좋아서는 쓸모가 없네. 어디에서 적당한 목재를 구해 올 텐가?"

소월은 망설이지 않고 대답했다.

"낙양에서 30리 밖 약룡담(躍龍潭)이라는 연못에 사당이 하나 있습니다. 그곳에 자라는 배나무는 높이가 10여 장(丈)인데 아득히 오래된 신목(神木)입니다. 그 신목을 베어 기둥과 들보로 삼으시면 어떨지요?"

"뭐, 배나무? 그것참 희한하군. 천하에 둘도 없는 건축물이 되겠구나."

나이가 들어도 진기함을 좋아하는 버릇은 여전한 모양이다. 조조는 곧장 많은 인력을 동원하여 벌채 작업에 들어갔다. 허나 그 신목 둥치에는 톱도 도끼도 전혀 먹히지 않아 며칠이 지나도 목재를 운반할 수 없었다.

"분명 인부들이 동티를 두려워해서 비롯된 일일 것이다. 내가 직접 가서 그자들에게 미신이 불러일으키는 몽매함을 깨우쳐주겠다. 가마를 준비하라."

소식을 들은 조조는 서둘러 말 탄 군사 수백을 이끌고 약룡담으로 출발했다.

가마에서 내려 배나무를 올려다보니 가지는 구름에 닿고 뿌리는 흰 용처럼 연못에 뒤엉켜 자라 그 위용이 대단했다.

조조는 밑동으로 다가가 말을 걸었다.

"이 세상 천하에 내가 무서워할 건 없다. 지금 너를 베어 내건시전 대들보로 쓰겠다. 네게 정령이 있다면 새로 태어나는 후생을 기쁘게 받아들여라!"

그러고는 검을 뽑아 들어 바람을 가르며 배나무 둥치를 내리쳤다.

그 모습을 지켜보던 그 고장 노인과 신관 등이 아악! 하고 소리를 지르며 통곡했다. 그 소리와 함께 배나무가 흔들흔들하더니 잎을 우수수 떨구고 둥치에서는 피 같은 수액이 일거에 뿜어져 나왔다.

"이제 내가 첫 칼자국을 냈다. 만약 나무 정령이 앙갚음한다면 그 분풀이는 내가 받을 터. 이제 걱정 없으니 두려워 말고 베어라."

조조는 장인 소월과 인부들에게 그리 말하고 곧 낙양으로 발걸음을 돌렸다.

그러나 궁문에 이르러 가마에서 내렸을 때 조조 안색은 이미 평소와는 달랐다. 속이 좋지 않다며 중얼거리고는 바로 침전에 들었다.

곧 어의가 허둥지둥 그 침전에서 물러 나와 미간에 주름을 잡고 약방으로 들어가며 중얼거렸다.

"아무래도 열이 높으시군."

침전 장막에서는 때때로 열에 들뜬 헛소리가 새어 나왔다. 그때마다 가신이 달려 들어가 침상을 살피면 조조가 눈을 치켜 뜨고 주위를 휘둘러보며 외쳤다.

"배나무 귀신은 어디로 갔느냐!"

가신이 그런 자는 없었다고 말하면 조조는 고개를 세차게 휘젓고 단언하며 귀를 기울이지 않았다.

"아니다, 새하얀 옷을 입은 귀신이 배나무 정령이라 이름을 대며 몇 번이나 내 가슴을 내리눌렀다. 어서 찾아보아라!"

2

이튿날 조조는 한층 더 심해진 두통을 호소하였다. 때때로 배나무 귀신이라며 입 밖에 내어 말하는 것도 지난밤과 마찬가지였다.

어의는 갖가지 약과 음식을 처방했지만, 병자가 겪는 고통은 조금도 가시지 않았다. 오히려 시간이 지날수록 조조 얼굴은 오래된 벽화에 칠해진 물감이 벗겨져 나가듯 점점 더 수척하게 야위었다.

모처럼 오늘 아침은 기분이 좋은 듯 문병 온 화흠(華歆)과 대화 나누는 데 열중하였다. 화흠은 시종일관 조조에게 권했다.

"어의가 쓰는 온갖 약방문도 효험이 없다 싶으시다면 지금 금성(金城)에 산다는 화타를 불러들여 보십시오. 화타는 천하 명의입니다."

환자 조조도 마음이 동했다.

"명의 화타에 대한 명성은 벌써부터 들었다. 패국 초군 태생으로 예전에 오나라 주태를 치료했다는 자가 아닌가?"

"그렇습니다. 말씀하신 그 인물인데 화타 손을 거치고 낫지 않는 병자가 없다 할 정도입니다. 장에 탈이 나 오장육부가 썩어가는 환자도 마폐탕(痲肺湯, 화타가 사용한 마취제로, 마포痲布 만드는 삼을 주성분으로 해 달인 한약으로 학자들은 화타가 이미 삼국 시대에 삼痲 속에 든 메사돈 같은 마취 성분을 알았을 것으로 추정함 – 옮긴이)을 먹으면 잠시 혼절하여 가사 상태가 되니 그 즉시 화타가 칼을 들고 개복하여 오장육부를 약으로 씻은 다음 원래대로 돌려놓고 실로 상처 부위를 일일이 꿰매는데, 20일쯤 지나면 씻은 듯이 쾌유한 사람도 있다 합니다."

"흠…. 그리 우악스러운 치료를 한단 말인가?"

"아닙니다. 환자는 그사이에 조금도 고통을 느끼지 못한다 합니다. 이런 일도 있었습니다. 감릉상(甘陵相) 부인이 임신하여 6개월째 접어들었을 때 웬일인지 심하게 배가 아파 꼬박 사흘 낮 사흘 밤을 고통스러워하다 화타에게 진찰을 받았습니다. 화타는 맥을 짚더니 곧바로 '아, 정말 안타깝소. 수태한 건 모처럼 아들 같은데 식중독에 걸려 이미 복중에서 절명했소. 지금

치료하지 않으면 모친 생명까지 위험하오' 하며 즉시 약을 조제하여 환자에게 먹이니 남자아이가 나오고 부인은 이레가 지나 회복했다 합니다."

"그렇게까지 신비한 효험이 있다면 한번 불러보자. 그대가 조처해다오."

환자는 눈빛이 희망으로 반짝이며 명했다. 화흠은 즉시 사자를 보내 위왕의 명성과 권세를 이용하여 밤낮없이 달려 화타를 멀리 금성 땅에서 낙양으로 불러들였다.

화타는 도착하자마자 그날 바로 입궐하여 조조 병실에 대령했다. 그러고는 신중하게 눈꺼풀이나 맥을 살핀 후 진단했다.

"풍 증상입니다."

조조는 고개를 끄덕이며 응수했다.

"그럴 것이다. 내가 앓는 지병은 편두풍(偏頭風)이라 하는데 대개 한번 도지면 까닭 없이 머리가 아프고 며칠 동안은 먹지도 마시지도 못한다. 모처럼 명의가 왔으니 이 지병을 뿌리째 뽑을 방법은 없겠는가?"

"그것이…."

화타는 조금 곤란한 얼굴을 하고 골똘히 생각에 잠겼다가 입을 열었다.

"방법이 없는 건 아닙니다. 상당히 어려운 수술을 해야 합니다. 앓으시는 지병은 그 원인이 뇌 속에 있으므로 약을 드셔도 병에는 효험이 없습니다. 유일한 방법은 마폐탕을 먹고 가사 상태가 되어 의식도 지각도 전혀 없을 때, 뇌를 열어 풍인(風涎)이라는 병의 근본을 잘라 없애야 합니다. 그러면 십중팔구는 병의 뿌리까지 완치할 수 있을지 모릅니다."

"십 중 하나라 해도 일을 그르쳤다가는 어떻게 되는가?"

"황공하오나 천명이니 단념하시는 수밖에 없습니다."

조조는 버럭 화를 냈다.

"이런 돌팔이 같은 놈! 너는 내 목숨을 수술칼 시험용으로 쓸 작정이냐!"

"하하하, 저는 자신 있지만 굳이 겸손하게 말씀드렸을 뿐입니다. 일찍이 형주에 있던 관우가 독화살에 맞아 괴로워할 때도 제가 그 팔꿈치를 가르고 뼈를 깎아 화살 독을 제거하여 완치시킨 적이 있습니다. 어찌하여 대왕께서는 그 정도 수술을 두려워하여 화타가 부리는 의술을 의심하십니까?"

"그 입 다물라. 팔과 뇌가 같다 하려느냐? 옳거니, 보아하니 네놈은 관우와 막역한 놈이로구나. 그러면 내 병을 절호의 기회로 여기고 접근하여 관우를 위해 복수하려는 것이렷다? 여봐라, 여봐라! 이 수상한 놈을 포박하여 옥에 당장 쳐넣어라!"

환자는 자리에서 벌떡 일어나 아수라처럼 손가락질하며 욕을 퍼부었다.

조조, 한줌 흙이 되다

1

모처럼 명의를 만났건만 조조는 화타가 하는 치료를 받지 않았다. 그뿐 아니라 화타가 하는 말을 의심하며 옥에 가두어버렸다. 조조가 누리는 천수도 여기에서 다한다는 징조가 나타난 것이다.

옥사장 오압옥(吳押獄)은 죄 없는 화타가 겪는 수난을 딱하게 여겨 침구나 술과 식사를 넣어주고 고문하라는 명령을 받아도 남몰래 보호하며 보고만 올렸다.

화타는 그 은혜에 감동하여 어느 날 사람들 이목이 없을 때 눈물을 흘리며 감사를 표했다.

"오압옥이여, 정을 베푸는 건 고마우나 만약 상부에서 알게 된다면 그대는 곧장 쫓겨날 터. 나는 이미 늙은 몸, 여생이 길지 않음을 이제는 아오. 이제 부디 그냥 내버려 두시오."

"아닙니다. 선생님께 죄가 있다면 감싸지 않겠지만, 저는 오나라에 있을 때부터 선생님 인격과 신묘한 의술을 존경하고 사모했던 사람입니다. 제발 그런 염려는 거둬두십시오.”

“그대는 오나라 출신이오?”

“그렇습니다. 성도 오씨입니다. 젊은 시절 의학을 좋아하여 의원이 되려고 공부했던 적도 있지만, 그 방면에서는 뜻을 이루지 못하고 법을 집행하는 관리가 되고 말았습니다.”

“으음⋯, 그렇단 말이오? 은혜를 갚는 뜻으로 집에 보관해둔 의서를 그대에게 물려주겠소. 내가 죽은 후 의서에 적힌 신효한 의술을 빠짐없이 익혀 이 세상에 있는 환자들을 고통에서 구해주시오.”

“아니, 선생님. 정말입니까?”

“지금 고향에 있는 집안사람 앞으로 편지를 쓸 테니 금성에 있는 내 집에 가서 그 의서를 받아 오시오. 편지에도 적어놓겠지만, 그 의서는 《청낭서》(青囊書, 청낭青囊은 고대에 의술을 행하던 사람들이 사용하던 약주머니인데, 후세 사람들은 '청낭'을 의술의 대명사로 칭하였음 – 옮긴이)라 하여 서고 깊숙이 감추고 오늘까지 남에게 보여준 적이 없소.”

화타는 자기 집 앞으로 편지를 썼다. 그러고는 그 편지를 오압옥에게 건넸는데 바로 그때 조조의 병세가 위태롭다는 소식이 전해져 궁정 안팎은 물론 각 관청까지도 경황이 없고 긴장감도 고조되어 오압옥은 화타에게 받은 편지를 품속 깊숙이 간직한 채 무심코 열흘이나 흘려보냈다.

그러자 어느 날 이른 새벽, 돌연 검을 높이 든 무사 일곱이 우르르 감옥으로 몰려와 옥졸에게 명했다.

“위왕 명이다. 이 문을 열어라.”

일곱 무사는 화타가 갇힌 옥문을 열게 하고는 그 안으로 뛰어드나 싶더니 곧바로 외마디 비명이 바깥까지 울려 퍼졌다.

오압옥이 옥사에 들어가 확인했을 때는 마침 피 묻은 칼을 치켜든 무사 일곱이 유유히 돌아가는 참이었다. 일곱 무사는 뒤돌아 오압옥을 보며 내뱉듯이 말하고 가버렸다.

"오압옥, 위왕 명으로 방금 전 화타가 처벌을 받았다. 그놈이 매일 밤 꿈속에 나타나니 목을 베고 오라는 분부를 따랐다."

오압옥은 그날로 관직을 버리고 금성으로 떠났다. 그러고는 화타 집을 방문해 편지를 건네고 《청낭서》를 청하여 받고는 고향으로 발걸음을 옮겼다.

"나는 옥사장을 그만두고 이제부터는 의원이 되겠다. 천하에 이름을 드날리는 의원이 되어 보이겠단 말이다."

오랜만에 술을 진탕 마시고 아내에게도 그렇게 말하며 그날 밤은 집에서 달콤한 잠을 청했다.

이튿날 아침, 무심코 뜰을 내다보니 아내가 정원에 떨어진 낙엽을 모아놓고 불을 지피는 게 아닌가.

"미쳤어! 무슨 짓을 하는 거야?"

오압옥은 두 눈이 휘둥그레져 모닥불을 발로 밟아 끄며 소리 쳤지만,《청낭서》는 이미 낙엽을 태운 불과 함께 한 줌 재로 변했다.

오압옥 아내는 안색까지 변하여 화를 내는 남편에게 타버린 재같이 싸늘하게 대답했다.

"만약 당신이 아무리 유명한 의원이 된다 한들 만약 그 의술 때문에 옥에 잡혀 들어가면 그뿐 아닙니까? 나는 재앙을 뿌리는 책을 태운 것뿐입니다.”

화타가 남긴 《청낭서》는 결국 세상에 전해지지 못했다. 조조도 앓는 병으로 그 무렵에는 중태에 빠졌고 낙양성 위에 뜬 구름은 을씨년스러운 겨울을 맞이했다.

2

초겨울, 조조가 위독하다는 소식이 한 번 전해졌지만 12월로 접어들자 용태는 다시 호전되었다.

오나라 손권이 문병을 위해 보낸 사절이 입국했다. 오나라는 편지에서 스스로를 ‘신(臣) 손권’이라 칭하며 아첨을 떨었다.

위나라가 촉나라를 친다면 신의 군대는 언제든지 양천(兩川)을 공격하고 대왕의 한쪽 날개가 되어 충성을 다하겠습니다.

조조는 병색이 완연한 얼굴로 비웃으며 중얼거렸다.

“애송이 손권이 화중취률(火中取栗, 남의 꾐에 넘어가 위험을 무릅쓰고 불 속에서 밤을 줍는다 – 옮긴이) 계략을 꾸미는구나.”

늙은 용이 드디어 연못 속으로 숨어들려는 기운을 감지한 한조 신하와 시중(侍中), 상서(尚書) 등 관직에 있는 일부 책략가 사이에서는 이때를 틈타 조조를 대위(大魏) 황제에 올려 유명무실한 한조를 폐하고 자기들도 함께 영화를 꾀하려는 움직임을 내밀히 진행하였다.

"나는 주문왕(周文王)이 좋다."

조조는 이리 말할 뿐 제위에 오르겠다고는 하지 않았다. 그 말의 앞뒤를 살피면 내 아들을 제위에 올리고 나는 역대 태조(太祖)로 숭상을 받는 걸로 만족한다는 뜻을 충분히 엿볼 수 있었다.

또 어느 때는 사마중달이 조용히 침상으로 찾아와 장래를 위해 한마디 했다.

"모처럼 오나라 사자가 와서 손권이 자청하여 신이라 칭하고 위나라 밑에서 굽실거리니 이참에 손권에게 은혜를 내린다는 통지와 함께 그 사실을 천하에 알려두는 게 좋은 방법이 아닐런지요?"

조조는 수긍하며 절차를 밟으라고 명했다.

"그래, 그래. 잘 헤아렸다. 손권에게 표기장군(驃騎將軍) 남창후(南昌侯) 인수를 보내라. 더불어 형주 목으로 임명한다고 발표하라."

그날 밤 조조는 꿈을 꾸었다.

말 3필이 구유 하나에 머리를 처박고 다투며 먹이를 먹는 꿈을 꾼 것이다. 아침이 밝아오자 가후에게 그 이야기를 하니 가후는 웃으며 걱정이 끊이지 않는 환자를 기쁘게 했다.

"말 꿈은 길몽이 아닙니까? 해서 말 꿈을 꾸면 민간에서는 축하할 정도입니다."

어찌 알았으랴! 이 꿈은 결국 조조를 대신해 사마(司馬)씨가 천하를 손에 넣을 전조였다며 억지 해몽을 하는 후세 사람들도 있었다. 겨울 구름이 얼어붙는 12월 중순부터 조조 용태는 다시 위중해졌다. 한 시대를 풍미한 영웅도 병을 이길 수는 없다. 조조는 밤낮없이 악몽에 시달렸다. 낙양에 있는 모든 궁궐과 전각들이 휘청대며 무너져 내리는 듯한 굉음이 때때로 귀에 들려온다고 했다. 그때마다 몰려드는 먹구름 한가운데 일찍이 조조 명 아래 무참히 최후를 맞은 한조 복황후(伏皇后)나 동귀비(董貴妃), 국구(國舅) 동승(董承) 등의 일족이 나타나 피 묻은 백기를 아득히 흔들어 보이거나, 다른 구름 속에서 나타나 꽹과리와 북을 울리며 함성을 지르기도 하고, 그런가 하면 남녀 수만 명이 일제히 와! 하고 소리 높여 웃다가 아연히 사라진다고도 했다.

"이 모두가 잡귀들이 하는 짓이니 한번 천하에 유명한 도사들을 모아 기도를 올리라 하시면 어떻습니까?"

가까운 신하들이 말하자 조조는 쓴웃음을 지으며 물렸다.

"날마다 천금을 쓴다 해도 하늘이 정한 목숨은 단 하루도 사들일 수 없다. 하물며 영웅이 죽음을 맞으며 도사에게 액막이를 시켰다는 말을 들으면 세상 사람이 비웃을 터. 다 소용없다."

그러고는 중신들을 머리맡에 불러 모았다.

"내가 아들을 넷 두었는데 넷 모두 영웅이 될 만한 재목은 아니다. 내가 본 건 평소 그대들도 이야기했다. 그대들이 내 뜻을 헤아리고 충절을 바친 것처럼 장남 조비(曹丕)를 받들어 장구한 계획을 도모하라. 알겠느냐?"

엄숙히 당부한 조조는 그 순간 66년이라는 생애가 주마등처럼 스쳐갔는지 비처럼 눈물을 흘려 뺨을 적시고는 일족과 군신이 오열하는 가운데 홀연히 마지막 숨을 거두었다. 때는 건안 25년 춘정월 하순, 낙양성에는 자갈 같은 우박이 내렸다.

무조(武祖)

1

조조의 죽음은 한동안 천하에 찾아온 봄을 고요하고도 어둡게 만들었다. 비단 위나라뿐 아니라 촉나라와 오나라 사람들까지 굳이 말하지 않아도 인간이라면 끝내 피할 수 없는 천명 아래에 있다는 사실을 새삼 가슴으로 느꼈다.

"고인이 되고 나니 조조의 위대함을 더욱 잘 알겠어."

"위왕 같은 인물은 역시 100년에 한번도 나오지 않을 거야. 1000년에 한번 있을까 말까 한 사람이야."

"단점도 많았지만, 장점도 그 못지않았어. 혹 조조가 나타나지 않았다면 역사는 이렇게 흐르지 않았겠지. 뭐라 해도 유사 이래 풍운아였어. 화려한 간웅(奸雄)이었지. 조조가 떠났으니 어찌 적막하지 않을까?"

한동안 낙양 사람들은 만나기만 하면 조조의 죽음을 애도하고 조조와 관련 있는 일화를 만들어내고 조조의 인물됨을 평가하는 등 무슨 일을 하면서도 조조 생전을 추모했다.

"나는 한나라 재상 조참(曹參) 후손이다."

조조는 살아생전에 스스로 이리 칭했지만, 사실은 상당히 다른 듯했다.

조조 양조부 조등(曹騰)은 한조 중상시(中常侍), 곧 내시였으므로 당연히 자식은 없었다. 해서 조조 아버지 조숭(曹嵩)은 다른 집에서 양자로 들인 사람이었으니 그다지 출중한 집안은 아니었던 모양이다.

원소(袁紹)와 싸울 때 원소를 위해 격문을 지은 진림(陳琳)이 그 글에서 조조를 가리켜 약점을 찌른 부분에서도 미루어 짐작할 수 있다.

간사한 환관이 남긴 추한 유물

소년 시절부터 공부를 위해 고향을 떠나 낙양에서 유학했고 대학을 나온 뒤에도 방탕하면서도 남자답고 용감한 성격이었으며, 후일 겨우 궁문 경비가 되어 오랫동안 적은 녹을 받고 이가 들끓는 관복을 걸치면서도 큰소리만 탕탕 쳤으니 아무도 상대해주는 자가 없었던 건 알 만하다. 그 당시 조조를 한번 본 자장(子將)은 한마디로 간파했다.

"그대는 치세의 능신(能臣)이요, 난세의 간웅이로다."

분명 조조의 성격과 생애를 적중한 명언이다. 당시 조조도 자장이 내린 평가를 듣고 이렇게 대꾸하고 떠났다 한다.

"그것이 제 숙원입니다."

녹도 적은 젊은 말단 관리가 이미 그때부터 천하에 흘러가는

혼란한 구름을 바라보며 가슴속에서 홀로 맹세한 일이 있었음
은 의심할 여지도 없다.

조조가 지닌 풍채와 취향을 기술한 고서를 종합해보면 현덕
처럼 살이 찌지도 않았고, 손권처럼 몸통이 길고 다리가 짧은
체구도 아니었다.

《조만전(曹瞞傳)》에서는 조조는 마른 편이며 키가 크다고 묘
사하였다.

수척하여 위엄이 없고 음악을 즐기며 기녀가 늘 곁에 머물렀
고 옷은 가벼운 비단이며 항상 수건과 잡다한 물건을 넣는 작
은 주머니를 달고 사람과 이야기할 때는 희롱을 즐겨 하고 기
뻐서 호탕하게 웃을 때는 머리를 상에 파묻으며 상 위에 놓인
맛있는 음식을 불어 날리는 추태를 보였다.

조조 일상은 이 기록으로 어느 정도 상상할 수 있으며, 비쩍
말랐다는 증거는 《영웅전(英雄傳)》에서도 찾아볼 수 있다.

여포가 붙잡혀 조조 앞으로 끌려 왔을 때 여포가 마른 몸을 야
유했다
"공은 어찌 그리 말랐소?"
"나라에서 일어나는 난을 평정해 바른 상태로 돌아갈 것(정란
반정反正撥亂)에 기 미른 건 비록 국사(國事)를 이게이다."

조조는 되레 여윈 몸이 자랑스러운 듯 대답했다는 대목에서

도 알 수 있다.

조조는 밤에는 경서를 읽고 아침에는 시를 읊었다. 특히 다양한 책을 두루두루 읽었고 고향 사람을 위해 학교를 세웠으며 부내(府內)에는 규모를 제법 갖춘 서고를 두어 고금에 지은 병서를 모으고 스스로 저술도 하는 등 조조는 결코 무(武)만을 아는 사람은 아니었다.

다만 조조를 떠올릴 때 애석한 점은 '간웅'이라 불리는 그 성격 탓에 만년에 이르러 충신이 해주는 옳은 말에 귀 기울이지 않고 '위왕'이라 하여 분수에 넘치는 칭호를 스스로 붙였으며 나아가 한조 제위도 넘볼 만큼 교만해졌다는 점이다. 그 때문에 조조가 젊은 시절부터 싸울 때마다 세상 군웅들을 대하는 비결로 삼았던 '존조구민(尊朝救民, 조정을 존중하고 백성을 구함 – 옮긴이)'이라는 큰 기치는 스스로 패권을 잡기 위한 거짓말에 지나지 않았음을 가장 중요한 만년에 와서 스스로 폭로한 꼴이다. '영웅도 나이가 들면 다시 어리석어지는가' 하고 장탄식하며 직언했던 선량한 신하들도 이제는 대부분 구천으로 떠났다.

하여 젊은 조비가 통치하는 다음 세대가 열렸다. 조비는 부친이 세상을 뜰 때 업도 성에 있었다. 낙양을 나선 장례 대열을 업도에서 맞이하던 날, 조비는 슬프게 통곡하며 성 바깥문에서 절을 올렸다.

2

조비는 조씨 가문 장남이다.

업도에 있는 위나라 왕궁에서 부친 관을 맞이한 조비는 어떤
당혹감과 비탄에 사로잡혔을까? 지나치게 위대한 아버지를 두
어 지나치게 거대한 위업을 물려받은 아들은 육친을 잃은 슬픔
과 함께 한동안은 어찌할 방법도 몰랐으리라.

> 위궁 하늘에 뜬 구름은 근심에 멈추고, 전각 안에 피어오르는
> 향 연기는 아침을 알리지 않으니 밤낮으로 제를 올리는 곡소
> 리만 또렷하게 울렸다.

이렇게 기술한 고전도 분명 과장만은 아니었으리라.

당시 곁에서 조조를 모시던 사마부(司馬孚)는 자못 중신들을
꾸짖었다.

"한심한 사람들이여! 태자는 공연히 슬픔에 잠기실 때가 아
닙니다. 좌우 중신들도 어찌 대를 이을 주군을 북돋아 하루빨
리 만세 치국을 위한 정책을 내세워 민심을 진정시키려 노력하
지 않는 게요?"

중신들이 일제히 답했다.

"그 점은 주의를 주지 않아도 알지만 위왕 제위에 태자를 책
봉하는 일이 무엇보다 우선이오. 아직 딴 일인가 그깟 일에서 요
허한다는 칙명이 내려오지 않았소."

그러자 병부상서(兵部尙書) 진교(陳矯)가 앞으로 나와 대뜸

거친 목소리로 검을 휘두르며 주위를 노려보았다.

"언제나 중신들은 우유부단하고 답답한 말만 지껄일 뿐이다. 하루라도 나라에 주인이 없어서는 안 될 터. 지금 위왕이 붕어하시고 태자가 선황 관곽 곁에 계시니 설령 칙명이 늦어진다 해도 즉시 태자를 받들어 왕위에 옹립하려 한다면 누가 따르지 않겠는가? 만약 막으려는 사람이 있다면 자진해서 그 이름을 대라."

중신들은 간담이 내려앉아 두 번 다시 다른 의견을 내는 자가 없었다.

한편, 고인이 된 조조가 믿고 의지하던 신하 중 하나인 화흠이 허창에서 파발마를 몰고 왔다.

"무슨 일이 생겼나?"

화흠이 도착했다는 전언을 들은 사람들은 안색이 변해 마른침을 꼴깍 삼켰다. 화흠은 위궁에 들어서자 먼저 선군 위패에 공손히 절한 후 태자 조비에게 머리를 조아리고는 방 안에 가득 찬 사람들을 둘러보며 꾸짖었다.

"위왕이 서거하셨다는 소식이 퍼져 온 나라 백성은 태양을 잃은 듯 전율하며 슬피 울고 일손조차 잡히지 않는 심정이라 한다. 그대들은 오래도록 그 많은 녹봉을 받아먹다가 오늘은 정신을 차리지 못하고 대체 무엇을 우물쭈물하는가! 어찌하여 하루빨리 태자를 옹립하고 정책을 새로 세워 위나라가 공고함을 천하에 알리지 않는가!"

사람들은 이미 그 일을 논의했지만, 아직 한조에서 아무 소식도 내리지 않으니 삼가는 것이라 또다시 입을 모아 변명했다.

그러자 화흠은 비웃으며 품속에서 칙서를 꺼내 들어 모두에게 보였다.

"현재 한나라 조정에는 기지 있는 신하도 없고 무엇보다 허도는 이미 정사를 볼 능력이 없는데 손을 놓고 칙명이 오기만을 기다리면 언제가 될지 모른다. 해서 내가 직접 한조에 찾아가 천자를 알현하고 칙명을 받아 왔다."

그러고는 소리 높여 읽었다.

"삼가 들으시오."

칙서는 위왕 조조가 그동안 세운 큰 공을 칭송하고 후계자 조비에게 부친 왕위를 계승하라고 명한 내용으로 '건안 25년 2월 봄 조(詔)'라고 분명히 끝맺었다.

중신을 비롯한 일동은 눈이 휘둥그레지며 기뻐했다. 처음부터 그 칙서는 한제(漢帝) 본의가 아니었지만, 때를 잡아 위나라 안에서 자기 입지를 공고히 하려는 화흠이 분위기를 살펴 허도 조정에 한달음에 달려가 억지로 청하여 받아온 것이다.

어찌 되었든 명분이 마련됐다. 형식도 갖추었다.

조비는 위왕 대를 이어 백관들 경하를 받으며 천하에 이를 선포했다.

그때 파발마가 달려와 보고를 전했다.

"언릉후(鄢陵侯) 조창(曹彰)이 몸소 10만 대군을 거느리고 장안을 출발해 이곳으로 오는 중이라 합니다."

조비는 의심 가득한 목소리로 물었다

"뭐라? 아우가?"

그러고는 만나기 전부터 두려움에 떨었다. 조창은 조조 차남으로 형제 가운데 가장 무예가 뛰어난 사내다. 생각건대 왕위를 쟁취하려는 의도가 아닐지 조비는 의심에 사로잡혀 전전긍긍하며 대책을 강구했다.

3

조조는 친아들을 넷 두었다.

살아생전에 가장 총애하던 자식은 셋째 조식(曹植)이다. 조식은 연약했고 문인에게나 어울릴 법한 섬세한 천성을 타고나 아끼기는 했지만 일찍부터 예외로 여겼다.

"내 뒤를 이을 만한 재목은 아니다."

막내 조웅(曹熊)은 병치레가 잦았고 둘째 조창은 용맹했지만, 정치적인 능력이 부족했다. 해서 조조가 후사를 맡기기에 충분하다고 생각한 자식은 장남 조비뿐이다. 조비는 부모가 보기에도 성실하고 인정이 두터우며 겸손했고 뭇사람들은 얌전한 장남이라 말하는 면도 있었으나 우선 조비를 보필할 좋은 신하만 얻는다면 조조 집안 장래는 번창하리라 믿었고 중신들에게도 그 뜻을 유언으로 밝혔다.

허나 왕위 계승을 두고 전부터 형제간에 말은 없었으나 서로를 비교해보는 낌새가 보였고 더욱이 각자 뒤를 따르는 측근 사이에서도 분명 암투가 있었을 터. 지금 형제 가운데 가장 성격이 괄괄한 조창이 10만 대군을 거느리고 장안을 출발했다는 말을 듣자 조비도 결코 방심할 수 없었다.

"걱정하지 마십시오. 그분 기질은 제가 잘 압니다. 제가 나가 본의를 알아보겠습니다."

조비를 안심시킨 간의대부(諫議大夫) 가규(賈逵)는 서둘러 위성 문밖으로 달려 나갔다. 그러고는 조창을 맞이하니 조창은 가규를 보자마자 즉시 물어왔다.

"선왕 국새와 인수는 누구에게 주었는가?"

가규는 정색하며 대답했다.

"집에는 장자가 있고 나라에는 태자가 있으니 돌아가신 주군 인수는 당연히 있어야 할 곳에 놓였습니다. 굳이 따져 물으시는 연유는 대관절 어떤 마음이십니까?"

조창은 말문이 막혔다.

전진하여 궁문에 다가가자 가규는 재차 못을 박았다.

"오늘 오신 이유는 상복을 입기 위해서입니까, 아니면 왕위를 다투기 위해서입니까? 나아가 충효를 다하는 아들이 되려 하십니까, 대역죄를 지은 자식이 되려 하십니까?"

조창은 벌컥 성을 냈다.

"어찌 내게 딴마음이 있겠느냐? 여기 온 이유는 아버님 상을 치르기 위함이다."

"그렇다면 10만 군사를 이끌고 오실 리가 없습니다. 이곳부터는 물려주십시오."

하여 조창은 홀몸이 되어 궁문으로 들어가 형 조비를 대면한 후 손을 맞잡고 부친 죽음을 슬퍼했다.

조비가 위왕으로 즉위한 해부터 연호를 바꾸어 건안 25년은 같은 해 봄부터 '연강(延康) 원년'이라 불렀다.

화흠은 공을 인정받아 재상에 올랐고 가후는 대위(大尉)에 봉해졌으며 왕랑(王朗)은 어사대부(御史大夫)로 승진했다.

그 밖의 높고 낮은 관료와 무인에게 골고루 포상을 내린다는 기별이 있었고 성대하게 치른 조조 장례가 끝나는 날 고릉(高陵)에 있는 분묘에는 특사가 가서 '이후 시호를 내리니 무조(武祖)에 봉합니다' 하며 보고제(報告祭)를 거행했다.

한편 모든 상례를 마친 후 어느 날, 재상 화흠은 조비 앞으로 나와 고했다.

"언릉후 조창 님은 끌고 왔던 10만 군마를 위성에 넘기고 이미 장안으로 돌아가셨으니 그분을 의심할 여지는 없습니다만, 조식 님과 조웅 님은 선왕 장례식에도 참석하지 않았고 왕께서 즉위하셨는데 축하조차 없었습니다. 그러니 명을 내리시어 그 죄를 물어야 합니다. 불문에 부치셔서는 아니 되옵니다."

조비는 그 말에 따라 곧 명을 내려 두 아우에게 각각 사자를 보내 문책했다.

조웅에게 갔던 사자가 돌아와 눈물을 흘리며 고했다.

"언제나 병을 앓으셨던 탓이기도 하지만 죄를 묻는 서한을 건네드리자 가엾게도 그날 밤 목을 매어 자결하셨습니다."

조비는 뼈아프게 후회했지만 때는 이미 늦은지라 융숭하게 장례를 치러주었다. 그동안 조식에게 갔던 사자도 돌아왔는데 그 보고는 조웅과 반대로 조비를 분노케 했다.

칠보지재(七步之才)

1

조비가 격노한 이유는 이러했다.

다음은 명을 받고 조식에게 갔다가 돌아온 사자가 들려준 이야기다.

"제가 찾아뵀던 날, 소문같이 임치후(臨淄候) 조식 님은 정의(丁儀), 정이(丁廙) 등 총애하는 신하들과 더불어 그 전날 밤부터 주연을 벌이신 듯했습니다. 주연은 그렇다 치더라도 적어도 형님이신 위왕 명을 받고 온 사자라는 말을 들으면 입을 깨끗이 하고 자리를 정돈하여 삼가 맞이해야 하거늘 앉은 자리에서 꿈쩍도 하지 않고 술자리로 저를 불러들이시더니 한낱 신하인 정의가 사자인 저를 향해 대뜸 이리 말하였습니다.

'너는 혀를 함부로 놀리지 마라. 선왕 살아생전에 이미 한번은 우리 주군 임치후를 태자로 세우겠다고 분명히 분부를 내리신 적이 있다. 간신들이 하는 말에 뜻을 이루지 못하시다 결국 돌아가셨건만 그 장례가 끝나자마자 우리 주군을 문책하는 사자를 보내다니, 이 무슨 추태냐! 대체 조비라는 인물은 얼마나 어리석은 군주란 말인가. 좌우에 우수한 신하도 없단 말인가' 하며 온갖 욕설로 위왕을 매도했습니다. 그러자 정이라는 가신도 가세했습니다.

'제대로 알지도 못하는 놈아, 우리 주군이 쌓은 학식과 덕행은 이 세상 경지를 넘었고 시상이 풍부하여 붓을 잡으면 바로 문장이 되고 주옥같은 글을 만드신다. 게다가 나면서부터 왕다운 풍채를 갖추셨다. 네가 모시는 조비 따위랑은 타고난 기품부터 다르단 말이다. 너희 조정 신하들은 평범한 안목을 지닌 우매한 자들뿐이니 어찌 현명한 주군과 어리석은 군주를 분별하겠느냐.' 정이는 처음부터 윽박지르며 한마디도 못 하게 막는 통에 겨우 명만 전하고 허둥지둥 돌아왔습니다."

하여 조비가 불태운 격노는 결국 형제간 싸움으로 번졌다. 조비가 내린 엄명을 받은 허저(許褚)는 정예병 3000여 명을 이끌고 즉시 조식이 기거하는 임치성(臨淄城)으로 들이닥쳤다.

"우리는 왕의 군사다!"

"어명을 받드는 군대다!"

허저가 이끄는 군사들은 저마다 목청껏 외치며 성문을 지키는 수비병을 사방팔방에서 마구 밟고 찔러 죽이면서 반격할 틈을 주지 않은 채 전각 안으로 뛰어들었고 때마침 그날도 연회를 즐기던 정의, 정이를 비롯해 조식도 포박하여 함거에 태우고 즉시 업도 땅을 밟았다.

불같이 타오르는 증오를 담은 눈빛으로 조비는 그 일당을 계단 밑으로 끌고 오게 한 다음, 한번 노려보는가 싶더니 곧바로 허저에게 명했다.

"저 두 놈을 먼저 주살하라."

번쩍이는 검광 아래, 두 머리는 아무렇게나 바닥을 데굴데굴 굴렀다. 계단 난간은 붉게 빛나고 땅에는 선홍빛 샘이 생겼다.

그때 조비 뒤에서 다급한 발소리가 들리더니 노부인이 넋이 나간 듯 울부짖는 소리가 발치에 감겼다. 눈앞에서 신하 둘의 목이 베여 피보라 속에서 넋을 놓은 조식이 창백한 얼굴을 들고 문득 쳐다보니 바로 친어머니 변(卞)씨다.

"아아, 어머니…."

조식이 저도 모르게 일어나 어린애처럼 가련하게 손을 뻗으니 노모는 눈물이 가득한 눈을 흘기며 모질게 꾸짖었다.

"식아, 왜 선왕 장례에도 오지 않았느냐? 너 같은 불효자식이 이 세상에 어딨느냐?"

변씨는 조비 소매를 붙든 손을 놓지 않고 억지로 편전 한쪽 그늘로 데려갔다.

"비야, 비야. 제발 이 어미 말을 들어다오. 내 소원이다."

변씨는 형제간에 나눈 정을 생각해 어떻게든 조식의 한목숨을 구해달라고 노쇠한 눈이 짓무를 정도로 눈물지으며 조비에게 부탁했다.

"예…. 슬퍼하지 마십시오. 아우를 죽일 생각은 추호도 없습니다. 다만 좀 꾸짖기 위해서였습니다."

조비는 그대로 내전에 숨어 며칠 동안은 정무를 보는 조정에도 모습을 보이지 않았다.

화흠이 조용히 찾아와 조비 심기를 살폈다. 그러고는 이야기를 나누던 끝에 물었다.

"일전에 모공께서 뭐라 당부하셨습니까? 혹여 임치후를 죽이지 말라 하셨습니까?"

"재상은 어디서 그 말을 들었는가?"

"엿듣지는 않았습니다만 그 정도는 압니다. 대왕은 대관절 어떤 결심을 하셨습니까?"

2

화흠은 말을 이어 나갔다.

"아우 재능을 좋다, 좋다 하시며 내버려 두면 주위 사람들이 임치후를 떠받들며 연못 속에 그대로 두지는 않을 테지요. 지금 제거하지 않으면 후일 우환이 될 것입니다."

"음…, 이미 어머니께 약속했네."

"무슨 약속을 하셨습니까?"

"아우를 죽이는 일은 없을 거라고…."

"어찌하여 그런 말씀을…."

화흠은 혀를 차며 걱정했다.

"그렇잖아도 '조씨 집안에 학식과 재능은 아우 조식에게 있다. 조식이 입을 열면 소리는 문장이 되고 침은 주옥이 된다'고들 말합니다. 황공하오나 민중들이 내리는 평가는 형이신 대왕께서 가진 재덕을 은근히 가리는 게 아니겠습니까?"

"어쩔 수 없지."

"아닙니다. 한번 생각해보심이⋯."

화흠은 주군 귀에 가까이 입을 댔다. 조비는 아우의 타고난 재능을 질투하는 기색을 숨기지 못했다. 간신이 해주는 달콤한 말이 젊은 군주가 지닌 약점을 찔러버렸다.

화흠이 일러준 지혜는 이랬다.

"지금 여기에 임치후를 불러내어 시를 짓는 재주를 시험해보고 신통치 않으면 그 시를 구실로 목을 치십시오. 또 소문대로 뛰어난 재능을 보이면 관직과 작위를 주고 먼 곳으로 쫓아내어 천하가 어지러운 이 시대에 시와 글에만 몰두하는 무리에게 본때를 보이면 좋을 것입니다. 일거양득이 아니겠습니까?"

"훌륭하다. 바로 불러들여라."

조비의 부름에 조식은 두려워 벌벌 떨면서 형 앞으로 끌려왔다. 조비는 애써 싸늘하게 운을 떼었다.

"아우야, 아니 조식! 평상시 집안 법도로는 형제지만 나라 법으로는 군주와 신하다. 그 관계를 명심하고 들어라."

"예."

"선왕도 글을 좋아하셔서 너는 곧잘 시를 지어 아부했고 형제 중에서도 가장 사랑을 받았지만, 그 무렵부터 다른 형제들은 조용히 이렇게 말하였다. '조식이 지은 시는 자기가 직접 지은 게 아니다. 조식 곁에는 시문에 뛰어난 대가가 있어 대필을 한다.' 나도 의심스럽다. 거짓인지 사실인지 오늘은 이 자리에서 그 재능을 시험해보고 시구나 만약 내 의심이 풀리면 목숨을 살려주겠지만, 그 반대라면 오랜 세월 선왕을 기만한 죄로 그 자리에서 처단할 것이다. 이의 있느냐?"

조식은 지금까지 어둡게 찡그리던 미간을 활짝 펴고 얌전히 대답했다.

"아니요. 없습니다."

조비는 벽에 걸린 큰 폭에 그려진 옛 그림을 가리켰다. 소 2마리가 싸우는 장면을 그린 수묵화로, 그림에는 예스러운 서체로 누군가가 이런 글귀를 써놓았다.

2마리가 울타리 아래서 싸우다가(二頭鬪檣下)
1마리가 우물에 떨어져 죽었다(一牛墜井死)

그 글에 쓰인 글자를 하나도 쓰지 않고 소가 싸우는 장면을 시로 지어보라는 어려운 문제를 내었다.

"종이와 붓을 빌려주십시오."

청한 물건들을 받고 조식은 선 자리에서 시를 한 수 지어 형에게 내밀었다. 소 우(牛) 자도, 싸울 투(鬪) 자도 쓰지 않은 소싸움을 묘사한 훌륭한 시가 쓰여 있는 게 아닌가.

조비도 많은 신하도 혀를 내두르며 그 재주에 탄복할 따름이다. 화흠은 서둘러 책상 아래에서 슬그머니 조비 손에 무언가 적힌 종이를 건넸다. 조비는 눈을 살짝 아래로 내려 그 종이를 읽고 즉시 소리 높여 다음 난제를 내놓았다.

"조식, 일어서라. 일곱 발을 걸어라. 만약 일곱 걸음 동안에 시 한 수를 짓지 못하면 네 목은 여덟 발자국째 즉시 바닥에 떨어질 것이다."

"예…."

조식은 벽을 향하여 천천히 걷기 시작했다. 한 걸음, 두 걸음, 세 걸음⋯. 그 발걸음과 함께 비통한 어조로 읊었다.

콩을 삶는데 콩깍지를 태우니(煮豆燃豆萁)

콩은 가마솥에서 소리 내어 우는구나(豆在釜中泣)

본시 한 뿌리에서 태어났건만(本是同根生)

왜 이다지도 급히 볶아대는가(相煎何太急)

"아⋯."

조비도 결국 눈물을 줄줄 흘리고 신하들도 곡지통을 아니할 수 없었다.

시는 사람의 심금을 울리고 사람 몸속에 흐르는 피를 어루만진다. 조식이 지은 시는 조식의 생명을 구했다. 조식은 그날로 안향후(安鄉侯)까지 작위가 실추되고 그 외로운 그림자를 말 등에 맡긴 채 초연히 형이 머무르는 왕궁을 떠났다.

사사로운 정을 끊다

1

한중왕 유현덕은 건안 25년 봄을 기해 딱 60세가 되었다. 위나라 조조보다 6살 아래다.

조조의 죽음은 진작 성도에도 전해졌는데 오랜 호적수를 잃은 현덕은 가슴에 떠오르는 한 줄기 적막함을 금할 길이 없었다. 현덕은 적일망정 떠나보내기 아까운 위인과 지난 전쟁에서 벌였던 과거를 떠올렸다.

"내 인생 또한 60년…."

그러고는 자신에게도 분명히 닥쳐올 미래를 각오했으리라.

나이를 먹으면 성미가 급해진다는 인간의 공통적인 특성은 크든 적든 이 심리가 무의식중에 힘을 보태는 탓인지도 모른다. 유현덕도 예외일 수 없어서 노년이 되자 자기 눈에 흙이 들어가기 전에 오나라를 정벌하고 위나라를 멸망시켜 이상을 실현하려는 의지가 조급해졌다.

때마침 위나라에서는 조비가 왕위에 오른 후 조정을 등한시하는 풍조가 심해졌다는 소식이 들려왔고, 현덕은 어느 날 성도 궁중에 문무 대신을 소집하여 위나라가 보여주는 무도함을 힘주어 규탄하고 먼저 세상을 뜬 관우 죽음을 슬퍼하며 의견을 물었다.

"오나라를 상대로 관우 원수를 갚은 후 방향을 바꿔 교만한 위나라를 일격에 토벌하려는데 그대들 생각은 어떠한가?"

신하들 눈이 반짝 빛났다. 바야흐로 촉나라 국력도 충분히 회복했고 병마는 유사시를 대비해 훈련을 게을리하지 않았다. 아무도 이견 없다는 의지를 표하는 눈빛이다.

그때 요화가 앞으로 나와 의견을 개진했다.

"관우 장군을 적에게 내몬 자는 아군 유봉과 맹달 두 사람이 었습니다. 오나라에게 원한을 갚기 전에 그 둘을 올바로 처분하지 않으면 복수전 의의가 퇴색될까 걱정입니다."

"그 일은 나 역시 하루도 잊은 적이 없다."

현덕은 기꺼이 수긍하고 그 즉시 유봉과 맹달에게 소환장을 보내 처단하겠다고 단언하자 공명이 옆에 있다가 간언했다.

"아닙니다. 화급히 소환장을 보내면 분명 이변이 생길 것입니다. 우선 두 사람을 다른 군(郡) 태수로 이동시켰다가 후에 천천히 처리하시는 편이 좋을 듯합니다."

반란 동기는 언제나 그런 상황에서 싹튼다. 사람들은 공명이 보인 통찰력에 다시금 탄복했다.

그날 모인 많은 신하 가운데 팽의(彭義)라는 사람이 있었다. 팽의와 맹달은 평소 막역한 사이다. 팽의는 회의가 끝나자 어쩐지 진동한동 서둘러 성을 빠져나가더니 집에 도착하자마자 서한을 써서 남몰래 전보를 보냈다.

군주가 내린 명은 위험하다. 전보 통지가 도착해도 방심하지
마라. 관우 문제에 다시 불이 붙었다.

허나 밀서를 지닌 심부름꾼이 남쪽 성문 밖에서 마초 부하인
야간 경비병에게 붙잡힐 줄이야. 마초는 득달같이 편지 내용을
읽어보고 적잖이 놀랐지만, 만일을 위해 팽의 집에 찾아가 동
태를 확실히 살피기로 마음먹었다.

"잘 오셨소."

그런 줄은 꿈에도 모르고 팽의는 술을 내고 마초를 머물게
하며 밤이 이슥하도록 술을 마셨는데 그러다가 마초가 하는 말
에 덜컥 걸려들었다.

"만약 상용에서 맹달이 반기를 들면 그대도 성도에서 내통해
주시오. 불초 팽의에게도 충분히 승산이 있소. 그대 같은 대장
부가 언제까지고 촉문을 지키는 변변찮은 개가 되어 만족할 수
는 없잖소?"

팽의는 분개하며 마음속 기분을 실토했다.

마초는 이튿날 한중왕을 알현하고 팽의가 쓴 밀서와 함께 지
난밤에 있었던 일을 낱낱이 고했다. 현덕은 즉시 팽의를 체포
하라 명하고 옥에 가두어 잔당이 있는지 고문하며 조사했다.

팽의는 뼈저리게 후회하며 옥중에서 회개하는 글을 공명에
게 보내 어떻게든 도와달라며 연민에 호소했다. 현덕도 그 진
정성을 보고 반쯤 마음이 움직인 듯했다.

"군사, 어쩌면 좋겠소?"

"이런 하소연은 미친 사람이 하는 말이라고 보셔야 합니다. 반골 기질이 있는 자는 잠시 은혜를 느끼더라도 후에는 재차 반목하기 마련입니다."

공명은 냉정하게 고개를 젓고는 오히려 돌연 결단을 내리고 그날 밤 팽의에게 사형을 내렸다.

팽의가 처형되자 멀리 떨어져 있던 맹달도 비로소 신변에 다가올 위험을 감지했다.

"위나라로 도망치면 분명 위왕 조비가 높은 자리에 등용해주리라."

맹달이 처음부터 모반의 뜻을 품었다는 낌새를 눈치챈 부하 신탐(申耽)과 신의(申儀) 형제가 투항을 권하자 맹달은 같은 성에 있는 유봉에게 고하지도 않고 겨우 50~60기를 이끌고 한밤중에 탈주했다.

2

"맹달이 거느리던 부하도 그대로고 어제도 별다른 기색이 없었다. 사냥이라도 나갔겠지."

유봉은 날이 밝은 후 맹달이 탈주했다는 소식을 들었지만, 도무지 믿기지 않는다는 얼굴을 하고 좌우에 있는 신하가 의심할 만한 증거를 들어도 설마설마하며 여유롭게 대꾸할 뿐이다.

그러자 국경 성문에서 파발꾼이 달려왔다. 말을 탄 군사 50여

명이 관문을 뚫고 위나라로 넘어갔다는 보고다. 그제서야 황급히 병마를 모아 유봉이 직접 추격했지만 때는 이미 늦어 허무하게 발걸음을 돌릴 수밖에 없었다.

"어째서 맹달은 이 지위와 군대를 다 버리고 위나라로 넘어갔을까?"

아직 아무것도 깨닫지 못한 유봉은 맹달이 품은 꿍꿍이를 의아해하는 데 그쳤지만, 얼마 후 성도에서 파견한 급사가 한중왕이 내린 명을 전했다.

맹달이 품은 역심은 분명하다. 어찌 손을 놓고 보고만 있는가? 즉시 상용과 면죽(綿竹)에 있는 병사를 일으켜 맹달의 불의를 꾸짖고 목을 베라.

공명이 짜낸 용의주도한 계책으로, 현덕은 성도에 있는 촉군을 파견하여 매듭지을 생각이었지만 공명은 좋은 방법이 아니라며 맹달 토벌을 유봉에게 명하면 그 싸움에서 이기든 지든 유봉은 성도로 돌아올 수밖에 없으니 그때 처단하는 게 최선이라 설득했다.

한편, 위나라에 투항한 맹달은 조비 앞에 끌려가 일단 심문을 받았다. 조비는 내심 유력한 대장이 투항한 사실을 환영했지만, 여전히 반신반의하며 캐물었다.

"현덕이 특히 너를 냉대했다고는 보이지 않는데 대체 무슨 이유로 위나라에 왔는가?"

"관우 군이 전멸당할 위기에 처했을 때 맥성에 원군으로 가지 않았던 점을 옛 주군인 현덕은 끝까지 추궁할 모양입니다. 관우를 죽게 내버려 둔 맹달이라며 제게 해코지할 뜻을 품었다 는 사정을 성도에서 도착한 소식을 통해 알았습니다."

때마침 양양에서 급보가 날아들었다. 유봉이 5만여 기에 달 하는 군사를 이끌고 국경을 침범하여 닥치는 대로 불태워 없애 며 진격한다는 급보다. 조비는 맹달을 시험해볼 적당한 전투라 판단했다.

"양양은 우리 하후상(夏侯尙)과 서황 등이 지키니 불안하지 않으나 시험적으로 그대는 양양 아군으로 가세하여 유봉 수급 을 이리로 가져오라. 그대를 어찌 대우하는가는 그 후에 다시 고민해보겠다."

그러면서 맹달을 산기상시(散騎常侍) 건무장군(建武將軍)으 로 임명하고 양양에 파견했다.

맹달이 양양에 도착했을 때 유봉 군은 이미 80리 밖 교외까 지 당도한 상태였다. 맹달은 편지를 쓰고 사자를 세워 답장을 받아 오라며 유봉 진영에 보냈다.

유봉이 편지를 받아 열어보니 우정 어린 문장이 적혀 있는 게 아닌가.

생각한 바가 있어 나는 위나라 신하가 되었소. 그대도 위나라 에 항복하고 장래에 누릴 부귀를 약속받으면 어떻겠소? 그대 는 친족이 수양이 들이기면 인계는 나후(羅侯) 구씨(寇氏) 자손 이오. 유씨 대통은 한중왕 친아들이 이을 것이오. 그대도 때가 늦기 전에 위나라로 옮겨 옛 집안을 부흥시키면 어떻소?

유봉은 편지를 읽은 후 쫙쫙 찢어버렸다.

"오늘까지는 맹달에게 일말의 우정이 남아 있었건만 이런 불충불효를 권하는 악인임을 알았으니 오히려 마음을 바꾸기는 쉽다."

유봉은 사자 목을 벤 후 즉시 군사를 이끌고 양양성으로 진격했다.

하지만 유봉은 그날도, 그다음 날도 패전을 거듭했다. 적 진두에는 언제나 맹달이 나타나 사정없이 유봉을 몰아붙였다.

더욱이 양양성에는 위나라 맹장으로 이름 높은 서황이 있었고 하후상도 맞섰으므로 도저히 상대가 되지 않았다.

참패를 거듭한 유봉 군은 적의 세 장수에게 포위당해 섬멸에 가까운 타격을 입고 끝내 상용으로 패주했지만, 그곳도 어느새 위군에게 점령당한 비참한 상황이었다.

유봉은 겨우 100여 기 남은 병사를 데리고 성도로 도망칠 수밖에 없었다. 바야흐로 공명의 선견지명은 적중했다.

3

"대청으로 올리지 마라. 계단 아래 세워두라."

유봉이 패한 채 돌아왔다는 소식을 신하에게 들은 현덕은 시종에게 명한 후 공명과 얼굴을 맞대고 은연중에 탄식했다.

유비는 무거운 발걸음을 옮겨 정전으로 나가 계단 아래에 엎드린 수양아들 유봉을 노려보며 물었다.

"이놈, 무슨 면목이 있어 돌아왔느냐?"

"숙부 관우 장군을 위기에서 구하지 못한 건 제 의지가 아니었습니다. 그때는 맹달이 완강히 거절하는 탓에 저도 모르게 그 말에 끌려들어 마음에도 없이 원군으로 나서지 못했습니다."

유봉은 겨우 얼굴을 들고 그 일을 꾸짖기도 전에 변명했다.

현덕은 눈에 모를 세웠다.

"시끄럽다. 그런 변명이 이제 와 내 귀에 들어올 것 같으냐? 너도 분명히 사람의 밥을 먹고 사람의 옷을 입는 인간일진대 맹달이 늘어놓는 궤변에 맞장구를 쳐서는 은혜 깊은 숙부의 죽음을 빤히 알면서도 내버려 두다니 개냐 짐승이냐? 이런 비열한 놈! 냉큼 물러가거라. 꼴도 보기 싫다."

현덕은 호되게 꾸짖었지만 오랜 세월 기른 아들이라 생각하면 다른 한편으로 사사로운 정이 고개를 들었다. 눈물이 핑 돌아 고개를 옆으로 돌린 채 다시는 계단 아래에 엎드린 아들을 똑바로 보지 않았다.

"참으로 제가 우둔했습니다. 큰 실수였습니다. 제발 이번 한 번만 용서해주십시오."

유봉은 닭똥 같은 눈물을 흘리며 백번이나 머리를 조아렸다. 여전히 현덕이 보내는 시선은 싸늘했다. 자신을 목석이라 여기고 사사로운 정을 원수처럼 생각하며 꾹 억눌렀다.

그사이 유봉은 큰 소리로 젖먹이 아이처럼 목 놓아 꺼이꺼이 울었다. 그 울음소리를 듣자 제아무리 철터이라도 가슴이 찢어지는 듯했다. 결국, 분노로 굳어졌던 표정도 자애로운 아버지 얼굴로 변하는 듯했다.

"…."

그러자 그때까지 입을 앙다물고 현덕을 지켜보던 공명은 눈짓을 통해 무너지려는 현덕의 마음을 가만히 지탱했다. 부족한 의지에 의지를 채웠다.

"무사들은 이놈을 끌고 나가 목을 베라!"

현덕은 벌떡 일어나 좌우 신하에게 툭 내뱉고는 도망치듯 고개를 숙이고 내전으로 모습을 감추었다.

현덕은 문을 닫아건 채 홀로 비통하게 벽을 바라보았다. 그러자 나이 지긋한 신하가 조심스럽게 다가왔다.

"유봉 님에 대해 양양 전장에서 도망쳐 온 부하들에게 제가 이것저것 물어보았습니다. 이미 유봉 님은 상용에 계실 때부터 일전에 저지른 잘못을 후회하시며 맹달이 위나라로 도주한 후에는 부끄러움을 견디지 못하는 모습이었다 합니다. 양양 진영에서도 맹달이 보내온 투항을 권하는 서한을 갈기갈기 찢고 편지를 가져온 사자도 그 자리에서 목을 베어 전장으로 향했다하니 이로써 심중이 변했다는 것을 잘 알 수 있습니다. 모쪼록 불쌍히 여기시기를 저희 신하들도 간절히 바라옵니다."

그렇지 않아도 현덕은 유봉을 구해주고 싶어서 견딜 수 없던 참이다. 현덕은 누군가가 그렇게 말해주기를 바라던 차였다.

"아아, 유봉에게도 한 조각 양심은 있었는가? 충효가 무엇인지 조금은 분간할 수 있었구나. 모자란 녀석, 그렇다면 죽일 것까지야 없지."

현덕은 구르듯 회랑으로 나왔다. 서둘러 목숨만은 구하라는 명을 전하도록 나이 든 신하를 부리나케 보냈다.

안타깝게도 밖으로 나서자마자 몇몇 무사가 이미 유봉의 목을 베어 가져왔다. 현덕은 그 수급을 보자마자 얼빠진 사람처럼 중얼거리며 제대로 서지도 못하고 한탄했다.

"뭐, 뭐라? 이미 참했단 말이냐? 내가 경솔하게 화에 못 이겨 수족같이 의지하던 사람을 죽음으로 몰아넣었구나. 아아, 슬프도다."

공명이 와 그치지 않고 탄식하는 현덕을 방 안으로 부축해 들어갔다. 그러고는 조용히 말을 건넸다.

"그 심정은 잘 압니다. 저 역시 목석은 아닙니다… 국가 백년대계를 생각하신다면 풋내기 하나쯤을 어찌 아쉬워하겠습니까? 이 정도 슬픈 일이 있다고 금세 범부로 돌아가신다면 어찌 대업을 위한 토대를 세울 수 있겠습니까? 아녀자가 보이는 정입니다. 그 눈물을 스스로 비웃으십시오. 주군은 한중왕이십니다."

"…"

현덕은 말없이 고개를 주억거렸다. 이 일은 예순 노령인 현덕에게는 후에 앓게 될 병의 원인 가운데 하나가 되었다.

개원(改元)

1

위나라에서는 그해 건안 25년을 '연강 원년'으로 정했다.

6월에는 위왕 조비가 하는 순방을 실현할 수 있었다. 부왕 조조 고향 패(沛)나라 초현을 방문하여 선조 묘에 제를 올리겠다는 기별을 전하고 문무백관을 대동하여 호위를 위한 정예병 30만을 따르게 했다.

조비가 지나는 경로를 따라 관청과 민간 사람들은 길을 쓸고 의장 행렬을 향해 넙죽 엎드렸다. 특히 조조 고향 초현에서는 길목마다 나와 술을 진상하고 떡을 바치며 서로 축하했다.

"고조(高祖)께서 패나라 고향에 오신 적도 있지만 그래도 이렇게 성대하지는 않았을 거야."

"암, 그렇고말고."

조비가 머문 시간은 너무나도 짧아 묘제가 끝나기가 무섭게 돌아갔으므로 고향 사람들은 어쩐지 맥이 빠진 기분이었다. 노쇠한 하후돈(夏侯惇)이 위독하다는 전갈을 받아서라고는 하지만 조비가 귀국했을 때는 이미 대장군 하후돈은 세상을 떠난 뒤였다.

조비는 동문(東門)에 표식을 걸어 상을 치르는 중임을 알리고 부왕 시대부터 충성을 바친 공신에게 예를 갖추어 장사 지냈다.

"흉사는 계속된다는데 정월 이래 반년 동안은 아무래도 상제만 치르는 듯하구나."

조비가 중얼거렸고 신하들도 우려하던 참이었는데 8월 이후에는 묘하게도 경사만 이어졌다.

"석읍현(石邑縣) 시골에 봉황이 춤추며 내려앉았다 합니다. 개원한 해에 일어난 대길을 나타내는 조짐이라며 떠들썩했고 현민 대표가 축하를 전하러 왔습니다."

시종이 전하며 조비를 기쁘게 했는데 며칠 후 또 반가운 기별이 왔다.

"임치에 기린이 나타나 시민들이 기린을 우리에 넣어 성문으로 헌상했다 합니다."

늦가을 무렵에는 업군 한 지방에 황룡이 출현했다며 누가 말했다 할 것 없이 어떤 이는 보았다 하고, 어떤 이는 보지 않았다 하며 시끌벅적했다.

절묘하게도 그 소문과 동시에 위나라를 대대로 섬겨온 신하들이 날마다 전각에 모여 제멋대로 구실을 붙여 황제 제위를 위나라로 앉아오려는 음모를 공공연하게 이논했다.

"지금 하늘에서 길상(吉祥)을 내려주셨다. 이는 위나라가 한나라를 대신해 천하를 다스리라는 계시다. 마땅히 위왕에게 권하고 한제를 설득해 제위를 선양하는 대혁명을 이뤄야 한다."

시중 유이(劉廙), 신비(辛毘), 유엽(劉曄)과 상서령 환해(桓楷), 진교, 진군(陳群) 등을 중심으로 주요 문무관 40여 명은 잇따라 결의문에 서명하여 중신인 대위 가후, 상국 화흠, 어사대부 왕랑 세 사람을 돌아가며 설득했다.

"그래, 그대들이 생각하는 바는 전부터 우리도 마음에 두었소. 선군 무왕이 한 유언도 있으니 분명 위왕께서도 이견은 없으실 터."

세 중신이 하는 말도 짝을 맞춘 듯 일치했다. 기린이 나타난 것도, 봉황이 춤을 추는 것도 이들이 나누는 말투를 보면 아무래도 먼 지방에서 일어난 일이 아닌 중신들 이마와 이마 사이에서 나온 듯이 생각될 지경이었다.

표주박에서 말이 달려 나오든 내각 회의를 하는데 황룡이 출현하든 중국에서는 조금도 이상하지 않다. 민중도 기적을 적잖이 좋아한다. 봉황 따위는 없다는 설보다 존재한다는 설을 월등히 지지하는 편이다. 조정을 우러를 때나 제위에 대한 개념도 이 대륙에 사는 사람들은 황룡과 봉황을 생각할 때와 같은 정도의 식견밖에 없다. 조정과 제위가 무엇인지 확실히 아는 중상류층 인사라도 일찍이 자국 역사에 비추어 각 시대에 적용할 수 있는 해석을 내리고 자신들이 하는 일을 하나같이 천체 현상이나 상서로운 조짐을 핑계 삼으니 기운을 무르익게 하여 공작에 옮기는 식이다.

왕랑, 화흠, 중랑장(中郞將) 이복(李伏), 태사승(太史丞) 허지(許芝) 등 위나라 신하들은 이윽고 허도 내전에 나아가 엎드려 아뢰었다.

"황공하오나 이미 한조의 기운은 다했사옵니다. 어위를 위왕에게 선양하시어 천명에 따르셔야 하옵니다."

아니, 관을 끌고 천자 어전으로 들이닥쳤다고 해야 맞는다.

2

헌제(獻帝)는 보령 39세였다. 9세에 동탁이 옹립하여 천자 제위에 오른 후 전쟁이라는 불길과 쏟아지는 화살 속에서 몇 번인가 수도를 옮겼고 가시밭길 위에서 굶주림까지 맛본 뒤 이윽고 허창을 도읍으로 삼아 겨우 후한 조정과 종묘가 무탈한 날이 찾아왔지만, 조조가 부리는 전횡은 끊이지 않았고 위나라 신하는 무례했으며 왕궁 벼슬아치들은 기를 펴지 못하니 조정은 있어도 없는 것이나 다름없었다.

무릇 하늘의 보살핌을 받지 못했던 점으로 치면 동한(東漢) 역대 왕 가운데서도 이 헌제만 한 사람은 별로 없으리라. 그 생애는 기구하고 박복한 인생 그 자체였다.

게다가 지금 위나라 신하로부터 신하로서는 도저히 입에 담을 수 없는 일을 강요당하는 형편이다. 그 심정이 어땠을까?

황제는 물론 그 일을 즉시 승낙할 리가 없었다.

"짐이 부덕함은 스스로를 탓할 수밖에 없지만 내 아무리 재주가 없다 한들 어찌 대대로 이어진 대업을 버릴 수 있겠는가? 국가 정책으로서 공히 논의하라."

한마디 분부하고 내전을 향해 일어섰다.

화흠, 이복 등은 그 후에도 끊임없이 입궐하여 기린, 봉황이 나타난 길조를 설파하거나 천체 운행을 따져 강요하기도 했다.

"신들이 천문을 보니 타오르던 한나라 기운은 이미 쇠하고 폐하를 상징하는 황제 별 역시 모습을 감추었으며 반면 위왕을 나타내는 천체는 하늘가에 닿고 땅끝에 이르렀사옵니다. 위나라가 한나라를 대신해야 할 징조입니다. 사천대(司天臺) 역관(曆官)도 모두 그리 말합니다."

어느 날은 멋대로 말도 안 되는 억지를 부리거나 반은 협박에 가까운 말로 황제를 농락하기도 했다.

"옛날 삼황오제도 덕으로써 어위를 물려주셨고 언제나 덕 없는 자가 덕 있는 자에게 양위하였으니 설령 하늘 이치에 복종하지 않았다 해도 반드시 스스로 멸망하거나 다음 대에 제위에 오르는 세력에게 쫓겨났사옵니다. 한조는 이미 400년, 결코 폐하가 부덕해서가 아니라 자연스럽게 그럴 만한 시기에 때를 만나신 것입니다. 심각하게 생각하시어 공연히 미혹되거나 화를 자초하지 않으셔야 하옵니다."

"길조나 천체 등은 모두 들을 가치도 없는 뜬소문일 뿐. 전부 낭설이다."

황제는 여전히 완강하였고 위나라 신하들이 보인 검은 속내를 명확히 갈파한 후 일갈했다.

"고조께서 3척 검을 들어 진(秦)나라와 초(楚)나라를 멸망시키고 짐에게 이르기까지 400년이다. 어찌 경솔하게 불후의 토대를 버릴 수 있겠느냐?"

끝끝내 위나라 신하들이 하는 듣기 좋은 아첨을 철저히 물리치고 굴복할 기색을 보이지 않았다.

그러는 동안에도 위왕의 위력과 재물, 명예를 내세운 유혹은 멈출 줄 몰랐고 조정 내관을 부패시키기 위해 온갖 방해 공작을 게을리하지 않았다. 가뜩이나 진심으로 한조를 생각하는 충신은 대다수 명을 다했거나 노쇠하거나 재야로 쫓겨난 탓에 기골이 있는 인물은 하나도 없었다.

거리낌 없이 위나라 권세에 아첨하거나 벌벌 떨며 조정 신하입네 하면서 위나라 비위를 살피기에 급급한 사람만이 남았다.

그 탓인지 요즘 황제가 정전에 나와도 문무관 등 조정 대신들은 모습조차 보이지 않는 자가 날로 늘어났다. 혹은 병고를 핑계로, 혹은 선조 제사를 핑계로, 혹은 기별도 없이 자리를 비우는 자가 상당했다. 아니, 결국에는 황제 혼자 덩그러니 남았다.

"아아, 어찌하면 좋단 말인가."

황제는 홀로 눈물을 철철 흘렸다. 그러자 황제 뒤에서 조(曹) 황후가 살며시 다가와 의미심장하게 말하고는 조용히 떠나가려 움직였다.

"폐하, 오라비 조비가 제게 즉시 걸음 하라는 소식을 보내왔습니다. 옥체 보중하옵소서."

황제는 황후가 다시 돌아오지 않을 걸 즉시 헤아리고 소매를 붙들었다.

"그대까지 짐을 버리고 조가(曹家)로 돌아가는가?"

황후는 그길로 전각 앞 가마를 대는 곳까지 멈추지 않고 걸었다. 황제는 여전히 뒤를 졸졸 쫓아갔다. 그러자 거기 서 있던 화흠이 이제는 엎드려 절하지도 않고 거만하게 말했다.

"폐하, 왜 신이 하는 간언을 받아들여 화를 피하지 않으십니까? 이러시면 황후마마 일뿐만 아니라 재앙은 시시각각 폐하께 닥쳐올 것이옵니다."

3

이 무슨 무도하고 무례한 말인가? 언제나 참을성 깊었던 헌제도 몸을 부르르 떨며 진노했다.

"너는 신하 된 자로서 무슨 말을 지껄이는 것이냐? 짐이 제위에 오른 지 30여 년, 전전긍긍하며 지냈지만 그동안 단 한순간도 단 한번도 악정을 명한 적이 없다. 만약 천하에 오늘날 펼친 정치를 원망하고 한탄하는 자가 있다면 그 까닭은 위나라가 전횡을 휘둘렀음을 하늘과 땅 모두가 알리라. 누가 짐을 원망하고 한조에 닥칠 변고를 바라겠느냐?"

그러자 화흠도 거친 목소리로 어의 자락을 잡으며 받아쳤다.

"폐하, 혼돈하지 마옵소서. 신들이라고 결코 불충을 말하는 게 아닙니다. 충(忠)이 있으니 만일에 있을 화를 우려하여 권하는 것입니다. 지금은 단 한마디로 충분합니다. 이 자리에서 결의를 내리셔서 신들에게 말씀하십시오. 허하시겠는지, 아니하시겠는지."

"…"

황제는 하릴없이 입술을 잘근잘근 깨문 채 아무 말 없었다.

그 순간 화흠이 왕랑에게 확 눈짓하니 그걸 본 황제는 어의 자락을 뿌리치고 부리나케 안쪽 편전으로 뛰어들었다.

즉시 궁정 여기저기에서 심상치 않은 발자국 소리가 어지럽게 들려왔다. 문득 보니 위나라 친족 조휴(曹休), 조홍(曹洪) 두 사람이 검을 찬 채로 어전 계단으로 뛰어올라 큰 소리로 누군가를 찾느라 바빴다.

"부보랑(符寶郎)은 어딨느냐! 부보랑, 부보랑!"

'부보랑'이란 황실 옥새와 보물을 수호하는 벼슬아치 이름이다. 점잖고 연배가 있는 대신이 두려운 기색도 없이 두 사람 앞에 다가갔다.

"부보랑 조필(祖弼)은 저입니다만…."

"그래, 네가 부보랑 자리에 있는 자인가? 옥새를 꺼내 우리에게 넘겨라."

"그대들은 제정신이요?"

"거절할 셈인가?"

조홍은 검을 빼 들고 조필 얼굴에 들이댔다. 조필은 조금도 위축되는 기색 없이 조홍을 질타했다.

"삼척동자도 안다. 옥새는 천자가 가지는 보물이다. 신하 손에 닿을 성싶단 말이냐? 도리도 예의도 모르는 무엄한 자들아, 신을 벗고 계단 아래로 물렀거라!"

조휴와 조홍은 분노하여 무작정 조필을 뜰로 끌고 나가 목을 베어 여묘에 더져버렸다.

이미 금문을 넘어 밀려 들어온 위나라 병사는 갑옷을 입고 창을 꼬나든 채 온 전각과 복도, 정원에 가득 찼다. 황제는 화급히 조신들을 불러 모은 후 눈꼬리에 피눈물이 번진 채 비장한 목소리로 떨며 선언했다.

"선조 이래 이어온 역대에 쌓은 업을 짐 대에 이르러 폐하게 되니 이 무슨 부덕인가? 구천 아래 계신 선황을 뫼시고 뵐 면목이 없지만 아무리 노력해도 사태는 걷잡을 수 없었다. 이리된 이상 위왕에게 천하를 넘기고 짐은 몸을 숨겨 오로지 만민이 누릴 안온을 빌겠노라."

옥루가 하염없이 볼에 흐르고, 오열하는 조정 신하들 울음소리가 뒤섞여 한동안 그곳은 비 내리는 늦가을 연못 같았다.

그러자 서슴없이 쳐들어온 위나라 신하 가후가 재촉했다.

"잘 결심하셨습니다, 폐하! 한시라도 빨리 조서를 내리시어 눈앞에서 피바람이 치는 난리를 미연에 방지하십시오."

황제가 구두로 제위를 선양한다는 중대사를 승인했지만, 여전히 눈물만 흘릴 뿐이니 가후는 즉시 환해, 진군 등을 불러 반강제적으로 나라를 이양한다는 조서를 만들게 분위기를 조성하고 그 자리에서 화흠을 사자로 삼아 옥새를 받들게 한 다음 궁궐 밖으로 보냈다.

"칙사, 위왕궁으로 갑시다."

물론 조정 백관을 수행원으로 하여 어디까지나 황제 뜻을 받들고 격식과 예를 갖추어 고아하게 길을 나섰으므로 지나는 길가에 나온 많은 백성과 일반에게는 궁중에서 벌어진 위나라가 행한 방약무인한 소행은 쉽게 새나가지 않았다.

"왔느냐?"

조비는 분명 환한 미소를 지었으리라. 조서에 예를 갖추자마

자 즉시 선양을 받겠다고 답하려는 모습에 사마중달이 서둘러
주의를 주었다.

"그리 간단히 받으셔서는 아니 되옵니다."

4

'아무리 얻고 싶어 참을 수 없다 해도 선뜻 손을 내밀어서는
아니 되옵니다. 무슨 일이든 세 번 사양한 후에 받아들이는 게
예절입니다. 하물며 천하에 가득할 비난 섞인 눈을 속이려면
훨씬 엄숙하게 겸손한 거절과 예의 바른 사의를 과장해서 밝히
는 편이 상책 아니겠습니까?'

사마중달은 눈짓으로 주군 조비에게 말했다.

조비는 곧 깨닫고 속셈과는 정반대 말로 칙사에게 답한 다음
공손히 천자에게 편지를 써서 일단 옥새를 돌려주었다.

"저는 도저히 그럴 만한 태생이 아니며 천자 지위를 이을 분
은 오로지 폐하뿐이십니다."

칙사가 보내온 답장을 듣고 황제는 적잖이 당황하였다.

"조비는 받지 않겠다 한다. 어찌 된 영문인가?"

시종들을 돌아보며 미간에 잡힌 주름이 조금은 펴지는 듯 보
이기도 했다.

하흠은 황제 곁을 떠나지 않다

"옛 요(堯)임금은 아황(娥皇), 여영(女英)이라는 두 따님을 두
었습니다. 요임금이 순(舜)에게 나라를 선양한다고 했을 때 순

은 거절하고 받지 않았습니다. 하여 요임금은 두 따님을 순왕에게 시집보내고 그 뒤에 제위를 양보했다는 예가 있습니다. 폐하, 현명하게 판단하십시오.”

헌제는 다시 비통한 눈물을, 어찌할 수 없는 표정을 지어 보였다. 하릴없이 다음 날 다시 고묘사(高廟使) 장음(張音)을 칙사로 임명하여 가장 총애하는 황녀 둘을 가마에 태우고 옥새를 받들게 하여 위왕궁으로 보냈다.

조비는 그 어느 때보다 기뻐했다. 이번에도 다시 모사가 가후가 옆에서 고개를 저었다.

“아닙니다, 아직은 아닙니다.”

허무하게 칙사를 돌려보낸 후 조비는 심기가 불편한 얼굴로 가후를 책망했다.

“요순 때 예도 있는데 왜 이번에도 거절하라 했는가?”

“이제 서두를 필요는 없지 않사옵니까? 제가 내린 조치는 세상 사람들이 보내는 비난을 방지하기 위한 것으로 조조 아들이 드디어 제위를 앗았다며 세상 지식인들이 입을 모아 지탄한다면 더 무서운 일이 벌어질 것을 염려해서입니다.”

“그러면 세 번째 칙사를 기다려야 하는가?”

“아닙니다. 이번에는 화흠에게 슬쩍 속내를 귀띔해두겠습니다. 화흠더러 황제께 권하기를 높디높은 전각을 한 채 지은 다음 수선대(受禪臺)라 이름 짓고 길일을 택해 천자가 직접 옥새를 받들고 위왕에게 선양하는 중후한 의식을 거행하도록 해야 합니다.”

위나라 참위(僭位)는 이토록 신중에 신중을 기해 행해졌다.

수선대는 번양(繁陽) 땅을 택하여 그해 10월에 준공했다. 3층 높이 즉위대와 사방 문을 으리으리하게 장식했고 조정 왕부 관원 수천 명, 근위대 어림군(御林軍) 8000명, 친위대 호분군(虎賁軍) 30여만 명이 갖가지 깃발을 빽빽하게 세우고 즉위대 아래 열병했다. 그 밖에 흉노(匈奴)로 피부가 검은 아이들이나 왕화를 입지 않은 오랑캐들, 관직이 있고 왕부를 섬기는 자들은 빠짐없이 이 제전을 모시는 영광을 누렸다.

10월 경오일(庚午日) 인시(寅時).

이날은 마음 탓인지 엷은 구름이 넘치고 해는 차가웠는데 붉기만 했다.

마침내 헌제는 즉위대에 섰다. 그러고 나서 제위를 위왕에게 선양한다는 책문을 읽어 내려갔다. 왕이 내는 목소리는 갈라질 듯 잠겼고 때때로 가늘게 떨렸다.

조비는 팔반대례(八盤大禮) 의식을 마친 후 즉위대에 올라 옥새를 받았으며 황제는 지위가 높고 낮은 옛 신하들을 거느리고 눈물을 감추며 계단 아래로 천천히, 아주 천천히 내려갔다.

동시에 천지에서 나는 모든 소리를 무색하게 만드는 주악이 귀가 먹먹할 정도로 터져 나왔다. 만세를 외치는 소리가 구름을 뒤흔들었다. 그날 저녁 하늘도 헌제 마음을 아는지 커다란 우박이 돌처럼 쏟아졌다.

"앞으로 국명을 대위(大魏)라 부른다."

조비, 위제(魏帝)는 국명을 선어하고 여호두 '황초(黃初) 원년'으로 고쳤다.

뒤이어 죽은 조조에게는 '태조 무덕(武德) 황제'라는 시호를 올렸다.

가련한 사람은 헌제다. 위제가 보낸 사자는 가차 없이 거처를 방문하여 각박한 분부를 전했다.

"현 황제 폐하께서 인자하시니 너를 차마 죽일 수 없어 산양공(山陽公)에 봉한다. 오늘 즉시 산양으로 떠나고 다시는 도읍 땅을 밟지 마라."

산양공은 근근이 남은 옛 신하를 데리고 나귀에 몸을 실은 채 처연하게 겨울 하늘 드리운 시골로 총총 멀어져 갔다.

촉나라도 뒤따르다

1

"이 무슨 일이냐!"

조비가 대위 황제 자리에 올랐다는 소식을 듣고 촉나라 성도에 있던 현덕은 비분강개하여 매일 밤 세상이 거꾸로 흘러가는 세태를 통탄했다.

도읍에서 쫓겨난 헌제는 그 이듬해 지방에서 서거했다는 소식이 들려왔다. 현덕은 더욱 비탄에 빠져 멀리서나마 제를 올리고 '효민(孝愍) 황제'라 시호한 후 극진히 상을 모시며 정무를 보지 않는 날도 허다했다. 모든 일을 공명에게 맡기고 요즘에는 식사도 제대로 하지 않았다.

"곤란한 일이다."

내외 정책에서 촉나라 앞날에 대한 우려까지 공명 가슴에는 이무기 거건케 디히기 않은 문제가 산적한 상태였다.

하지만 현덕 나이 61세. 공명은 41세로 젊은 나이다. 게다가 공명은 참을성이 많은 사람이다. 공명은 백번 참으면 절로 근심이 없어진다고 되뇌었다.

'내 천성이 이렇다.'

공명은 고생을 겪으면서도 홀로 자신을 위로하고는 했다.

공명은 그다지 움직임이 활발한 사람은 아니다. 말수도 적고 음울한 구석도 있었다. 그러니 현덕이 들어앉아 있기라도 하면 공명도 그 고생이 힘겨워 침울한 듯 보였다. 조금은 무능하게 비치기도 했다.

실제 공명은 한시도 쉴 줄 모르는 두뇌를 가진 소유자였으므로 누구보다 그 성품을 아는 자기 자신이 '내 천성이 이렇다'고 스스로를 달래는 이유도 거기에 있었다.

후한 조정이 멸망한 다음 해 3월 무렵이다.

"밤에 양강(襄江)에서 그물을 쳤는데 한 줄기 빛과 함께 강바닥에서 이런 게 올라왔습니다."

양양에 사는 장가(張嘉)라는 어부가 멀리서 그 물건을 촉나라로 가져와 공명에게 바쳤다.

'황금 인장(印章)'이다.

금빛이 찬란하고 조각된 면에는 8글자가 새겨져 있는 게 아닌가.

하늘의 명을 받아(受命于天)

길이길이 번성하리라(旣壽永昌)

공명은 첫눈에 보자마자 두 눈이 휘둥그레졌다.

"이것이야말로 전국옥새(轉國玉璽)다. 낙양 대란을 마지막으로 한실에서 가지고 나와 오래도록 행방이 묘연하다고 전해지는 그 보물 인장이다. 조비가 물려받은 건 유실된 탓에 조정에서 임시로 만든 나중 물건이 분명하다."

공명은 태부 허정과 광록대부(光祿大夫) 초주(譙周) 등을 화급히 불러 고전에 적힌 사례를 찾아보라 의뢰했다.

사람들은 이 일을 전해 듣고 말을 퍼트렸다.

"이야말로 한조 종친인 우리 주군께서 나서서 한나라 정통을 이어야 한다고 하늘이 인정하여 내린 계시다."

무슨 일이든 천체 현상을 예로 드는 사람은 이렇게 말하기도 했다.

"그러고 보니 최근 성도 서북쪽 하늘에 매일 밤 상서로운 빛이 떠올랐다."

요컨대 공명이 생각하는 운기가 대체로 온 촉나라에 무르익으니 어느 날 공명은 여러 신하와 함께 한중왕 거처로 찾아가 황제 제위를 의논했다.

"지금이야말로 황제로 즉위하시어 한조 정통을 바로잡아 종묘에 깃든 넋을 위로하시고 만민을 편안히 하실 때입니다."

현덕은 펄쩍 뛰며 성을 냈다.

"그대들은 날 후세까지 전해질 불충불의를 저지른 사람으로 만들 셈인가?"

공명은 자세를 바로 하고 고했다.

"반역자 조비와 우리 주군을 동일시하는 게 아닙니다. 조비 같이 황제를 시해한 대역 죄인을 대체 누가 응징하겠습니까? 경제(景帝) 후손이신 주군 외에는 없지 않습니까?"

"나는 한번 신하 무리로 떨어진 탁군(涿郡)에서 자란 일개 촌부다. 보천지하(普天之下, 온 하늘 아래라는 뜻으로 온 세상이나 넓은 세상을 이르는 말 – 옮긴이) 솔토지빈(率土之濱, 온 나라 영토 안 – 옮긴이), 아직 왕덕(王德) 하나 제대로 베풀지 못한 상황에서 비록 후한 조정은 멸망했더라도 내가 그 뒤를 계승하면 나 역시 조비 같은 악명을 그대로 받을 터. 다시는 언급하지 마라. 그런 소망은 없다."

아무리 설득해도 현덕은 들으려 하지 않았다.

공명은 묵묵히 물러났다.

그 뒤로 병에 걸렸다 하여 정사를 의논하는 자리에도 일절 얼굴을 비치지 않았다.

"꽤나 위중한가?"

현덕은 은근 걱정이 됐다. 참을 수 없었는지 어느 날 직접 공명이 사는 집을 친히 문병했다.

2

공명은 황송해하며 병석에서 일어나 깨끗한 옷으로 갈아입고 현덕을 맞았다. 병실에 들자 현덕은 서둘러 입을 열었다.

"누워 있어도 좋소. 무리해서 병이 깊어지면 모처럼 문병 왔건만 오히려 악화되지 않소? 군사, 어려워 말고 누우시오."

"황공하옵니다. 주군께서 친히 신하 집에 발걸음 하신 것도 송구한 일인데 비루한 병자 침상까지 몸소 문병하시다니 뭐라 감사드려야 할지….."

"조금 여윈 듯하오. 식사는?"

"입맛이 영 없습니다."

"대체 어떤 병인지…."

"마음에 든 고뇌입니다. 몸에는 이상이 없습니다."

"마음의 병이라니?"

"그저 현명하게 판단하시기를 기원할 뿐입니다."

공명은 지그시 눈을 감았다. 현덕이 아무리 물어도 몸에는 병이 없으나 마음에 생긴 병으로 지금은 가슴이 찢어질 듯하다는 대답만 돌아올 뿐이다.

"군사, 일전에 한 진언을 내가 받아들이지 않아 번뇌의 씨앗이 되었다고 하는 것이오?"

"그렇습니다. 신이 초려를 떠난 지 10여 년, 모자란 재주나마 주군을 모시고 이제 파촉(巴蜀)을 취하여 겨우 이상을 위한 한쪽 끄트머리를 실현했다는 생각이 듭니다. 여전히 이곳에 영겁을 위한 기초를 닦고 나아가 국가를 세우는 대업과 그 영광을 불후에 남기고자 하는 때에 어찌 된 영문이신지 주군께서는 세상 사람들이 말하는 속론(俗論)을 두려워하여 일신과 관련 있는 명분에만 매달리시니 끝내 천하 대업을 이루실 뜻이 없는 듯합니다. 한 세상에 일어나는 분란이 일으킨 암흑을 헤치고 만대에 길이 변하지 않을 태평천하를 위한 기초를 세우는 건 하늘이 선택한 사람만이 능히 할 수 있는 일입니다. 뜻만 세운다고 아무나 할 수 있는 일은 아닙니다. 신하 제갈량이 초려를 나와 주군을 모신 이유는 오직, 전하야말로 그런 인물이라 확신해서입니다. 주군께서도 당시에는 백세 만민을 위하여 혁혁히 불타는 담대한 뜻과 기개를 분명히 지니고 계셨습니다. 그랬건만…, 유 황숙 같은 분도 연로하시니 작은 성공에 안주하고 일신의 무사만을 그저 바라시는가 싶어 이런저런 생각이 드니 신이 앓는 병도 나날이 깊어지는 듯합니다."

공명이 하는 말은 침통하기 그지없었다. 그 말에는 겉이든 속이든 티끌만큼 사심도 사욕도 없었다. 현덕은 굽히지 않을 수 없었다.

현덕은 명분을 존중하는 사람이다. 세상에서 하는 평판을 마음에 두는 성격이다. 그만큼 이 문제에 대해서는 처음부터 공명 의견에도 쉬이 따르는 기색을 보이지 않았지만, 주위 정세와 촉나라 내부에 일어나는 움직임이 현덕이 고뇌하는 번민을 더는 허락지 않았다.

"음, 알았소. 내 사려가 소극적이었던 듯하오. 내 이대로 묵인한다면 오히려 위나라 조비가 즉위한 것을 인정했다고 세상 사람들이 생각할지 모르겠소. 군사가 병을 훌훌 털고 일어나면 반드시 그 진언을 받아들일 것이오."

끝내 현덕은 약속하고 발걸음을 옮겼다.

수일 내에 공명은 밝은 얼굴로 촉나라 진영 정무를 보러 나타났다. 태부 허정, 안한장군(安漢將軍) 미축, 청의후(青衣侯) 상거(尙擧), 양천후(陽泉侯) 유표(劉豹), 치중종사(治中從事) 양홍(楊洪), 소문박사(昭文博士) 이적(伊籍), 학사(學士) 윤묵(尹默) 등 쟁쟁한 문무백관은 매일 회의하며 국가 의전을 마련하기 위한 전례와 관례를 조사하거나 즉위식 절차를 거듭 논의했다.

건안 26년 4월. 성도는 도시가 생긴 이래 가장 성대한 행사로 북적였다. 대례대(大禮臺)를 무담(武擔) 남쪽에 쌓아 올렸고 어가는 궁문을 나왔으며 대지를 가득 메운 듯한 군대와 별처럼 둘러선 문무백관이 외치는 만세 소리 가운데 현덕은 옥새를 받고 촉나라 황제가 되었음을 만천하에 선포했다.

"장무(章武) 원년으로 칭한다."

배무(排舞)의 예를 끝내고 개원을 공포한 후 국명을 정했다.

"대촉(大蜀)이라 부른다."

대위에 대위 황제가 서고 대촉에 대촉 황제가 섰다. 하늘 아래 2개의 해는 없다던 천고 시대부터 내려오던 철칙은 깨어졌다. 이제 오나라는 어떤 반응을 보일 것인가?

3

촉나라 황제 자리에 오른 후 현덕은 그 용모마저 한층 변화하니 자연히 한중왕 시절보다 천자 무게를 더해 말로는 설명하기 어려운 만년의 기품을 띠었다.

달라진 건 그 기백이다. 한때는 내향적이고 명분과 인도주의에만 사로잡혀 젊은 시절부터 장년기에 걸쳐 품어온 큰 뜻도 노년이 되어 사라졌나 싶었지만, 공명 집으로 문병을 가고 그 병중 직언을 들은 후에는 갑작스럽게 깨달음을 얻은 사람처럼 대범함과 여유가 느껴지고 문무 관련 정무를 볼 때도 피로를 모르는 만년의 노련함을 보였다.

"짐 생애에는 아직 이루지 못한 과업이 있다. 오나라를 정벌하는 일이다. 옛날 도원에서 맹세한 관우 원수를 갚는 일이다. 우리 대촉 군사는 오로지 그 목적을 위해 준비에 매진했다 해도 과언이 아니다. 짐은 지금 온 나라에 있는 병사를 일으켜 옛 맹세를 지키고야 말 것을 감히 관우 넋에 고한다. 너희는 이를 명심하여 최선을 다하라."

어느 날.

촉제(蜀帝)가 힘찬 목소리로 여러 신하에게 선언했다. 조정에서 촉제를 가까이 모시는 모든 관료는 엄숙한 태도로 기침 소리조차 내지 않았다. 황제 말에 어찌 의혹을 품으랴? 하나같이 눈을 빛내며 대담하고 피가 끓는 얼굴로 결의를 표했다.

"안 됩니다."

그러자 조자룡이 홀로 반대하며 저어하는 기색도 없이 간언했다.

"지금은 오나라를 칠 때가 아닙니다. 위나라를 치면 오나라는 자연스럽게 멸망할 것입니다. 만약 위나라를 뒤로하고 오나라를 공격한다면 분명 위나라와 오나라가 동맹을 맺어 촉나라는 곤경에 처할 수밖에 없을 것입니다."

"무슨 말을 하는 게냐, 조자룡?"

현덕은 그 얇고 긴 눈으로 조자룡을 흘끗 보더니 오히려 대갈했다.

"오나라와는 같은 하늘을 머리에 일 수 없는 원수다. 짐의 아우를 베어 죽였을 뿐 아니라 짐 휘하를 벗어난 부사인, 미방, 반장, 마충 등 무리가 웅거하여 사는 나라가 아니더냐? 그 살을 씹어 먹고 구족을 멸하여 극악무도한 자가 맞이할 말로를 세상에 보여주지 않으면 짐이 대촉 황제로 선 의미가 없다."

"아닙니다. 혈육에게 맺힌 원한도 불충한 신하를 위한 응징도 폐하가 표현하는 사사로운 노여움에 지나지 않습니다. 촉 제국의 운명이 훨씬 더 중대합니다."

"관우는 국가 중진이고 마충, 부사인 무리는 하나같이 나라를 어지럽힌 역적이다. 그 옳고 그름을 바로잡아 원한을 갚는 건 국가가 품어야 할 당연한 의지가 아닌가? 어째서 사사로운 정으로 품는 분노라 하는가? 백성이 격분할 만한 적개심과 확실한 명분이 있어야 전투에서 이기는 법. 자룡이 하는 말은 이치에는 맞게 들리지만 존중하기에는 충분치 않다."

촉제가 한 결의는 군건했다.

그 후 촉제가 파견한 칙사는 은밀히 남만(南蠻, 운남 곤명昆明)을 왕래했다.

남만에 주둔하는 병사 약 5만을 빌리는 데 성공했다.

그사이 장비 신변에 뜻밖의 재난이 닥쳤다. 장비는 그 무렵 낭중에 머물렀는데 거기장군(車騎將軍) 사예교위(司隷校尉)로 봉해지고 동시에 낭주(閬州) 일대 목(牧)을 겸임하라는 명을 받은 것이다.

"우리 형님은 천자 자리에 오르셨어도 이 못난 아우를 잊지 않으셨구나."

감정이 풍부한 장비는 칙사 앞에서 눈물을 뚝뚝 흘렸다.

관우가 죽었다는 소식을 들은 후 장비는 더 감정적으로 변했다. 취하면 화를 내고 술이 깨면 욕을 퍼붓거나 홀로 통곡했다.

"언젠가 반드시 형님 원수를 갚아주마!"

오나라 하늘을 노려보고 검을 휘두르며 이를 악물기도 여러 번. 진중에 있는 병사는 장비가 울화가 치밀어 올랐을 때 으레 두들겨 맞거나 걷어차였다. 이 일로 장병 가운데 은근히 장비에게 앙심을 품는 자도 몇몇 생기는 듯했다.

작위를 내리는 칙령을 받던 날도 장비는 칙사를 대접한 다음에 마치 칙사 탓인 것처럼 비난을 퍼부었다.

"어찌하여 촉나라 조정에 있는 신하들은 황제께 권하여 하루빨리 오나라를 치지 않는가!"

도원에서 맺은 봄이 끝나다

1

말술을 마시고도 만족하지 못하는 장비다. 관자놀이에 선 힘줄이 불뚝 솟고 얼굴뿐 아니라 눈까지 시뻘게져서 칙사에게 침을 튀기며 열변을 토했다.

"대체 조정 신하뿐 아니라 공명도 정신 나간 인사다. 듣자 하니 공명은 이번에 황제를 보좌하는 승상 자리에 올랐다던데 공명부터 시작해 촉나라 조정 문무 대신은 영예로운 작위에 만족해 이미 전쟁에서 겪은 고초 따위는 은근히 피하는 거 아니냐? 한심스러운 소인배들이다. 장비 같은 놈도 오늘 감사한 작위를 받잡고 불평은커녕 남들보다 몇 배나 감격하지만 아무리 그래도 관우 형님이 세상에 없다고 생각하면 오나라를 향해 복수전을 맹세하지 않을 수 없다…. 원통하다, 원통해. 오나라를 멸망시키지 무하면서 우리들만 은혜로운 몀에 감싸여 무사태평하게 사니 미안하다…. 지하에서 관우 형님이 얼마나 이를 갈고 있을꼬…."

장비는 훌쩍훌쩍 울기 시작했다.

취기와 감정이 극에 달하면 장비는 언제나 비분강개하여 눈물을 보이는 버릇이 있었다.

하지만 장비가 내뱉은 말은 결코 한바탕 술주정만은 아니었으며 그 마음은 언제나 가슴에 품었다.

그 증거로 칙사가 돌아가자 부리나케 촉나라 궐기를 촉구하겠다며 성도로 상경했던 것이다.

도원에서 맺은 맹세를 굳게 지키겠노라 했던 서약은 황제가 됐을망정 현덕 역시 마찬가지였다. 육신에 찾아든 노령을 의식하고 인생의 만년임을 깨달은 후 '나는 오나라와 함께 살지 않겠다'고 선언한 뒤로 현덕은 매일 연병장에 행차하여 친히 군사를 점검하고 군마를 훈련시키며 오로지 그날만을 기다렸다.

공명을 비롯해 사직에 닥칠 장래를 염려하는 문무백관 중에는 '폐하께서는 아직 구오(九五,《주역》에서 '구오'가 임금 지위를 뜻하는 상象이라는 데서 임금 자리를 이르는 말 – 옮긴이) 자리에 오른 지 얼마 되지 않으셨는데 다시 큰 전쟁을 일으키는 건 종묘 정사를 존중하는 방법이 아니'라는 반대 의견이 우세했다. 해서 현덕도 본의 아니게 출병을 지체하는 상태였다.

바로 그때 장비는 성도로 나왔다.

그날도 현덕은 조정을 나와 연병장 연무관에 있다는 이야기를 듣고 장비는 궐문에 들어가기 전에 곧바로 연무관으로 발걸음을 옮겨 황제를 알현했다.

장비는 옥좌 아래 엎드려 절하자마자 황제 다리를 끌어안고 소리 내어 통곡했다.

현덕도 비탄에 잠긴 장비 등을 살살 쓰다듬으며 위로했다.

"잘 왔다. 관우는 이미 세상에 없으니 도원에서 만난 의형제도 이제 너와 나 둘뿐이다. 몸은 건강한가?"

"폐하, 아직 그 옛날에 했던 맹세를 잊지 않으셨습니까? 불초 장비, 관우 형님의 원수를 갚지 못하면 그 어떤 부귀도 출세도 기쁘지 않습니다."

장비가 주먹을 불끈 쥐고 눈물을 흩뿌리며 말하자 현덕도 함께 슬픔을 담은 눈물을 보였다.

"짐의 마음도 같다. 언젠가 반드시 너와 함께 오나라를 공격하리라."

장비는 뛸 듯이 기뻐했다.

"폐하께 용기가 있다면 언젠가라는 말일랑 하지 말고 당장이라도 함께하고 싶습니다. 벌써 평화로운 날에 익숙해져 오로지 무사안일에만 급급한 문관과 일부 무인에게 방해받다가는 목숨이 붙어 있는 동안 이 원한을 가슴에서 씻어내는 날은 오지 않을 것입니다."

"당연하다, 당연해."

현덕은 그 순간에 용단을 내려 장비에게 직접 어명을 내리고 말았다.

"너는 즉시 군사를 준비해 낭중에서 남으로 가라. 짐은 대군을 이끌고 강주(江州)를 출발해 너와 만나 오나라를 치겠다."

장비는 머리를 때리며 기뻐하고 날두이 계단을 뛰어 내려가 곧바로 낭중으로 돌아갔다.

황제가 군사를 준비하자 즉시 내부에서는 반대 의견이 들끓어 학사 진복(秦宓) 같은 이는 직언하여 그 잘못을 간언했다.

"짐과 관우는 한몸이다. 지금은 그 관우가 없고 오나라는 교만을 떤다. 어찌 좌시하며 참고만 있겠느냐? 그대들이 이 이상 짐을 막는다면 옥에 가두고 목을 베겠다."

현덕은 완강하여 귀를 기울이려 하지도 않았다. 현덕의 온화하고 보수적인 성품을 떠올리면 만년에 이 거사를 앞둔 모습은 전혀 다른 사람처럼 보였다.

2

공명도 표(表)를 올렸다.

'오나라를 치는 것도 좋으나 지금은 때가 아닙니다.'

모든 힘을 다하여 간언했지만 아무도 현덕의 의지를 꺾을 수는 없었다.

촉나라 장무 원년 7월 초순, 촉군 75만은 성도를 위풍당당하게 출발했다.

그 가운데는 이미 남만에서 원군으로 빌린 붉은 머리 검은 피부를 한 이민족 군대도 섞여 눈에 띄었다.

"그대는 태자를 보위하여 내정을 돌봐주시오."

공명은 성도에 남겼다.

마초와 마대(馬岱) 사촌 형제도 진북장군(鎭北將軍) 위연(魏延)과 함께 한중 수비를 위해 남겨졌다. 한중 땅은 전선으로 군량을 수송하기 위해서도 중요한 곳이다.

하여 길을 떠난 출정군은 선진(先陣)에 황충을 세우고 그 부장으로 풍습(馮習), 장남(張南)을 두었다. 중군호위(中軍護衛)에 조융(趙融), 요순(廖淳)을, 후방 경계를 위해서는 강직한 여러 대장을 배치했다. 본진의 주요 무사 등으로 견고하게 짜인 대열은 첩첩이 험준한 촉나라 땅을 벗어나 구름처럼 남으로 남으로 밀고 내려갔다.

이때.

돌연 촉나라가 슬퍼해야 할 사건이 발생했다. 장비 신변에 일어난 뜻밖의 재난이다.

그 후 낭중에 있는 영지로 서둘러 돌아간 장비는 이미 오나라를 집어삼킨 듯한 기개로 진영에 있는 장병에게 명령했다.

"바로 출진할 수 있게 준비하라."

그러고는 부하 장수 범강(范彊)과 장달(張達)을 불러 명했다.

"이번에 오나라를 토벌하는 전쟁은 관우 형님을 기리는 싸움이다. 병선 돛부터 무기, 깃발, 갑옷, 전포까지 흰색으로 마련하여 출정하겠다. 너희가 최선을 다하여 사흘 만에 갖추어라. 나흘 후 이른 아침에는 낭중을 출발할 테니 어기지 않도록."

"예…."

두 사람은 엉겁결에 대답했지만, 눈이 휘둥그레졌다. 무리한 기한이다. 아무리 궁리해도 가능할 리 없다고 판단했다.

장비 성질을 아니 일단 물러 나와 협의했다. 그러고는 다시 장비 앞으로 가서 사정을 호소했다.

"적어도 열흘 정도 말미를 주십시오. 도저히 짧은 시일 안에는 군장을 꾸릴 수가 없습니다."

"뭐라? 할 수가 없다?"

장비는 술에 불똥이 떨어진 것처럼 즉각 핏대를 세웠다. 곁에는 참모들도 있고 벌써 작전을 세우는 중이었으니 장비 기분은 이미 전쟁터에 있을 때와 다름없는 상태였다.

"출진을 앞두고 빈둥대며 열흘이나 미룰 수 있겠느냐? 내 명에 반하는 놈은 엄벌에 처하겠다."

무사에게 명하여 두 사람을 묶어서는 진영 앞 큰 나무에 매달았다.

그뿐만 아니라 장비는 채찍으로 두 사람을 후려쳤다. 아군 병사들이 보는 앞에서 창피를 당한 범강 형제는 모욕감을 느꼈으리라.

두 사람은 비명을 지르며 싹싹 빌었다.

"용서해주십시오. 하겠습니다. 반드시 사흘 안에 명하신 물건을 조달하겠습니다."

단순한 장비는 결박을 그 즉시 풀어주었다.

"거 봐라, 하면 할 수 있는 주제에 엄살이냐. 풀어줄 테니 죽을힘을 다해 마련하라."

그날 밤, 장비는 많은 장수와 함께 술을 푸지게 마시고 잠들었다. 평소에도 흔히 있던 일이지만 그날은 특히 대취하였는지 장막 안에 들어가자마자 침상에 드러누워 코를 골며 곯아떨어졌다.

그러자 이경 무렵.

괴한 둘이 몰래 들어와 한동안 장막 안 벽에 그림자처럼 붙어 있는 게 아닌가. 낮에 장비에게 고문을 당한 범강과 장달 형제다.

"이놈!"

잠든 장비 숨소리를 주의 깊게 듣고 나서 품속에서 단도를 번쩍 빼 들더니 외마디 소리를 지르며 잠자는 장비 몸뚱이에 벼락같이 덤벼들어 목을 베었다.

그 목을 들고 나는 새같이 바깥 어둠 속으로 달려갔나 싶더니 미리 낭강(閬江) 기슭에 세워둔 배에 뛰어들어 일가족 수십 명과 함께 강물 흐름을 따라 오나라로 줄행랑을 놓았다.

애석한 건 장비가 맞이한 죽음이다. 이 쾌남아는 애석하게도 성정이 거칠고 생각이 짧았다. 아직 장비가 가진 용맹스러움은 촉나라를 위해 쓸 수 있는 날이 많았건만 도원 꽃이 만발했던 날부터 시작되어 여기에서 그 생을 마감했다. 장비 나이 55세였다고 한다.

흩어진 기러기 떼

1

불볕더위를 자랑하는 7월, 촉나라 75만 군사는 이미 성도를 나와 구불구불 기나긴 행군을 계속했다.

"그저 태자 신변을 잘 부탁하오. 다녀오겠소이다."

공명은 황제를 수행하여 100리 밖까지 마중 나왔지만, 현덕에게 등을 떠밀렸고 불편한 마음 탓인지 수심에 가득 차 성도로 터덜터덜 발걸음을 옮겼다.

그러던 다음 날.

행군 도중 야영을 위해 진을 치니 장비 부하 오반(吳班)이라는 자가 본인은 물론 말까지 온통 땀투성이가 되어 달려왔다.

"보십시오!"

오반은 숨을 헐떡이며 표를 바쳤다.

"앗! 장비가?"

표를 시종 손에서 받아 든 현덕은 한번 읽자마자 현기증을 느꼈는지 하마터면 혼절할 뻔하여 이마에 손을 얹으며 짧게 신음만 했다.

"으음…."

손발이 바르르 떨리고 안색은 새하얗게 질려 이마에 식은땀을 흘리다가 이윽고 중얼거렸다.

"계시를 느낀 건지 간밤에는 밤중에 두 번이나 잠에서 깨고 왠지 가슴이 두근거려 잠을 이룰 수 없었거늘…."

그러고는 눈물을 주르륵 흘리며 파리한 입술로 힘없이 명을 내렸다.

"어쩔 수 없는 숙명이다. 적어도 오늘 밤은 제라도 올려야겠다. 제단을 만들라."

이튿날 아침, 야영지를 떠나려는데 젊은 대장이 흰 전포를 입고 백은으로 만든 투구를 쓴 모습으로 군마 한 부대를 인솔하여 황급히 현덕에게 달려왔다.

"장비 장군 적자 장포(張苞)입니다."

소개하니 즉시 현덕 앞으로 안내되었고 현덕은 장포를 보고 슬픔과 함께 한 줄기 기쁨을 느끼며 기운을 차린 듯했다.

"오오, 아버지를 닮아 용맹스러운 젊은이로구나. 오반과 함께 짐의 선봉에 서겠는가?"

장포는 의연하게 답했다.

"부디 선봉에 세워주십시오. 아버지를 대신해 그분 못지않은 실력을 발휘하지 못하면 아버지는 구천을 떠돌며 승천하지 못하실 것입니다."

하필이면 같은 날 관우 차남 관흥(關興)도 한 무리 군사를 이끌고 현덕 진영으로 들어왔다.

현덕은 관우 아들을 보고 새삼 다시 눈물을 보였다.

이 큰 전쟁을 치르기 위한 출발선에서 눈물을 흘리는 일이 지나치게 많으니 측근에 있던 대장 하나가 현덕에게 진언했다.

"천자 눈물이 땅에 떨어지면 타들어가는 가뭄이 3년 이어진다는 옛말도 있습니다. 폐하, 사직의 막중함을 살피시어 부디 옥체를 상하게 하지 마십시오. 사기 고양에 전념해주십시오."

"그렇구나."

현덕도 곧 깨달았다.

예순이 넘은 몸으로 1000리 경계 밖까지 70여만 대군을 이끌고 정벌을 떠나는 길이다. 싸움에 들기도 전에 마음을 해치고 몸을 상하게 한다면 어찌 오나라를 이길 수 있겠는가? 현덕 스스로도 고쳐 생각했다.

현덕이 느끼는 일희일비가 곧 전군 사기에 막대한 영향을 끼친 건 당연했고 장수들 사이에서는 어쩐지 앞날에 벌어질 길흉을 점치면서 천문이나 지변(地變)을 끊임없이 신경 쓰는 소리도 더러 들렸다.

진진(陳震)이 어느 날 현덕에게 고했다.

"이 부근에 청성산(靑城山)이라는 영봉(靈峰)이 있습니다. 그곳에 사는 이의(李意)라는 선사는 천문지리에 대해 속속들이 점을 쳐 당대 신선이라 불립니다. 그자를 불러들여 이번 일과 관련한 길흉을 한번 점쳐보시면 어떻겠습니까?"

현덕은 그리 내키지 않는 모습이었지만 다른 여러 장수 중에도 권하는 자가 많아 마지못해 진진을 사자로 보내 이의를 진영으로 초대했다.

진진은 곧바로 청성산에 올랐다. 이윽고 산길에 접어드니 세상 사람들 속에 떠도는 소문처럼 푸른 구름이 아득하여 정말로 신선이 사는 거처는 이런 곳이겠구나 싶을 정도였다.

2

갈수록 오를수록 길은 점점 좁아지고 물은 계곡이 되고 폭포가 되며 나무에는 상서로운 안개가 부드럽게 휘감기니 봉우리에 부는 거친 바람, 새들이 지저귀는 울음소리에 귀도 마음도 씻겨 진진은 자기 사명도 잠시간 잊었다.

그러자 저쪽에서 동자가 진진 앞에 오더니 걸음을 멈추고 생긋 웃었다.

"당신은 진진 선생이지요?"

불쑥 물었으므로 진진은 적잖이 놀라 눈이 휘둥그레졌다.

"어떻게 내 이름을 알았느냐?"

"어제 스승님께서 말씀하셨습니다. 내일쯤 촉제 사자로 진진이라는 사람이 산을 오를 거라고…."

"뭐? 네 스승이라는 분이 이의 선사냐?"

"그렇습니다. 저희 스승님께서는 누가 온다고 해도 만나지 않습니다."

"그런 말 말고 안내해다오. 부탁이다. 다른 이도 아니 처자가 보낸 사자니라. 만약 선사께서 만나주시지 않으면 나는 돌아갈 수가 없다."

"정 그렇다면 말씀을 드려볼 테니 따라오시지요."

동자는 앞서 걸었다.

몇 리를 가니 평평한 땅에 선경(仙境)이 펼쳐졌다. 동자는 암자에 들어가 스승 이의에게 고했다. 이의는 어쩔 수 없이 밖으로 나와 칙사를 맞이하고 물었다.

"황제께서 보내신 사자가 무슨 일이십니까?"

진진은 지금 남쪽 지방을 정벌하러 떠나는 길에 오른 촉제의 뜻을 겸손하고 정중하게 낱낱이 설명했다.

"선옹(仙翁)께 수고를 끼치는 일입니다만 꼭 여쭤보고 싶다 분부하셨습니다. 제가 모시겠으니 하루만 산을 내려가 촉나라 진영까지 왕림해주시겠습니까?"

"황제 명이라면 어쩔 수 없지요."

이의는 내키지 않았지만 묵묵히 진진을 따라 산을 내려갔다.

현덕은 드디어 그 선옹 앞에서 기탄없이 속내를 털어놓으며 질문했다.

"이미 알겠지만 짐은 젊은 시절부터 관우, 장비와 문경지교를 맺고 황제를 위하여 군마를 달린 지 30여 년이오. 겨우 촉나라를 다스리게 된 뒤 많은 사람이 짐을 중산정왕(中山靖王) 후예라는 점에서 제위에 추대하여 기업(基業)을 세웠으나 생각지도 못하게 의형제 둘이 시해당했고 그 원수 되는 자는 빠짐없이 오나라로 갔소. 그러니 짐은 뜻을 정하고 오나라를 치려고 예까지 진군해 오는 길인데 앞날에 닥칠 길흉이 어떻겠소? 거리낌 없이 선옹이 친 점괘를 들려주시오."

이의는 차갑게 대답했다.

"모릅니다. 모든 일이 천수, 천운이니까요."

"옹은 그 천수에 정통하다 들었소. 점괘를 내려주시오."

"저는 산에 사는 천한 사람일 뿐입니다. 어찌 대우주에서 벌어지는 일을 알겠습니까?"

"아니지, 아니지. 옹은 참 겸손한 분이오. 어떻게, 한마디라도 짐에게 가르쳐주시오."

"그렇다면 종이와 붓을 이리로⋯."

여러 번 하문하자 이의도 거절할 수 없었는지 필요한 물건을 청하여 묵묵히 무언가를 그리기 시작했다.

보아하니 아이가 그리는 그림처럼 병마와 무기 종류를 그리고는 모조리 찢어서 버렸다. 그리더니 버리고, 또 그리더니 버려서 수없이 많은 종이를 휴지 조각으로 만들었다.

마지막 1장에는 인형 하나가 누워 있고 곁에는 한 사람이 땅을 파고 그 인형을 묻으려는 모습을 그렸다. 이의는 잠시 붓을 멈추더니 자기가 그린 그림을 보았는데 이윽고 그 그림 위에 '흰 백(白)' 자를 쓰고 붓을 내던졌다.

"아무래도 송구한 일이라⋯."

그러고는 무엇인지 뜻 모를 말을 중얼거리고 현덕에게 몇 번이나 절하고는 안개처럼 슬며시 돌아가 버렸다. 이의가 떠난 자리를 바라보는 현덕은 못마땅한 표정이다. 측근 대장들에게 명령했다.

"혀쪄얽느 자를 불러와 쓸데없이 시가을 낭비했다. 아마 미친 사람이겠지. 어서 이 종이 나부랭이를 불태워라."

그때 장비 아들 장포가 옥좌 아래로 달려와 고했다.

"이미 전방에 오나라 군대가 나타난 듯합니다. 모쪼록 제게 선봉에 서라 명해주십시오."

3

"오, 기백이 좋구나. 장포는 어서 가서 공을 세우라."

현덕이 선봉 인수를 떼어 친히 장포에게 건네주려는 순간, 계단 아래에 있던 여러 장수 가운데 느닷없이 한 사람이 튀어나왔다.

"폐하, 잠시 기다려주십시오. 선봉 인수는 부디 이 말씀을 올리는 제게 내려주십시오."

누구인가 하고 여러 사람이 눈길을 모아 목소리 주인공을 보니 관우 차남 관흥이다.

관흥은 앞으로 나와 땅에 넙죽 엎드린 채 눈물을 흘리며 황제를 향해 호소했다.

"돌아가신 아버님이야말로 오늘 전투를, 또 제 활약을 지하에서 두 눈을 부릅뜨고 기다리실 터. 어찌 선봉 일진을 다른 이에게 맡기겠습니까? 부디 선봉 임무는 제게 명해주시기를…."

그러자 장포가 옆에서 끼어들었다.

"어이, 관흥. 너는 무슨 능력이 있어 굳이 나서서 선봉을 바라는가?"

관흥은 빙긋 웃으며 대답했다.

"나는 활에 취미를 조금 붙였소."

장포도 물러서지 않을 눈치다.

"나도 무예라면 남에게 뒤지지 않는다. 이 몸은 장비 장군 아들이다."

현덕은 둘 사이에 서서 중재하기 곤란한 기색을 보이다가 제안을 하나 했다.

"그렇다면 두 사람이 서로 무예를 겨뤄보라. 이기는 자에게 인수를 내리겠다."

"보십시오."

장포는 분연히 일어나 300보 저편에 깃발을 줄지어 세우고 그 기 위에 빨갛고 작은 과녁을 붙여 활을 쏘니 한 발 한 발 붉은 과녁을 깨트려 하나도 빗나가지 않았다.

"아, 역시 장비 아들이로구나."

많은 사람은 우레 같은 갈채를 보냈다. 그러자 관흥도 이어서 활을 들고 앞으로 나왔다.

"장포가 선보인 활 솜씨는 진기하다 말하기에는 부족합니다. 터무니없는 소리 같겠지만 제 화살이 날아가는 끝을 눈여겨봐주십시오."

몸을 반달처럼 젖히더니 관흥은 팽팽히 당긴 활이 하늘을 향하도록 들었다.

때마침 기러기 우는 소리가 구름을 스쳤다. 잠시간 숨을 멈추고 하늘을 쏘아보는 사이에 한 줄로 나는 기러기 떼가 바로 머리 위를 지나자 순간 관흥은 날카로운 활시위 소리와 함께 화살을 쏘았다.

화살 소리와 함께 그 화살이 등에 꽂힌 기러기 1마리가 후드득 곤두박질치며 떨어졌다.

"맞혔다, 맞혔어!"

과히 훌륭한 솜씨에 문무 모든 신하가 한목소리로 칭찬했고 떠들썩하게 탄복하는 소리가 한동안 끊이지 않았다.

장포는 약이 올라 소리쳤다.

"야, 이 관흥아! 활만으로는 전쟁터에서 도움이 되지 않는다! 너는 창 쓰는 법은 아느냐!"

관흥도 지지 않고 바로 말에 뛰어올라 검을 뽑아 들고는 장포 머리 위에 들이댔다.

"건방진 놈, 무슨 짓이냐!"

장포도 아버지 유품인 장팔사모를 꼬나들고 당장 한판 싸움을 벌이려는 순간.

"물러서라, 이 녀석들!"

현덕은 윗자리에서 꾸짖었다.

"그대들은 부친상을 치른 지 얼마나 되었다고 아군끼리 싸우느냐? 너희 아버지들은 피로써 의(義)를 맹세하고 혼으로 친(親)을 맺은 사이다. 만약 한쪽에게 상처라도 입히면 지하에 계신 아버지가 얼마나 한탄하겠느냐?"

"예!"

두 사람은 창을 버리고 말에서 뛰어내려 함께 그 머리를 계단 아래 땅에 조아렸다.

"이제부터 죽은 관우와 장비처럼 너희도 사이좋게 지내라. 나이가 많은 쪽을 형으로 정하고 선친에게 뒤지지 않는 우정을 나누라."

황제 말에 두 사람은 다시 절하고 그 말을 어기지 않겠다고 맹세했다. 관흥이 장포보다 1살 위였으므로 형이 되고 형제 의를 맺었다.

　그때 적군이 가까워졌다는 경보가 속속 도착했다. 즉시 선진 수륙군 두 부대에 관흥과 장포를 세우고 현덕은 바로 뒤에서 후진으로 뒤따랐다. 그날 이후 행군은 전투태세를 갖추고 성난 파도처럼 오나라와 접한 접경 지역을 향해 발길을 재촉했다.

오나라만의 외교

1

그보다 앞서.

장비 수급을 갑판에 숨기고 촉나라 상류에서 1000리를 범선 하나로 도망쳐 항복한 범강과 장달 두 사람은 그 뒤 오나라 도읍 건업에 와서 장비 수급을 손권에게 바치고 순종과 충절을 맹세하며 소리 높여 고했다.

"촉군 70여 만이 곧 오나라를 향해 쳐들어옵니다. 한시라도 빨리 국경에 대군을 파견하지 않으면 현덕과 그 아래 수년간 원한에 불타는 촉나라 무리는 둑을 터트리는 성난 파도처럼 이 강남과 강동 지역을 휩쓸 것입니다."

순간 듣는 사람들 얼굴에서 핏기가 가셨다. 손권도 아닌 밤중에 홍두깨였으므로 바로 그날 중신을 모아 협의했다.

"결국, 현덕은 촉나라 총력을 기울여 건곤일척 기개로 공격을 시작했다. 관우를 잃은 원한은 촉나라 사람들 뼈에 사무쳤으리라. 어찌해야 그 맹공을 막을 수 있겠는가?"

손권이 말을 끝내도 좌중에서는 한동안 대답하는 자가 없었다. 적이 내보인 결사적인 의기가 간단하지 않으리라는 사실을 모두가 전율하며 떠올린 까닭이다.

그러자 제갈근이 나섰다.

"이 한목숨 걸고 제가 화친을 위한 사자로 가겠습니다."

사람들은 냉소를 머금은 눈으로 제갈근을 바라보았다. 이제까지 제갈근이 나서서 임무를 완수한 일이 없었다. 가령 실패로 끝난다 해도 그사이에 날뛰는 적의 날카롭고 굳센 기세를 무디게 하고 아군이 채비하는 데 만전을 기하는 효력은 있을 것이다. 손권은 기꺼이 허락했다.

"그래, 일단 화친을 시도하라."

명을 받고 제갈근은 곧바로 배를 담당하는 관리에게 준비를 명한 뒤 서간을 받들고 장강을 거슬러 올랐다.

때는 장무 원년 8월이다.

그즈음 촉제 현덕은 이미 대군과 전진하여 기관(夔關, 사천성 봉절奉節)에 도착해 그 땅에 있는 백제성(百帝城)을 대본영으로 삼았고 선봉은 천구(川口) 언저리까지 진출한 상태였다.

그곳에 오나라 사자로서 제갈근이 찾아왔다. 현덕은 이미 제갈근을 만나지 않았는데도 오나라 속셈을 짐작하였다. 황권(黃權)이 끊임없이 회견을 권했다.

"만나지 않고 쫓아내시면 오히려 적에게 옹졸하게 보일 것입니다. 반대로 사자를 통해 이쪽이 할 말을 흉중할 만큼 한 후에 되돌려 보내시면 전투를 위한 명분도 명확해지고 위엄도 떨칠 수 있지 않겠습니까?"

현덕은 그 말에 수긍하여 제갈근을 들였다. 제갈근은 넙죽 엎드려 촉제를 알현했다.

"신의 아우 공명은 폐하를 섬기고 오래도록 촉나라에 있습니다. 그러니 폐하께서 다른 사람보다 얼마간은 호의를 내려주시지 않을까 하여 주군 손권께서 특별히 불초 제갈근을 사자로 삼으셨으니 오나라가 보내는 깊은 마음을 말씀드립니다."

"간단히 듣겠다. 요점이 무엇인가?"

"양해를 구하고 싶은 건 관우 장군의 죽음입니다. 오나라는 촉나라에게 그 어떤 원한도 없습니다. 형주 문제도 주군 손권의 누이동생을 폐하 부인으로 출가시키고 나서는 폐하 소속 병사가 다스린다면 오나라 영지와 같다고까지 여기며 오나라에서는 초연히 단념했습니다만, 그 수비를 맡은 관우 장군은 오나라에서 파견한 여몽과 무슨 일이든 불화를 일으켜 평지풍파를 불러일으키니 결국 그런 일에 이르렀습니다. 이 일은 주군 손권도 유감으로 생각합니다. 만약 그때 위나라가 압박을 가하지 않았더라면 관우 장군을 치지 않았을 것이라고 그 뒤에도 언제나 되뇌십니다."

황제는 눈을 감은 채 입도 벙긋하지 않았다. 제갈근은 열변을 토하며 계속 말을 이었다.

"관우 장군의 죽음도 양국 사이에 일어난 갈등도 따져보면 위나라 책략에 놀아난 것에 지나지 않습니다. 두 대국이 싸워 위나라가 어부지리를 취한다면 그것이 더 어리석은 일입니다. 모쪼록 그 창을 거두시어 예전에 맺었던 친선을 되살려 오나라로 귀국하신 손 부인을 다시 한번 촉나라 후궁으로 들이시고 순치(脣齒) 관계처럼 오래도록 밀접한 국교를 유지해주시기 바랍니다. 주군 손권의 바람은 그 밖에는 아무것도 없습니다."

2

현덕은 끝까지 침묵을 지켰다. 제갈근은 필생에 선보일 수 있는 언변과 지혜를 전부 짜내어 또 한마디 덧붙였다.

"폐하께서도 이미 아실 것입니다. 위나라 조비가 저지른 악행을…. 한제를 폐하고 스스로 제위에 올라 만백성을 비탄에 빠트리고 통곡하게 하지 않았습니까? 지금 한실 후예인 폐하께서 원수를 갚는다면 위나라야말로 토벌 대상이 돼야 합니다. 위나라가 지은 그 반역죄를 바로잡지 않으시고 창끝을 오나라로 돌리신다면 대의를 모르고 소의에 조급한 군주라고 세상 사람들의 비웃음을 살지도 모릅니다. 그 점도 헤아려서…."

이 대목에서 현덕은 눈을 확 부릅뜨더니 제갈근이 휘두르는 능변을 손으로 제지했다.

"오나라 사자여, 수고했다. 이제 됐다. 자리에서 물러나 오나라로 돌아가라. 가서 손권에게 분명히 고하라. 짐은 맹세컨대 조만간 너를 만나리라. 목을 씻고 기다려라."

"예…."

현덕의 위엄에 눌려 제갈근은 고개를 숙일 수밖에 없었다.

왕좌에서 거친 발소리가 났다. 얼굴을 들어보니 이미 현덕은 그곳에 없었다.

온화하고 인자하여 도리어 소극적인 사람이라 여겨지던 현덕이 적국 사자에게 호언장담을 던진 예는 일찍이 없었다. 제갈근도 노력했지만, 그 순간 마음속에서 단념해야 했다.

'안되겠구나….'

그 진영에 아우 공명이 참가하지 않은 것도 현덕이 한 결의가 얼마나 굳센지를 보여주는 증거라고 판단했다.

제갈근이 귀국하자 오나라는 한층 커다란 충격을 받았다.

오직 싸움뿐이다. 미증유의 결전이다. 위기감이 급격하게 차올랐다.

이미 선봉으로 나갈 병마가 강과 산야를 출발해 속속 도착하였다. 그 북새통 틈에서 중대부(中大夫) 조자(趙咨)라는 자가 위나라를 향해 출발했다.

물론 조자도 오나라 사절로서 떠난 것이다. 날랜 말과 군세고 강한 병사는 북국 전통이었으며 우수한 외교적 재능은 남방인 오나라 특기다. 어떠한 변을 당하더라도 임기응변을 통해 외교를 먼저 시도해보는 열정과 끈기를 게을리하지 않았다.

"뭐라? 오나라 사절이 짐에게 표를 올리러 왔다?"

대위 황제 조비는 히죽 웃고 그 표를 쓱 읽었다.

근래 한가함에 지겨워 보이던 조비는 사자로 온 조자와의 알현을 허락한 후 여러 가지를 물었다. 담소를 나누며 반은 농을 하면서도 반은 오나라 인물과 내부 사정을 살피는 듯한 말투였다.

"사절에게 묻겠는데 그대 주군 손권은 한마디로 말하면 어떤 인물인가?"

조자는 코가 납작하고 작달막한 남자였는데 의연하게 대답했다.

　"총명하고 인지(仁智)하시며 용략(勇略)을 갖춘 분입니다."

　그러고는 위축되는 기색도 없이 조비를 똑바로 바라보고 눈을 깜빡거리며 되물었다.

　"폐하, 어찌 킥킥대며 웃으시옵니까?"

　"그래, 짐은 웃음을 참기 어렵구나. 자기 주군이라는 자가 그리도 대단해 보이는가 싶어서다."

　"뜻밖의 말씀입니다."

　"어째서 뜻밖인가?"

　"저로서는 폐하 앞이므로 대단히 삼가며 드린 말씀입니다. 사양하지 말고 그 이유를 말하라 명하신다면 폐하가 웃지 않도록 말씀드릴 수 있습니다."

　"그렇다면 손권의 훌륭함을 실컷 말해보라."

　"오나라 큰 인재인 노숙을 평범한 사람들 가운데서 선발한 건 그 총기 덕입니다. 여몽을 병졸에서 발탁한 건 명석한 까닭입니다. 우금을 잡아서 죽이지 않았으니 인자하십니다. 형주를 취할 때 병사를 1명도 잃지 않았던 건 지혜로워서입니다. 삼강(三江)을 근거지로 천하를 범같이 날카로운 눈으로 살피는 건 용맹해서입니다. 몸을 굽히고 위나라를 따르는 건 지략이 뛰어나서입니다. 이러니 어찌 총명하고 인지하시며 용략을 갖춘 군주라는 말 외에 달리 표현할 수 있겠습니까?"

　조비는 웃음을 싹 거두고 그 납작코 땅딸보를 다시 말끄러미 바라보았다.

'몸을 굽히고 위나라를 따르는 모습을 지략이라고 하다니, 용케도 대담무쌍한 말을 하는구나.'

위나라 여러 신하도 그 당돌함에 기가 막힌 모습이다.

3

조비는 눈을 확 치뜨고 조자를 내려다보았다. 대위 황제의 위엄을 침해당했다 느낀 듯 보였다.

이윽고 조비는 조자를 일부러 농락했다.

"짐은 지금 마음속에서 오나라를 칠까 싶다. 너는 어찌 생각하는가?"

조자는 머리를 조아리고 대답했다.

"뭐, 그것도 좋을 것입니다. 대국에 원정할 병력이 있다면 소국에도 방어할 기략이 있으니 어찌 그저 벌벌 떨겠습니까?"

"흠…. 오나라 사람은 언제나 위나라를 두려워하지 않는다고 말하는 건가?"

"과하게 두려워하지도 않습니다만 과하게 얕보지도 않습니다. 정예병 100만과 함선 수백 척을 가지고 험준한 삼강을 연못으로 삼았으니 오나라는 다만 오나라를 믿을 뿐입니다."

조비는 내심 혀를 내두르며 또 물었다.

"오나라에는 그대 같은 인물이 어느 정도 있는가?"

그러자 조자는 허리를 부여잡고 웃었다.

"소인 정도 되는 인물이라면 되로 담아 수레에 실을 만큼 있습니다."

마침내 조비는 탄복하며 이 사절을 칭찬했다.

"천하에 사자로 나가 주군 명령을 욕되게 하지 않는다는 말은 이자를 위해 만들어진 소리로구나. 훌륭한 자다, 훌륭한 자야. 주연을 베풀어라."

조자는 완벽하게 체면을 세웠다. 융숭한 환대를 받았을 뿐 아니라 조자가 심어준 좋은 인상과 오나라 국위는 조비 마음을 단박에 사로잡은 듯했고 외교적으로도 기대 이상의 성공을 거두었다.

즉시 대위 황제는 사자가 귀국할 때 원조를 확약하고 오후 손권도 '오왕(吳王)으로 봉한다'며 영예로운 구석(九錫) 보물을 더하여 신하 태상경(太常卿) 형정(邢貞)에게 그 인수를 주어 조자와 함께 오나라로 보냈다.

황제가 친히 결정했으니 위나라 조정 대신들은 어쩔 수 없었지만, 오나라 사자가 도읍을 떠나기가 무섭게 반대하는 목소리가 여기저기서 터져 나왔다.

"저 땅딸보 녀석에게 한 방 먹은 꼴이다."

유엽(劉曄) 같은 자는 황제의 노여움을 살 각오를 하고 감히 간언하였다.

"지금 오나라와 촉나라가 전쟁을 벌이려는 형세는 하늘이 두 나라를 멸망시키려는 것으로, 만일 폐하 군대가 두 나라 사이에 진격하여 안으로는 오나라를 무찌르고 밖으로는 촉나라를 공격한다면 두 나라 모두 선 자리에서 무너질 것입니다. 이런 상황에서 분명하게 오나라를 도우리라 약조하셨으니 이 천재

일우(千載一遇)에 맞닥뜨린 좋은 기회를 아깝게 놓쳐버렸습니다. 앞으로는 오나라 아군이라 칭하면서 오나라를 내부에서 교란시키고 한편으로 촉나라를 정벌할 계획을 급히 세울 것을 간합니다."

"아니, 그럴 수는 없다. 천하에 신의를 잃게 되리라."

"그렇다고는 하나 지금 오나라 수작에 넘어가 손권에게 오왕 직위를 내리시고 구석 무게를 실어주신 건 일부러 범에게 날개를 달아주신 셈이옵니다. 그대로 두면 오나라는 강대해질 테니 장차 상황이 본격적으로 전개되면 그때는 아무리 해도 손쓸 방법이 없습니다."

"이미 손권은 짐에게 신하로서 예의를 갖추었다. 배반하지 않는 자를 칠 명분은 없다."

"아직 손권의 관직이 낮아 표기장군 남창후라는 신분에 지나지 않은 까닭입니다. 이제부터 오왕이라 칭하고 폐하와도 겨우 한 계급 차이가 나는 몸이 되면 자연히 오만해지고 위세도 생겨나 무슨 말을 꺼낼지 모릅니다. 그때 폐하가 노여워하시며 토벌군을 보낸다 해도 세상 사람은 그 모습을 보고 위나라는 강남에 쌓인 부와 미녀를 약탈하려 든다며 입을 모아 비난할 것입니다."

"아니다. 그저 당분간 잠자코 지켜보아라. 짐은 촉나라도 돕지 않고 오나라도 구하지 않으며 두 나라가 싸우다 힘이 다하기를 기다릴 생각이다. 더는 말하지 마라."

'그렇게까지 깊은 생각에서 나온 계책이 있다면 무엇을 걱정하겠는가…'

유엽은 부끄러워 위제 앞에서 물러났다.

4

외교가 대성공하고 손권이 오왕에 봉해졌다는 기쁜 소식은 이미 비공식적인 경로를 통해 건업성에 전해졌다.

드디어 촉나라 칙사 형정이 탄 배가 도착했다는 기별이 왔다. 칙사가 도착하는 날을 손꼽아 기다리던 손권은 서둘러 준비를 시작했다.

"마중 나가지 않으면 송구한 일이겠지."

건업에도 기개 있는 신하는 있었다. 손권이 허겁지겁 들떠 있는 모습을 보고 진작부터 혀를 차던 고옹(顧雍)이 결국 이렇게 말했다.

"위나라 신하 따위를 친히 맞이하러 나가실 것까지야 없습니다. 주군께서는 이미 강동과 강남을 아우르는 국왕이 아니십니까? 어찌 타인이 내린 관직과 작위를 감사히 여기며 받으려 하십니까?"

"아니다, 고옹. 속이 좁은 말이다. 한고조는 항우(項羽)로부터 책봉을 받은 일도 있었지만, 나중에는 한중왕이 되시지 않았나? 모두 시대에 따른 추세라 하는 것이다."

손권은 여러 신하를 이끌고 건업 문을 나섰다. 멀리 나가 성대한 영접에 대한 예를 갖추기 위해서였다.

형정은 상국(上國) 칙사라 하여 거만하게 굴었다. 게다가 일부러 가마에서 내리지 않고 성문을 지나려는 순간. 오나라 노장 장소는 노하여 일갈했다.

"기다려라! 가마 위에 있는 인간은 예의를 모르는 무뢰한인가, 가짜 사자인가? 아니면 오나라에는 사람이 없다는 생각에서 나온 무례인가, 오나라에 검이 없다고 멸시하는 소행인가?"

그러자 도열한 여러 신하도 입을 모았다.

"오나라는 3대에 걸쳐 다른 나라에 굴한 적이 없다. 이 예의 없는 사자를 맞이하여 우리 주군께 남이 내린 관직과 작위를 받으시게 하다니, 분하고 원통하다!"

신하들 가운데는 격노하여 통곡하는 사람마저 속출했다.

형정은 허둥지둥 가마에서 뛰어내리며 사과했다. 그러고는 도열한 장수들을 향해 물었다.

"지금 통곡하던 사람은 누구였습니까?"

그 말이 떨어지자마자 이름을 대며 나서는 대장이 있었다.

"나다. 어찌 묻는가?"

보아하니 편장군 서성이다.

"아…, 당신인가?"

형정은 재차 그자에게 무례를 사죄하고 성문을 지났다. 속으로 '오나라를 얕잡아보지 말자'고 통감한 듯했다.

반면 손권은 모든 예우와 환대를 다해 사절을 융숭히 대했다.

"감사히 받들겠나이다."

대위 황제 이름으로 보낸 오왕 봉작도 진심으로 기뻐하며 받았고 바로 그날로 건업성 방방곡곡에 이 소식을 알리고 문무백관 하례도 받았다.

형정은 다행이라며 마음을 놓았다. 그러고는 곧 위나라로 귀
국하는 날이 다가오자 오왕은 강남에서 나는 산해진미로 차린
송별연을 열고 그 자리에 엄청난 기념품을 산처럼 쌓아놓고 말
했다.

"부디 받아주십시오."

대위 궁중에서 지내며 호화로움에 익숙하던 형정도 그 막대
한 기념품에 자기도 모르게 눈이 튀어나올 정도였다.

주옥, 금은, 직물, 도기, 코뿔소 뿔, 바다거북, 비취, 산호, 공
작, 싸움오리, 장명계(長鳴鷄, 울음소리가 매우 긴 닭 ― 옮긴이) 등
세상에서 나는 칠보백진(七寶百珍)이 아닌 선물이 없었다. 이
어마어마한 선물들은 금 안장을 올린 백마 100필 등에 아름답
게 실려 강기슭에 있는 객선까지 운반되었다.

후에 노장 장소는 중얼거리는 듯 오왕을 책망했다.

"위제는 분명 우쭐해질 것입니다. 뭐라 해도 예물이 도가 지
나칩니다. 아부가 지나쳤습니다."

손권은 가볍게 웃어젖혔다.

"아니지. 욕심의 끝이 없는 게 인간이오. 저쪽은 그리 지나치
다 생각지 않을 터. 조비와는 이해타산으로 묶는 수밖에 없소.
결국에 저런 예물은 돌멩이나 깨진 기왓장에 지나지 않게 되겠
지만…."

"옳거니…."

장소는 순간 얼굴에 화색이 돌며 기쁜 듯이 끄덕였다. 오나
라 3대에 걸쳐 주군을 모신 경험이 풍부한 원로로서 어리고 미
숙하게만 느껴졌던 손권이 어느새 대범한 사람이 되었다는 점

이 눈물이 날 정도로 고마웠으리라.

늘어서 있던 신하들도 손권이 한 깊은 생각에 탄복했다.

단 한 번의 전투

1

촉나라 대군은 백제성이 넘칠 정도로 주둔한 상태였지만 일부러 진격을 미루고 조용히 사기를 가다듬으며 남쪽과 강북 쪽 귀추를 주목하였다.

어느 날 첩보가 전해졌다.

"오나라는 위나라에 화급히 원군을 요청한 듯한데 위나라는 손권에게 오왕 작위를 내렸을 뿐 조비 태도는 여전히 중립입니다."

"짐이 한 예상을 깨지 않고 조비는 어부지리를 얻으려는 거겠지. 좋다, 그렇다면 진격이다."

황제 현덕은 비로소 처음으로 유막에서 단호히 명을 내렸다.

그때 남만 사마가(沙摩柯)가 남만 땅에서 자랑하는 용맹한 병사 수만을 이끌고 참가했으며 동계(洞溪) 대장 두로(杜路)와 유녕(劉寧)도 휘하 군사를 일으켜 가담하니 전군에 흐르는 사기는 이미 오나라를 삼킨 듯 높아져 수로로 나간 군선은 무구

(巫口, 사천성 무산巫山)로, 육로로 나간 군사는 자귀(秭歸, 호북성 湖北省 자귀) 어귀까지 진출했다.

국난이 닥쳐온다!

흐름을 거슬러 소용돌이치는 장강 파도 속에서 빈번히 전해지는 상류에서 불어오는 전운을 느낀 오나라는 이상한 긴박감에 휩싸이면서도 한편으로는 위나라 움직임 역시 견주어 파악하려 노력했다.

이때 외부에 의지하는 게 얼마나 위험하고 어리석은지 손권은 깨달았다. 위나라는 아직도 파병하지 않았다.

따라서 손권은 드디어 한 나라 대 한 나라로서 대승부를 결심하고 여러 신하에게 상의했지만, 회의장은 숙연하여 무언의 긴장만 감돌 뿐 누구 하나 나서서 이 전투를 치러야 한다고 뜻을 펴지 않았다.

그러자 한쪽 구석에서 일어나 분연히 외치는 사람이 있었다.

"주군께서 오랜 기간 병사를 양성하신 이유는 딱 하루에 대비하기 위해서입니다. 저는 풋내기지만 이런 때야말로 평소 책상에서 배운 병법을 적개심과 충성심으로써 활용하여 주군에게 보답해야 한다고 생각합니다. 부디 소생을 최선봉으로 파견해주십시오."

보아하니 손권 조카 무위도위(武衛都尉) 손환(孫桓)이다. 겨우 25세 청년이다.

"오오, 내 조카인가?"

손권은 시선을 주며 굉장히 기쁜 듯이 손환의 청을 허락했다.

"네 집에서는 이이(李異)와 사정(謝旌)이라는, 1만이 덤벼도

당하지 못할 용맹한 장수도 키운다 들었다. 아주 좋구나. 어서 다녀오너라. 부장에는 노련한 호위장군(虎威將軍) 주연을 붙여주마."

오나라 군사 5만은 의도(宜都, 호북성 의도)까지 발길을 재촉했다. 주연은 우도독, 손환은 좌도독으로서 각각 2만 5000명을 양 날개처럼 나누고 촉나라와 대치했다.

백제성을 나와 자귀를 거쳐 의도까지 오는 동안 촉군은 전진하는 곳마다 적진을 휩쓸고 각 지방에서 귀항하는 병사를 받아들이니 태풍 앞에서 초목까지 뽑혀 사라진 듯한 기세였다.

"듣자 하니 오나라 손환도 새파랗게 어린 무장이라 합니다. 이번에는 제1진에 저를 보내시어 손환과 맞붙게 해주십시오."

황제 현덕이 적을 바라보던 어느 날 관흥이 청해왔다.

일전에 선봉을 놓고 다투어 싸움으로 번질 뻔한 전례가 있으므로 황제 현덕은 조건을 붙여 허락했다.

"아우 장포도 데리고 가라."

관우 아들과 장비 아들은 벌떡 일어나 군사를 나누어 마치 검은 회오리바람처럼 오군을 향해 비호처럼 달려갔다.

현덕은 곧 풍습과 장남 두 대장을 불러 명했다.

"어쩐지 염려되는구나. 두 사람 다 큰 전쟁을 처음 치르는 젊은이들이다. 즉시 강병을 이끌고 후방을 지원해주어라."

결과는 불을 보듯 뻔하게 촉나라 대승리다. 오나라 대장 손환은 젊은데다 첫 출진이었으므로 관흥과 장포에게 모든 진지를 철저하게 짓밟혀버렸다. 게다가 좌우로 의지했던 사정은 장포에게 격퇴당했고 이이는 활에 맞고 도망치다가 뒤에서 추격해 온 관흥에게 그 거대한 청룡도로 두 동강이 나는 참패를 당했다.

장포는 지나치게 적진 깊숙이 들어간지라 이를 깨닫고 돌아서려는데 관흥이 보이지 않자 혹시나 싶어 적군 가운데로 달려들어가 목청껏 관흥을 찾았다.

"형님, 형님!"

두 사람의 아버지 관우와 장비 모두 넋이 있다면 두 사람이 선보인 용맹과 우애에 지하에서 눈물지었으리라.

2

광야에 해가 떨어지고 주변이 칠흑같이 변해도 장포는 돌아오지 않았다. 관흥도 오지 않았다.

"오늘 벌인 전투는 아군이 거둔 압승이다."

연이어 귀환하는 장수들 소리를 들어도 황제 현덕은 여전히 기뻐하지 않는 모습이다.

"두 사람은 어찌 됐는가?"

현덕은 들판에 친 진영에 서서 오로지 그 둘을 기다리며 애를 태웠다.

드디어 두 사람이 말을 나란히 걸터타고 돌아왔다. 가만 보니 적장 하나를 포로로 데리고 돌아오는 게 아닌가. 오나라에서도 유명한 담웅(譚雄)이라는 맹장이다. 관흥은 담웅을 쫓아 생포하려고 아군과 멀리 떨어졌고 겨우 장포를 만나 함께 돌아왔다고 황제에게 고했다.

"둘 다 부친 이름을 더럽히지 않는 장수로다."

황제 현덕은 양손으로 두 사람 어깨를 탁탁 두드리며 칭찬해 마지않았다. 그러고는 담웅의 목을 베고 화톳불을 피워 전장에서 스러져간 병사와 말의 넋을 기려 제사를 지내고 군사들에게 술을 내렸다.

전초전에서 쓰라린 패배를 맛봤을 뿐만 아니라 대장을 셋이나 잃은 오나라 손환은 부끄럽기 그지없었다.

"반드시 이 치욕을 씻어야겠다."

일단 진영을 한 발 물리고 재정비하니 병사는 꽤 잃었지만, 전의는 한층 격렬히 불타올랐다.

촉군은 서서히 다음 전투를 위해 상황을 살폈다.

"저런 기세라면 다시 같은 전술을 쓴다 해도 지난번 같은 쾌거를 거두지는 못하겠다."

풍습, 장남, 장포, 관흥 등이 의견을 모았으므로 다른 계책을 세워 은밀히 준비에 돌입했다.

오나라 좌익이라 할 수 있는 육군은 패배했지만, 근처 강기슭에 있는 우익에 해당하는 수군은 건재했다. 그 강변에 보초 서던 경계병이 어느 날 촉나라 병사 하나를 잡아 수군 도독부에 끌고 왔다.

"어째서 잡혔느냐?"

"길을 잃었습니다."

"왜 아군 진영을 떠나 강기슭에서 헤맸느냐?"

"주군 풍습이 밀명을 내렸습니다. 오늘 밤 손환 진영에 불을 지르고 야습할 테니 낮 동안 그 부근에 매복하려고 50명 정도가 진영에서 나왔는데 뒤에서 기름을 운반해 오는 사이에 부대와 길이 엇갈렸습니다."

이 심문을 도독(都督) 주연이 듣고 박수를 치며 기뻐했다.

"병사를 뭍으로 올려 촉군이 야습하러 오는 길에서 퇴로를 끊고 역으로 손환과 미리 의논해 협공하자."

곧 서한을 적어 손환 진영에 사자를 보냈다.

아뿔싸! 그 사자는 도중에 매복하던 촉나라 군사에게 목을 베였다. 이는 풍습과 장남 등이 꾸민 계책인지라 사자가 지나는 길을 미리 살핀 까닭이다.

그런 줄도 모르고 그날 저녁 주연은 대군을 하선시킨 다음 미리 진격하려 움직였다. 그러나 대장 최우(崔禹)가 주의를 주었다.

"아무래도 이상합니다. 일개 졸병이 하는 말을 맹신하여 이만한 행동을 하는 건 경솔합니다. 도독께서는 수군을 지키십시오. 제가 다녀오겠습니다."

"아, 그렇군."

주연도 일리가 있다며 생각을 고쳐먹어 수군 곁에 남고, 최우에게 계책을 맡기며 1만이 되지 않는 군사를 내주었다.

예상대로 이경 무렵, 손환 진영에서 맹렬한 불길이 올랐다. 화공(火攻)이 있으리라는 사실은 낮 동안에 주연을 통해 연락했지만, 그 사자가 손환에게 가는 도중에 목이 베인 것까지는 최우도 알지 못했다.

"저쪽을 지원하자!"

쏜살같이 달려가는데 도중에 있는 수풀과 저지대에서 기다렸다는 듯이 복병이 하나둘 일어났다. 장포와 관흥 두 장수 휘하 병사들이다.

최우는 생포되고 부하들은 엄청난 타격을 받아 무너지듯 퇴각했다. 주연은 허둥지둥하며 그날 밤사이에 모든 수군을 50~60리쯤 후퇴시켰다.

한 번이 아니라 두 번이나 패배한 손환 진영은 구석구석까지 적들 손에 잿더미로 변했고 손환은 원통한 얼굴로 하릴없이 이릉성(夷陵城, 호북성 의도, 의창宜昌 동북쪽)으로 퇴각했다.

촉나라는 가차 없이 손환 군세를 추격하며 최우 목을 베고 당당하게 위세를 떨쳤다. 전쟁을 시작한 이후로 맛본 두 번의 패배 소식은 이윽고 건업성을 암담하게 만들었다.

"전하, 그리 상심하실 것 없습니다. 오나라 건국 이래 명장들은 이미 세상을 떠나 몇 남지 않았습니다만 여전히 전쟁에 기용할 만큼 뛰어난 장수가 10여 명 있습니다. 감녕(甘寧)을 부르십시오."

원로 장소가 힘을 북돋았다.

동장군

1

겨울이 왔다.

연전연승을 거듭한 촉군은 무협(巫峽), 건평(建平), 이릉에 걸친 70여 리 전선을 견지하며 장무 2년 정월을 맞이했다.

새해를 축하하는 술을 가까운 신하에게 내리던 날, 황제 현덕도 거나하게 취하여 술회했다.

"눈인가, 우리 귀밑머리인가? 생각해보니 짐도 나이가 들었지만 유막에 있는 여러 대장도 연로하여 겨울 동안은 진지에서 견디기가 쉽지 않을 터. 그래도 관흥, 장포 같은 두 젊은이가 도움이 되었으니 짐도 믿음직하다."

그날 오후가 지나 풍문이 돌았다.

"황충이 10기만 데리고 오나라에 투항했다."

황제 현덕은 이 풍문을 고하는 자를 보고 웃으며 일갈했다.

"아니다. 황충은 오늘 아침 여기에 있었다. 필시 노기(老氣)를 채찍질해 오나라를 치러 갔을 터. 짐의 말은 마음에도 없는 넋두리였다. 아아, 황충도 일흔에 접어든 무장인데 불상사라도 생기면 얼마나 가엾겠느냐? 관흥, 장포! 즉시 가서 황충 장군을 구해 오라."

현덕이 한 짐작은 틀리지 않았다. 황충은 바로 그 심정으로 병사 10여 기를 이끌고 적진에서 한바탕 해 보이겠다며 도중에 있는 아군 측 이릉 진지를 통과했다.

풍습과 장남이 황충 장군을 발견하고 물었다.

"노장군, 어디로 가십니까?"

황충은 원통한 어조로 황제가 한 말을 옮기며 말에서 내리지도 않고 답했다.

"황제는 새해를 축하하는 자리에서 유막에 있는 대부분이 늙어 쓸모 있는 자가 적다고 말씀하셨다. 내 나이 일흔이지만 여전히 고기 10근을 먹고 팔꿈치에 이석궁(二石弓)을 걸어 쏜다. 그러니 지금 오군 허를 찔러 어심을 편안히 해드리겠다."

"어르신, 무모한 일입니다."

장남은 극구 황충을 달랬다. 그런 행동이야말로 노년에 부리는 오기에 지나지 않는다고 말하듯이….

장남은 진심을 담아 간언했다.

"지금 오나라 진영은 작년과 달라졌습니다. 젊은 손환을 후방으로 물리고 전선(前線)에는 건업에서 새로 대군을 이끌고 온 한당, 주태 등 노련한 장수를 배치했고 선진에는 반장, 후진에는 능통(凌統)이 있으며 오나라 으뜸 정재 명장이라 불리는 감녕을 전군을 주시하는 유격대에 배치했습니다. 게다가 그 수가 10만이나 되는 신예 병사입니다. 그 적진에 겨우 10여 기를 끌고 무엇하러 가십니까?"

황충을 타이르면서 호탕하게 웃어젖혔지만, 황충은 귀 기울이지 않았다.

"그대들은 구경이나 하라."

"아이고, 저승사자에게 홀리기라도 하셨나? 그렇다 해도 돌아가시게 그냥 내버려 둘 수는 없지."

장남과 풍습은 기가 막힌다는 얼굴로 황충이 떠나는 뒷모습을 바라보다가 허둥지둥 병사를 한 무리 딸려 보냈다.

황충은 드디어 오나라 반장이 지휘하는 진영 속으로 돌진했다. 겨우 10기로 태연하게 중군(中軍)까지 통과해버린 것이다. 이상하게 여긴 보초가 아군을 불렀을 때 황충은 이미 통솔 장군인 반장과 싸우느라 정신없었다.

"관우 원수를 갚으려 단신으로 이곳에 왔도다. 나는 촉나라 숙장 황충이다."

황충은 반장 유막에 돌진해 큰 소리로 이름을 밝혔다.

전선에 이변은 없었고 적군 한가운데서 벌이는 싸움이다. 반장 진영 바깥에 주둔하던 군사는 모두 앞쪽을 버리고 중심을 향해 하나둘 몰려들었다.

그곳에 장남 휘하 군사들이 황충을 도우러 나타났다. 조금 늦게 관흥과 장포가 수천 기를 이끌고 눈사태처럼 쏟아져 나왔다. 양편이 마구 뒤섞여 어지럽게 싸우면서 반장은 놓쳤지만, 전투로서는 충분한 승리를 거두고 촉나라는 일단 들판을 사이에 두었다.

"무사하셔서 다행입니다. 자, 노장군. 이제 돌아갑시다."

"무슨 소리요?"

관흥과 장포 등이 귀환을 재촉했지만, 노장군은 꿈쩍도 하지 않았다.

"내일도 싸우겠다. 그다음 날도…. 관우의 불구대천 원수 놈을 쳐 없애기 전에는 한 발자국도 움직이지 않겠다."

다음 날도 다시 이 일흔 먹은 무사는 돌격군 선봉에 서서 사방팔방으로 전장을 휘저었다.

"나와라, 반장!"

오늘은 오나라도 대비한 모양이다. 황충은 지리적으로 불리하고 위험한 땅에서 적에게 둘러싸였다. 포위망을 뚫고 벗어나려 몸부림치자 사방에서 돌이 날아오고 검은 회오리가 돌연 일었다. 오른쪽 산에서 주태, 왼쪽 시냇물에서 한당, 뒤쪽 계곡에서 마충과 반장이 합세하여 오나라 군대가 안개처럼 황충의 퇴로를 막아섰다.

2

호기로운 황충도 이제는 어쩔 도리가 없었다. 몸에는 화살을 몇 발이나 맞았고 말은 돌에 맞아 쓰러질 지경이다.

"이제 예까지인가…."

기운이 다치고 눈앞이 흐려져 기울어지려는 순간, 소나기 비껴 마충이 말을 몰아 자갈과 함께 뛰어 내려왔다.

이를 눈치챈 황충이 죽기 전 젖먹던 용기를 그러모아 마충

앞을 귀신처럼 가로막고 섰다.

"황천 가는 길동무로 바라던 적이로구나!"

"이런 백발 목을 아직도 아쉬워하는가?"

마충이 찌르는 창 자루에 매달려 황충은 기어코 떨어지지 않았다. 그사이 주변 일대 오나라 군사가 무슨 이유에선지 웅성이기 시작했다. 마충은 쩔쩔매다가 되레 노장 황충에게 창을 빼앗기고 그 창으로 정신없이 공격을 당했다.

관흥과 장포 두 사람이 이 산골에서 황충이 궁지에 몰린 걸 겨우 알게 되어 황충을 구하려고 급습한 것이다. 마충은 신변에 죄어드는 위험을 느끼고 황급히 대전 상대를 뒤로한 채 골짜기 안으로 줄걸음을 놓았다.

"노장군, 이제 안심하십시오."

귓가에 대고 말했지만 황충은 그 이후에 일어난 일은 아무것도 기억하지 못했다. 황충이 정신을 차렸을 때는 아군 진영에 누워 관흥과 장포의 극진한 간호를 받는 중이었다.

아니다. 누군가 뒤에서 등을 쓰다듬는 사람이 있어 고통을 참고 문득 뒤돌아보니 그 사람은 황제 현덕이다.

"노장군, 짐이 저지른 실수를 용서해주오."

"아…."

깜짝 놀란 황충은 일어나 앉으려 애썼지만, 출혈도 심하고 기력이 노쇠해 고통스러운 표정만 지을 뿐이다.

"아닙니다, 폐하… 폐하같이 덕이 높은 분 곁에서 일흔다섯이라는 이 나이까지 오래도록 모실 수 있었던 건 사람으로 태어나 얻을 수 있는 그지없는 행운입니다. 이 목숨은 아낄 거리가 못 됩니다. 용체(龍體)를 보전하소서."

황충은 말을 마치자마자 홀연히 숨이 뚝 끊어졌다.

진영 바깥은 온 천지가 새하얘진 한밤 속에서 눈보라가 휘몰아치는 중이다.

"아, 호랑이가 또 떠났다…. 오호대장군(五虎大將軍) 중에 이미 셋이나 내 곁을 떠나갔구나."

성도에 황충의 관곽을 보내던 날, 현덕은 광야에 서서 눈이 내리는 잿빛 하늘을 오래도록 올려다보았다.

"이래서는…."

현덕은 마음을 추슬러 어림군을 이끌고 얼어붙은 황제 깃발을 효정(猇亭, 호북성 의도 서쪽)까지 진격시켰다.

뜻밖에도 그 부근에서 오나라 한당 군과 접전을 벌였다. 장포는 한당의 유일한 부하 하순(夏恂)을 격파했고 관흥은 주태 아우 주평(周平) 수급을 베어 바쳐왔다. 황제 현덕은 박수를 치고 감탄했다.

"호랑이 자식 중에 개 새끼는 없도다."

한 번 싸우고 한 번 전진하며 촉군은 시체로 쌓인 산을 넘고 붉디붉은 피가 철철 흐르는 강을 건너 진격, 또 진격했다. 황좌 주변을 지키는 백모황월(白旄黃鉞, 흰색 깃대 장식과 황금 도끼 - 옮긴이)과 황라산개(黃羅傘蓋)까지 꽁꽁 얼어붙으니 수정으로 만든 구슬발이 흔들거리며 나아가는 듯했다.

오나라 수군을 통솔하던 감녕은 건업을 출발한 때부터 성치 않은 몸이었는지라 겨울로 접어들자 지병이 악화되었다. 감녕은 아군이 패색이 짙어지자 걱정하면서도 부득이 육군을 퇴각시키면서 강기슭을 따라 말을 걸터타고 도망쳤다.

그러나 도중에 매복하던 촉군의 남만 부대가 한꺼번에 일어나 맹습을 가했다. 감녕 부대는 절반 이상이 배 안에 있었으므로 따르던 부하는 극히 적었다. 더욱이 남만 군 대장 사마가가 보인 용맹함은 마치 악귀나 나찰과 같아 살아남는 자가 거의 없을 정도로 엄청난 살육을 당했다.

감녕은 병든 몸으로 사마가가 쏜 화살에 어깨를 맞아 부지구(富池口, 호북성 공안 남쪽)까지 혼자 도망쳤지만, 최후임을 알았는지 큰 나무 아래에 말을 버리고 그 뿌리에 앉은 채 결국 숨을 거두었다.

2월로 접어들었다.

효정 방면에서는 여전히 격전이 되풀이되었다. 촉군 병사는 필사적이었고 오나라 병사에게는 싸우면 반드시 패하리라는 두려움이 들러붙은 상태다.

어느 날 전투에서 전군이 개가를 올리고 회군했는데도 어찌 된 영문인지 밤이 이슥해도 관흥만이 홀로 돌아오지 않았다.

"찾아보아라. 걱정되는구나."

황제 현덕은 장포에게 분부하고 다른 장수에게도 나누어서 수색하라고 명한 뒤 밤늦게까지 잠들지 않았다.

드디어 혼백을 위로하다

1

맹렬하고 명렬하게! 회군조차 잊은 채 오나라 군사를 추격하던 관흥은 그 어지러운 군사들 속에서 아버지 관우를 죽인 반장을 만난 것이다.

어찌 놓칠 수 있겠는가! 도망쳐 달리는 반장을 뒤쫓아 마침내 산속까지 진입했다. 그 원수는 애석하게도 놓쳐버리고 길을 잃어 어두운 밤 산중을 헤매는 처지다.

산속에 있는 집 한 채에서 불빛이 새어 나왔으므로 가까이 다가가 한 끼 식사와 하룻밤 묵어갈 수 있을지 은혜를 구하자 한 노인이 사립문을 열고 안쪽 방으로 안내했다.

"이쪽으로 오시지요."

관흥은 그 방에 들어서자마자 앗, 하고 놀라며 반사적으로 절을 했다. 정면에 보이는 자그마한 단상 위 환하게 등불을 밝힌 곳에 돌아가신 아버지 관우의 초상화를 모신 게 아닌가.

"어르신, 제 아버지와 이 집은 어떤 인연이 있습니까?"

"그렇다면 그대는 관우 장군 아드님이십니까?"

"그렇습니다. 저는 관흥입니다."

"이 땅은 일찍이 관우 장군이 다스리던 영지였습니다. 장군 살아생전에도 저희는 그 은덕을 칭송하며 집집마다 아침저녁으로 절을 올렸습니다. 하물며 지금 천지 신령으로 돌아가셨으니 여부가 있겠습니까?"

노인은 관흥을 위로한 후 이 기이한 인연을 기뻐하며 마루 밑에 저장해놓았던 술병을 열어 밤새도록 환대했다.

그러자 깊은 밤 밖에서 요란하게 문을 두드리며 큰 소리로 부르는 사람이 있었다.

"열어라, 이 문을 열어라! 나는 오나라 대장 반장인데 길을 잃어 곤경에 처했다. 아침까지 안채를 빌려달라."

"신기하구나. 이는 분명 돌아가신 아버님께서 이끌어주신 것이리라."

관흥은 벌떡 일어나 밖으로 뛰쳐나가자마자 반장에게 와락 덤벼들었다.

"아버님의 원수, 반장! 꼼짝 마라!"

불의의 습격을 받은 반장은 관흥 밑에 깔려 결국 유명을 달리했다. 관흥은 기뻐하며 그 수급을 안장 옆에 동여매고는 노인에게 작별을 고하고 그 집을 뒤로했다.

그때 산기슭 쪽에서 반장 부하 마충이 올라오는 게 눈에 띄었다. 마충이 보니 대장 목을 안장에 매단 젊은 무사가 내려오는 게 아닌가. 게다가 그 손에 감싸 쥔 건 반장이 관우를 베었을 때 오왕이 공훈으로 내린 관우 유품, 그 유명한 청룡언월도다.

"아아, 어느 놈이기에."

노발대발한 마충은 무턱대고 관흥에게 덤벼들었다. 관흥은 담대히 마충을 맞으며 온 힘을 다해 합을 겨뤘다.

"오오! 이놈도 아버지 원수 중 하나겠지. 어서 덤벼라!"

때마침 군마 한 무리가 횃불을 들고 저 멀리서 올라왔다. 현덕이 하달한 명령을 받아 관흥을 찾으러 온 장포 군대다.

"강적이다!"

마충은 그 순간 도망쳤다. 장포와 관흥 두 사람은 손을 맞잡고 아군 본진으로 돌아와 황제를 알현하여 반장 수급을 바쳤다.

"촉나라에는 이길 수 없다."

전쟁이 시작된 이래로 연전연패를 거듭한 오군은 반장마저 잃은 후 병졸들 사이에서 어디라 할 것 없이 이러한 분위기가 감돌았다.

이 군대에는 전에 관우를 떠나 오나라 여몽에게 투항한 형주쪽 병사가 많아 싸우기도 전에 촉제에게 일종의 두려움을 느꼈고 개중에는 다른 마음을 품은 자도 상당했다.

"촉나라 천자가 앙심을 품은 건 촉나라를 배신하고 관우 군을 적군에 팔아넘긴 미방과 부사인 두 사람이다. 그러니 그 두 사람 목을 베어 촉제 진영에 바치면 분명 큰 상을 내리리라."

그 병사들은 연속으로 패배를 맛본 틈을 타 수시로 속닥이며 불온한 징조를 보였다.

미방과 부사인은 신변에 죄어오는 위험을 느꼈다.

"이거, 방심해서는 안 되겠다. 아군 내부에서 언제 폭동이 일어날지 모른다. 촉제가 원한을 품을 사람은 차라리 마충이다.

지금 우리가 마충 목을 가지고 촉제 앞에 나아가 예전에 저지른 잘못을 뉘우친다면 용서해줄 터."

두 사람은 상의하더니 자신들 목이 날아가기 전에 어느 날 밤 잠자는 마충의 목을 단번에 그었다. 그러고는 그 목이 떨어지기가 무섭게 탈주하여 촉나라 진영으로 넘어갔다.

2

미방과 부사인을 발아래로 보자 황제 현덕은 성난 용처럼 노기를 띠고 호통쳤다.

"보기만 해도 치가 떨리는 짐승들아! 무슨 면목으로 이곳에 왔느냐? 한 번 궁하면 관우를 오나라에 팔고 두 번 궁하면 오나라를 배신하고 마충 목을 베어 오느냐? 그 흉악한 심사와 비열한 행동이 가축 같다 해도 모자랄 지경이다. 만약 네놈들을 용서한다면 백세를 누려온 무가는 체면이 깎이고 세상에 드높은 절의는 땅에 떨어져 썩으리라. 더욱이 관우 넋을 생각하면 결코 살려둘 수 없는 노릇. 관흥, 관흥아! 이 두 원수는 네게 맡긴다. 목을 쳐 아버지 넋에 제를 올려라."

"감사합니다."

관흥은 뛸 듯이 기뻐하며 양손으로 두 사람 목덜미를 움켜쥐고 관우 영전으로 끌고 가 수급을 바쳤다.

숙원을 이뤄 기쁜 관흥과는 반대로 장포는 풀이 죽었다. 황제는 그 속내를 헤아리고 위로했다.

"아직 네 선친을 위로하지 못했지만, 오나라에 쳐들어가 건업성에 진격하는 날에는 반드시 장비 원수도 갚을 것이다. 장포야, 슬퍼하지 마라."

그 무렵 이미 장비 원수인 범강과 장달은 쇠사슬에 묶인 채 함거(艦車)에 몸을 싣고 오나라 건업을 출발하였으며 가는 거리마다 구경거리가 된 신세다.

어찌 된 일인가 하면.

잇따른 패전을 알리는 비보를 접하자 오나라 건업에서는 언제나 보수파에 서는 일부 중신 쪽에서 평화론이 급부상했다. 그 일파가 내놓은 의견은 이랬다.

"처음부터 촉나라는 오나라와 동맹을 맺고 싶어 했다. 그러던 촉나라가 적개심에 가득 차 오늘처럼 국력을 다하여 공격해 온 이유는 여몽, 반장, 부사인, 미방 등에 대한 분노인데 지금은 이 장수들이 모두 세상을 떠났다. 남은 사람은 범강과 장달뿐이다. 남은 위인을 위해 오나라가 막대한 대가를 치를 이유는 털끝만큼도 없다. 하루빨리 잡아들여 장비 수급과 함께 촉나라 진영에 반환해야 한다. 형주 땅도 현덕에게 돌려주고 손 부인도 돌려보내겠다는 표문을 써서 화친을 청하면 촉군은 즉시 깃발을 거두고 이 이상 천하에 오나라 위신을 떨어트리는 일은 없을 터. 이대로 일이 흘러가는 대로 보고만 있다가는 이 건업 성벽 아래에서 촉나라 깃발을 보는 큰일이 날지도 모른다."

이 주장으로 건업을 주장하는 주전파로부터 맹렬한 바바으 부처럼 불러일으켰지만, 하루를 싸우면 그 하루만큼 오나라 영토가 위태로워 보여 결과적으로 손권도 그 의견에 동의하였다.

하여 정병(程秉)을 사자로 삼아 서간을 받들고 효정으로 보냈다. 정병은 함거에 감금한 범강과 장달 두 무뢰한에다가 침향나무 중에서도 가장 값비싼 목재로 만든 궤에 염침(鹽沈)한 장비 목을 봉해 촉제 현덕 앞에 기꺼이 바쳤다.

현덕은 이 선물을 거두었다.

그러고 나서 두 무뢰한은 장포 손에 일임했다.

"효자에게 준다."

"이야말로 하늘이 내려주신 선물이다!"

장포는 머리를 백번 조아리고는 맹렬히 덤벼들어 함거에 달린 철문을 열고 한 사람 한 사람 끄집어 내어 맹수를 도살하듯 처단하였다.

그러고 나서 그 수급들을 아버지 영전에 바치고 대성통곡했다. 오나라 사신 정병은 그 광경을 바라보고 등골이 서늘했다.

현덕은 죽 침묵을 지켰다. 그때 정병이 회답을 재촉했다.

"주군은 손 부인도 돌려보내어 다시 오랜 친교를 맺기를 간절히 희망하십니다."

현덕은 그 박쥐 같은 외교를 딱 잘라 거절했다.

"짐의 숙원은 이 정도로 그치지 않는다. 오나라를 치고 위나라를 평정하여 천하에 하나뿐인 낙원을 실현해서 광무(光武)가 누린 중흥을 본받을 것이다."

일개 서생 육손

1

정병은 도망치듯 허둥지둥 오나라로 귀환했다. 그 결과 다시 건업성에서 전대미문의 회의가 열렸는데 중신 및 신하들과 오나라 여러 장수는 촉나라에서 들끓는 전의를 새삼 인식하고는 온 건물에 가득 찬 처참함과 경악감에 떨리는 몸을 감출 길이 없었다.

"모두 무엇을 두려워하는가? 오나라에게는 다행히 국가 기둥이라 할 만한 인재가 있다. 어찌 여러분은 이럴 때 그 사람을 왕께 천거하여 촉나라를 무찌르려 하지 않는가?"

의석에서 분연히 외치는 자가 있었다. 이름은 감택(闞澤), 자는 덕윤(德潤)이다.

손권은 불현듯 눈빛을 반짝이며 그자가 누구인지 감택에게 물었다.

"우리 오나라에 기량이 출중한 인물이 있는 줄은 미처 몰랐다. 지금 오나라는 존속과 멸망이라는 위급한 갈림길에 서 있다. 만약 오나라를 일으킬 정도의 진정한 인재가 재야에 묻혀 있다면 나는 그 사람 신발이라도 잡아 맞이할 것이다."

"다른 사람도 아닙니다. 지금 형주에 있는 육손입니다."

그 인물이 '육손'이라는 말에 좌중은 금세 떠들썩하게 달아올랐고 그중에는 조소를 퍼붓는 소리도 들려왔다.

"…?"

손권은 고개를 갸웃했다. 많은 사람은 술렁이며 육손은 그만한 인물이 아니라고 속삭였다. 장소, 고옹 등 중신들도 쓴웃음을 지으며 번갈아 반대했다.

"오나라 기둥이라 추앙 받던 사람은 맨 처음 주유 공을 손꼽을 수 있으며 뒤이어 노숙 공이 이어받아 최근까지는 여몽 공이었으니 국가 중대사도 그 사람이라면 믿을 수 있다며 누구에게든 신망이 두터웠습니다. 이제 여몽 공도 세상을 떠나 온 나라에서 시급한 난국에 근심하며 앞서 말한 고인들을 우러르고 그리워하는 마음이 절절합니다만 풋내기에 일개 유생에 지나지 않는 육손을 지목하여 호국 영웅이라 의지하는 사람은 아무도 없습니다. 감택, 자네는 무슨 착각을 하는 겐가?"

장소가 말하자 고옹도 통렬하게 비난했다.

"육손은 문관이니 군사 방면에는 아무런 재주도 없습니다. 나이는 어리고 흔한 유생과 다름없이 유약하니 아무리 좋게 보려 해도 내세울 만한 수재로는 판단되지 않으니 필시 육손을 등용해도 장수들이 복종하지 않을 것입니다. 총지휘관에 대한 불복은 내란 징조라 일컫습니다. 요컨대 육손을 발탁하여 촉나라를 무찌르는 건 철부지가 꾸는 꿈에 지나지 않습니다."

그 밖에도 반대하는 사람이 수두룩했지만, 손권은 쏟아지는 반론을 물리치고 곧 형주에 파발을 보내 명을 전했다.

"육손을 불러들여라."

손권이 지혜로운 결단을 내린 이유는 감택이 '만약 제 말이 틀리면 목을 베셔도 좋습니다'라는 말까지 하며 한몸에 책임을 지고 천거에 힘쓴 덕분이기도 하다.

더욱 마음을 움직인 까닭은 죽은 여몽이 생전에 육손을 극찬했고, '여몽이 자기 대신 형주 경계 수비에 발탁할 정도의 인물이라면 나이는 어리지만 무언가 기대해볼 만한 구석이 있다'고 판단해서다.

육손은 부름을 받고 서둘러 건업으로 돌아와 오왕을 알현했다. 오왕은 육손에게 막중한 임무를 내렸다.

"그대는 기대에 부응할 자신이 있는가?"

"국가 존망이 걸린 이때, 사양할 수 없는 일이니 삼가 대명을 받겠습니다."

육손은 넌지시 자신감을 내비친 후 덧붙였다.

"왕께서 직접 대명을 내리신 이상 명분은 충분하지만, 부디 문무 여러 대장을 빠짐없이 불러 엄숙한 의식을 거행하고 어명을 상징하는 검을 신에게 내려주십시오."

손권은 흔쾌히 승낙했다.

하여 건업성 북쪽 터에 밤낮으로 단을 쌓은 뒤 백관을 참석하도록 유도하고 궁녀와 악사를 일일이 배치한 뒤 육손을 가장 높은 단에 올렸다.

오왕 손권이 육손에게 손수 검을 하사하고 백기, 황월, 인수,

병부 등을 맡기며 육손에게 대권을 위임했다.

"지금 그대를 대도독(大都督) 호군진서장군(護軍鎭西將軍)으로 봉하고 누후(婁侯) 작위를 내린다. 앞으로 6군(郡) 81주(州)를 비롯해 형주의 모든 군마를 통솔하라."

2

육손이 새 총사령관으로 뽑혀 전장으로 향한다는 소식이 들려오자 모든 오나라 전선 진지에 있던 여러 장군은 하나둘 강한 불만을 터트렸다.

"저따위 애송이가 대도독 호군진서장군에 임명되다니 대체 어떻게 된 거야?"

"저런 샌님이 군을 지휘할 수 있단 말인가?"

"오왕이 품은 뜻을 도무지 이해할 수가 없다. 아무래도 주위 사람들이 짠 계략에 휘말렸을 터."

이런 말이 이편저편에서 나돌았고 벌써부터 오나라가 망할 징후라는 말을 입에 담는 사람도 생겨났다.

바로 그곳에 육손이 부임했다.

모든 길에 군마를 집결시키고 정봉, 서성 등 여러 장수를 더하여 당당하게 새 기치를 총사령부에 늘어세웠다.

그러나 종전부터 각 부서를 맡은 대장들은 기세등등하여 그다지 복종하지 않는 기색을 보였다. 축하하러 오는 발걸음조차 없었다.

육손은 조금도 개의치 않고 날을 골라 통보해버렸다.

군사 회의를 열겠으니 모두 집합할 것

그날 마지못해 모인 장수들을 발아래에 두고 육손은 한 단 높은 지휘대에 서서 선언했다.

"내가 건업을 출발할 때 오왕께서 친히 이 몸에게 보검과 인수를 내리시고 '문지방 안쪽은 왕이 맡겠으니 그 밖에서 일어나는 일은 장군에게 일임한다. 만약 휘하에 질서를 어지럽히는 자가 있다면 먼저 목을 베고 나중에 보고하라'고까지 분부하셨다. 나는 왕이 보인 신임에 감격하여 목이 멨으며 일신의 안위를 돌보지 않고 부임한 것이다."

우선 포회의 일단을 말하여 아군에 떠도는 근거 없는 망언을 일축했다. 연이어 단호한 어조로 선언했다.

"군에는 언제나 법이 있다. 더군다나 왕법에는 친분이 없다고 한다. 각 부대에서는 한층 엄격히 규율을 지키기 바란다. 만약 규율을 어긴다면 적을 무찌르기 전에 내부에 있는 적부터 처단하겠다."

자리에 모인 사람들은 입을 꾹 다물고 굳은 표정으로 시선을 돌릴 뿐이다. 그러자 그 불만을 품은 무리 중 주태가 조금 앞으로 나와 지휘대 위를 향해 호소했다.

"건선에 이 아건그투를 거듭거는 주군이 고기 순한 으 일끼 전부터 이릉성에 포위당해 안으로는 군량도 떨어지고 밖으로는 촉군에게 차단된 상태요. 다행히 대도독이 이곳에 부임해온 이상, 하루빨리 묘책을 강구하여 일단 손환을 구해내 주군 마음을 편안하게 해드리고 우리 병사들의 꺾인 사기를 고양시켜 주시오. 대도독은 이 문제를 해결할 계책이 있소?"

육손은 그다지 어려운 문제로 여기지 않았다.

"이릉성 하나쯤은 잔가지에 지나지 않는다. 게다가 손환은 부하를 자유자재로 다루는 사람이니 반드시 힘을 모아 훌륭히 지키리라 믿어 의심치 않는다. 서둘러 구하지 않아도 함락당할 우려는 없다는 말이다. 오히려 내가 무찌르려는 대상은 촉군 핵심부다. 촉나라 중핵이 무너지면 이릉 같은 곳은 저절로 포위망이 풀릴 터."

그 말을 듣는 순간 장군들은 일제히 조소했다.

"이자가 무슨 임무를 다하겠는가? 대책이 없다."

장군들은 모멸에 찬 속삭임을 주고받으며 해산했다.

한당과 주태는 낯빛이 변할 정도였다.

"아…. 저런 대도독을 받들다가는 괴멸할 수밖에 없다."

다음 날, 대도독 이름으로 각 부서에 군령이 내려왔다.

공격할 만한 곳을 단단히 지키고 굳이 진격하려 들지 마라. 한 사람도 나가 싸워서는 안 된다.

"멍청한 소리! 더는 못 참겠다!"

장수들은 불평에 가득 찬 눈빛으로 대도독부로 우르르 몰려 갔다.

"우리는 전쟁에 나온 것이오. 이미 목숨을 버리고 전쟁터에 왔단 말이오. 헌데 앞으로는 손을 놓고 자멸을 기다리라는 식의 명을 내리다니, 이 무슨 막말이오? 설마 우리 주군께서 소극적인 생각으로 귀공을 임명하지는 않았을 터."

한당과 주태 등을 앞세워 제각각 격렬하게 반대하자 육손은 검을 빼 들고 소리 높여 질타했다.

"나는 일개 서생에 지나지 않으나 오왕을 대신하여 너희에게 명을 내리는 자다. 이 이상 이견을 제기한다면 누구든 상관없이 목을 베어 군법을 바로 세우겠다!"

3

장수들은 이내 침묵했다. 하나같이 겁에 질려 발걸음을 돌렸다. 그렇다고 누구 하나 육손에게 복종하는 자는 없었다. 되레 돌아가는 길에는 육손 방에 들어갈 때보다 울분이 더 차올라 제각기 입정 사나운 말을 하며 조소를 주고받았다.

"새파란 글쟁이 놈이 하루아침에 권력을 쥐니 저리 막무가내로 으스대고 싶은 게지!"

이사이에 사기충천한 촉나라 대군은 효정에서 강 입구에 이르는 광대한 지역에 진지 40여 곳과 참호, 보루 등을 구축하여 낮에는 구름처럼 깃발을 세우고 밤에는 하늘을 태울 듯 화톳불을 놓았다.

"오군 총사령관은 이번에 육손인가 하는 인물로 바뀌었다는데 들어본 적도 없는 인물이다. 누가 육손을 아는가?"

적이 조직을 개혁했다는 소식이 전해진 날 촉제는 곧 좌우에 물었다.

맨 먼저 대답한 사람은 마량이다.

"적은 과감한 인물을 등용했습니다. 육손은 강동의 일개 서생으로 아직 젊습니다만 오나라 여몽조차 선생이라고 높이며 서생 취급을 하지 않았다 들었습니다. 멀리 내다보는 계략을 짜는데 능하니 어쩐지 그 끝을 알 수 없는 사내입니다."

"그 정도 재략이 있는데 어찌 지금까지 오나라는 등용하지 않았는가?"

"분명 가까운 벗이라 해도 육손에게 그 정도 기량이 있으리라고는 아무도 생각지 못했던 게 아닐는지요? 여몽은 안목이 꽤 높은 듯합니다. 일찍이 육손을 발탁했는데 오군이 형주를 공격한 것도, 관우 장군을 일패도지하게 만든 것도 여몽이 짠 기략이라 알려졌지만, 사실은 육손 머리에서 나온 계책이었습니다."

"그렇다면 육손이야말로 내 아우를 죽인 원수가 아닌가?"

"그리 말해도 무방합니다."

"왜 진작 고하지 않았는가? 그런 원수라면 단 하루라도 짐의 깃발 앞에서 우쭐거리게 두지 않을 터. 즉시 출병하라."

"먼저 숙고하여주십시오. 육손이 가진 재능은 여몽에게 뒤지지 않으며 주유 아래도 아닙니다."

"그대는 짐이 세우는 전략이 새파란 풋내기에게 미치지 못한다 말하는가?"

마량은 그 이상 간언할 말을 찾지 못했다. 황제 현덕은 여러 장군에게 명하여 병사를 진격시켰다.

이래저래 단합하지 못하던 오나라 진영도 맹렬히 전진한 촉군이 눈앞까지 밀려 들어오자 더는 사적인 견해와 울분을 나누고만 있을 수 없었다. 돌연히 단결하여 총사령부 유막에 뭉쳐 적군을 어떻게 맞아 싸워야 할지 지령을 내려달라고 육손에게 요구했다.

"지금 상태를 유지하고 함부로 움직이지 마라. 그것뿐이다."

육손은 그렇게만 말했다.

"아니! 저 산 위는 한당이 담당하는 지역이 아닌가? 어쩐지 살기등등하다."

아무래도 불안했는지 육손은 말을 타고 산 위로 내달렸다.

그러고는 지금 당장이라도 병마를 몰아 적군 앞으로 달려 내려가려는 한당을 급하게 저지했다.

"한당, 경솔하게 하산하지 마라."

"대도독, 저것이 보이지 않으시오? 들판에 나부끼는 황라 산개야말로 분명 촉제가 진을 치고 앉은 곳이오. 눈앞에서 적이 친 진을 보며 이 안에 웅크릴 바에야 전쟁 따위 하지 않는 편이 낫소."

"적의 기묘한 변화를 관찰하지 않고 겉모습만 본다면 그리 생각하는 것도 무리는 아니다. 촉나라 현덕 정도 되는 자가 눈에 띌 정도로 진을 치고 자기 몸을 오나라 진영 앞에 드러낼 리가 없다. 얕은 생각으로 현덕이 놓은 덫에 병사를 내던지는 우를 범하지 마라. 다행히 지금은 한여름 불볕더위 속에 있다. 우리가 나가지 않고 싸우지 않으며 진영만 지키면서 시간을 끌면 끌수록 현덕은 작열하는 광야 태양 빛에 나날이 기력이 쇠하고 갈증에 허덕이다 종내에는 진영을 거두고 산속 그늘로 옮길 터. 그때 내가 반드시 호령하여 여러 장수가 맹렬히 떨쳐 일어나도록 재촉할 것이다. 장군, 이 모두가 오나라를 위한 작전이다. 초가을에 부는 산들바람을 가슴에 품고 적의 경거망동과 도전을 그저 웃으며 구경만 해다오."

전선에 배치된 모든 부서가 움직이지 않으니 한당도 어쩔 수 없이 주먹만 쥐고 육손 명에 따라 잠자코 있었다.

반면 촉군은 갖은 욕설과 조롱을 퍼부으며 쉴 새 없이 오나라 분노에 부채질하느라 분주했다.

백제성

1

적을 어루꾀려 악담을 해대고 야유를 던져 화를 돋우는 방법은 이미 낡은 병법이다.

해서 촉군은 일부러 진영을 비우고 방심한 듯 꾸미거나 둔하고 약한 병사를 앞세우는 등 날마다 궁리하여 유도 작전을 펼쳤지만 오나라는 두더지처럼 꽁꽁 숨었는지 진지에서 한 발짝도 나오지 않았다.

나무 한 그루가 드리우는 그늘도 없는 광야다. 밤에는 그럭저럭 버텼지만, 낮 동안 쏟아지는 불볕더위에 풀 한 포기마저 시들어버리고 땅도 이글이글 타오르는 듯했다. 게다가 물은 멀리서 구해야만 했고 병자들은 속출하니 떨어진 사기를 아무리해도 수습할 길이 없었다.

"안 되겠다, 일단 다른 곳으로 진영을 옮기자, 어딘가 시원한 산그늘이나 물이 있는 계곡으로…."

황제 현덕도 결국 이주 명령을 택했다.

그러자 마량이 주의를 주었다.

"한꺼번에 이 정도 군사를 퇴각시키는 일은 보통이 아닙니다. 분명 육손의 추격을 받을 것입니다."

"걱정하지 마라. 패퇴하는 것처럼 꾸미고 쇠약한 노병을 후방에 남긴 채 가다가 혹시 적이 우쭐거리며 따라오면 짐이 친히 정예병을 매복시켜 칠 것이다. 우리에게 계책이 있음을 깨달으면 섣불리 오래 추격해 오지는 않을 터."

여러 장수는 이것이야말로 황제의 신묘한 계책이라 칭송했다. 이 설명을 듣고도 마량은 여전히 불안한 듯 만류하고 싶어 하는 표정이다.

"최근 제갈공명은 도읍을 지키는 틈틈이 한중까지 나와 요충지 곳곳을 견고히 다진다는 소식을 들었습니다. 한중이라면 멀지도 않으니 시급히 이 주변 지형과 진지를 그림으로 그려 사자에게 들려 보내 군사 의견을 물으신 후에 그리해도 좋다는 답변이 오면 진을 옮겨도 늦지 않을 것입니다."

"짐도 병법을 모르지 않는다. 원정길에 나와 어찌 일일이 공명에게 자문을 구하겠는가? 때마침 공명이 한중까지 온 시기니 그대가 직접 가서 짐의 근황을 전하고 전황을 설명해두는 것도 좋을 것이다. 무슨 의견이 있거든 듣고 오라."

현덕은 미소 지으며 마량에게 사자 임무를 하달했다.

마량은 명을 받들고 적군과 아군이 대치하는 곳의 진영과 지형 등을 꼼꼼하게 그렸다. 종이 위에 그려보니 사방팔방으로 닿는 곳과 통하는 길로 적과 마주한 형세를 나타낸 그림이 되었다.

이튿날이다.

오나라 척후병은 산 위에서 공이 구르듯 달려 내려와 한당과 주태에게 황급히 알렸다.

"촉나라 대군이 잇달아 먼 산 숲 쪽으로 진영을 옮기기 시작했습니다."

"앗, 그러한가?"

두 사람은 득달같이 대도독 육손이 있는 진영까지 말을 내달려 보고했다.

육손 얼굴은 가문 하늘에서 비구름을 본 듯이 말로 다할 수 없는 기쁨을 만면에 띠웠다.

"옳거니!"

"대도독, 즉시 전군에게 추격 명령을 내려주십시오."

"기다려라. 나와 함께 가보자."

말을 나란히 달려 고지대로 올라갔다.

보고만으로는 어설피 행동할 수 없는 법! 육손은 직접 육안으로 광야를 한눈에 바라보았다.

"음, 훌륭하다."

육손은 절로 감탄했다. 병사를 퇴각시키는 일은 전진보다 더 어려운 기술이 있어야 한다. 보아하니 촉나라 대군은 빗자루로 쓸어낸 듯 이미 거의 전부가 철수한 상태다. 오나라 진영 앞에는 이미 1만이 채 되지 않는 후군 한 무리만이 남았다.

"이런 제길! 저투 기회느 하수간에 지나가 버린다는데 대도독이 느긋해서 또다시 절호의 기회를 놓친 것 아니오? 이리된 이상 한당과 내가 저 1만 군사라도 깡그리 쓸어버리지 않으면 직성이 풀리지 않을 터."

주태가 발을 동동 구르며 분해하자 육손은 그 움직임조차 자제시키며 채찍을 높이 들어 엉뚱한 방향을 가리키면서 분기탱천한 두 사람 말을 귀담아듣지 않았다.

"아니다, 사흘만 더 기다려라."

2

"일각이 늦어져 승리 기회를 놓쳤는데 사흘이나 기다린다면 대체 어찌 된단 말이오?"

주태는 벌컥 성을 내며 멍청하기 짝이 없는 상대라는 태도로 무시하며 땅에 침을 뱉었다.

육손은 여전히 채찍을 든 채로 먼 곳을 가리키며 설명했다.

"저 골짜기와 그 앞 산그늘에서 음산한 살기가 느껴진다. 촉나라 복병이겠지. 그러니 후군에 약체 노병 1만만 남겨두고 적이 멀리 후퇴한 건 날 유인하려는 뻔한 술책이다."

총출격을 엄격히 금하고 본진으로 발걸음을 되돌렸다.

"어찌 저리 나약한가?"

"탁상공론 병법이구나, 어허…."

사람들은 육손이 겁 많고 나약하다며 조롱했고 이미 될 대로 되는 수밖에 없는 전쟁이라며 항복했다는 듯이 자리만 지켰다.

그 약점을 틈타 촉나라 노병은 오나라 진영 앞에서 부러 갑옷을 벗고 낮잠을 자며 하품을 해 보이거나 악다구니를 쓰면서 끊임없이 야유를 퍼부었다.

"나와봐라! 나올 수 없을 거다!"

"더는 참을 수 없다."

주태, 한당 등 장수는 사흘째 되는 날 다시 육손에게 득달같이 몰려갔다. 육손은 여전히 허락하지 않으며 씁쓸한 표정으로 출정을 제지했다.

"보잘것없는 용기로 조급히 서두르는 건 각자 맡은 바 임무가 아니다."

주태는 따지듯 물으며 다그쳤다.

"만약 촉군이 깡그리 다 멀리 퇴진하면 어쩌시겠소?"

육손은 일언지하에 대답했다.

"그거야말로 내가 원하는 바니 그보다 큰 경사가 없다."

일동은 박장대소했다.

"그따위를 유일한 소원이라 언급하다니 무리도 아니다. 어처구니없는 대도독이여!"

육손을 눈앞에 두고 손뼉이라도 칠 지경이다.

그때 다시 척후병이 와서 보고했다.

"오늘 아침 서리가 가시기 전에 적의 노병 1만도 어느새 후군 진지를 버리고 도망쳤으며 얼마 되지 않아 골짜기 저지대에서 약 7000~8000명에 달하는 촉군이 나타나 황라금산을 에워싸고 유유히 멀리 물러가는 게 보였습니다."

"이시, 바로 현더이다. 그냥 농아버렸구나."

여러 장수가 다시 입맛을 다셨지만, 육손은 이렇게 해석하며 구슬렸다.

"현덕은 이 시대 영웅이다. 그대들이 아무리 이를 갈아도 현덕이 정통으로 진을 치는 동안에는 무찌를 수 없다. 장기전이 되어 불볕더위와 싸우고, 병자가 속출하고, 사기가 해이해지니 손쓸 방도가 없어 물가로 진을 옮기면서도 치밀한 계책을 마련해 부러 노쇠한 병사를 후방에 남기고 나를 어루꾀려 몸소 정예병을 모아 골짜기에 숨어 있을 터. 사흘을 기다려도 우리 군이 움직이지 않으니 기다리다 지쳐 물러났겠지. 순풍이 서서히 우리에게 유리한 쪽으로 분다. 열흘도 지나지 않아 이번에야말로 촉군은 사분오열하여 멸망할 것이다."

사람들은 또 시작이라는 얼굴을 하며 육손이 하는 말을 귓등으로 흘려들었다. 특히 한당은 못마땅한 표정으로 빈정거렸다.

"어련하시겠소. 우리 대도독은 훌륭한 이론가시고말고요."

장수들을 본 척도 하지 않고 육손은 즉시 서간을 써 내려갔다. 오왕 손권에게 올리는 편지다.

촉군이 전멸할 날이 멀지 않았습니다. 대왕을 비롯한 건업 성 안에 있는 여러분도 이제 두 다리 뻗고 주무셔도 됩니다.

촉군 쪽에서는 주력군을 수군으로 옮기기 시작했다. 육로에는 효정이라는 요충지가 있고 육손이 세운 굳건한 진영이 버티는 형국이다. 양쪽 모두 끈질기게 버티니 부질없는 시간 낭비일 뿐이라는 판단에 현덕은 조금씩 서둘렀다. 오나라 본토까지 공격해 들어가 다른 사정 볼 것 없이 다짜고짜 오왕 손권과 치를 결전을 내심 기대했을지도 모른다.

그 때문인지 아닌지 확실하지는 않으나 최근 며칠 동안 촉나라 군선은 속속 장강을 따라 내려와 강기슭 도처에 있는 적을 쫓아내고 곧바로 그 자리를 기지로 삼아 강변에 영채를 하나둘 구축했다.

3

촉나라와 오나라가 전쟁을 시작하자 위나라는 더할 나위 없이 기뻤다. 바야흐로 위나라 첩보 기관은 가장 뛰어난 활동을 펼치는 중이다.

조비는 어느 날 하늘을 보며 함박웃음을 터뜨렸다.

"촉나라는 수군에 전력을 기울여 매일 100리 이상을 오나라로 전진한다니 드디어 현덕이 죽을 날도 가까워졌구나."

곁에 있던 신하가 의아해하며 물었다.

"어떤 뜻으로 그런 말씀을 하십니까?"

"그대들은 모르겠는가? 이미 촉군은 육지에 영채 40여 개소를 잇달아 연결하고 지금 또 수백 리에 달하는 물길로 전진했다. 장장 800리에 이르는 전선에 대군을 배치하면 75만 촉나라 병력도 종잇장처럼 얇아질 수밖에 없다. 게다가 육손 진영을 그대로 두고 물길을 이용하여 진격하는 전략은 현덕이 가진 음이 다했다는 증거다. 예말에도 '숲이나 구원에 주둔하는 일은 병가에서 꺼리는 바'라고 했다. 현덕이 바로 그 꺼리는 일을 저질렀다. 보거라, 곧 촉나라는 대패할 것이다."

신하들은 여전히 믿지 못하고 오히려 촉나라 기세를 두려워했다.

"국경 수비야말로 가장 중요하지 않겠습니까?"

대위 황제 조비는 아니라고 단언했다.

"오나라가 촉나라를 이기면 그 기세를 몰아 촉나라로 밀려들어 가겠지. 그때야말로 우리 병마가 오나라를 차지할 기회다."

조비는 손바닥을 들여다보듯 정세를 설명하고는 조인에게 병사를 내주어 유수(濡須)로 향하게 했고, 조휴에게 군사를 붙여 동구(洞口) 방면으로 서둘러 달려가게 했으며, 조진(曹眞)은 남군으로 파병했다. 세 갈래 길에서 오나라를 살피고 대기하도록 명령하니, 조비는 조조 피를 이은 자식임이 분명하다.

한편, 촉나라 마량은 한중 땅에 발을 내디뎠다. 때마침 공명은 한중에 있었다.

"의견이 있으시면 듣고 오라는 황제 분부가 있었습니다. 우리 군은 800여 리 사이에 강을 끼고 산을 근거지로 삼아 지금은 진지 40여 곳을 연결했고 그 선봉에는 군선이 가서 속속 오나라를 공격하는 형세입니다."

자기가 그려온 그림을 꺼내 낱낱이 전황을 전했다.

공명은 무릎을 치며 탄식했다.

"아아, 큰일이다! 누가 이 작전을 권했느냐?"

"다른 사람이 참견한 게 아닙니다. 주군이 친히 배치하신 진영입니다."

"음…. 한조도 이제 운수를 다한 건가."

"어찌 그리 낙담하십니까?"

"첫째로, 물 흐름에 따라 공격하기는 쉬우나 물을 거슬러 오르며 퇴각하기는 어렵다. 또 숲과 고원을 에워싸며 진영을 잇는 건 병가에서 꺼리는 바다. 그다음으로 진영을 지나치게 길게 늘여 병력이 모이지 않는다. 그렇지. 마량, 발길을 재촉하여 바로 전장으로 돌아가라. 내 말이라 아뢰고 화를 피할 수 있도록 온 힘을 다해 간언하라."

"만약 그사이 육손 군대에게 패했다면 어찌할까요?"

"아니다. 육손이 밀리는 쫓아오지 않을 터. 육손은 위나라가 기회를 엿본다는 사실을 모를 리 없다. 사태가 위급해지면 황제를 백제성으로 모셔라. 작년 내가 촉나라에 들어올 때 훗날을 위하여 백제성 어복포(魚腹浦)에 10만 병사를 잠복시켜두었다. 혹여 육손이 얼떨결에 쫓아 들어오면 육손을 생포할 수 있을 것이다."

"어복포라면 저도 몇 번이나 왕래했지만 여태까지 그곳에서 병사 그림자조차 본 적이 없습니다. 농을 치시는 거지요? 방금 그 말씀은…."

"아니, 이제 알게 되리라."

대화를 마무리 지은 공명은 성도로 돌아가고 마량은 다시 오나라 전장을 향해 번개같이 말을 내달렸다.

위나라 육손은 이미 행동을 개시한 상태다. 때가 되었다며 군사를 여럿으로 나누어 강 남쪽에 있는 촉군의 네 번째 진영을 차지하려 움직였다.

네 번째 진영은 촉나라 장수 부동(傅彤)이 지켰다. 그 진영을 야습하러 오나라 능통, 주태, 한당 등이 앞다투어 선봉에 서겠다고 지원했지만, 육손은 무언가 생각한 바가 있는지 유난히 한 사람을 지명하여 5000기를 내리고 서성과 정봉을 후진으로 내주었다.

"순우단(淳于丹)에게 명한다."

4

특별히 발탁된 기습 임무를 명예롭게 받들어 그날 밤 촉나라 네 번째 진영을 덮친 순우단은 생각지도 못한 남만 군과 용맹한 적장 부동에게 격퇴당하여 지독한 손해를 입었을 뿐 아니라 목숨까지 위태로워진 차에 간신히 후진에 있는 서성과 정봉이 이끄는 두 군대에게 구출되어 돌아왔다.

"면목이 없습니다. 군율에 따라 패전에 대한 죄를 물어주십시오."

온몸으로 받아낸 화살도 미처 뽑지 못한 채 순우단은 육손 앞에 나와 사죄했다.

"그대에게는 조금도 죄가 없다."

육손은 굳이 벌을 내리지 않았다. 오히려 자기 과오라 했다.

"사실 지난밤 벌였던 기습은 촉나라 허실을 알고자 순우단을 이용해 슬쩍 건드려본 공격에 지나지 않는다. 그 덕에 나는 촉나라를 쳐부술 방법을 터득했다."

서성이 재빠르게 물었다.

"지난밤 같은 일을 반복하면 우리 군만 헛된 손실을 입을 터. 처부술 방법이라 함은?"

"지금 천하의 공명 말고는 달리 아는 자가 없겠지. 다행히 이 전장에 공명은 없다. 이야말로 하늘이 내게 성공을 약속한다는 뜻이다."

육손은 나팔수를 불러들였다. 진영 곳곳에 있던 높고 낮은 장수는 나팔 소리를 듣고 즉시 육손 앞에 집합했다. 육손은 지휘대에 서서 모든 대장에게 호령했다.

"우리가 싸우지 않기를 수십여 일, 하늘이 비를 내리지 않기를 달포 남짓이다. 이제야 전운이 무르익으니 하늘과 땅과 사람 모두 우리에게 유리하다. 주연은 억새나 잡목 따위를 배에 싣고 상류를 향해 나가 바람을 기다려라. 반드시 내일 오시(午時)를 넘길 무렵 동남풍이 파도를 일으킬 것이다. 바람이 일면 강 북쪽에 있는 적진으로 다가가 유황과 염초를 던지고 적군 모든 진영을 바람결에 따라 불태워라. 한당은 군사를 이끌고 강 북쪽 기슭에 상륙하라. 주태는 강 남쪽 연안을 공격하라. 그 밖의 병사는 때가 되어 내가 신호를 보낼 때까지 기다려라. 내일 밤이 되기 전에 현덕 목숨은 오나라 손안에 들어올 터. 자, 진격하라!"

대도독이 취임한 이래로 적극적인 명령이 떨어진 건 처음이었으므로 주연, 한당, 주태 등은 용맹하게 뛰어다니며 준비를 서둘렀다.

아니나 다를까 다음 날 오시 무렵부터 강 상류 일대에 파랑이 일기 시작했다. 그때 촉나라 진영 한복판에 높이 솟아 펄럭이던 깃발이 뚝 부러져버렸다.

"이 무슨 징조인가?"

현덕이 미간을 찡그리자 정기(程畿)가 답했다.

"이는 예부터 적의 야습이 있다는 징조입니다."

그러자 그곳에 강기슭을 지키는 장수가 와서 알렸다.

"간밤부터 강 상류에 무수히 많은 배가 떠다니며 이런 풍랑에도 물러나지 않습니다."

현덕은 고개를 끄덕이며 일갈했다.

"그 소식은 이미 들었다. 거짓 군사로 꾀를 부리는 게지. 명을 내리기 전에는 함부로 움직이지 말라고 군선에 단단히 전해두어라."

이어서 또 다른 보고가 들어왔다.

"오군 일부가 계속 동쪽으로 이동합니다."

"쉴 새 없이 어루꾀려 드는구나. 아직 움직일 때가 아니다."

이윽고 해 질 무렵 강 북쪽 진지에서 연기가 피어올랐다. 실수하여 불을 냈거니 하며 바라보자 하류 진지에서도 불길이 모락모락 올라왔다.

"바람이 이리 세니 어쩐지 불안하구나. 관흥, 가서 직접 살펴보고 오너라."

밤이 되어도 피어오른 불길은 좀처럼 사그라지지 않았다. 아니, 북쪽 기슭뿐 아니라 남쪽에서도 불길이 솟아오르는 게 아닌가. 현덕은 곧 장포를 보내 만에 하나 필요할지 모를 구원병으로 돌렸다.

"수상스러운 불길이다."

밤하늘이 점점 시뻘겋게 타오를 뿐이다. 파도 소리가, 사람이 내지르는 비명이, 무시무시한 열풍이 물보라를 일으키고 모래를 흩뿌렸다.

"아아, 본진 근처에도!"

별안간 누군가가 절규했다.

파삭하게 마른 잎이 화르르 타올랐다. 황제 현덕이 있는 진영이 있는 바로 근처 숲이다.

"이크!"

현덕이 거하는 유막이 동요했을 때는 이미 적인지 아군인지 분별도 되지 않는 사람 그림자가 우왕좌왕하며 연기 속을 어지럽게 뛰어다니느라 정신없었다.

"적이다! 오나라 병사다!"

현덕 코앞에서 격렬한 전투가 벌어졌다. 현덕은 여러 사람에게 에워싸여 말 등에 떠밀려 올라탔지만, 아군 풍습이 주둔하는 진영까지 내달리는 동안 전포 소매며 말안장까지 불이 붙었다. 아니, 달리는 대지에 자란 풀포기며 하늘로 손 벌린 나뭇가지도 모조리 불나무가 되어 타올랐다.

5

　겨우 도착한 풍습 진영도 시커먼 혼란의 도가니였다. 화재뿐 아니라 오나라 대장 서성이 습격하여 맹렬한 화염을 아군 삼아 맹공을 퍼부었다.

　"이 무슨 일인가?"

　현덕은 망연해졌다. 적의 계책 한가운데 떨어지면 자기가 어 딨는지 전혀 모르는 법. 지금 현덕 마음은 그와 비슷했다.

　"안 됩니다. 이곳도 위험합니다. 이제는 백제성으로, 일각이 라도 빨리 백제성으로!"

　수행 무사 중에서 누군가가 외쳤다. 그 소리는 부르르 떨렸 고 답하는 소리도 연기에 목이 멨다.

　현덕은 정신없이 말을 몰았다. 불길 속으로, 연기 속으로….

　"제가 모시겠습니다."

　현덕의 모습을 본 풍습은 수십 기를 끌고 뒤따랐지만, 도중 에 서성을 만나 부하들과 함께 목숨을 잃고 말았다.

　"현덕을 생포하라!"

　서성은 풍습의 수급을 쳐들고 기세를 더하여 추격했다.

　현덕 앞쪽에는 오나라 정봉이 군사를 매복시키고 기다리는 중이다.

　협공을 당한 현덕은 당연히 진퇴양난에 빠졌다.

　만일 그곳에 아군 부동과 장포 등이 급히 달려오지 않았다면 현덕의 운명은 오나라 대장들에게 맡겨졌을 터. 때마침 현덕을 뒤따라온 아군이 제때 도착해 점점 두터운 호위를 받으며 마안

산(馬鞍山)을 향해 달아났다.

산 정상까지 도망쳐 올라간 현덕은 그제야 제정신이 들었다. 그 높은 곳에서 한편의 어둠을 바라보니 놀랍게도 굽이굽이 70리에도 불덩어리들이 땅을 태우고 하늘을 그슬리며 이어졌다. 산 정상에 서서 현덕은 비로소 육손이 화공을 써서 세운 원대한 계획의 전모를 읽을 수 있었다.

"육손은 두려운 인물이로구나."

때는 이미 늦어 현덕이 하늘을 우러러 통탄했을 때 육손이 지휘하는 군대는 마안산 기슭을 첩첩이 둘러쌌다. 이 산마저 불태울 셈인지 모든 산길에 불을 질렀다. 수없는 화룡들이 혀를 날름거리며 거대하게 하늘을 향하여 야금야금 기어올랐다.

광풍같이 울리는 꽹과리와 폭풍 같은 북소리와 해일처럼 일어나는 아우성 속에서 현덕을 둘러싼 한 무리 장수들은 꼼짝없이 죽을 위기에 처했다. 그래도 혈기왕성한 관흥과 장포 등이 곁에 있어 든든했다.

"염려하지 마십시오."

장수들은 불길이 약한 길을 찾아 강가로 통하는 산기슭으로 득달같이 달려 내려갔다.

화염이 보이지 않는 이 길에 육손 군이 숨겨둔 복병이 기다릴 줄이야. 길을 하나둘 돌파해 위험한 땅을 벗어났지만, 복병은 그 수를 더해가며 어디까지고 추격하고 또 추격해 왔다.

"빨리 꼬꾸게 온 저읍 불르 마아라!"

누군가 순간의 기지를 발휘하여 길섶 잡초에 불을 붙였다. 절박한 상황을 모면하기에는 화력이 부족하여 촉군은 활을 꺾고 갑옷을 내던지고 깃발까지 태워 불길을 피워 올리느라 정신이 혼미할 지경이다.

그 덕에 불은 온 나무와 가지에 옮겨붙어 한꺼번에 맹렬한 기세로 타올랐고 추격해 오는 오나라 병사를 간신히 막을 수 있었다.

맙소사! 강가로 나오자마자 새로운 적을 만났다. 오나라 대장 주연이 그곳에서 기다린 것이다.

말 머리를 돌려 계곡으로 피하니 함성을 울리며 골짜기 바닥에서 육손 군을 상징하는 깃발이 솟아올랐다.

"이제는 죽었구나…."

현덕이 절망스럽게 외쳤을 때 다시 생각지 못한 원군이 나타났다.

바로 상산 조자룡이다.

어째서 조자룡이 강가에 있었는가 하면 임지인 강주는 한중이나 다른 어느 곳보다 전장과 가장 가까워 공명이 마량과 헤어져 성도로 돌아갈 때 '즉시 가서 황제를 구하라'는 내용으로 서간을 보내둔 덕분이다.

조자룡이 원군으로 온 건 지옥에서 부처를 만난 격이다. 그렇다 해도 무엇이 변하겠는가? 앞서 현덕이 처음 이 백제성 땅을 밟았을 때는 75만 대군이 주둔했건만 이제는 겨우 수행 무사 수백 기만이 현덕을 조용히 따랐다.

당연히 조자룡, 관흥, 장포 등 무리는 황제가 입성하는 모습을 끝까지 지켜본 후 패전병이 된 아군을 규합하기 위해 곧 성밖으로 난 길로 말 머리를 돌렸다.

석병팔진(石兵八陣)

1

일단 전군이 완패하자 700여 리를 늘어섰던 촉나라 진영은 마치 홍수가 범람하는 바람에 고립되어 섬이 되어버린 마을처럼 그 기능도 잃고 연락도 끊겨 제각기 탕탕한 탁류 같은 오나라 기세에 각개 전투로 맞서 싸우는 수밖에 없었다.

그로 인해 겨우 어제부터 오늘에 걸쳐 전사한 촉나라 대장은 수를 셀 수 없었다.

부동은 오나라 정봉 군에게 포위당했다.

"승산 없는 싸움에 이득 없이 사력을 다하기보다 오나라에 투항하여 길이 무문의 영예를 누리지 않겠는가?"

"적어도 나는 한나라 대장이다. 어찌 오나라 개에게 항복하겠느냐?"

적이 항복을 권하자 부동은 최후 무슨을 지두에 나타내고 대군 속으로 뛰어들어 장렬하게 산화했다.

촉나라 좨주(祭酒) 정기는 주변에 있는 아군이 겨우 10여 기로 줄자 수군과 합류하여 싸우려고 강기슭 근처까지 달려갔지만, 그곳도 이미 오나라 수군에게 점령당해 동분서주하였다.

그러자 오군 장수 하나가 외쳤다.

"정 좨주여, 수륙 어디든 이미 촉나라 깃발 하나 선 곳이 없다. 말에서 내려 투항하라."

"우리 주군을 따른 후 오늘까지 전장에 나가면 도망칠 줄 모르고 적을 만나면 깨부수는 것밖에 모른다."

정기는 머리카락을 바람에 휘날리며 고함쳐 대답하고는 사방팔방으로 말을 몰다가 자결하여 장렬히 최후를 맞았다.

촉나라 선봉 장남은 오래도록 이릉성을 에워싸고 오나라 손환을 공격하는 참이었는데 아군 조융이 말을 몰고 나타났다.

"중군이 패배하여 모든 전선이 무너지고 주군 행방도 알 수 없습니다."

"맙소사!"

보고를 들은 장남은 벼락같이 포위를 풀고 현덕 발자취를 더듬어 중군에 합류하려 애썼다.

"때가 왔도다."

성안에 있던 손환이 추격에 나서서 곳곳에 흩어진 오군과 합류하여 장남과 조융이 가는 곳마다 막아섰으므로 두 사람도 난전 속에서 덧없이 전사했다.

촉군 간부가 연달아 목숨을 잃을 뿐 아니라 멀리 남만에서 원군으로 참전한 남만 장군 사마가까지 오나라 주태 군에게 잡혀 목이 잘렸고 촉나라 장수 두로와 유녕 무리는 병사를 끌고 오나라 본진에 투항하여 남은 목숨을 맡기는 가련한 말로를 맞왔다.

"우리는 모든 임무를 완수했다. 이제는 촉제 현덕을 생포하는 일 하나만 남았을 뿐이다."

오나라 총사령관 육손은 지금이야말로 진면목을 보여주며 이 압승을 기회로 몸소 대군을 이끌고 적이 숨 돌릴 틈도 주지 않고 현덕이 도망친 방향으로 질풍같이 군사를 몰아갔다.

육손 군은 어복포 바로 앞까지 새까맣게 육박해왔다. 그곳에는 오래된 성이 하나 있었다. 육손은 야영하며 병사와 말을 쉬게 하고 저녁 무렵 관문 위에서 앞쪽을 바라보았다.

"저게 무엇인가?"

매우 놀라 좌우 대장을 돌아보며 소리쳤다.

"저 멀리 산을 끼고 강을 향해 한 줄기 살기가 하늘을 울릴 듯이 뻗어 있다. 필시 복병이 살의를 품고 기다린다는 뜻일 게다. 진격해서는 안 된다."

화급히 10여 리쯤 진을 물리고 척후병을 보내 샅샅이 앞을 살피도록 명했다.

얼마 후 척후병이 속속 돌아왔는데 말을 맞춘 것처럼 똑같은 보고만 올렸다.

"없습니다. 적으로 보이는 병사는 하나도 보이지 않습니다."

"그래?"

육손은 의아하여 다시 산에 올라 건너편 하늘을 꼼짝 않고 말끄러미 바라보고 있다. 그리고는 신음하듯 중얼거리며 내려왔다.

"으스스한 기운이 가득하고 살기에 찬 구름이 등등하다. 복병이 없을 리 만무하다. 척후병이 서툴렀던 것이다. 노련한 밀정을 뽑아 다시 구석구석 살펴보라."

2

어둑어둑 들판에 어둠이 내려앉았지만, 육손은 여전히 께름칙한 듯 몇 번이나 진영 앞으로 나가 어복포 쪽 밤하늘을 올려다보았다.

"이상하구나. 밤이 되니 낮보다 한층 살기가 흉흉하다. 대체 저곳 복병은 얼마나 신통한 병사들인가?"

그 대단한 육손도 의심을 품고 전전긍긍하며 밤새 마음의 평정을 찾을 수 없는 듯했다.

"싹 살펴보고 왔습니다."

동틀 녘에 노련한 척후병이 돌아왔다.

"아무리 눈을 씻고 보아도 저쪽에는 확실히 적병이 없습니다. 강가에서 산과 산 사이로 난 좁고 험한 길에 크고 작은 돌 수천 개가 마치 석상처럼 쌓여 있습니다. 그곳에 서니 오싹한 바람이 일고 소름 끼치는 기운이 살에 스미는 듯했습니다."

육손은 결심한 듯 몸소 수십 기를 이끌고 어스름한 새벽에 어복포를 향해 여기저기를 시찰하며 돌아다녔다.

어부 네댓이 눈에 띄어 육손은 말을 멈추고 물었다.

"이보게들, 이곳에 사는가? 너희는 알 것이다. 이 주변 물가에서 저 산까지 도처에 수북이 돌을 쌓은 이유는 무엇이냐? 무슨 유래라도 있느냐?"

일행 중 어옹(漁翁)이 답했다.

"작년 이 땅에 제갈공명이라는 사람이 촉나라로 가는 도중에 배를 대고 많은 병사를 하선하게 한 다음 며칠 동안 전투 연습을 하거나 진을 짜고는 했는데 배를 타고 돌아간 뒤에 보니 어느새 이 일대에 석문이며 석탑이며 사람처럼 보이는 석조물이 어마어마하게 생겨났습니다. 그 후로는 강물도 이상한 곳으로 흐르고 때때로 돌풍이 부니 아무도 그 석진에는 들어가지 않게 됐습니다."

"공명이 쳐놓은 못된 장난인가?"

육손은 노인이 한 대답을 듣고 다시 말을 몰아 언덕 위로 올라가 보았다. 높이 올라 내려다보니 언뜻 마구잡이로 세운 듯 보이는 석진은 질서 정연한 포석을 갖추고 길을 따라 사방팔면으로 문이 나 있는 게 아닌가.

"거짓 병사에 가짜 진지라. 그저 사람을 홀리려는 속임수에 불과하다. 이따위 것에 사로잡혀 어제부터 쓸데없는 걱정을 했다니 참으로 부끄럽다."

육손은 껄껄 웃고는 이윽고 물 따라 산 따라 석진 속을 한 바퀴 돌고 돌아가려 발걸음을 뗐다.

"이상하군. 여기도 길이 막혔나?"

"아니, 이쪽 아닙니까?"

"아니다, 아니야. 이렇게 가면 또 아까 그 길로 나간다."

주인과 부하 10여 기는 여우에 홀린 듯 이쪽저쪽을 헤매니, 아무리 해도 어지럽게 돌로 세운 팔진(八陳)에서 빠져나갈 수 없었다.

그사이 해가 기울고 광풍이 모래를 흩뿌리며 흰 파도가 어지럽게 물가로 끓어올라 천지는 순식간에 험악하게 변했다.

"아아, 북소리가 아닌가?"

"아닙니다. 파도 소리입니다. 구름이 내지르는 비명입니다."

"아차, 실수했군. 내가 거짓 병사라고 얕보다가 공명이 파놓은 계략에 걸려들었구나. 밤이 되어 풍파가 심해지면 허무하게 물귀신이 되어 끝날지도 모를 일."

"날이 저물기 전에 출구를 찾아야 합니다."

사람들 눈에는 점점 핏발이 섰다. 여전히 석진 바깥으로 나가지는 못하고 맴만 돌 뿐이다.

그러자 백발이 성성한 노인이 홀연히 앞에 서서 빙긋 웃는 게 아닌가.

"게 누구요?"

"나는 제갈량 장인 황승언(黃承彦) 친구로 오랫동안 이 산에서 산다오."

육손이 예를 갖추어 길을 묻자 지팡이를 짚고 앞장서며 길잡이를 해주었다.

"아마 길을 잃으셨지 싶어 하산하여 예까지 왔소. 자아, 이렇게 나가시지요."

얼마 지나지 않아 육손과 부하들은 가까스로 팔진 밖으로 나올 수 있었다.

"잘 가시오. 내가 팔진 안에서 그대들을 빼준 건 아무에게도 말하지 마시구려. 황승언에게 미안하니."

백발노인은 표표히 지팡이를 바람에 맡기더니 저녁 안개가

낀 산속으로 돌아가 버렸다.

"사냥감을 쫓는 사냥꾼이 산을 보지 않았구나. 이 육손이 예까지 깊숙이 들어온 건 큰 실수다. 그렇다, 우리 군을 이 이상 진격시켜서는 안 된다."

무슨 생각을 했는지 육손은 황급히 전군에게 명을 내려 나는 듯이 오나라로 회군했다.

공명을 부르다

1

오나라는 질풍신뢰(疾風迅雷, 심한 바람과 번개라는 뜻으로, 빠르고 심하게 변하는 상태를 이르는 말 – 옮긴이)처럼 촉나라를 격파하더니 퇴각도 번개가 번쩍이듯 신속했다. 그러니 승리에 취해 득의양양해진 오나라 대장들은 육손을 향해 반쯤은 놀리듯이 물었다.

"모처럼 백제성에 접근했는데 돌로 된 가짜 병사나 되는 대로 돌을 깐 팔진을 보고 갑자기 물러나다니 대체 무슨 영문입니까? 진짜 공명이 나타나지도 않았습니다."

육손은 진지한 얼굴로 일갈했다.

"그렇다. 나는 분명 공명이 두렵다. 회군한 이유는 다른 데 있다. 오늘내일 중에 현실이 될 터. 그대들도 깨달을 것이다."

사람들은 당장 둘러대는 핑계려니 하며 대충 들었는데 하루걸러 이틀째 되는 날이다. 육손 본영에 급변을 알리는 보고가 오나라 곳곳에서 빗발치듯 날아들었다.

"위나라 대군이 세 갈래로 나뉘어, 조휴는 동구로 진출하고 조진은 남군 경계로 몰려갔으며 조인은 이미 유수를 향해 구름과 안개처럼 남하합니다."

"아! 오나라를 위해 큰 행운이 찾아왔구나!"

육손은 손뼉을 탁 치며 자신의 명찰이 틀리지 않았음을 자축하며 즉시 대전 태세를 취했다.

한편, 육손으로 인해 재기불능이라는 대패를 당한 황제 현덕은 백제성에 몸을 숨긴 후 왕년에 보였던 기상은 온데간데없는 모습으로 깊은 궁궐에서나 볼 수 있는 부서진 주렴처럼 상심에 빠져 지냈다.

"성도에 돌아가 신하들을 볼 낯이 없다…."

그동안 한중에서 공명을 만난 마량이 돌아와 공명이 한 말을 전했다.

"이제 와 말하면 푸념으로밖에 들리지 않을 수도 있지만, 승상 말을 들었다면 오늘 같은 쓰라린 패배는 겪지 않았을 터."

현덕은 뼈저리게 탄식하며 멀리 있는 공명을 그리워했지만, 성도로 귀환하지 않고 백제성을 영안궁(永安宮)이라 불렀다.

그즈음 촉나라 수군 대장 황권이 위나라에 들어가 조비에게 투항했다는 소문이 들려왔다. 촉나라 측신은 현덕에게 고했다.

"황권의 처자와 일족의 목을 베어야 합니다."

"아니다, 아니야. 황권이 위나라에 항복한 이유는 오군에게 퇴로를 차단당해 사면초가라 길이 없어서일 테다. 황권이 짐을 저버린 게 아니라 짐이 황권을 버린 죄 탓이다."

현덕은 되레 황권 가족을 보호하도록 명했다.

황권은 위나라에 굴복하여 조비를 알현하고 진남장군(鎭南 將軍)에 봉한다는 말을 들었지만, 눈물을 흘릴 뿐 조금도 기뻐 하지 않았다.

"싫은 겐가?"

"패군 장수, 죽음을 면할 수만 있다면 그 이상 바랄 은덕은 없습니다."

조비가 묻자 황권은 은근히 섬기기를 거부했다.

그때 위나라 신하가 일부러 큰 소리로 말했다.

"지금 촉나라에서 돌아온 세작이 한 보고에 따르면 황권의 처자와 일족은 분노한 현덕이 모조리 참형에 처했다 합니다."

신하의 말을 들은 황권은 쓴웃음을 지었다.

"분명 세작에게 착오가 있었거나 자기 이익만 위하는 자가 꾸민 낭설일 겝니다. 우리 황제는 그런 분이 아닙니다."

황권은 오히려 가족들이 무사하리라 믿는 기색이었다.

조비는 더는 아무 말도 하지 않고 황권을 물러가도록 했다. 그러고는 곧바로 삼국 지도를 펼치며 비밀스럽게 가후를 불러 들였다.

"가후, 짐이 천하를 통일하기 위해서는 촉나라를 먼저 취해 야 하는가, 아니면 오나라를 먼저 공격해야 하는가?"

가후는 묵묵히 한참을 궁리하다가 어렵게 입을 열었다.

"촉나라도 어렵고 오나라도 쉽지 않으니…. 두 나라가 가진 허점을 헤아릴 수밖에 없습니다. 폐하의 하늘 같은 위엄으로 반드시 원하시는 바를 이루는 날이 올 것입니다."

"지금 우리 위군은 바로 그 허점을 살핀 뒤 세 갈래로 나뉘어 오나라를 향해 움직이는 중이다. 그 결과는 어찌 되겠나?"

"아무 이득도 없습니다."

"조금 전에는 오나라를 공격하라 하고는 지금은 안 된다니, 자네 말은 시종일관하지 않는군."

조비의 통찰력은 자못 예리했다. 모사 가후라 해도 조비를 상대로는 간혹 꼼짝하지 못할 때가 있었다.

2

가후는 여전히 노여움을 살 각오로 진언했다.

"그렇습니다. 예전에 오나라가 촉군에게 몰려 패퇴를 거듭할 때였다면 위나라가 오나라를 치기에 절호의 기회였습니다. 지금은 형세가 역전되어 육손이 촉나라를 전면 격파하고 오나라 사기가 평소보다 백배나 올라 말 그대로 불패의 위력을 자랑하는 상태입니다. 그러니 지금은 오나라를 당해내기 어려우며 이럴 때 맞붙는 건 불리합니다."

"더는 말하지 마라. 어림 병사는 이미 오나라 접경에 나가 있다. 짐도 이미 마음을 정했단 말이다."

조비는 귀를 기울이려 하지 않았다. 세 갈래로 나뉜 대군을 보강하고 나아가 몸소 전쟁을 감독하며 사기를 북돋우기 위해 출진키로 했다.

그동안 한편으로 촉나라를 치고 한편으로 위나라를 맞이하며 신속하고 원활하게 병사를 부린 육손 지휘 덕에 오나라는 아무런 동요 없이 당당하게 세 방면에서 쳐들어오는 위군을 맞아 능히 방어하며 잘 싸웠다.

특히, 오나라에게 가장 중요한 방어선은 주도 건업에 가까운 유수에 있는 성이다.

위나라는 유수성을 공격하기 위해 조인을 보냈고 조인은 휘하 대장 왕쌍(王雙)과 제갈건(諸葛虔)에게 5만여 기를 내주어 유수를 포위하라 명했다.

"유수성만 함락하면 적의 도성인 건업 핵심부에 비수를 찌르는 것과 같다. 전군은 전력을 다하라. 큰 공을 세울 기회는 바로 지금이다!"

위제 조비가 직접 출전하는 진영도 바로 이곳이다. 하여 위나라는 더욱더 사기를 떨쳤고 그로 인해 강북과 강동 하늘은 어두워지고 전쟁의 기운이 뻗어 붉은 해를 덮으며 살기가 지축을 흔들었다.

그때 유수 방어를 맡은 오나라 대장은 이제 27살 맞은 주환(朱桓)이다.

주환은 젊지만, 배포가 두둑한 사람이다. 유수성 병력 5000명을 나누어 선계(羨溪) 방어를 위해 보냈는지라 성안에 남은 병사는 아주 적어서 많은 신하가 술렁이며 벌벌 떨었다.

"적은 군사로는 도저히 넘쳐나는 위나라 대군을 막을 수 없습니다. 아직 안전한 지금 유수성을 떠나 후진과 합류하거나 후진을 부른 뒤 건업에서 오는 추가 병력을 후방 방어에 투입하도록 청하지 않으면 대등하게 겨룰 수 없습니다."

주환은 주요 부하들을 모아놓고 일갈했다.

"위나라 대군은 말 그대로 산천을 덮을 정도다. 위군은 멀리서 온 병마인데다 이 혹서에 지쳐 자기들 인원수 때문에 도리어 고생할 날이 올 터. 온 진영에 돌게 될 역병과 식량난이라는 두 가지 고난이 위군을 기다린다. 그에 반해 우리는 적은 병력이지만 산 위에 있는 서늘한 땅에 들어앉았고 철벽같은 험준한 지형이 더해져 남쪽으로는 큰 강을 끼고 북쪽으로는 높은 산을 등진 형국이다. 이는 편안히 앉아 고난을 기다리는 형상이다. 병법에도 이런 말이 있다. '주병(主兵)이 객병(客兵)의 절반이면 주병은 객병을 능히 이긴다.' 넓은 하천과 광야에서 벌이는 전투에 병사 숫자보다 교전 방법이 중요하다는 사실은 예부터 수많은 싸움을 보아도 알 수 있다. 단, 사기가 부족한 병사들은 흉군(凶軍)이다. 너희는 이 주환이 하는 지휘를 믿고 백전백승하리라는 신념을 품어라. 나는 내일 성을 나가 그 증거를 확실히 그대들 눈앞에 직접 보여주겠노라."

다음 날 주환은 부러 허점을 보여 적군을 가까운 곳으로 유인했다.

위나라 상조(常雕)는 갑작스러운 도발에 성문으로 쳐들어왔다. 아쉽게도 성안은 적막했고 병사 그림자조차 없는 듯했다.

"적에게는 싸울 생각이 없다. 아니면 이미 뒷문으로 도망쳐 흩어졌을지도 모르지."

위군 병사들은 섣불리 성벽을 기어올랐고, 상조도 해자 끄트머리까지 말을 몰고와 긴두지휘했다.

굉음이 한 번 울리자 수백 개에 달하는 깃발이 성루, 망루, 돌담, 누각 위 등에서 빽빽한 나뭇가지에 꽃이 한번에 피어나듯 일제히 펄럭였다.

돌덩이와 화살이 위나라 병사 머리 위로 한꺼번에 쏟아져 내렸다. 성문이 여덟 팔(八) 자로 열리자 주환은 말을 걸터타고 혼란에 빠진 적진 한가운데로 파고 들어가 위나라 장수 상조를 단칼에 베었다.

앞 부대가 위급한 상황에 빠졌다는 소식을 전해 듣고 중군에 있던 조인은 즉시 대군을 이끌고 다급하게 진격했지만 돌아보니 꿈에도 생각지 못했던 선계 골짜기에서 구름처럼 밀고 올라온 오군이 퇴로를 차단하고 뒤에서 천둥처럼 꽹과리와 북을 울리며 다가오는 게 아닌가.

사실 위군이 이날 맛본 패전은 앞으로 이어질 패배의 서두였다. 이후 연전연패하며 무슨 수를 써도 주환이 지휘하는 군대를 이길 수 없었다.

그러던 차에 동구, 남군 두 방면에서도 패전 소식이 전해졌다. 최악의 경우 황제 조비가 돌아갈 길조차 위험해질 수 있어 조비도 단념하고 울분을 삼키며 패배의 깃발을 접어 일단 위나라로 돌아갔다.

유비, 자식을 부탁하고 죽다

1

그해 4월 무렵부터 촉제 현덕은 객지 영안궁에서 병이 들었고 병환도 나날이 위독해졌다.

"지금 몇 시인가?"

베갯머리에 놔둔 초에 불을 붙이던 신하와 어의가 답했다.

"눈 뜨셨습니까? 삼경입니다."

"꿈이었나…."

희붐히 불을 밝히는 초를 바라보며 병상에 누운 현덕은 혼잣말로 중얼거렸다.

그러고는 밤이 샐 때까지 죽은 관우와 장비와 나눈 추억을 신하들에게 미주알고주알 이야기했다.

신하들은 하나같이 기회가 있을 때마다 현덕에게 권했다.

"성도로 돌아가시어 요양하시지요."

현덕은 오나라에게 패했다는 사실이 여전히 수치스러운 듯 미간을 좁혔다.

"이런 패전을 거두고 어찌 성도 신하와 백성을 만날 면목이 있겠는가?"

병은 점점 위독해졌다.

"승상 공명을 만나고 싶다."

현덕도 이미 자신에게 닥친 명을 알았는지 이런 말을 꺼냈다.

위독을 알리는 급사는 이미 성도에 도착했다.

공명은 소식을 듣고 곧바로 여장을 꾸려 태자 유선을 도읍에 남기고 아직 어린 유영과 유리 두 왕자만 동반하여 밤낮없이 여행길을 달려 마침내 영안궁에 도착했다.

공명은 몰라보게 변한 현덕을 보고 그 병상 아래 엎드려 울었다.

"가까이…. 더, 가까이…."

황제는 가까운 시종에게 명하여 용상 위에 자리를 마련하고 공명 등에 앙상한 손을 뻗었다.

"승상, 용서해주시오. 짐이 얕고 미천한 재능으로 제왕 업적을 이룰 수 있었던 까닭은 오직 승상을 얻은 덕분이거늘…. 그대의 간언을 듣지 않고 이런 패배를 맛보고 병까지 얻었으니…. 이미 명이 위태롭다는 사실을 아오. 짐이 죽은 다음은 내외 중대사를 그대에게 맡길 수밖에 없소…. 짐이 죽은 다음에도 공명이 이 세상에 있다는 것만을 유일한 위안으로 삼고 나는 이만 떠나겠소."

눈물이 그치지 않고 또 그치지 않으니 병든 얼굴에 흐르는 눈물은 공명 목덜미를 적실 뿐이다.

"폐하, 부디 용체를 보전하시옵소서. 적어도 태자가 성인이 될 때까지는….”

공명이 목메어 위로하자 황제는 가볍게 고개를 젓고 주위 신하들을 모두 밖으로 물렸다.

그 가운데 마량의 아우 마속(馬謖)도 있었다. 눈가가 붉게 변하고 눈두덩까지 퉁퉁 부은 모습은 보기에도 애처로웠다.

현덕은 문득 물었다.

“승상은 마속의 재능을 평소 어떻게 보오?”

“장래가 촉망되는 젊은이입니다. 장차 영웅이 될 듯합니다.”

“아니오. 병중에 가까이서 보니 말이 실제보다 지나치고 배짱이 재주보다 못하니 앞날이 쉽지 않은 자로 보였소. 주의하여 등용하시오.”

두 사람은 평상시처럼 이야기를 주고받았다. 땅거미가 질 무렵 갑자기 병세가 좋아졌나 싶더니 현덕이 조용히 물어왔다.

“신하들은 모두 모였소?”

“모든 신하가 한잠도 자지 않고 모였습니다.”

“그러면 병상에 쳐둔 장막을 열라.”

현덕은 용상에서 일동에게 마지막 알현을 허락했다.

“태자 유선에게 내리는 유조(遺詔)를 그대들에게 맡기니 거역하지 말라.”

다시 눈을 감았다가 이윽고 공명을 향해 읊조렸다.

“짐이 미천한 땅에서 자라 글을 많이 읽지는 않았지만, 인생이 무엇인가 이나이가 되니 대강 이해한 듯하오. 더는 공연히 슬퍼하지 마시오.”

그러고는 무엇인가 마지막 한마디를 하려는 듯이 그 입술은 엄숙하게 숨을 가다듬었다.

2

현덕과 공명 사이에는 이제 이승과 저승 양쪽 사이에서 겨우 몇 번 호흡할 시간밖에 없었다.

이성을 잃은 공명은 황제 용상에 매달려 얼굴을 대고 눈물을 철철 흘리며 말했다.

"남길 말씀이 있으시면 부디 감추지 말고 명하여주옵소서. 이 공명, 재주는 없지만 뼛속 깊이 그 말씀을 새기고 남은 생을 다하여 마음에 걸리시는 일이 없도록 반드시 이루겠습니다."

"잘 말해주었소. 나는 이제 세상을 떠나겠지. 내가 할 일은 다 했소이다. 승상 가슴속 충심을 믿고 가장 중요한 말 한마디만 부탁하면 더는 아무 걱정이 없소."

"한마디 중요한 분부라 하심은…."

"승상, 사람이 죽을 때 하는 말은 선하다 하오. 짐이 하는 말에 공연히 겸양해서는 안 되오…. 그대가 가진 재주는 조비의 열 곱이오. 손권 따위는 비견할 수도 없소…. 그러니 촉나라를 안정시키고 기업을 공고히 하리라 믿소. 태자 유선은 아직 어리니 장래를 알 수 없소. 유선이 황제다운 성정을 갖추었다면 그대가 보좌하여주시오. 그리해준다면 짐은 진심으로 기쁠 것이오. 만약 유선에게 재주가 없고 제왕 그릇이 아닐 때는, 그대가 직접 촉나라 황제가 되어 만백성을 다스려주오…."

공명은 엎드려 엉엉 울면서 몸 둘 바를 몰라 했다. 이 무슨 영단이며 비장한 유언이란 말인가. 태자에게 재주가 없거든 그대가 일어나 제왕 업적을 완수하라는 명이다. 공명은 용상 아래에 머리를 찧고 두 눈에서 피눈물을 흘리며 통곡했다.

현덕은 어린 왕자 유영과 유리 두 사람을 가까이 불러 타일렀다.

"아비가 없으면 너희 형제는 공명을 아버지로 섬겨라. 만약 애비 말을 어길 때는 불효자가 되는 것이다. 알겠느냐…."

그러고는 한동안 부모로서 애틋하고 안타까운 눈빛을 머금다가 다시 공명을 향해 부탁했다.

"승상, 거기 앉으시오. 짐의 아이들이 아버지 되는 분에게 맹세를 담은 절을 올려야겠소."

두 왕자는 공명 앞에 나란히 서서 순종하기를 맹세하고 두 번 절하여 예를 갖추었다.

"아아, 이러니 안심이 된다."

현덕은 한번 깊게 숨을 고르고는 곁에 있는 조자룡을 돌아보고 한마디 했다.

"그대와 수많은 싸움과 온갖 고난 속에서 오랜 시간 고락을 함께했는데 오늘 작별하네. 명예로운 만년을 맞이하시게. 승상과 함께 내 뒤에 남을 어린아이들을 어여삐 돌봐주게나."

이엄(李嚴)에게도 같은 말을 되풀이하고 나머지 문무백관을 돌아보았다.

"이제 마지막이 임박한 듯하오. 일일이 그대들에게 나누어 부탁할 수 없겠소…. 모두 하나가 되어 사직을 도우며 각자 몸을 보중하시오."

현덕은 말을 끝내자마자 홀연히 승하했다. 향년 63세. 촉나라 장무 3년 4월 24일이다.

온 영안궁에 슬피 우는 소리가 가득한 가운데 공명은 영구(靈柩)를 받들고 성도로 돌아갔다.

태자 유선은 성 밖에서 영구를 맞이하고 슬피 곡하며 몇 날 며칠 동안 제를 올렸다.

유선은 아버지가 남긴 유조를 펼쳐 읽었다.

"아, 반드시 구천에 계신 아버님 마음을 편안히 해드리겠습니다."

제단에 대답하고 뒤돌아서서 여러 신하에게 맹세했다.

촉나라 신하도 선제가 남긴 유조를 암송할 정도로 반복해 읽고 어기지 않을 것을 공명에게 약속했다.

"나라에 하루라도 군주가 없어서는 안 된다."

공명은 모든 조정 관리와 의논하여 그해에 태자 유선을 황제 자리에 올리고 한나라 정통을 잇는 성대한 의례를 집행했다.

동시에 개원하여 장무 3년을 건흥(建興) 원년으로 고쳤다.

새로운 황제 유선, 자는 공사(公嗣)다. 17세였는데 아버지 유조를 받들고 공명을 공경하여 공명이 하는 말을 존중했다.

황제 뜻에 따라 공명을 무향후(武鄕侯)로 봉하고 익주목을 맡겼다. 그해 8월 혜릉(惠陵)에서 성대하게 장사를 지낸 후 선황 유현덕에게 소열(昭烈) 황제라는 시호를 바쳤다.

죄인들에겐 사면이 내려지고 온 나라는 소열 황제가 남긴 덕을 기리며 새 황제가 누릴 치세에 서광이 비추길 기원했다.

물고기가 그린 파문

1

현덕의 죽음이 미친 영향은 엄청났다. 촉제가 붕어했다는 소식을 듣고 누구보다 기뻐한 사람은 위제 조비로, 호시탐탐 여러 신하에게 자문했다.

"이 기회에 대군을 파병하면 북소리 한번 내지 않고 성도를 함락할 수 있지 않은가?"

가후는 단언하듯 조비의 경거망동에 반대했다.

"공명이 있습니다."

그러자 조비 신하들 가운데 한 사람이 벌떡 일어나 위제가 하는 말에 힘을 실었다.

"촉나라 정벌은 지금 해야 합니다. 지금 말고는 언제 그 대사를 기약하겠습니까?"

"누구인가?"

보아하니 하내(河內) 온성(溫城) 사람 사마의로, 자는 중달이다. 조비는 은밀히 회심의 표정을 짓고 곁눈질하며 물었다.

"사마의, 계획은?"

중달은 예를 갖춘 후 의견을 말했다.

"그저 중원에서만 군사를 일으킨다면 쉽지 않을 것이며 아군에게 유리하다 할 수는 없습니다. 허나 다섯 갈래로 대군을 일으켜 공명으로 하여금 머리와 꼬리가 서로 돕지 못하도록 유도한다면 아무리 촉나라 지세가 험난한들 격파하지 못하겠습니까? 지금 적의 정세는 현덕이 죽고 아들 유선을 겨우 제위에 올린 직후라는 점을 살피면 더욱 그렇습니다."

"다섯 갈래라 함은 어떤 전술인가?"

"요동(遼東)에 사자를 보내어 선비(鮮卑) 국왕에게 금과 비단을 선물하고, 요서(遼西) 지방에 있는 북방 오랑캐 병사 10만을 그러모아 서평관(西平關, 감숙성甘肅省 서녕西寧)으로 진출시킵니다. 맨 처음 할 일입니다."

"음, 다음은?"

"멀리 남만국(南蠻國, 귀주貴州, 운남 미얀마 일부)으로 밀서를 보내 국왕 맹획(孟獲)에게 장래에 큰 이익을 주겠다 약속하고 남만 병사 10만을 재촉하여 익주 영창(永昌)과 월준(越雟) 등으로 움직여 남쪽에서 촉나라 중앙을 위협합니다."

중달이 해대는 달변은 거침없이 흐르는 강물 같았다.

"그다음은 사이좋은 이웃을 이용하는 계책입니다. 오나라를 움직여 양천 협구(峽口)를 들이치고, 항복한 촉나라 장수 맹달에게 명해 상용을 중심으로 10만 병사를 써서 부성(涪城)을 빼앗습니다. 마지막으로 폐하 일족이신 조진 장군을 중원대도독으로 임명하여 양평관(陽平關)을 통해 당당하게 촉나라를 정벌해 들어가 정면 공격을 펼칠 대편대를 인솔한다면 설령 공명이 어떤 지혜를 짜낸다 해도 다섯 갈래 50만이라는 군사가 퍼붓는 공세를 막아내지는 못할 것입니다."

원대한 규모와 절묘한 작전이다. 한마디 한마디 신념에 차서 말하는 그 장중한 목소리에 매료되어 조정을 가득 메운 신하들 가운데 이의를 제기하는 자가 없었다. 특히 조비는 만족감을 드러내며 신속하게 결정을 내렸다.

"즉시 그 방침을 따르라."

사자는 곧장 다섯 방면으로 발길을 서둘렀고 위도(魏都) 병부(兵府)에는 바야흐로 평소와는 다른 긴장감이 맴돌았다. 한 가닥 쓸쓸한 사실을 논하자면 그 무렵 이미 조조 시대의 공신인 장료, 서황 등 옛 대장들은 열후(列侯)로 봉해져 각자 영지에서 노후를 보내는 사람이 많았다는 점이다.

그렇기는 하나 신진 영걸도 적지 않았다. 조조 이래 오랫동안 문관으로서 곁에서 황제를 모시는데 그쳤던 중달이 한층 두각을 드러내는 등 이제는 정말 새 시대를 논하게 된 것이다.

한편, 당시 촉나라 성도는 어떤 정세였는가? 모든 정무를 공명 판단에 맡기고 오랜 신하가 빠짐없이 결속하니 현덕 사후에도 전혀 동요하지 않았다.

죽은 거기장군 장비 여식이 때마침 그해에 15세가 되었으므로 어린 황제 유선이 황후로 맞이했다.

그 경사를 치른 후 며칠 지나지도 않았거만 위나라 대군이 다섯 갈래로 나뉘어 촉나라로 전진한다는 이변을 보고받았다. 더욱이 핵심 임무를 담당하는 공명은 근래에 웬일인지 조정에 모습을 보이지 않았다.

2

국경 다섯 방면에서 출발해 위급 상황을 알리는 파발이 쏟아지듯 성도 관문을 통과했다.

그때마다 사태의 심각성이 더해졌고 조정과 민간에 퍼진 불안도 깊어갔다. 파발이 전한 소식을 타고 위나라가 이번 작전에서 펼칠 대침략 형세는 다음과 같다는 소문이 일반인 사이까지 떠들썩하게 퍼졌다.

첫째, 요동 선비국(요녕성遼寧省) 병사 5만이 서평관을 침범해 사천(四川)으로 진공해 온다.

둘째, 남만왕 맹획이 군사 약 7만을 이끌고 익주 남부를 휩쓸려고 움직인다.

셋째, 오나라 손권이 장강을 거슬러 올라 협구를 통해 양천을 공격한다.

넷째, 배반한 장수 맹달을 중심으로 상용 병력 4만이 한중을 친다.

다섯째, 대도독 조진이 위군 중심이 되어 양평관을 돌파한 후 동서남북 네 국경에서 진격하는 아군과 합류하여 한꺼번에 촉나라로 돌진해 성도를 짓밟는다. 이들 다섯 갈래 군사를 다 합하면 그 병력이 50~60만을 넘으리라 예상했다.

어린 황제 유선이 겁을 먹었음은 말할 것도 없다. 선황과 사별한 일도 어제 일 같고 촉나라 황제에 오른 것도 요즈음이다.

"아, 공명은 어찌 그림자도 보이지 않는가? 어서 공명을 불러 오라."

오로지 승상에 의지하며 끊임없이 명을 내렸다.

물론 궁문을 나온 사자는 몇 번이나 공명에게 다녀왔다.

"최근 병환으로 조정에도 걸음 하지 못하시는 상태입니다."

공명은 문을 걸어 잠그고 이런 말만 할 뿐 아무리 사태가 심 각하다 전해도 얼굴조차 비치지 않았다.

후주(後主) 유선은 공포와 슬픔에 가득 차 칙사로 황문시랑 (黃門侍郎) 동윤(董允)과 간의대부 두경(杜瓊) 두 사람을 다시 보냈다.

둘은 화급히 승상부를 방문했다. 소문대로 문은 굳게 닫혀 있고 문지기는 강경히 거절하며 아무리 설득해도 통과시켜주 지 않았다. 어찌할 방도가 없자 두 사람은 분한 나머지 문밖에 서 큰 소리로 떠들어댔다.

"위나라 조비가 다섯 갈래로 병사를 일으켰다는 풍문은 들으 셨소이까? 우리나라 국방은 지금 다섯 군데 모두 위기에 처했 소. 이런 상황에 승상이나 되는 분이 병을 핑계로 조정에도 나 오지 않다니 대체 무슨 심보요? 선제께서 어린 아들을 승상에 게 맡기신 지 며칠 지나지도 않았고 혜릉에 있는 분묘의 흙도 마르지 않은 오늘 아니오?"

그러기 뜬에서 치급히 달려 나오는 발소리가 들리더니 문을 걸어 닫은 채 안에서 대답했다.

"승상께서는 내일 이른 아침 승상부를 나서서 조정에 나가 다른 분들을 만나 의논하시겠답니다. 오늘은 제발 이만 발걸음을 물려주십시오.”

두 사람은 하는 수 없이 발걸음을 되돌려 있는 그대로 황제에게 진언했고 조정 관리들은 그제야 내일이야말로 승상이 참석한다며 흩어졌다가 다음 날 아침부터 승상부에 하나둘 모여들었다.

허나 낮이 지나고 날이 저물어도 공명은 모습을 드러내지 않았다. 어수선한 원망과 높아진 비탄 속에서 관리들은 모두 해질 녘이 되어서야 터덜터덜 귀가했다.

황제의 상심은 이만저만이 아니다. 날이 밝자마자 두경을 불러 자문했다.

“사태가 위급한데 공명은 아직도 조정에 나오지 않으니 이럴 때는 어찌하면 좋겠소?”

“어쩔 수 없습니다. 이제는 폐하께서 몸소 공명 집에 행차하셔서 친히 의중을 물어보시는 길밖에 없습니다.”

후주 유선은 서궁(西宮)에 들어가 태후를 알현하고 자초지종을 고했다.

“다녀오겠습니다.”

“어째서 공명은 선제가 남긴 유조에 어긋나는 행동을 한단 말인가?”

태후는 두 눈이 휘둥그레지며 직접 공명에게 물어보겠다 했지만, 태후에게 행차를 바라는 건 송구하다며 황제가 직접 승상부로 행차하였다.

놀란 건 궐 밖을 지키는 관리와 문지기들이다. 갑작스러운 행차에 몸 둘 바를 몰라 하며 무릎을 꿇고 절하여 엉겁결에 어가를 맞이했다.

"승상은 어딨느냐?"

황제가 어가에서 내려 세 번째 문까지 걸어 들어가 관리에게 묻자 관리는 벌벌 떨며 대답했다.

"안쪽 정원 연못가에서 물고기가 노니는 모습을 골똘히 바라보고 계셨습니다. 아마 지금도 그곳에 계실 것입니다."

3

황제는 혼자서 성큼성큼 안쪽 정원으로 발걸음을 옮겼다. 가보니 연못 가장자리에 서서 대나무 지팡이를 짚고 물끄러미 수면을 바라보는 사람이 눈에 띄었다.

"승상, 무엇하오?"

황제가 뒤에서 말을 거니 공명은 지팡이를 집어던지고 잔디위에 엎드려 절했다.

"이런! 어느새? 영접도 못한 큰 죄를 용서하여주십시오."

"위나라 대군이 다섯 갈래로 진격해 우리 국경을 넘보는 실정이오. 승상은 모르시오?"

"선제께서 붕어하실 때 신에게 폐하를 부탁하시고 나랏일을 맡기셨습니다. 어찌 제가 지금에 다친 중차대한 일을 모르겠습니까?"

"그렇다면 왜 조정에 모습을 드러내지 않소?"

"그저 재상이라는 이유로 속수무책인 채 나선다면 되레 모든 이가 갈팡질팡할 것 같아 잠시 숙고하였습니다. 매일 연못가에 서서 물고기 생태를 바라보며 파문이 이는 허(虛)와 물고기가 노니는 실(實)을 이 세상과 견주어 고민하니 오늘 문득 묘안이 떠올랐습니다. 폐하, 이제 걱정하지 마십시오."

공명은 황제를 방 안으로 모시고 엄중히 사람을 물린 후 대책을 은밀히 고했다.

"우리 촉나라 마초는 서량(西涼) 태생인데 북방 오랑캐 사이에서 신위천장군(神威天將軍)이라 불리며 지금도 추앙받습니다. 해서 마초를 보내 서평관을 맡기고 기회를 보아 오랑캐를 제대로 길들이면 첫 수비는 걱정할 바가 못 됩니다."

다음 수비에 대해서도 찬찬히 설명했다.

"남만 장병은 용맹하지만, 진취적인 기상이 부족하고 의심이 많으며 소란을 자주 일으키니 지혜로운 계책에 빠지기 쉬운 약점을 지녔습니다. 그러므로 이미 신이 격문을 보내 위연에게 가짜 병사를 쓰라는 계책을 내려 익주 남쪽 요소마다 배치했으니 천자 마음을 괴롭힐 수 없습니다."

공명은 다음 말을 이어 나갔다.

"상용의 맹달이 한중으로 진공하는 형세를 보면, 맹달은 촉나라 장군으로 시와 글에 밝으며 의리로는 아군 중 이엄과 마음을 나누던 인물입니다. 의(義)를 알고 시서를 읽을 정도인 인물에게 양심이 없을 리 만무합니다. 해서 생사를 함께하자 약속한 이엄을 그 방면 수비로 세우고 제가 문장을 지어 이엄이 보내는 편지처럼 꾸며 이엄 손을 통해 맹달에게 보내는 것입니다. 그리하면 맹달은 양심의 가책을 느끼고 진퇴양난에 빠져 꾀병을 써서 미적대며 시간을 끌 것입니다. 다음은 위나라 중군인 조진이 공격하는 양평관 수비인데, 그곳은 철벽같은 요해처에 걸맞은 지세일뿐더러 조자룡이 거점으로 지키는 곳이니 격파될 걱정은 없습니다. 이렇듯 크게 보면 네 갈래는 걱정할 일이 없으며 위나라에서 펼치는 동시 작전은 그야말로 대대적이지만 제게는 요란한 굿장단에 지나지 않는다 단언해도 좋을 정도입니다. 허나 만일을 위해 신이 먼저 은밀히 명령을 내려 관흥과 장포에게 각각 병사 2만을 내주어 유격대로서 여러 방면 가운데 이상이 생기면 달려가서 구원하라고 명해두었으니 부디 안심하십시오.”

공명은 처음으로 이 상황을 황제 유선에게 상주하여 만반의 준비를 해두었음을 밝혔다.

“문제는 오나라 동향입니다.”

공명은 이 대목에 이르자 눈에 힘을 주고 말투를 바꾸어 모든 대책의 요점은 오나라에게 있다는 흉중에 품은 확신을 겉으로 드러냈다.

“신이 헤아리건대 오나라는 위나라가 재촉해도 예전부터 품은 감정과 소원한 교류 등을 이유로 가볍게 그 명에 따르지 않을 것입니다. 위험 요소라 예상되는 것은 촉나라 국경 네 곳 전황이 위나라에게 유리하게 변하여 우리 패배가 확실해졌을 때뿐입니다. 촉나라에 닥친 패세이 여리게 보이면 오나라도 부허 뇌동하여 협구를 통해 밀물처럼 공격해 들어올 터. 촉나라 수비가 철벽처럼 굳건해 보이는 동안이라면 오나라는 꿈쩍도 하지 않을 것입니다. 오나라가 위나라 아래에 설 리 없습니다. 그러니 지금 제가 생각 중인 사안은 이 중대한 사명을 안고 오나라에 사신으로 갈 인물입니다. 누가 좋을지, 최선을 다해 그 사람을 물색하고 있습니다만…."

4

"어찌 되신 걸까?"

황제가 공명과 함께 후원에 있는 방에 들어간 지 한참이 지나도 나오지 않으니 문밖에 서서 기다림에 지친 시종과 신하들은 의아해하며 환궁을 권해야 할지 말아야 할지 끼리끼리 속닥거렸다.

그곳에 드디어 공명이 황제 뒤를 따라 걸어오는 모습이 보였다. 황제 기색은 올 때와는 전혀 다른 사람마냥 속 시원한 얼굴에 보조개까지 피어 보기 좋았다.

'공명을 만나고 좋은 일이 있었으리라.'

신하들은 그 모습을 보고 이리 짐작했고 갑자기 호종(扈從)까지 명랑해져서 환궁 행렬은 몹시 활기찼다.

그 자리에 있던 신하 가운데 하늘을 쳐다보고 웃으며 홀로 기뻐하는 사람이 유독 눈에 거슬렸다. 공명은 한번 흘끗하고는 그 신하를 주목했다.

"자네는 나중에 남게."

공명은 이윽고 어가가 떠나려 할 때 그 사내를 멈춰 세웠다.

그러고는 환송을 끝낸 뒤 문 안쪽으로 조용히 안내했다.

"이쪽으로 오게."

정자 마루에 자리를 내주고 질문했다.

"자네는 어디 태생인가?"

"의양(義陽) 신야(新野)입니다."

"이름은?"

"이름은 등지(鄧芝)고 자는 백묘(伯苗)입니다."

"관직은?"

"호부상서(戶部尙書)인데 촉나라 호적을 조사합니다."

"호적을 다루는 사무는 적임이 아닐 텐데…."

"그런 생각은 해본 적이 없습니다."

"조금 전에는 왜 홀로 웃었나?"

"유쾌하여 참을 수 없어서입니다."

"무엇이 그리 즐거웠나?"

"무엇이라니요? 위나라가 해오는 다섯 갈래 공격에 대한 확실한 대책을 말씀하셨지요? 촉나라 백성으로서 어찌 기쁘지 않겠습니까?"

"그대는 방심할 수 없는 인물이다."

공명은 흘겨보듯이 눈을 떴다. 허나 그 눈빛은 등지가 가진 재주를 기특하게 여기는 듯한 시선이다.

"만약 그대가 대책을 세운다면 어떤 방책을 강구할 것인가?"

"저는 큰 정치가는 아니지만 네 갈래 수비는 쉽다고 생각합니다. 문제는 오나라를 상대할 방법 하나뿐인 듯합니다."

"좋다, 그대에게 명한다."

공명은 갑자기 엄숙한 어투로 말한 다음 등지를 방으로 들여 몇 시간 동안 은밀히 이야기를 나누다가 술을 거하게 대접한 후 돌려보냈다. 이튿날 공명은 비로소 조정에 발걸음을 하였다. 그러고는 후주 유선에게 진언하였다.

"오나라에 사자로 보낼 자를 찾아냈습니다. 파격적인 발탁이지만 윤허하여주십시오."

등지를 추천한 것이다.

"이 사명을 완수하지 못하면 살아 돌아오지 않겠습니다."

등지는 감격하여 외치고는 그날 바로 득달같이 출발했다.

당시 오나라는 황무(黃武) 원년으로 개원하는 등 점점 강대해졌는데 위나라 조비로부터 '함께 촉나라를 치고 촉나라를 둘로 나누자. 네 갈래로 진격하는 큰 계책을 마련해놓았으니 모쪼록 귀국도 대군을 이끌고 강을 거슬러 올라 동시에 촉나라를 공격하라'는 군사 협정을 제의받고 회의를 열었지만, 찬반양론으로 나뉘어 쉽사리 결론을 내리지 못했다.

'이 일은 육손을 불러 의중을 들어보자.'

손권은 단호한 명령을 내리지 않고 육손에게 사자를 파견하여 급히 건업성으로 오라고 재촉했다.

건업에서 열린 회의에 나타난 육손은 포부를 밝히고 양쪽 길을 두고 갈피를 잡지 못하는 국책에 명료한 지침을 내렸다.

"지금 위나라 제의를 거부한다면 위나라는 반드시 앙심을 품고 어쩌면 촉나라와 일시적으로 휴전하여 창끝을 반대로 겨눌지 모릅니다. 그렇다고 조비가 보낸 건방진 지시를 그대로 따라 촉나라를 친다면 막대한 비용과 인력 소모를 헤아릴 수 없으며 그로 인해 국력이 피폐해지면 곧 다른 재앙이 오나라를 덮칠 것입니다. 위나라에는 뛰어난 인재가 많지만 촉나라에도 공명이 있는 한 그리 간단히 패배해 물러나지는 않을 것입니다. 이럴 때에는 나가는 척하면서 나가지 않고 싸우는 척하면서 싸우지 않은 채 시간을 끌면서 위군이 보낸 네 갈래 군대 전황을 한동안 관망하는 게 상책입니다. 만일 위나라 형세가 생각 외로 술술 풀리면 더는 문제가 없습니다. 우리 군도 즉시 촉나라로 공격해 들어가면 될 뿐입니다."

촉오동맹

1

육손이 올린 방책은 이랬다.

첫째, 위나라 요구에 반하지 않고 둘째, 촉나라와 원수 지지 말고 셋째, 계속 오나라 군대를 충실히 다져 유리한 정세에 따른다.

오나라 방침은 그 방책을 골자로 하여 군사를 출진시켰지만, 굳이 싸우지는 않고 다방면으로 밀정을 풀어 정보를 수집하는 데 집중하고 촉나라와 위나라 양쪽 군대가 펼치는 전황을 꼼꼼하게 살폈다.

그러자 네 방면으로 출진한 위군은 조비가 한 계산처럼 유리하게 전개되지는 않았다. 요동 군은 서평관을 경계로 촉나라 마초에게 격퇴당하는 형세였고, 남만 군은 익주 남쪽에서 촉군이 급파한 가짜 병사를 만나 패배하여 흩어져 도망친데다, 상용의 맹달은 참인지 거짓인지 병을 핑계로 움직이지 않았으며, 중군에 있는 조진도 조운에게 요해처를 점령당해 양평관에서도 후퇴하고 야곡(斜谷)에서도 물러나니 참으로 총패군이라는 실상이 전해졌다.

"아…, 정말 다행이다. 만약 육손이 하는 말을 듣지 않고 진격했다면 우리 오나라가 처했을 곤경은 상상하고도 남을 일이다. 역시 육손의 선견지명은 신통했다."

손권도 진심으로 요행을 기뻐하며 훌륭한 제안을 한 육손을 더욱 신뢰하였다.

그때 촉나라에서 등지라는 자가 사자로서 도착했다는 기별이 왔다.

장소는 손권에게 진언했다.

"분명히 공명의 속셈을 속에 품고 실행하러 온 자입니다."

"어찌 대하면 좋겠소?"

"어떤 인물인지 그 사자를 시험해보십시오. 사자가 하는 제안에 어떻게 답할지는 그다음에 생각해도 늦지 않습니다."

손권은 무사에게 명해 전각 앞뜰에 커다란 솥을 걸었다. 그 솥에 수백 근에 달하는 기름을 붓고 장작을 쌓아 부글부글 끓였다.

"촉나라 사자를 들여보내라."

손권은 모여 있던 신하들과 함께 계단 위에서 거만하게 기다렸다. 무사 1000여 명은 계단 아래에서 궁문까지 극(戟), 과(戈), 창(鎗), 도끼 등을 번쩍번쩍 들고 도열했다.

그날 객관을 나와 비로소 궁문으로 안내받은 등지는 조촐한 의관을 갖췄는데 애당초 풍채도 시원찮은 남자였으니 위엄이나 엄숙한 태도를 갖추기는커녕 시종으로 오인할 정도로 덜렁 덜렁 안내자 뒤를 따라왔다.

이 사나이는 오나라 궁성 안에 가득 찬 창칼을 조금도 두려워하는 기색이 없었고 커다란 솥에서 끓어오르는 기름을 보고도 아무 감정도 내비치지 않았다. 계단 아래 와서 빙그레 웃고 손권이 앉은 단상을 쳐다볼 뿐이다. 손권은 주렴을 거두면서 내려다보더니 큰소리로 꾸짖었다.

"내 앞에 와서 절을 올리지도 않는 자는 어디서 굴러 온 개뼈다귀냐!"

등지는 당당히 버티고 서서 답했다.

"상국의 칙사는 소국의 국주(國主)에게 절하지 않는 것이 관례요."

손권 얼굴이 끓는 기름 솥처럼 변했다.

"건방진 녀석! 넌 역이기(酈食其, 진秦나라 말기 인물로 유방劉邦의 참모이자 세객으로 한漢나라가 천하를 평정하는 데 톡톡히 기여했고, 특히 제후들을 설득하여 끌어들이는 외교 활동이 남달랐음 – 옮긴이)가 세 치 혀를 놀려 제나라 왕을 설득한 전례를 흉내 내려는 것이냐? 불쌍한 녀석. 설령 네가 지난날 수하(隨何)나 육가(陸賈)같이 말솜씨가 빼어나다 해도 어찌 이 손권의 마음을 움직일 수 있겠느냐? 썩 돌아가라!"

"하하하. 아하하!"

"이노옴, 감히 어느 안전이라고 망령되이 웃느냐?"

"오나라에는 호걸도 수두룩하고 뛰어난 인재도 별처럼 많다고 들었건만, 어찌 알았겠는가? 유생 하나를 이리도 무서워할 줄은…."

"닥쳐라. 누가 너 같은 조무래기를 무서워하느냐?"

"그렇다면 어찌 내 혀를 걱정하시오?"

"널 등용한 자는 공명이다. 짐작건대 공명은 사자를 이용해 우리 오나라와 위나라를 갈라놓고 대신 오나라와 촉나라가 맺은 옛 수교를 되살리려는 속셈 아닌가?"

"신은 적어도 촉나라 제국에서 파견한 사자며 촉나라에서 발탁된 최고 사신인 유생이외다. 이런 나를 창칼로 길을 내어 맞이하고 큰 솥에 기름을 끓여 대접하다니, 어찌 된 영문이오? 오왕을 비롯한 건업성 신하들은 사신 하나 제대로 받아들일 기량이 없소? 참으로 뜻밖이외다."

등지가 실망감을 드러내니 여러 신하도 부끄러워하고 손권도 점차 자신의 좁은 도량을 돌아보았는지 돌연 삼엄한 무사를 물리고 비로소 등지를 전각 위 자리로 올려 맞이했다.

2

"다시 묻건대, 그대는 촉나라 세객으로서 이 손권에게 무엇을 설득하러 발걸음 하였소?"

"조금 전에 대왕이 말씀하신 대로 촉나라와 오나라, 양국 수교를 청하러 왔습니다."

"매우 위험한 일이오. 촉나라는 이미 촉주 현덕이 작고했고 후주는 나이가 어리니 앞으로도 국가 체통을 제대로 지켜낼 수 있을지 모르겠소."

손권이 속내를 털어놓으니 등지는 떼어놓은 당상이라고 마음속으로 확신했다.

　"대왕도 일세(一世) 영걸이시고 공명 또한 일대 큰 그릇입니다. 촉나라는 험준한 산천이 빼어나고 오나라는 견고한 방비책에 해당하는 세 강이 흐릅니다. 이 지형을 이용해 순치 관계로 협정을 맺는 데 어떤 부족함과 불안이 있겠습니까? 대왕께서는 이 강대한 국력을 가지고도 위나라를 대할 때 신(臣)이라 칭하시지만 두고 보십시오. 위나라는 분명 어떤 핑계를 대서라도 왕자님을 인질로 요구할 것입니다. 그때 만약 위나라 명에 따르지 않으면 위나라는 북을 울리며 오나라를 공격하고 우리 촉나라에는 좋은 조건을 내걸어 군사 동맹을 제의할 게 뻔합니다. 장강 물살은 빠르게 흐르니 혹여 촉나라 수륙군이 위나라 청을 받아들였을 때 오나라가 무조건 안전하다 확신할 수 있겠습니까?"

　"……"

　"대왕은 어찌 생각하십니까?"

　"……"

　"아아, 이제 어쩔 수 없습니다. 대왕은 처음부터 저를 세객이라 보셨습니다. 궤변에 속지 않겠다는 마음이 더 앞서 있습니다. 저는 이 한 몸이 세울 공적을 위해 토로한 게 아닙니다. 양국을 위한 평화를 바라고 촉나라를 위해, 아니 오나라를 위해 필사적으로 아뢰었습니다. 답변은 사자를 통해 촉나라로 전달해주십시오. 사자로서 더는 고할 말이 없으니 이 몸은 스스로 명을 끊어 제 말에 거짓이 없음을 증명하겠습니다."

등지는 말이 끝나기가 무섭게 느닷없이 자리에서 달려 나가 계단 난간 위에서 기름이 끓는 커다란 솥을 향해 뛰어내리려 시도했다.

"아! 기다리시오, 선생!"

손권이 목청껏 외쳤으므로 대청 위에 있던 신하들은 득달같이 달려가 죽으려는 등지를 뒤에서 끌어안아 막았다.

"선생이 내보인 성의는 충분히 알았소. 타국에 사자로 가 어명을 욕보이지 않는 신하가 있고, 또 그런 사람을 알아보고 제대로 등용하는 재상이 있으니 이번 일 하나를 봐도 촉나라 앞날을 점칠 수 있소. 선생, 일단 상석에 앉으시오. 귀국이 해온 청은 한번 고려해보겠소."

손권은 갑자기 태도를 바꿨다. 즉시 신하들에게 명해 별당에 성대한 연회를 열도록 명하고 상빈(上賓)에 해당하는 예를 갖추어 등지를 다시 맞이했다.

등지가 맡은 사명은 대성공이다. 등지가 드러낸 열의가 손권 마음을 움직이게 한 것인지, 아니면 이미 손권 마음속에 위나라와 관계를 끊을 준비가 된 덕분인지는 도무지 파악할 수 없다. 어찌 됐든 오나라와 촉나라 사이 국교 회복은 그 자리에서 가능성이 싹텄고 등지는 후한 대접을 받으며 열흘이나 건업에 머물렀다.

이윽고 오나라 신하 장온(張蘊)이 답방을 위한 사자로 임명되어 등지와 함께 촉나라로 가게 되는 기쁜 길에 올랐다.

안타깝게도 장온은 등지와 비교하면 변변치 못한 위인이다.

'아직 간단히 체결을 허락할 수 없다. 이 눈으로 촉나라 실상

을 확인한 다음에 체결해야 한다. 조약 성사 여부는 내 보고 하나에 달렸다.'

장온은 거만한 태도로 촉나라 땅에 들어섰다.

촉나라에서는 대오 정책을 위해 내디딘 첫걸음이 성공적이었다 판단하여 후주 유선 이하 모든 이들이 거국적으로 기뻐했고 특히 장온이 도읍 성문으로 들어오는 날에는 엄청난 환영 인사를 보냈다.

그 인파에 장온은 한층 우쭐해져서 촉나라 신하들을 흘긋거리며 얕잡았고 전상에 올라서는 유선 황제 왼편에 거만하게 앉아 자기가 범이라도 되는 양 행세했다.

사흘째에는 장온을 위한 환영 연회가 성도궁 성운전(星雲殿)에서 열렸다. 그날 밤도 장온은 방약무인하게 행동했는데 공명은 더더욱 장온을 떠받들며 제멋대로 하도록 내버려 두었다.

3

반쯤 취기가 돌 무렵 공명은 장온을 향해 깍듯이 말을 높이고 예를 갖추어 되풀이했다.

"선제의 아드님 유선 주군께서는 근래 보위에 오르셨는데 남몰래 오왕이 쌓은 덕을 웅숭깊게 흠모하십니다. 모쪼록 귀국하신 후에는 우리 촉나라와 영원한 친교를 맺고 함께 위나라를 쳐서 번영하는 기쁨을 나눌 날이 가까워지도록 선생께서 오왕에게 적극 진언해주시기를 부탁 올립니다."

"음…. 글쎄, 어찌 될 것인지 두고 봅시다."

장온은 짐짓 비딱한 눈으로 공명을 슬쩍 보면서 일부러 말머리를 돌리고는 거드름을 피우며 오만하게 웃었다.

드디어 귀국일이 다가오자 조정에서는 어마어마한 금과 주단을 선물했고 공명을 비롯한 문무백관도 빠짐없이 비단과 금은을 작별 선물로 마련했다.

장온은 싱글벙글한 얼굴이다. 공명 저택에서 열린 마지막 만찬회에 참석했는데 주연이 한창인 가운데 장정 하나가 성큼성큼 들어와 주빈 가까운 자리에 앉으며 불쑥 손을 내밀었다.

"아, 장온 선생! 내일은 귀국하신다고요? 촉나라를 관찰하신 소감은 어떠십니까? 하하하. 자, 한잔 받아도 되겠습니까?"

장온은 위엄이 손상됐다는 듯 불쾌한 얼굴을 드러내며 집주인에게 물었다.

"저자는 누구요?"

"익주 학사 진복이며 자는 자칙(子勅)이옵니다."

공명이 소개하자 장온은 조소했다.

"학사? 정말, 요즘 젊은 학사들이란…."

그러자 진복이 정색하며 험악한 얼굴로 장온을 바라보았다.

"젊다고 하셨는데 우리 촉나라에서는 삼척동자도 학업에 힘쓰오. 그러니 나이 스물을 넘기면 학문에서만큼은 이미 훌륭히 제 몫을 해내는 사람이 되지요."

"그렇다면 그대는 무엇을 배웠나?"

"위로는 천문부터 아래로는 지리까지 삼교구류(三敎九流), 제자백가(諸子百家), 고금의 흥망성쇠, 성현이 쓴 경전 등 떼지 않은 게 없소이다.”

진복은 일부러 큰 소리로 말한 후에 장온에게 되물었다.

“오나라에서는 대체 몇 살이 되면 학사로서 세상에 이름을 알릴 수 있습니까? 예순, 일흔이 되고 나서 겨우 학문다운 배움을 갖춘다 해도 그래서는 세상에 공헌할 시간이 얼마 없지 않습니까?”

모처럼 흥에 겨웠던 장온은 한 방 먹은 표정이다.

“음, 시험 삼아 묻겠는데….”

밉살스러운 애송이라 여겼는지 혹은 자기 학문을 자랑하려 했는지 장온은 천문, 지리, 경서, 사서, 병법 등에 걸쳐 차례차례 어려운 문제를 내놓았다.

아뿔싸! 학사 진복은 고금의 예를 끌어오고 책에서 읽었던 글귀를 암송하며 도도한 태도로 한 치 망설임 없이 모든 질문에 하나하나 답하니 듣는 이 모두가 넋을 잃었다.

“촉나라는 이러한 준재가 몇이나 있는가?”

장온은 술이 확 깬 얼굴로 입을 꾹 다물고 자괴감에 빠진 듯 어느새 자리를 뜨고 말았다.

이에 공명은 장온에게 창피를 주어 촉나라를 떠나게 해서는 안 된다고 염려하며 별실로 초대하여 사죄하고 위로했다.

“선생은 이미 천하를 평안케 하고 국가를 경영하여 살아 있는 학식을 갖추셨으나 진복 같은 자는 아직 학문을 학문으로만 자랑하는 풋내기인지라 군자와 어린애만큼 격차가 있으니 부디 용서해주십시오. 술자리에서 한 농은 누구든 지나가는 우스갯소리로밖에 듣지 않습니다.”

장온도 이내 기분을 풀었다.

"아니오. 그런 젊은이가 한 말 따위 나는 아무렇지도 않소."

다음 날 장온이 귀국할 때 촉나라에서는 재차 답방을 위한 사자로 등지를 동행했다.

얼마 후 촉나라와 오나라는 '촉오동맹'을 체결하고 양국 간에 정식 문서를 교환했다.

함선을 건조하라!

1

위나라에서는 그 무렵 중신 둘을 연이어 잃었다. 대사마 조인과 모사 가후가 병사(病死)하였다. 하나같이 국가의 커다란 손실이다.

"오나라와 촉나라가 동맹을 맺었습니다."

"잘못된 정보겠지."

때가 때이니만큼 시중 신비로부터 그 소식을 전해 들었을 때 황제 조비는 사실이라 믿지 않았다.

잇따른 보고는 더는 의심할 수 없는 사실을 전하며 조비 귀를 따갑게 만들었다. 조비는 길길이 분노했다.

"옳지. 이리 명확해졌으니 오히려 처리하기 좋다. 협구에서 우물쭈물하며 공격하지 않았던 것도 다 이유가 있었구나. 기필코 응징의 불벼락을 내리겠다."

명을 하달하고 즉시 남하하여 대군이 일제히 오나라를 짓밟을 듯한 국면으로 접어들었다.

신비는 극구 간언하며 말렸다.

"촉나라 국경으로 파견한 다섯 갈래 작전도 실패로 끝난 지금, 재차 오나라를 정벌하기 위해 군을 일으키면 국내 정세에도 이롭지 못합니다."

"썩어빠진 유생은 군사 문제에 참견하지 마라. 촉오동맹은 무엇을 위해서인가? 우리 위나라 도읍을 공격하기 위해서 동맹을 맺은 게 아닌가. 나더러 멍하니 앉아서 기다리기만 하란 말인가?"

조비가 분출한 노여움은 대단했다. 때마침 사마중달이 아뢰었다.

"오나라 수비는 장강이 생명입니다. 수군을 주력으로 삼아 강력한 함선을 갖추지 않으면 승리는 기대할 수 없습니다."

그 말은 조비 생각과 정확하게 맞아떨어졌다. 위나라 수군은 그때까지 배 2000여 척과 함정 100여 척이 전부였는데 조선소 수십 곳에 의뢰해 밤낮없이 함선을 건조하느라 눈코 뜰 사이가 없었다.

특히 이번 함선 건조 계획으로 지금까지 없었던 획기적인 대함(大艦)을 만들었다. 용골(龍骨, 선박 바닥의 중앙을 받치는 길고 큰 재목으로 이물에서 고물에 걸쳐 선체를 받치는 기능을 담당 - 옮긴이) 길이가 20여 장이나 되고 병사 2000여 명을 태울 수 있는 규모다. 위나라 황초 5년 8월 가을, 이 대함을 '용함(龍艦)'이라 이름 붙여 수십 척을 물에 띄우고 다른 함정 3000여 척을 더하여 흡사 '물위에 떠다니는 장성(長城)'과도 같은 모습으로 오나라로 내려갔다.

물길은 장강을 피하여 채(蔡, 하남성河南省), 영(潁, 안휘성安徽省)을 통해 호북 회수(淮水)로 나가 수춘(壽春, 하남성 남양南陽), 광릉(廣陵)에 이르러 양자강을 끼고 오나라 수군과 수상에서 일대 전투를 벌인 후, 그대로 건너편 강가 남서(南徐)로 향하여 적 앞에 여봐란듯이 상륙한 뒤 건업으로 쳐들어가는 작전 진로를 택했다.

조비 일족 조진은 이때도 선봉에 섰고 장료, 장합(張郃), 문빙(文聘), 서황 등 노련한 여러 대장이 보좌하며 허저, 여건(呂虔) 등은 중군 호위로서 직접 정벌에 나선 황제를 중심으로 대군을 꾸려 밀려들었다.

오나라가 받은 충격은 어마어마했다.

"조비가 이렇게 빨리 공격해 올 줄이야…"

손권도 당황했고 여러 신하는 아연실색했다.

"위나라 군대는 촉오동맹이 낳은 결과이므로 당연히 촉나라는 온 나라 힘을 모아 오나라를 도울 의무가 있습니다. 공명에게 고해 즉시 촉군을 일으켜 장안 방면을 치게 종용하고, 오나라는 남서 요해처를 지켜야 합니다."

고옹이 설파했지만 작은 계책으로는 아무리 해도 막아낼 수 없을 듯했다.

"육손을 부르자, 육손을. 육손이 없으면 좋은 대책을 세울 수 없을 터."

손권은 서둘러 형주에 있는 육손을 불러들이려 했지만, 그 자리에 있던 서성이 감히 유감을 표했다.

"대왕! 대왕의 신하는 하나같이 스스로를 대왕 수족이라 생각하는데 어찌 대왕의 수족을 그리 낮잡아보십니까?"

서성의 자는 문향(文嚮)이며 낭야(瑯琊) 거현(莒縣) 사람으로 일찍이 군사 전략을 잘 짜는 능력으로 평판이 높았다.

"아아, 거기 서성이 있었는가? 그대가 강남 수비에 직접 나선다면 무얼 걱정하겠소? 그대에게 건업과 남서 방면 군사를 맡기고 도독으로 임명하겠소."

손권은 서성 쪽으로 고개를 돌려 그 신념이 어느 정도인지 알아보려는 듯 똑바로 쳐다보았다.

서성은 명확히 대답했다.

"불초 서성에게 그리 막중한 임무를 내리신다면 이 한목숨 다하여 위나라 대군을 격파하겠습니다. 만약 이루지 못할 때는 구족을 멸하여 죄를 따지셔도 한스럽지 않을 것입니다."

2

위나라가 오나라를 집어삼키려고 전력을 다해 구축한 대함대(大艦隊)는 이미 채와 영에서 회수로 내려와 그 선봉이 벌써 수춘에 접근했다고 전해졌다.

"여기서 지면 이 나라는 없다. 이 나라 없이는 우리도 없다."

급보가 도착하는 곳마다 바야흐로 오나라 모든 장수는 국방에 생사를 걸고 총력을 기울였다. 처나 시의 국방 총사령관인 서성이 명령을 내리면 사사건건 반항적으로 구는 골칫거리가 나타났다. 손권 조카에 해당하는 젊은 장군으로 이름은 손소

(孫韶)며 자는 공례(公禮)라는 청년이다.

"한시라도 빨리 군마를 정비하여 강북으로 건너가 위나라 수군을 회남(淮南, 하남河南 회수 남쪽 기슭)에서 격파해야 합니다. 국방, 국방하고 허둥대며 보람 없이 적을 기다리기만 하면 머지않아 위나라 대군이 이곳에 상륙했을 때 온 나라 백성이 동요하여 수습할 수 없는 결과를 맞이할 것입니다."

손소는 언제나 자기 지론을 내세웠다.

"장강을 건너가 벌이는 전투 자체가 아군에게 매우 불리하다. 위나라 선봉에는 노련한 명장이 즐비하다. 어설픈 기습 따위에 무너질 상대가 아니란 말이다. 위군이 기세를 몰아 강을 건너 이쪽으로 몰려들 때야말로 위나라를 무찌를 기회다."

서성은 반박하며 이 방침에 따라 만반의 준비를 기했다.

이미 위나라 병선은 회수로 몰려왔고 그 부근 요충지는 위나라 육군에게 짓밟혔다는 비보가 들려왔다.

"이렇게 앉아서 손 놓고 지켜보기만 하실 겁니까?"

손소는 이를 악물고 몇 번이나 서성을 독촉했다. 서성이 고집하는 소극적인 전술을 책망하기도 했다.

"만약 저에게 군사를 빌려주면 강북으로 건너가 위제 조비의 목을 베어 보이겠습니다. 이 결사대를 허락해주십시오. 만일 허락해주지 않으면 동지를 만들어 한밤중에 탈주해서라도 정벌하겠습니다."

손소는 막무가내로 우겼다.

"군율을 어지럽히는 괘씸한 녀석이다!"

서성도 종내에는 부아가 끓어 손소를 꾸짖으며 무사에게 명하여 단호한 조치를 내렸다.

"손소 목을 베라! 이따위 버릇없는 놈을 그대로 두면 내 어찌 모든 장수에게 명령을 따르도록 하겠느냐?"

무사들은 손소를 끌고 진영 밖으로 우르르 몰려 나갔다. 형을 집행해야 하지만 아무래도 오왕 손권이 아끼는 조카인지라 칼을 잡지 않고 서로에게 미루며 와자지껄 시간만 끌었다.

"네가 베라."

"싫다. 네놈이 베라."

그사이 누군가 오나라 왕궁에 이 일을 알린 자가 있었는지 간담이 내려앉은 오왕이 직접 말을 타고 구명하러 왔다.

손소는 숙부 손에 목숨을 구하고 기회는 이때다 싶어 다시 호소했다.

"저는 일전에 광릉에서 머무른 적이 있으니 그 주변 지리는 손바닥 들여다보듯 훤히 꿴니다. 그러니 서성에게 제 생각을 말하고 군을 빌려달라 부탁했지만, 그자는 자기 권위가 실추된 줄 알고 도리어 저를 참형에 처하려 했습니다."

손권은 이 조카를 아끼는 터라 기특한 의지를 높이 사며 물었다.

"음…. 그렇다면 무엇이냐? 너는 적군 조비가 대함을 끌고 장강을 건너오기 전에 이쪽에서 먼저 쫓아 나가 조비를 쳐야 한다고 주장했느냐?"

"그렇습니다. 태평하게 위나라 대군을 기다리면 오나라는 멸망할 것입니다."

"알았다, 알았어. 서성은 어찌 생각하는지 함께 진영에 가서 물어보자. 나를 따라오너라.”

손권은 형리와 다른 무사도 함께 데리고 나섰다. 서성은 왕을 맞이하며 그 행차에 놀랐지만, 곧 손권을 책망했다.

“신을 대도독으로 봉하신 분은 대왕이 아니십니까? 지금 신이 군기를 바로잡으려는 차에 대왕이 군법을 어기시다니 이 무슨 해괴망측한 일입니까?”

오왕도 올바른 이치 앞에서는 변명의 여지가 없어 손소의 젊은 나이와 혈기에 찬 용기를 이유로 이 말만 되풀이할 뿐이다.

“용서하시오. 이번만큼은 한번만 용서해주시오.”

회하에서 벌인 수전

1

손권에게 조카 손소는 의리 있는 형의 자식이자 형의 가문인 유씨(愈氏) 집안 대를 이을 아들이다. 그러니 손소가 사형을 당하면 형의 가문은 대가 끊긴다는 뜻이기도 했다.

신분은 오왕 자리에 있어도 군율의 엄중함만큼은 어찌할 도리가 없으니 손권은 그 사정까지 말하며 서성에게 조카를 살려달라고 빌었다.

"대왕의 용안을 보아 죽을죄만큼은 용서하겠습니다. 전투가 끝난 후 다시 벌을 내릴지도 모릅니다. 그 점만큼은 너그러이 헤아려주십시오."

왕이 하는 말을 듣고 서성도 양보할 수밖에 없었다. 손권은 곁에 있는 조카를 타일렀다.

"□□에게 □□ □□ □□□. □□□ □□□ □□□."

그러자 손소는 거세게 고개를 저었다.

"싫습니다!"

되레 언성을 높여 내뱉듯이 외쳤다.

"나약하기 짝이 없는 도독이 짠 작전에는 앞으로도 복종하지 않겠습니다. 제가 따르지 않으면 군율에는 반할지 모르나 오나라를 위해서는 최상의 계책이라 믿습니다. 이 충혼으로 어찌 죽음을 두려워하겠습니까? 더욱이 처음 품은 뜻을 굽히는 짓은 질색입니다!"

그 황소고집에는 오왕도 기가 질렸다.

"이 방자한 녀석아! 서성, 두 번 다시 이 버릇없는 녀석을 기용하지 마시오."

그러고는 더는 머물 수 없다는 듯 황급히 말을 걸터타고 궁궐로 돌아갔다.

그날 밤 일이다.

"손소가 부사 3000명을 데리고 멋대로 병선을 띄워 도강했습니다."

서성은 그 소식에 간담이 한 웅큼 되어 잠이 확 달아났다.

"쯧쯧…. 기어코 탈출했다는 말인가?"

서성은 분노했지만 그렇다고 죽게 내버려 둘 수는 없는 노릇이다. 부리나케 정봉 군대 4000명을 구원병으로 급파했다.

그날 위나라 대함대는 광릉까지 진격한 상태였다.

선봉에 딸린 정찰선이 강물을 따라 양자강을 살폈지만, 강물만 넘치도록 많을 뿐 평소 오가는 배도 끊겨 작은 배 1척도 눈에 띄지 않았다.

"어쩌면 남쪽 기슭에 있는 오군에게 계책이 있을지 모른다. 짐이 친히 정찰하고 오겠다."

조비는 정찰선이 올린 보고를 듣고 기함인 용함을 강어귀에서 장강으로 내어 선루에 올라가 강 남쪽을 두루 살폈다.

기함 위에는 용과 봉황, 해와 달이 새겨진 오방기치(五方旗幟)가 나부끼고 백모황월(白毛黃鉞)을 늘어 세우니 그 빛에 눈이 부실 정도였으며 광릉 강기슭에서 크고 작은 호수까지 무수히 많은 병선이 등불을 밝히니 그 불빛은 하늘에 가득한 별빛을 어둡게 만들 정도였지만 강 남쪽에 있는 오나라 연안은 어디를 보아도 칠흑처럼 어두울 뿐이다.

측신 장제가 권했다.

"폐하, 이 정도면 일제히 건너편 기슭을 공격해 들어가도 대수로운 반격은 없을지도 모릅니다."

"아닙니다!"

황급히 제지한 사람은 유엽이다.

"허허실실은 귀신도 모른다 했습니다. 그것이 병법입니다. 공격을 서두르지 말고 며칠은 차근차근 적의 기색을 철두철미하게 살펴야 합니다."

"그렇다. 초조해할 이유는 없다."

조비도 동의했다. 황제 조비는 이미 오나라를 집어삼킨 듯 굴었다.

이윽고 달빛이 교교히 비쳤다. 그때 쾌속정 몇 척이 쏜살같이 배를 저어 왔다. 적진 깊숙이까지 살피고 온 정찰선이다.

"오나라 점유지 일대에서 어느 기슭을 엿보아도 적막하여 일반인조차 없습니다. 마을에도 불빛 한 점 없고 촌락도 무덤처럼 조용합니다. 우리 군이 습격해 온다는 소식을 듣고 부리나케 피난 가버렸을지도 모릅니다."

조비는 너털웃음을 지으며 고개를 주억거렸다.

"음, 그럴 만도 하지."

오경이 가까워지자 강물 위로 짙은 안개가 희부옇게 깔렸다. 한동안 지척도 분간하기 어려운 안개 속에서 바람과 검은 파도만이 소용돌이칠 뿐이다. 이윽고 밤이 새고 해가 높이 뜨자 안개는 걷히고 건너편 10리 밖도 손에 잡힐 듯 내다보일 정도로 쾌청했다.

"아아…."

"저게 뭐지?"

뱃전에 서 있던 병사들은 창황하여 저마다 어딘가를 보며 손가락질했다. 대장 하나가 선루에 뛰어올라 조비 방에 들어가 큰 소리로 그 놀라운 사실을 보고했다.

2

오나라 도독 서성이 대책 없이 지냈을 리 만무하다. 서성이 요지부동으로 수비를 주장한 까닭이 적극적인 공세를 위한 전제였다는 사실이 나중에야 밝혀졌다.

날이 새자마자 갑판에 있던 병사들이 입을 모아 놀라움을 전하는 와중에 조비도 선실에서 나와 손차양을 하고 내다보니 부하들의 간담이 서늘해진 것도 무리는 아니다. 오나라 기슭 수백 리 경관은 하룻밤 사이에 백팔십도 달라졌다.

어젯밤까지 불빛 한 점 없고 깃발 하나 보이지 않으며 항구나 촌락에도 사람 그림자조차 찾을 수 없다는 정찰병 보고도 있었건만 지금 내다보니 뭍에는 보루가, 물가에는 영채가 줄줄이 이어지고 산에는 깃발이 빽빽이 솟아 펄럭이며 언덕에는 큰 활을 쏘고 석포를 발사할 준비가 끝났고 강가 요소요소에는 무수히 많은 병선이 숲처럼 돛대를 모으니 국방을 위한 모든 준비가 여기에 있다는 듯 기세등등한 모습 아닌가.

"아, 대체 어찌 된 전술인가? 오나라엔 위나라에도 없는 기량이 뛰어난 대장이 있나 보다."

조비는 부지불식간에 장탄식한 후 적이지만 훌륭하다며 격찬했다.

이 상황은 오나라 서성이 강 위에서 보이는 모든 방어 시설을 초목과 천으로 덮어씌우고 주민을 다른 곳으로 이동시키거나 성곽에 위장 색을 입히는 등 적의 눈을 감쪽같이 속인 것이다. 조비가 지휘하는 기함을 비롯한 위나라 모든 함대가 당장 회하의 좁고 험한 길을 통해 장강으로 나올 기미가 보이자 하룻밤 사이에 강가를 포장한 위장을 모조리 걷고 과감히 전투태세를 드러냈다.

"저쪽에 담대한 신념과 대비책이 있는 이상 어떤 계책이 더 있는지 짐작할 수 없다."

조비가 별안간 명령하여 회수 항구로 회항하려는데 운수 사납게도 좁은 강어귀에 빠진 포갯돌에 기함이 올라앉는 바람에 저녁이 될 때까지 끌어내리느라 진땀으로 범벅이 되고 숨이 턱에 닿았다.

겨우 배 밑바닥이 모래톱을 벗어났다 싶었더니 이번엔 어젯밤보다 심한 광풍이 불어 병선 여럿이 제멋대로 허공에 솟구치고 파도가 선루를 박살 내 사람들이 휩쓸려 쓰러지니 아무튼 처참한 밤이었다.

"위험하다, 위험해! 또 덮쳐 온다!"

암흑 속에서 서로에게 경고하며 질풍에 시달리는 동안 배끼리 충돌하고 키가 부서지며 돛대는 부러져 거칠게 아우성치는 천지의 포효 속에서 모든 병선은 꼼짝도 못했다.

조비는 배멀미가 심해 중병에 걸린 사람처럼 선실에 한동안 누워 널브러졌다. 그런 조비를 문빙이 등에 들쳐 업고 작은 배로 옮겨 가까스로 회하 경제를 지탱하는 어떤 상업항에 상륙했다.

배멀미는 땅을 밟으면 씻은 듯이 낫는다. 이곳에는 위나라 육상 본영이 있어 그 땅을 밟을 무렵에는 이미 평소 조비다운 건강한 모습을 되찾았다.

"아아, 끔찍한 일을 당했다. 이 거친 날씨도 새벽에는 가라앉겠지, 아마."

여러 대장과 함께 의견을 나누었는데 그 또한 한순간이었다. 한밤중이 되자 이 폭풍우 속에서 두 기가 보낸 파발이 도착해 급보를 전했는데 조비는 다시 하얗게 얼굴이 질려갔다.

"촉나라 대장 조운이 양평관에서 나와 우리 장안을 공격했습니다."

"장안은 위나라 심장부에 있는 요충지다. 우리 원정이 길어질 것을 계산해 공명이 영악하게 허를 찌르려는 수작이다. 한

시라도 방치할 수 없다."

별안간 하룻밤 사이에 수륙 양군에게 총회군이라는 명령이 하달되고 황제 조비도 바람이 잦아들 때를 기다려 용함으로 돌아가려 채비를 서둘렀다.

그때 어디에서 강을 건너왔는지 3000명쯤 되는 병사가 위나라 본영에 불을 지르고 위군을 일격에 섬멸한 후 위제 뒤를 추격해 오는 게 아닌가.

"아군인가?"

"실수로 불을 냈나?"

이래저래 추측해봤지만, 그 정체는 오군이어서 위제와 좌우에 있던 여러 대장이 허둥지둥하는 사이 순식간에 공격을 당했고 시체 산을 이룬 아군을 버리고 간신히 용함으로 도망쳐 돌아와 회하 상류로 10리 정도 배를 젓는데 느닷없이 좌우에 늘어선 강가와 전방에 보이는 호수가 순식간에 불바다로 변했다.

그 주변은 큰 배도 숨길 수 있을 정도로 갈대가 무성했는데 오군이 생선 기름을 대량 부어놓고 그날 밤에 일제히 불을 지른 것이다.

위나라 대함과 작은 배 수천 척은 양옆에서 날름날름 죄어오는 맹렬한 화염과 물결 위에서 날뛰는 기름 쓴 화룡에게 점령당하여 이쪽은 폭발하고 저쪽은 불에 타 침몰하니 회하 수백 리는 다음 날이 되어도 검은 연기가 자욱하여 이 전투 끝은 차마 눈 뜨고 볼 수 없을 정도였다.

남만행

1

장대한 계획도 허무하게 무너져 내렸다. 조비가 회군하고 며칠 뒤, 회하 일대를 바라보면 아득히 보이는 풍경이라고는 불타버린 들판으로 변한 갈대숲과 불길에 가라앉은 거선, 작은 배 잔해, 기름띠 두른 수면에 아직도 떠 있는 위병 시체뿐이다.

이때 위나라가 입은 손해는 일찍이 조조 시대 때 적벽전에서 맛본 대패에 못지않았다. 특히 인적 손실은 3분의 1 이상에 이른다 했고 더는 항해할 수 없어 버리고 떠난 배를 비롯해 군량, 무기 등 오나라가 노획한 물품은 막대한 숫자에 달했다. 특히 오군이 대승리라는 쾌거를 외친 이유는 다른 데 있었다.

"위나라 명장 장료도 이번 전쟁에서 전사했다."

하여 오나라 국방은 난공불락이라는 자신감까지 붙었다. 그 논공행상에서 전쟁 일등 공신으로 추천받은 사람은 손권의 조카 손소다.

"과감히 적진에 들어가 재빠르게 기회를 잡고 위나라 본영을 습격해 조비 좌우를 혼란에 빠트려 이름 높은 적군 맹장의 목을 베었으니 그 수를 헤아릴 수 없다."

도독 서성이 상소를 올렸다.

"아니오. 위군을 교만하게 만들어 회하 좁은 입구까지 유인하여 주도면밀하게 이 대승을 거둘 원대한 계책을 세운 도독의 작전에는 비할 수 없소이다. 으뜸 무공은 서성이어야만 하오."

손권은 치하하고 서성을 첫째, 손소를 두 번째, 세 번째 이하로 정봉과 그 밖의 무사들에게 차례로 은상을 내렸다.

이듬해 건흥 3년, 촉나라는 평화롭게 봄을 맞이했다. 촉나라는 눈에 띄게 융성했다. 공명은 어린 황제를 알뜰살뜰 보필해 내정과 국방을 충실히 하는 데 심혈을 기울였다. 양천 백성도 공명이 베푸는 덕을 따랐고 성도 마을에서는 밤에도 문을 걸어 잠그지 않았다. 더욱이 2~3년 동안은 풍작이 이어져 관을 위한 공역에 자처해서 일했고 노인과 어린아이가 배를 두드리며 노니는 등 절로 미소 지을 풍경을 전원 곳곳에서 볼 수 있었다.

태평을 누리다가도 사방에 둘러친 이웃 정세에 따라서 또 별안간 군사 국가다운 어지러운 상황으로 돌아갈 수밖에 없었다. 때마침 남쪽에서 빈번한 파발이 성도에 도착해 위급한 소식을 전했다.

"남만국 왕 맹획이 변경을 침범하여 건녕(建寧), 장가(牂牁), 월준 등 여러 군(郡)도 맹획과 협력했는데 영창군(永昌郡) 태수 왕항(王伉)만이 ▨▨▨ ▨▨▨ ▨▨▨▨ ▨▨ ▨▨▨ ▨▨▨지 모르는 정세입니다."

이때 공명은 과감하고 빠르게 결정을 내렸다. 그날로 조정에 나와 후주 유선을 알현하고 작별을 고했다.

"남만은 아무래도 한번은 토벌하여 황제의 위엄을 보이지 않으면 영원히 국가 화근이 될 곳입니다. 신이 오랫동안 그때를 가늠했는데 이제 더는 지체할 수 없습니다. 폐하는 연소하시니 모쪼록 성도에 계시고 제가 없는 동안 정무에 힘써주십시오."

후주는 불안에 떨며 떨어지고 싶어하지 않았다.

"남만은 풍토나 기후가 보통이 아니고 혹서가 기승을 부리는 땅이라 들었소. 다른 대장을 보내면 어떻소?"

공명은 아니라며 고개를 살살 저었다.

"제가 없어도 네 곳의 국경 수비는 괜찮습니다. 특히 백제성에는 이엄을 두었는데 그자라면 오나라 육손이 세우는 뛰어난 계략도 넉넉히 막아낼 것입니다. 위나라는 작년에 오나라에게 쫓겨 처참하게 병력과 함선을 잃었으므로 갑자기 그 야망을 타국으로 돌릴 기력은 없다 보아도 무방합니다."

그 뒤에도 여러모로 황제를 위로하며 잠깐 말미를 청하니 후주는 이내 수긍했지만, 곁에 있던 간의대부 왕련(王連)이 자꾸만 만류했다.

"승상은 국가 기둥이라며 우리 모두가 의지하는 분인데 풍토와 기후가 고약하고 미개한 남쪽 땅으로 원정을 가시면 저희가 불안합니다. 남만 국경에서 일어난 난은 이를테면 옴이라는 부스럼 같은 것으로 신경을 쓰면 성가신 병이지만 가만히 내버려두면 어느새 자연스레 낫는 법입니다. 다시 고려해주실 수 없겠습니까?"

2

왕련이 해주는 충언을 들은 공명은 그 호의에 감사하면서도 처음 내비친 뜻을 바꾸지 않았다.

"말씀은 지당하나 남만 땅은 불모지인데다 열병이 돌고 문명과 거리가 멀며 토착민은 왕화를 입지 못하였으니 그곳을 통치하려면 무력만으로는 어렵고 우리가 베푸는 것에만 익숙해지게 두어서는 안 되오. 이 공명이 작은 공적을 자랑하고 싶어 가려는 게 아니오."

왕련이 거듭 간언했지만, 공명은 따르지 않고 즉시 대장 수십 명을 선발하여 임무별로 나눈 뒤 총 50여 만 군사를 이끌고 익주 남부로 출발했다.

그 길에서 관우 삼남으로 관흥 아우 되는 관색(關索)이 홀로 말을 걸터타고 참전했다.

"지금까지 어딨었는가?"

공명은 의아해하면서도 눈물을 글썽이며 물었다. 관색은 형주가 함락되었을 때 부친 관우 곁에 있어 지금까지 전사했다고 알려진 인물이다.

"형주에서 패했을 때 저는 중상을 입고 포(鮑)씨 성을 가진 사람 집에 은닉했습니다. 오늘 승상이 남만으로 출격하신다는 소문을 듣고 밤낮없이 예까지 말을 달려왔습니다."

"그렇다면 나보다 합류하여 아버님 이름에 부끄럽지 않은 공을 세워라. 예까지 온 것도 관우 장군이 이끌어주셨을 게다. 이미 죽은 줄로만 알았던 자네가 다시 촉나라 깃발 아래 서는 건

참으로 좋은 징조다."

공명의 기쁨은 이만저만한 게 아니었다. 다시 살아온 관색도 용맹하게 달려나가 선봉군에 합세했다.

그사이 익주 남부 땅에 들어섰다. 산천은 험준하고 기후는 타는 듯하여 행군하며 겪는 고초는 도저히 중원에서 벌이는 전쟁과 비교가 되지 않았다.

건녕(운남성雲南省 곤명) 태수는 옹개(雍闓)라는 사람으로, 이미 반촉연합 두목 중 하나라 자부하며 배후로는 남만국 맹획과 굳게 결속하였고 좌우로는 월준군(越雋郡) 고정(高定), 장가군(牂柯郡) 주포(朱襃)와 그 일대에 전선을 구축한 상태였다.

"공명이 직접 오다니, 바라던 바다."

먼저 군사 6만을 공명 군이 지나는 길목으로 몰고 나가 뭉개버리겠다며 기다렸다.

이들을 이끄는 대장은 악환(鄂煥)이라는 자로 검푸른 칠을 한 듯한 얼굴에 날카롭게 뻗은 엄니를 언제나 입술 바깥으로 내놓아 화를 낼 때는 악귀 같았으며 손에 방천극(方天戟)을 들면 장수 1만도 악환을 당할 수 없어 운남 으뜸이라고 소문난 맹장이다.

전초전 첫날, 악환과 맞선 사람은 촉나라 위연이다. 위연은 공명에게 계책을 받은지라 만용을 부리지 않고 지략만 써서 상대를 지치게 만들었고 이레째 싸움에서 동맹군 장익(張翼)과 왕평(王平) 두 부대와 합세하여 첩첩이 둘러싼 함정으로 교묘히 맹장 악환을 몰아넣어 생포했다.

공명은 오라를 풀어 놓아주며 악환이 돌아가기 직전에 따끔하게 충고했다.

"그대 주인은 월준의 고정일 터. 고정은 충의를 아는 사람이지. 분명 야심가인 옹개에게 속아 모반에 가담했을 걸세. 돌아가거든 고정에게 충언을 올리게."

목숨을 건진 악환은 아군 진지에 돌아가기 무섭게 고정을 만나 촉군이 가진 위력과 공명의 덕망을 이야기했다. 공교롭게도 마침 그 자리에 옹개가 찾아왔다. 옹개는 눈이 휘둥그레져서 악환을 바라보았다.

"너는 어제 벌인 싸움에서 적의 포로가 되었다고 들었는데 어찌하여 이리로 돌아왔느냐?"

"공명은 어진 사람인 듯하오. 인정과 도리를 밝혀 악환에게 충언하도록 종용하고 죽음을 면해주었소."

"그 녀석이 부리는 삿된 술책이다. 촉나라 사람의 인(仁)이라는 건 애당초 우리와 적대되는 기질이 아니오?"

옹개가 비웃으며 말하는 사이 야습이 일어나 대화는 일시적으로 중단됐고 옹개는 자기 성으로 줄걸음을 놓았다.

다음 날이 되자 옹개는 성에서 나와 아군인 고정과 긴밀히 연계하여 끊임없이 남만스러운 북, 나발, 징 등을 울리며 싸움을 걸어왔다.

"당분간 저대로 두어라."

공명은 웃으며 지켜보기만 하며 사흘을 싸우지 않고 나흘째도 출격하지 않으니 거의 이레 정도는 진영 안에서 쥐죽은 듯 조용히 지냈다.

3

"촉군은 약하다!"

남만 군은 촉군을 얕본 듯했다. 여드레가 됐을 무렵 대거 몰려들었다.

공명은 땅 위에 그림을 그린 듯이 정확한 전략을 세우고 남만 군을 기다렸다. 그러고는 수많은 포로를 사로잡았다.

포로를 두 패로 나누어 수용소에 수감하였다. 한쪽에는 옹개 휘하 병사만 가두고 한쪽엔 고정 휘하 병사만 감금했다.

그리고 나서 공명은 부러 뜬소문을 퍼트렸다.

"고정은 촉나라에 충의를 바친 인물이니 고정 부하는 풀어주지만 옹개 부하는 남김없이 죽일 거래."

수용소 한 곳은 환희에 들떴다. 당연히 다른 한 곳에서는 통곡을 터뜨렸다.

날을 두고 공명은 옹개 부하부터 먼저 끌어내 한 무리씩 심문하기 시작했다.

"너희는 누구 부하냐?"

"고정 휘하 병사입니다."

"분명하냐?"

"그렇고말고요."

어느 누구도 옹개 부하라 대답하는 사람은 없었다.

"그래. 고정 휘하 병사라면 특별히 사면해주겠다. 고정이 보인 충의는 누구보다 이 공명이 아주 잘 안다."

모두 오라를 풀고 방면해주었다.

다음 날이다. 이번에는 진짜 고정 휘하 부하를 끌어내어 오라를 풀어주고 술까지 후하게 대접했다. 그러고는 공명은 그 부하들 한가운데 어울려 잡담을 섞었다.

"그대들 주인 고정은 본받을 만한 정직한 사람이다. 의리가 두터운 사람이 촉나라를 상대로 모반을 꾀했을 리 없으니 분명 옹개나 주포의 꾐에 말려든 것이다. 그 증거로 오늘 옹개가 밀사를 보내 '촉제에게 바라건대 영지의 안전과 은상을 약속한다면 언제라도 고정과 주포 목을 가져오겠다'며 물러갔다. 나는 고정이 보인 의리와 충절을 믿어 쫓아 보냈으나 이 일 하나만 봐도 그대들 주인이 옹개 앞잡이로 이용되었다는 사실을 짐작할 수 있잖은가?"

단순한 남만 병사들은 공명이 풀어주자 각자 진지로 돌아가 하나같이 공명의 관대함을 칭찬하고 주인 고정에게 충고했다.

"옹개에게 마음을 놓아서는 안 됩니다."

고정도 의심스러운 마음이 들어 은밀히 옹개 진영에 사람을 풀어 살펴보았다. 그러자 그곳에서도 옹개 부하들이 모이기만 하면 공명을 칭송하니 '대체 공명은 적인지 아군인지 모를 정도'라고 세작이 보고를 해왔다.

"그렇다면 옹개와 공명은 내통한다는 뜻인가?"

고정은 만일을 대비해 심복을 보내 공명 진영을 염탐하도록 시켰다.

"수상한 너석이다!"

염탐꾼은 재수 없게도 도중에 촉나라 복병에게 발각되어 공명 앞으로 끌려갔다.

공명은 그자를 한번 보고 일갈했다.

"아니, 그쪽은 얼마 전 옹개 사자로 왔던 사내가 아닌가? 그 후에 아무리 기다려도 감감무소식이라 이상하다 여기던 차였네. 어서 돌아가 주인 옹개에게 좋은 소식을 기다리더라고 꼭 전해주게나."

그러면서 편지를 써서 맡기고 부하에게 위협이 없는 곳까지 배웅하도록 배려했다. 사내는 목숨을 건졌다고 기뻐서 덩실거리며 고정 진영으로 안전하게 복귀했다.

"일이 어떻게 돌아가더냐?"

목이 빠지게 기다리던 고정이 묻자 남자는 배를 잡고 웃으며 보고했다.

"도중에 붙잡혀서 이제는 죽었구나 생각했더니 공명 녀석은 저를 옹개 사자로 착각했는지 이런 편지를 써서 전해달라며 맡겼습니다. 한번 읽어보십시오."

사내는 받아 온 편지를 주인 앞에 내놓았다.

고정은 그 편지를 펼쳐 보고 화들짝 놀랐다. 고정과 주포 목을 베어 항복을 맹세한다면 촉나라 천자에게 진언하여 푸짐한 은상을 내리겠다는 내용에 더해 하루빨리 실행하라고 독려하는 재촉장이다. 고정은 크게 신음하고는 고민에 잠겼는데 이윽고 부대장 악환을 불러 그 편지를 보여주고 한숨을 쉬며 상의했다.

"그대는 이 편지를 어찌 생각하는가? 옹개 본심이 무엇이라 보는가?"

4

악환으로 말할 것 같으면 고정보다 성정이 거친 편이다. 즉시 엄니를 드러내며 분개했다.

"이런 증거가 있는 이상 망설일 이유가 없습니다. 더 신중을 기하고 싶다면 진영에서 잔치를 열어 옹개를 시험 삼아 초대하십시오. 옹개가 떳떳하다면 올 것이고 사심이 있다면 뒷걸음치며 오지 않을 것입니다."

다른 대안도 권했다.

"만약에 오지 않으면 그놈이 딴마음을 품은 게 명백하니 오늘 밤이 이슥해지면 직접 기습하십시오. 저는 별군을 이끌고 진영 뒤를 덮치겠습니다."

고정은 마침내 굳게 결심하고 악환이 말한 대로 움직였다. 예상대로 옹개는 군사 회의를 핑계 삼아 발걸음하지 않았다.

고정은 예정대로 야습을 결행했다. 옹개에게는 그야말로 아닌 밤중에 홍두깨였다. 덤으로 옹개 부하들은 요전부터 어쩐지 전투를 태만히 하던 터라 개중에는 고정 병사와 한패가 되어 흩어져 도망치라고 거드는 사람까지 나오니 옹개는 한번 싸워 보지도 못하고 단신으로 도주했다.

뒷문으로 향한 악환은 즉시 자신의 장기인 방천극을 휘둘러 일격에 옹개 목을 쳤다.

새벽이 오자마자 고정은 옹개 수급을 가지고 공명 진영에 투항해 왔다. 공명은 옹개 목을 검사하고는 갑자기 좌우에 있는 무사를 향해 외쳤다.

"이 수상한 놈을 베어라."

고정은 기겁했다. 한편으로는 슬피 울고 한편으로는 원망에 가득 차 입을 열었다.

"승상은 이 싸움에서 기회가 있을 때마다 이 고정을 아쉬워하셨으면서, 웅숭깊은 은혜에 감명하여 지금 항복을 맹세하러 왔건만 즉시 죽이라 하시니 이 무슨 영문입니까? 당신은 어진 사람의 탈을 쓴 마귀가 아닙니까?"

"아니, 무슨 말을 해도 네 항복은 거짓이다. 내가 병사를 부린 지 이미 오래인데 어찌 너 같은 놈이 쓰는 계책에 놀아나겠느냐? 이걸 보아라!"

공명은 상자 안에서 편지를 꺼내 고정 앞에 휙 내던졌다. 보아하니 주포의 필적이다. 고정은 격분하여 그 편지를 잡은 손이 부들부들 떨릴 뿐이다.

"똑똑히 보아라. 주포는 편지로도 고정과 옹개는 문경지우니 방심하지 말라고 충언했다. 그러니 이 목이 가짜라는 점과 네 항복이 옹개와 미리 짜놓은 계책이라는 점도 헤아릴 수 있다. 이리 말하면 어찌 주포 말만 믿느냐고 항변할지 모르나 주포가 투항을 청한 건 이미 한두 번이 아니다. 다만 주포에게는 그 의지를 증명할 공적이 없어 애를 태울 뿐이다."

그 말을 들은 고정은 이를 부드득부드득 갈며 벌떡 일어서서 외쳤다.

"승상, 승상! 제게 며칠 동안만 목숨을 빌려주십시오. 아무리 치를 떨어도 성에 차지 않는 놈이 주포입니다. 애당초 옹개의 모반에 저를 끌어들인 것도 그놈인데 이제 와 이 고정을 팔고 이간질하여 제 야심을 이루려는 짓을 하니 살을 씹고 뼈를 짓밟아도 모자랄 짐승입니다. 그놈의 이간질에 이용당해 이대로 여기서 목이 잘린다면 저는 죽어도 죽는 게 아닙니다."

"며칠 동안 목숨을 빌려달라니, 무슨 수라도 쓰려는 게냐?"

"물론입니다. 주포 목을 베어 이 몸이 결백하다는 걸 밝힌 후에 정당한 처분을 받을 수 있다면 죽어도 여한이 없습니다."

"좋다. 다녀오너라."

공명은 기꺼이 격려했다.

사흘 정도 지나자 고정은 전보다 많은 군사를 이끌고 촉군 문으로 당당하게 들어섰다.

그러고는 떡하니 공명 앞에 주포 목을 놓았다.

"이 수급을 보십시오. 가짜가 아닙니다. 두 눈을 똑똑히 뜨고 보아주십시오."

"그래, 그렇구나."

공명은 수급을 한번 보고 곧바로 무릎을 치며 웃음을 터트리고는 고정이 겪은 노고를 위로했다.

"전에 가져온 목도 옹개가 맞구나. 나는 단지 너를 위해 제법 뚜렷한 공을 세우게 할 욕심에 잠시 마음에도 없는 말을 했다. 섭섭해하지 마라."

고정은 곧 익주 삼군(三郡) 태수로 봉해졌다.

남방지장도(南方指掌圖)

1

익주를 평정하자 촉나라와 남만 국경을 어지럽히던 여러 군(郡)에 널려 있는 골칫덩어리 태수들은 종적을 감추었다.

따라서 공명이 올 때까지 반란을 꾀한 역적들 속에 고립됐던 영창군도 자연스럽게 포위망이 풀렸다.

"동장군이 물러가고 오랜만에 봄 햇살을 올려다보는 기분입니다."

태수 왕항은 감격에 차 눈물을 글썽이며 성문을 활짝 열고 공명 군을 맞이했다.

공명은 입성하여 왕항이 홀로 지킨 충절을 극찬하며 물었다.

"그대에게는 좋은 가신이 있을 터. 대관절 누가 한결같은 힘이 되어 그대에게 이 작은 성을 훌륭히 지키게 독려했소?"

"여개(呂凱)라는 자입니다. 허락하신다면 즉시 이쪽으로 부르겠습니다."

"불러주시오."

여개의 자는 계평(季平)이다. 이윽고 공명 앞에 나타나 엎드려 절했다.

공명은 고결한 인사로서 여개를 맞이하고 장차 남만국 정벌에 대한 의견을 물었다.

여개는 들고 온 지도 하나를 펼치며 입을 열었다.

"제 어리석은 생각을 말씀드리기보다 승상께서 이 지도를 받아두신다면 소생이 하는 만 마디 말보다 나을 듯합니다."

"어디 지도인가?"

"이름하여 평만토치도(平蠻討治圖)나 남방지장도(南方指掌圖)라 부릅니다. 남방에 사는 검은 야만족들은 왕화를 모르고 문명과 동떨어진데다 자기들이 가진 만용과 야성, 풍습만 믿으며 오만하기 짝이 없으니 이 야만족들이 복종해오는 일은 하루아침에 이루어질 일이 아닙니다. 해서 소생은 오랫동안 은밀히 남만 땅에 사람을 보내 풍속과 습성, 무기와 전술을 조사하면서 남만국 지리를 구석구석 연구하여 이 지도를 완성했습니다. 지도에 세세히 적어 넣은 주석이 지금 말씀드린 남만 땅의 사정과 기후, 풍토 등입니다."

"평소에 이런 대비를 묵묵히 해낸 사람의 공을 전쟁 시에도 잊어서는 안 된다."

공명이 여러 번 감탄하며 여개를 정만행군교수(征蠻行軍教授)라는 요직에 추천했다.

영기 성에 머무는 동안 충분한 장비를 갖추고 남만 땅을 연구한 후 공명은 이윽고 대군을 더 남쪽으로 진격시켰다.

날마다 100리, 또 수백 리 길을 수레에 짐을 싣고 소를 부리며 나아가는 행군이 구불구불 이어졌다. 공명은 부대마다 군의관을 배치하고 먹을 것부터 시작해 밤중에 진영으로 날아드는 해충이나 풍토병까지 전 병사에게 세심한 주의를 기울였다.

"천자께서 보낸 사자가 오셨습니다."

"뭐라? 칙사가?"

부장이 올린 보고에 공명이 직접 영접하고 사자를 중군으로 안내했다.

만나보니 사자로 온 사람은 마속이다.

공명은 마속을 맞이한 순간 심장이 멎는 듯했다. 마속은 하얀 도포를 입고 흰 가죽으로 만든 갑옷을 가슴에 걸친, 이른바 상복 차림이다.

민첩하고 총명한 마속은 공명 얼굴에 나타난 작은 변화조차 놓치지 않았다.

"진영에 상복 차림으로 나타난 결례를 용서해주십시오. 출발하기 전에 형님인 마량 장군이 세상을 떠났습니다."

마속은 순서가 반대임을 알면서도 사사로운 일을 먼저 논하여 일단 공명 마음을 안정시킨 다음 사자로 파견된 요지를 설명했다.

"천자께서 저를 진지에 보내신 까닭은 성도에 무슨 이변이 생겨서가 아니라 미개한 열대 지방으로 정벌을 떠난 군사들의 노고를 가엽게 여기시어 성도에서 담근 미주 100통을 군에 하사하셔서입니다. 짐바리는 머지않아 도착할 것입니다. 주요 내용만 간추렸습니다."

그날 저녁, 하사받은 미주가 도착했다. 공명은 여러 군사에게 술을 일일이 나눠 주고 별이 총총히 뜬 야영지에서 남만 땅에서 불어오는 시원한 바람을 맞으며 마속과 마주 앉아 잔을 주고받았다.

이런저런 이야기 끝에 공명은 시험 삼아 마속에게 물었다.

"지금 하려는 남만국 토벌에 대한 자네 고견을 듣고 싶네. 기탄없이 말해주게."

마속은 잠자코 있다가 입을 열었다.

"정말 어려운 문제입니다. 공을 세우기는 쉽지만, 실효성 있는 결과를 거두기는 지난합니다."

젊은이답고 솔직한 대답이다.

2

"지난하다면?"

공명이 그대로 되받아 묻자 마속이 운을 뗐다.

"예부터 남만 토벌에 성공한 일이 없습니다."

그러고는 거리낌 없이 단언했다.

"승상이시니 지금 대군을 이끌고 남만으로 향하는 이상 반드시 혁혁한 공을 세우고 정벌을 완수하시겠지요. 승상이 다시 성도로 돌아간 다음에는 그 즉시 예전 상태로 돌아가 이 남만족들은 반란을 결심하고 빈틈을 노릴 테니 이들은 결코 왕화를 입을 수 없습니다."

공명은 고개를 끄덕인 후에 되물었다.

"그렇다면 미개한 이들에게 왕화의 덕을 가르치고 진심으로 복종하게 하려면 어찌해야 좋을 성싶은가?"

"지난하다고 말씀드린 까닭이 바로 그 점입니다. 일찍이 병사를 이용할 때 마음을 치는 게 으뜸이며 무력으로 끝내는 건 그 아래라 들었습니다. 아무쪼록 승상이 지휘하는 군대가 온전히 그 미개인들을 순종하게 만들어 은혜를 느끼게 하고 덕망을 따르게 한다면 촉군이 성도에 회군한 후에도 영겁의 왕화가 남아 두 번 다시 미개인들이 등 돌리는 일은 없을 것입니다."

공명은 오래도록 탄복하면서 마속이 내놓은 의견은 그야말로 자신이 생각했던 바와 일치한다며 기뻐하고 그 재주와 의지를 가상히 여겼다. 하여 조정에 사자를 보내 마속을 이대로 진영에 머물게 하고 군에 참가한 장수로서 항상 곁에 두었다.

마속이 지닌 재주는 이미 공명도 인정하는 바였지만 그 같은 청년에게까지 남방 공략 요체를 자문했다는 점에서 공명은 몸소 군을 이끌고 참전한 남만 정벌에 얼마나 부심했는지 심중을 엿볼 수 있는 대목이다.

50만이라는 대군의 운명을 그 지휘 하나에 짊어진 중임은 말할 것도 없다. 종래 치렀던 전장과 달리 풍토와 기후 모두 열악하고 물자 수송이 이만저만 불편하지 않으며 험한 산과 빽빽한 숲이 이어져 사람 발길이 닿지 않은 불모지가 대부분이다.

한번 실패하면 위나라나 오나라는 손뼉을 치며 봇물 터지듯 촉나라로 밀려 들어올 것이다. 황제는 아직 어리고 촉나라 성도를 지키기에는 턱없이 약하다. 선제 현덕 시절부터 자리를 지킨 강직한 신하와 충성스럽고 선량한 무사가 적지 않지만 멀

고 먼 남만 땅에서 50만이 송장으로 변하고 공명까지 자리에
없다는 소문이 퍼지면 성도가 처한 운명은 풍전등화와 다를 바
없으리라. 안으로는 하나둘 반역자가 나타나고 밖으로는 위나
라와 오나라 병사가 몰려오면 멸망하지 않고는 버틸 수 없을
터. 앞길이 지난하고 뒷일도 많다. 원정길에서 맞이하는 밤에
도 공명의 꿈자리는 하루라도 편할 날이 없었다.

　게다가 남만 정복을 떠난 군대가 어떻게든 임무를 완수하지
않으면 위나라와 오나라가 끊임없이 촉나라 영토를 넘볼 거라
는 불안을 지울 수가 없었다. 지금이 아니고서는 그 국환을 근
절할 기회는 없었다. 공명은 사륜거를 타고 백우선(白羽扇)을
손에 들고서 매일 100리, 또 100리, 보이는 모든 게 새로운 남
만 땅을 50만 병사와 함께 굽이굽이 끝도 없이 진군했다.

　밀림에 사는 맹수와 협곡에 날아다니는 새조차 남쪽으로 달
아나기 바빴다. 하여 남만국 오랑캐들에게 청천벽력처럼 소문
이 전해지기 시작했다.

　“공명이 공격한다!”

　남만국 왕 맹획은 벌써 대군을 모아 되레 도읍에서 멀리 출
격한 상태였다.

　“중국 녀석들을 혼비백산하게 해줄 터.”

　일찌감치 촉나라 정찰병이 탐색한 바에 따르면, 남만 군 총
병력은 약 6만이다. 2만씩 셋으로 나누어 삼동(三洞) 원수(元
帥)리 브리는 김수들을 메서꼈다. 그한 산걸(金環三結)을 제1진
에, 동도나(董茶那)를 제2진에, 아회남(阿會喃)을 제3진에 대기
시켰다.

보고를 들은 공명이 명했다.

"왕평은 좌군을, 마충은 우군을 맡아라. 나는 조운과 위연을 이끌고 중앙으로 진격한다."

그 명령에 조운과 위연은 다소 불만스러운 얼굴이다. 좌우 양군이 선봉이니 자신들은 뒤로 밀린 듯했다.

공명은 두 사람의 혈기를 자못 억눌렀다.

"왕평과 마충은 그대들보다 이곳 지리에 밝으오. 게다가 나이도 어느 정도 있으니 평소와 다른 길로 가도 실수가 적을 것이오."

좌우 선봉군이 깊숙이 전진한 후에 중군은 출동했다. 유막에 있는 여러 장수에게 둘러싸인 사륜거 위에서 공명은 유유히 백우선을 흔들며 이국땅에 날아다니는 새와 식물 생태를 물끄러미 바라보았다.

3

남만 군은 오계봉(五溪峰) 정상에 방어용 요새를 짓고 병사를 세 동 지어 봉우리에 연이어 배치하고는 은근히 자만했다.

"중국에서 온 약해 빠진 병사는 이 험준한 산을 오르지도 못하리라."

환한 달빛을 이용해 그 아래 골짜기까지 진입한 왕평과 마충 선봉군은 도중에 사로잡은 남만 척후병을 길잡이로 삼고 지름길을 찾아 길 아닌 길을 기어올라 한밤중이 되자 불시에 적의 막사를 동서 양쪽에서 습격할 수 있었다.

함성과 함께 도처에서 폭죽처럼 불길이 치솟았다. 유성처럼 횃불이 날았다. 남만 영내는 발칵 뒤집혀 대혼란에 빠졌다.

남만 장수 금환삼결은 휘하를 질타하며 불길 속에서 뛰쳐나왔다. 그 모습을 보고 촉군 가운데서 한 장수가 나타나 맹렬한 혈전 끝에 그 목을 베어 창끝에 꽂아 남만 병사들에게 휘둘러 보였다.

"대항하는 자들은 모두 이리되리라!"

"와⋯."

"도망쳐! 도망치자!"

남만 군은 마른 잎이 바람에 휘말려 날아오르듯 사방팔방으로 흩어졌다. 그러고는 동도나와 아회남 진영에 하나둘 숨어들었다.

위연과 조운 등이 포진한 촉나라 중군도 그 무렵 공격해 들어왔다. 남만 군은 앞뒤로 밀려오는 촉군을 보고 더욱 창황하며 계곡으로 뛰어들어 머리가 깨진 자, 나무에 기어올라 불타죽는 자, 목이 베이는 자, 항복하는 자 등 비참한 모습이 그 수를 셀 수 없을 정도였다.

이윽고 이튿날이 밝았다. 남만 땅에서나 볼 수 있는 기괴한 봉우리와 산지에는 채 타지 못한 전쟁의 불기운이 여전히 남아 연기를 모락모락 피워올렸다. 공명은 기분 좋게 아침을 먹고 지난밤 치른 전투 공적을 여러 장수에게 물었다.

"삼동에 주둔하던 남만 병사는 패주하여 오늘 아침에는 이미 그림자 하나 얼씬거리지 않는다. 진정 그대들이 선보인 용맹

덕분인데 적의 대장은 잡아들였는가?"

"제가 벤 목은 적장 금환삼결인 듯합니다. 확인해주십시오."

"오, 조운인가? 언제나 그 활약이 눈부시구나. 그러면 다른 적장은?"

"유감스럽게도 도망친 모양입니다."

"아니다. 여기에 생포해놓았다."

공명은 등 뒤에 있는 장막을 향해 끌고 오라고 명했다.

사람들은 믿을 수 없었지만, 이윽고 장막을 걷고 몇몇 무사가 아회남과 동도나를 묶은 포승 끝을 잡고 나타나 꿇어 앉혔다.

"남만족 녀석아, 무릎을 꿇어라."

"아니, 어떻게?"

놀라지 않는 사람이 없었는데 이윽고 공명이 하는 설명을 듣고서야 겨우 자세한 내막을 알게 되었다.

공명은 일찍부터 유막에서 동행하던 여개와 그 주변 지형을 상세히 연구했다. 하여 중군과 양익이 정공법으로 전진하기 사흘도 전에 이미 장억(張嶷), 장익 두 사람에게 샛길에서 잠복할 군사를 주고 멀리 적군 진지 후방으로 우회시켜 그 길에 매복하도록 명했다는 이야기다.

"그 절묘한 병법이야말로 귀신도 모른다는 말에 딱 맞습니다. 이 우스꽝스럽고 무식한 남만 장수 놈들은 줄지어 세워서 목을 벨까요?"

여러 장수가 소리 높여 외치자 공명은 처단을 제지하고 오히려 장수들을 묶은 오라를 풀어주라고 명했다.

"술을 내주어라."

이어서 술상을 내어 위로하고는 타일렀다.

"이건 우리 성도에서 나는 촉나라 비단 전포다. 너희에게도 안성맞춤일 터. 이 은혜로운 옷을 걸치고 항상 왕화의 은덕을 잊지 마라."

이윽고 밤이 되자 샛길로 몰래 두 사람을 놓아주었다.

"이 은혜는 잊지 않겠습니다."

동도나와 아회남 모두 눈물을 줄줄 흘리며 물러갔다.

공명은 그다음 촉군 모두에게 일렀다.

"보아라. 내일은 분명 국왕 맹획이 직접 이곳으로 공격해 올 것이다. 단단히 준비해서 맹획을 사로잡도록 노력하라."

공명은 이러저러한 계책을 내렸다. 어디로 가는지 조운과 위연은 각각 5000기를 이끌었고, 왕평과 관색도 병사 한 무리를 인솔하여 다음 날 아침 일찍 본진을 뒤로하고 출격했다.

맹획

1

남만국에서 '동(洞)'은 진지를 갖춘 구역이라는 뜻이며, '동의 원수'는 그 무리 우두머리를 뜻한다.

지금 국왕 맹획은 부하인 삼동의 대장이 다 공명에게 사로잡히고 그 군대도 대부분 토벌되었다는 보고를 전해 듣고 아연실색하여 낯빛이 바뀌었다.

"좋다, 원수를 갚아주마."

이 맹획이라는 자가 떨치는 위세와 지위는 남방 만계(蠻界)에서도 가장 강대했다. 맹획이 이끌고 온 직속 군대는 남만에서 날뛰는 검은 맹장들인데 궁마와 창검을 번쩍이면서 괴이한 갑옷을 몸에 걸치고 붉은 깃발을 나부끼는 등 중국 군대 못지않은 장비를 갖추었다.

맹획 군이 뜻하지 않게 촉나라 왕평이 이끄는 선봉진과 작열하는 태양 아래서 마주쳤다. 왕평은 말을 당차게 몰고 나와 외쳤다.

"야만족 왕, 맹획이! 거깄느냐?"

그 소리에 답하듯 사자처럼 맹렬하게 달려 나온 자가 맹획인 듯했다. 그때 맹획 차림새를 《삼국지연의》에서는 이렇게 묘사했다.

맹획, 깃발 아래에서 털이 굽슬굽슬한 적토마를 탔는데 머리에는 깃털이 달리고 보석이 박힌 왕관을 썼으며 몸에는 술이 달린 붉은 비단옷을 걸치고 허리에 옥을 갈아 사자를 새긴 띠를 둘렀으며 발에는 매부리처럼 생긴 녹색 신을 신었다. 거만하게 좌우를 돌아보며 소나무 문양을 새긴 보검을 손에 들었다.

"중국 사람들은 공명, 공명하면서 두려워하지만, 이 맹획 눈으로 보면 코끼리 1마리, 암표범 1마리만도 못하다. 그 아랫것들은 말할 것도 없이 들여우나 성안에 돌아다니는 쥐새끼다! 여봐라, 망아장(忙牙長)! 저놈을 뭉개버려라!"

맹획은 뒤돌아서 부하 장수에게 턱짓으로 명했다.

"예!"

망아장은 소리 높여 대답하고는 올라타고 있던 괴수 궁둥이를 가죽으로 힘껏 후려쳤다. 그 괴수는 말이 아니라 커다란 뿔을 곧추세운 물소다.

왕평과 5~6합을 겨뤘지만 보통 검술로는 비교할 수 없었다. 망아장은 금세 쫓기기 시작했다.

부하가 흘리는 피를 목격한 순간 맹획은 야만성을 드러내고 버럭거리며 무섭게 덤벼들었다. 왕평은 거짓으로 도망쳤다.

"저 꼴 좀 봐라. 다 쓰러진 절에 처박힌 사천왕상 같구나! 돌아와라!"

굽슬굽슬한 털을 자랑하는 적토마에 올라 회오리바람을 일으키면서 맹획은 왕평을 추격했다.

'때가 무르익었다.'

멀리서 굽어보던 관색 군이 벼락처럼 맹획 뒤를 막고 등 뒤를 위협하자 장익이 우편에서, 장억이 좌편에서 바람처럼 남만 군을 착착 둘러쌌다.

무지한 군사와 병법을 아는 군사가 가리는 우열은 결과가 명확했다. 대열이 토막토막 나뉜 남만 군은 벌집을 쑤신 듯 혼란에 빠져 사방팔방 뛰어대니 도망치는 방향조차 하나로 잡지 못했다.

맹획은 무심코 끓는 물에 손을 집어넣은 사람처럼 어쩔 줄 몰라 손발을 둘 데가 없었다. 화급히 한쪽 포위망을 뚫고 금대산(金帶山) 쪽으로 줄행랑을 놓았는데 골짜기에 들어서자 계곡 안쪽에서 둥둥둥둥 하며 북이며 꽹과리, 징 소리가 나고 길을 바꿔 봉우리에 오르자 바위틈, 나무 뒤에서 호랑이 같은 촉나라 용사들이 북을 무서운 기세로 울리며 죄어왔다.

그 가운데 촉나라 대장 조운이 있었다. 맹획은 간담이 서늘해져 계곡물을 뛰어넘고 웅덩이를 내달려 마치 아름다운 맹수가 최후를 감지한 듯 이리 뛰고 저리 뛰고 날뛰었지만 이미 주변 일대 산은 촉나라 병사가 철통처럼 에워싸 달아날 틈이 조금도 없었다.

분한 듯이 홀로 울부짖으며 맹획은 말을 버리고 계곡물 옆으로 잰걸음으로 달려갔다. 그러고는 몸을 굽혀 물을 마시려는 찰나 사방에서 또 함성과 꽹과리와 북소리가 메아리쳐 울려 퍼지는 게 아닌가.

"…?"

벌벌 떨면서도 필사적인 맹획의 모습은 무시무시했다. 맹획은 말을 내버린 채 나무뿌리와 바위 끝에 매달려 길도 없는 비탈을 넘기 시작했다. 그러다 봉우리 위로 나와 숨을 돌리려는 순간 조운 손에 맥없이 붙잡히고 말았다.

포박도 일반적인 오라를 쓰면 뚝뚝 끊어내고 날뛰며 울부짖으니 어찌 손을 쓸 방도가 없었다. 해서 가죽끈으로 단단히 졸라매어 힘센 장사가 열 겹 스무 겹으로 에워싼 다음 공명이 머무는 본진까지 어찌어찌 끌고 갔는데 영내에 집어넣을 때도 길길이 날뛰어 병사 서넛이 발에 차여 죽을 지경이었다.

그래도 겨우겨우 진영 안까지 끌고 오니 어럼 깃발이 정연히 늘어서 있고 얼음과 눈을 무색케 할 만큼 서슬 퍼런 창칼이 번쩍번쩍하고 횃불에 비치니 그 넘치는 위엄에 안하무인이던 남만왕도 몸을 움츠리고 이글거리는 눈알만 데굴데굴 굴렸다.

2

진영 안쪽에는 먼저 포로로 잡힌 수많은 남만 병사가 새까맣게 모여 눈을 반짝였다. 공명은 그 자리에 나가 남만 포로들을 회유했다.

"너희라고 벌레나 짐승은 아니다. 부모도 있고 처자도 있을 터. 생포되었다는 소식을 들으면 가족들은 피눈물을 흘리며 슬피 울진대 어찌 무익하게 그 목숨을 전쟁터에 버리려고 참전하느냐? 다시는 맹획처럼 흉악한 자를 도와 아까운 목숨을 버려서는 안 된다."

물론 공명은 전원을 방면할 작정이다. 그뿐 아니라 술을 푸지게 대접하고 식량을 넉넉히 나눠 주었으며 부상자는 약을 써치료하고 쫓아 보냈다.

무지한 남만 토착민이라 해도 그 은혜에는 깊은 감명을 받았다. 아니, 중국 병사보다 더 솔직하게 감격을 표하면서 몇 번이고 뒤돌아보며 총총 사라졌다.

공명이 진영에 있는 방으로 돌아오니 마침 무사들이 맹획을 끌고 들어왔다. 맹획은 공명을 보더니 엄니를 드러내며 금방이라도 달려들 듯한 기세다.

"맹획, 어찌 그러느냐?"

공명은 야유 섞인 말투로 농을 던지듯 부드럽고 온화한 얼굴로 심문했다.

"우리 촉나라 선제께서는 언제나 만왕, 만왕이라고 너를 칭하시며 총애하기가 이만저만이 아니셨다. 헌데 은혜를 저버리고 위나라와 내통하고는 이제 와 위나라가 몸을 사리자 나서서 무모한 난을 일으키다니, 이게 대체 무슨 일이냐?"

맹획은 코웃음 쳤다. 무언가 씹는 것처럼 입가에서 부글부글 게거품을 뿜어내며 혼잣말하다가 이윽고 오랑우탄이 배를 긁을 때처럼 가슴을 뒤로 젖히더니 큼지막한 눈알을 뒤룩거리고 공명을 쏘아보며 외쳤다.

"허튼소리 집어치워라! 잠꼬대하는구나! 양천 땅은 예전 촉
나라 것이지 지금 촉나라 게 아니다. 익주 남쪽도 그렇다. 이 맹
획이 지배하는 땅이란 말이다. 현덕이 다스리는 영지도 아니었
고 유선이 소유한 토지도 아니다. 그러니 내가 무엇을 하든 내
마음 아닌가? 국경을 침범했다느니, 모반을 꾀했다느니, 내 귀
에 통하지도 않는 불만을 늘어놓은들 이 맹획에겐 가소롭고 우
스워 보일 뿐이다! 으하하!"

"딱하지만 맹획, 진지하게 너와 이치를 따질 마음이 들지 않
는다. 그러니 무력을 써서 가르쳤건만 아무리 이를 갈아도 너
는 이미 이 공명에게 사로잡힌 몸. 포로에게는 말할 권한도 없
다. 어찌 우리 군에 생포되었느냐?"

"금대산 길이 좁아 생각만큼 능력을 발휘할 수 없었다."

"그러냐? 지세가 유리하지 않아서냐?"

"실수로 생포됐지만, 비록 내 몸을 묶어도 마음은 결박당하
지 않을 것이다."

"너도 때로는 그럴싸한 말을 지껄이는구나. 진심으로 복종하
지 않는 자는 어쩔 수 없다. 결박을 풀어주마."

그리 말하면 곧바로 인정에 감동하여 표정도 누그러지고 갑
자기 목숨을 아까워하지 않을까 싶어 지켜보자 맹획은 정반대
반응였다.

"좋다! 만약 내 뒷짐결박을 풀고 돌려보내 준다면 반드시 병
력을 다시 그러모아 네놈과 자웅을 겨루겠다. 평소처럼 싸운다
면 네까짓 놈에게 질 맹획이 아니다."

"재밌구나. 꼭 다시 와서 싸워라. 이 공명도 네 녀석이 진심으로 복종할 때까지 싸울 터."

공명은 무사에게 맹획을 방면해주라 명했다. 진영에 있던 여러 장수는 그 사실을 알고 동요했다.

"모처럼 잡았건만…."

"괜찮을까?"

아쉬워하는 자, 불안해하는 자 등 여러 감정이 엿보였지만, 공명은 조금도 개의치 않고 술을 들어 맹획에게 한잔 권했다.

"마시고 돌아가라."

처음에는 의심하는 기색이었지만 같은 술독에서 따른 술을 공명도 함께 마시고 아무렇지도 않게 말을 거니 맹획도 큰 잔을 벌컥벌컥 시원스레 비웠다. 그리고 나서 진영 뒷문에서 놓아주자 덫에서 탈출한 맹호가 동굴로 뛰어들어 가듯 뒤도 돌아보지 않고 자취를 감추었다.

주먹을 불끈 쥐고 그 모습을 바라보던 여러 장수는 불만과 조소를 섞어 입을 모았다.

"모르겠다. 승상 마음을 우리는 도무지 이해할 수가 없다."

공명은 빙그레 미소 지었다.

"무슨 소리! 맹획 같은 자를 생포하기란 주머니 속 물건을 꺼내는 것과 같지 않은가?"

보급로

1

"대왕께서 돌아오셨다!"

"대왕께서 살아 계신다!"

소식이 전해지자 곳곳에 숨어 있던 남만 장수와 병졸 등 패잔병이 즉시 구름처럼 몰려들어 맹획을 둘러쌌다. 그러고는 제각기 의아한 얼굴로 물었다.

"어떻게 촉나라 진영에서 무사히 돌아오셨습니까?"

"별일도 아니지."

맹획은 태연하게 웃어 보였다.

"운 나쁘게 지세가 험한 곳에 몰려 한번은 촉나라에 생포되었지만, 밤을 틈타 감옥을 부수고 보초 열쯤을 때려죽이고 달려 나오는데 군마 한 무리가 와서 내 길을 가로막았으나, 기껏해야 주구 병사지, 사방팔방 발로 차버린 다음 말을 앗아 타고 왔다. 하하하, 덕분에 촉군 내부를 속속들이 들여다봤는데 뭐, 별것도 아니었다."

320 출사(出師)

물론 남만 병사들은 왕이 지껄이는 말을 전폭적으로 신뢰했다. 아회남과 동도나만은 일찍이 공명에게 풀려나 동 속에 꼼짝 않다가 맹획의 부름을 받은지라 마지못해 그 자리에 있었는데 둘의 얼굴은 이렇게 말하는 듯했다.

"아, 어쩔 수 없다."

맹획은 다시 여러 동 남만 대장에게 포고를 돌려 즉시 10만에 달하는 새 병력을 더했다. 남만 지역 넓은 땅과 그 땅에서 떨치는 맹획 위력은 그 끝을 알 수 없었다.

모여든 여러 동 대장 연맹은 풍속과 복장, 무기와 마구 등이 제각각이었는데 그 모습이 괴이하고 현란하기 그지없었다. 맹획은 한가운데 서서 작전 방향을 알렸다.

"공명과 싸우려면 공명과 싸우지 않는 게 상책이다. 그놈은 마술사다. 그놈과 싸우면 분명히 그놈이 부리는 속임수에 빠진다. 해서 나는 이런 생각을 했다. 촉나라 군대는 천 리 길을 건너와 겪는 낯선 더위와 험준한 토지 탓에 기진맥진한 모양이다. 우리는 이제부터 노수(盧水) 맞은편 기슭으로 이동하여 큰 물줄기를 앞에 두고 튼튼한 요새를 쌓는다. 깎아 세운 듯한 산과 절벽을 따라 길게 둘러서 성루와 성루를 장성처럼 연결한다면 제아무리 공명이라도 어찌할 방도가 없을 터. 그놈들이 녹초가 됐을 때를 틈타 싹 쓸어버리는 데는 아무 수고도 들지 않을 것이다."

남만 군은 하룻밤 사이에 바람처럼 어딘가로 후퇴해버렸다.

"뭐지?"

촉군 장수들은 이 상황을 수상히 여기면서도 공명의 고귀한 인품에 탄복하여 모두 전쟁터를 버리고 동으로 돌아간 게 아닐까 등 제각각 속닥거렸지만, 공명은 즉시 진격 명령을 내렸다.

"오직 전진만 있을 뿐이다."

남만 땅에서 이루어지는 행군은 끝이 없다는 사실에 사람들은 다시금 질색했다. 특히 군수품을 이송하는 데 겪는 고초는 이루 말할 수 없었다.

때는 이미 5월 말로 접어들었고 선봉진은 전방에 흐르는 노수를 발견했다. 강폭이 넓고 물살이 급해 세찬 비가 올 때마다 흰 물보라가 하늘을 가득 채웠다.

세찬 비로 말할 것 같으면 이 지방에서는 하루에도 몇 번이나 억수같이 큰비가 덮쳐왔다. 맹렬한 더위에 허덕일 때 그 비는 병사와 말에게 한 줄기 구원과도 같았지만 동시에 갑옷 속을 적시고 군량도 물에 잠기며 때로는 길이 유실되니 넘치는 빗물 속에서 갈팡질팡할 때가 종종 있었다.

"아니? 건너편 강가에 적이 보인다."

"어쩌면 저렇게 삼엄하지? 저 굽이굽이 이어진 요새 좀 봐!"

선봉에 있던 병사는 간담이 서늘했다. 맞은편 기슭에 보이는 험준한 지세와 자연환경을 이용한 남만족 최고 요새를 본 순간이다. 그 요새는 중국 지방에서 흔히 볼 수 있는 과학적 구조의 요새와는 전혀 달랐지만 견고함으로 따지자면 필요 이상으로 튼튼해 보일 정도였다.

당연히 원정군은 노수를 앞에 두고 딱 진군을 멈추었다.

날마다 내리는 세찬 비, 온종일 쏟아지는 불볕더위, 밤에는 밤대로 해충과 독사와 온갖 들짐승에 시달리며 지내니 진을 친지 보름을 넘겼다.

공명은 명을 내렸다.

"노수 기슭에서 100리 정도 후퇴한다. 각 부대는 높은 곳이
나 산속 등 잠자기 적당하고 머물기 시원한 땅을 골라 진영을
세워라. 굳이 당장 싸우려고 초조해하지 마라. 잠시 병사와 말
을 쉬게 하고 병에 걸리지 않도록 건강에 유의하라."

2

이럴 때 참군(參軍) 여개가 있어 든든했다. 일찍이 공명에게
바친 '남방지장도'를 보며 지리를 연구하고 각 부대가 진을 칠
땅을 신중하게 골랐다.

각 부대장은 저마다 정해진 위치에 작은 진을 쳤는데 야자나
무 잎으로 지붕을 이고 파초를 덮어 깔개로 삼아 매일 쏟아지
는 불볕더위를 견뎠다.

어느 날 감군(監軍) 장완(蔣琬)이 공명에게 조언했다.

"산에 의지하고 숲을 따라 수십 리에 걸쳐 세운 이 진영은 일
찍이 선제께서 오나라 육손에게 패했을 때 쳤던 포진과 흡사합
니다. 만약 적이 노수를 건너와 화공을 쓴다면 막을 길이 없습
니다."

"그래, 그렇지."

공명은 부정도 않고 미소만 지으며 답했다.

"이 진형을 좋게 생각지는 않지만 그렇다고 아무 계획이 없

는 것도 아니네. 일이 어찌 흘러갈지 지켜봐 주게."

때마침 촉나라 성도에서 부상병을 치료하는 데 쓰일 약품과 군량을 수송해 왔다. 공명은 지휘관으로 누가 왔는지 물었다.

"마대와 부하 3000명이 임무를 수행하기 위해 발걸음 하였습니다."

공명은 즉시 마대를 불러 멀리까지 온 노고를 위로했다.

"그대가 데려온 새 병사를 최전선에 세우고 싶은데 지휘해주겠는가?"

"단 1명이라도 제 병사가 아닙니다. 모두 조정 군마니 선제가 베푼 은혜에 보답할 수만 있다면 그곳이 사지라 하더라도 기쁘게 가겠습니다."

"여기서 150리쯤 가면 만날 수 있는 노수 강기슭에 유사구(流沙口)라는 장소가 있네. 그곳 나루터만큼은 물살이 약해서 건너기가 쉽지. 맞은편 강가까지 건너면 산속으로 통하는 길이 하나 있고, 그 길이야말로 남만 군이 군량을 운반하는 유일한 길일세. 유사구를 차단하면 아회남, 동도나 등 무리가 내변을 일으킬 게야. 자네에게 명할 건 이 임무네."

"반드시 완수하겠습니다."

마대는 기꺼이 하류로 발걸음을 옮겼다.

유사구에 가보니 의외로 강바닥이 얕아 뗏목이 무색할 지경이었으므로 바로 도강할 수 있었다. 앗! 강물 한복판까지 다다르자 병사와 말이 갑자기 둥둥 떠내려가는 게 아닌가. 마대가 창황하여 급히 병사를 거두고 그곳 토박이에게 물으니, 이곳은 독하(毒河)라 부르는데 한창 더울 때는 수면에 독이 떠다녀서 그 물을 마시면 죽지만 한밤중에 날이 시원해질 때 건너면 중독되지 않는다고 전했다.

밤이 오기를 기다리면서 나무를 베고 대나무를 엮어 뗏목을 셀 수 없이 많이 만들었다. 2000여 기는 거뜬히 건널 수 있는 양이다. 건너편 기슭은 산지였는데 신기하게도 전진할수록 더 험준해졌다. 토박이에게 물으니 '협산(夾山)의 양장(羊腸, 양 창자로 꼬불꼬불하고 험한 길을 비유 – 옮긴이)'이라는 곳이다.

마대 군은 협산 계곡 양쪽에 진을 친 후 당일 중으로 그곳을 통과하는 남만 군 수송대 수레 100승 이상, 물소 400필을 앗았다. 다음 날에도 전리품을 거두었다. 촉나라가 한 습격은 험준한 요새에 집결한 10여 만 남만 군 식량 사정에 즉시 영향을 끼쳤다.

보급로를 지키던 남만 장수가 맹획이 있는 본영으로 달려와 급변을 보고했다.

"평북장군(平北將軍) 마대가 새로 참전한 군대를 이끌고 유사구를 건넜습니다."

맹획은 술을 마시다가 그 말을 듣고는 웃어젖혔다.

"강 한복판에서 절반 이상 죽었겠지. 멍청한 놈들이다."

"아닙니다. 한밤중에 건너온 모양입니다."

"누가 적에게 기밀을 알려줬느냐? 원주민 놈들을 베라."

"이미 늦었습니다. 적이 협산 계곡에 주둔하면서 우리 군 수송 부대를 습격하는 통에 아군이 매일 먹을 군량을 전부 놈들에게 빼앗기는 형편입니다."

"뭐라? 보급로를 막았다? 너는 뭐 하려고 보급로를 지켰느냐? 허수아비 같은 놈! 망아장을 불러라, 망아장을!"

망아장은 남만 장수 중에서도 기묘한 창을 부리는 용맹무쌍한 사내다.

"대왕, 어쩐 일이십니까?"

부름을 받은 망아장이 그 기다란 창을 옆에 끼고 가면을 뒤집어쓴 것 같은 얼굴을 쑥 내밀었다.

"3000명쯤 끌고 가서 협산에 있는 마대 목을 가져와라."

"다녀오겠습니다."

망아장은 씩씩하게 군 선봉에 서서 협산으로 향했지만 얼마 지나지 않아 그 부하들만이 대열도 갖추지 못한 채 도망쳐 돌아왔다. 그러고는 저마다 고했다.

"망아장은 적장 마대와 싸웠는데 단칼에 목이 베였습니다. 대체 왜 우리 대장이 어이없이 당했는지 도무지 영문을 모르겠습니다."

마음의 결박

1

"그럴 리가 없다!"

맹획은 의심했지만, 밤이 되자 원주민들이 망아장 목을 주워다 주었다.

맹획은 하룻밤도 멀리한 적이 없었던 술잔을 홱 집어던졌다.

"에잇! 누구든 가서 이 원수를 갚아다오! 망아장 대신 마대목을 베어 올 놈은 없느냐?"

"제가 가겠습니다."

"동도나인가? 좋지. 일전에 맛본 치욕을 씻고 와라."

맹획이 동도나를 적극 격려하며 용맹한 병졸 2000명을 더해 주어 5000명에 달하는 군사를 이끌고 협산으로 향하도록 독촉했다.

한편, 아회남에게는 별도의 대군을 맡겼다.

"공명 본진이 강을 건너오면 자칫 큰일이다. 너는 강을 단단히 지켜라."

촉군이 지치기 전까지는 꼼짝 않고 수비만 하면서 싸우지 않겠다던 맹획도 보급로라는 급소를 찔리자 당황할 수밖에 없었다.

협산에 있던 마대는 동도나가 새 병사를 거느리고 진지를 탈환하러 왔다는 소식을 접하고 직접 남만 군 앞에 나가 의기양양하게 큰소리로 꾸짖었다.

"동도나! 왕화를 모르는 오랑캐라 해도 설마 금수는 아닐 터. 귀가 뚫렸으면 들어라. 너는 일전에 우리 승상에게 붙잡혔을 때 이미 다 죽은 목숨을 건진 놈이 아니더냐? 남만 땅에 사는 인간들도 은혜를 안다던데 그들을 이끄는 장수씩이나 되는 자가 은덕을 저버리는 게냐? 그래도 싸우겠다면 이쪽으로 나와라. 너도 먼저 간 망아장처럼 목만 돌아가게 해주마!"

공명에게 풀려난 이후 애초부터 전의를 상실했던 동도나는 그 말을 듣고 부끄러워져 깃발을 거두고 냅다 도망치느라 혼쭐이 났다.

"어찌 된 일이냐?"

맹획은 눈을 부릅뜨고 추궁했다.

마대는 소문보다 뛰어난 영웅으로 자기들로는 어림없다는 동도나의 변명을 듣자 붉은 터럭에 둘러싸인 맹획의 푸르죽죽한 얼굴은 피라도 뿜을 것처럼 시뻘겋게 달아올랐다.

"이 배신자! 공명에게 은혜를 입고 딴마음을 품었구나! 좋다. 본때를 보여주마."

맹획은 남만을 상징하는 칼을 뽑아 들고는 당장 동도나 목을 베려 움직거렸다. 순간 주위에 있던 여러 동 출신의 남만 장수들이 술렁이더니 맹획을 만류하면서 동도나를 위해 연달아 애걸했다.

"분통 터지는 놈이지만 목숨만큼은 살려주겠다. 허나 동을 대표하는 장수들이여, 곤장 100대는 양보하지 않겠다."

맹획은 그 자리에서 병사에게 명하여 많은 사람 앞에서 동도나를 발가벗기더니 등에 곤장 100대를 치는 형벌을 내렸다. 온몸이 피투성이가 된 것도 모자라 명예가 땅에 떨어진 동도나는 자기 진영으로 돌아갔지만, 원통해서 참을 수 없었다. 종내에는 심복 부하를 모아놓고 상세히 설명했다.

"우리는 날 때부터 만국에 살았는데 여태까지 중국 군대가 까닭 없이 침략한 적은 한번도 없다. 그런데도 맹획 녀석이 되지도 않는 꾀를 부리는 바람에 위나라와 내통하거나 자기 힘만 믿고 큰소리치면서 촉나라 국경을 바라고 난을 일으켜서 이 지경에 이르렀다. 내 보기에 공명은 훌륭한 사람이다. 자기 지혜와 힘을 자랑하지 않고 촉나라 제왕을 깍듯이 공경하니, 왕의 인덕을 베풀겠다고 말만 앞세우는 사람이 아니다."

동도나는 속내를 털어놓으며 모두의 진심을 물었다.

"차라리 맹획을 죽이고 공명에게 항복해 남만 땅 모든 백성을 행복하게 해달라고 청하면 어떨까 하는데…. 그대들 의견은 어떤가?"

"동장님! 그것이야말로 저희가 바라던 바입니다."

부하의 절반 이상이 공명에게 한 번은 목숨을 구한 자들이었으므로 한목소리로 찬성했고 즉시 결행했다. 때마침 맹획은 본진 막사 안에서 낮잠을 자던 참이다.

"일어나라!"

본진으로 동도나 부하 100여 명이 들어와 불시에 베개를 걷어찬 후 맹획 팔을 잡아 꺾어 결박하니, 천하의 맹획도 소리만 칠 뿐 어쩔 도리가 없었다.

"이노옴들!"

2

"앗, 뭐냐?"

"무슨 일이 일어났어?"

벌집을 쑤셔놓은 듯한 소동이 벌어졌다. 다른 남만 장수나 경비병 등도 갑작스러운 사태에 어안이 벙벙할 뿐이다.

"노수로, 노수로 가자!"

동도나는 그 틈에 부하 100여 명 선두에 서서 맹획을 짊어지게 하고 남만 군 한복판을 무사히 빠져나왔다.

노수 기슭까지 와서는 미리 대기시켰던 마상이(통나무를 파서 만든 작은 배 – 옮긴이) 안에 맹획을 던져 넣은 후 부하들과 함께 배 몇 척에 뛰어올라 건너편 기슭으로 도망쳤다.

촉군 척후병은 곧 공명이 주둔하는 중군으로 가서 이변을 알렸다.

"왔는가?"

공명은 기다렸다는 듯 입을 열었다. 그러고는 진영 입구에서 영내까지 병사를 정렬시킨 뒤 창과 깃발을 늠름히 세워둔 곳으로 동도나 일행을 불러들였다.

공명은 동도나로부터 내막을 들은 후 그 공을 치하하고 부하들에게도 일일이 푸짐한 상을 내렸다.

"일단 동으로 돌아가라."

공명은 동도나 무리를 철수시켰다.

"맹획을 이리로 끌고 와라."

그다음 포박당한 채로 끌려온 맹획을 보자 일소하며 말을 걸었다.

"만왕, 또 왔는가?"

"왔다고는 해도 네 손에 생포되어 오지는 않았다. 잘난 체하지 마라."

맹획은 분노로 눈에 핏발을 세우며 온몸으로 공명이 하는 말을 되받아 윽박질렀다.

공명은 반박도 하지 않고 말을 이어 나갔다.

"그래? 누구 손에 잡혔든 전군 총사령관이라는 자가 포승에 묶여 적의 진영에 호송되어서는 이미 네 위엄도 땅에 떨어지고 이제 그 명령을 제대로 따르는 자도 없을 게다. 차라리 지금 깨끗하게 항복하면 어떠냐?"

"똥이나 처먹어라!"

맹획은 침을 찍 뱉고 사자처럼 사납게 고개를 저었다.

"오늘 맛본 불찰은 내가 방심해서 기르던 개에게 물렸을 뿐이니 내 수치도 아니고 내가 짠 전술이 잘못되어서 진 것도 아니다. 그러니 내 부하들은 복수를 결심할지언정 이 맹획을 내버려 둘 리 없다."

"그렇구나. 넌 좋은 부하를 부리는군. 여러 동 부하들이 차례로 동도나나 아회남처럼 되면 어찌하겠느냐?"

"나 혼자라도 싸우겠다."

"하하하. 무슨 말을 하는 것이냐, 맹획? 너는 이미 포로가 되어 내 눈앞에서 손가락 하나 까딱하지 못하는 몸으로 붙잡혀 있잖느냐?"

"…."

"지금 내가 목을 베라고 한마디만 하면 네 목은 즉시 몸에서 떨어져 나간다. 우리 촉군은 왕도를 아는 병사들이다. 진심으로 따르는 자를 어찌 모질게 대하고 목을 베겠느냐? 하물며 넌 남만 지역 왕이라 칭송받는 자일뿐더러 중국 문명을 조금은 알고 문자도 읽을 수 있으며 오랑캐답지 않게 용병술에도 훤하다. 그냥 죽이기는 아깝지. 나는 안타까울 뿐이다."

"승상, 한번 더 나를 놓아주지 않겠냐?"

"놓아주면 어쩔 셈이냐?"

"놓아주면 요새로 돌아가 격문을 띄워 여러 동에 남아 있는 용맹스러운 자를 그러모아 제대로 전술을 짜서 다시 촉군과 한판 붙어보겠다."

"흠…. 그다음은?"

"내가 이기리라 장담한다. 일이 잘못되어 이번에도 다시 촉군에게 패하면 동족(洞族)을 거느리고 깨끗하게 항복하겠다."

공명은 씩 웃었다. 그러고는 병사에게 명해 즉시 맹획을 묶은 뒷짐결박을 풀었다.

"다음번에는 마음껏 싸워보거라. 재차 내 앞에서 추한 꼴을 보이지 않는 편이 좋을 게다."

　공명은 술을 넉넉하게 내리고 말을 내주어 맹획을 노수 기슭까지 배웅한 후 풀어주었다. 맹획은 배 안에서 두 번 정도 뒤를 돌아보았지만, 강가에 닿기가 무섭게 범처럼 뛰어 산채로 올라가 버렸다.

공명, 세 번 사로잡아 세 번 놓아주다

1

맹획은 산성에 돌아가자마자 여러 동에 남아 있는 남만 장수를 불러 모았다.

"오늘도 공명을 만나고 왔다. 그놈은 내가 붙잡혀도 죽일 수가 없었다. 나는 불사신이기 때문이다. 그놈들이 휘두르는 칼을 물어뜯어 부러트리고 놈들이 주둔하는 진영을 때려 부수는 기술쯤은 식은 죽 먹기다."

전처럼 큰소리치며 무지한 남만 장수들을 어리둥절하게 만들고는 명령했다.

"만약 내가 아니었다면 오늘은 살아 돌아오지 못할 뻔했다. 동도나와 아회남은 파렴치한 놈들이다. 곧바로 둘로 나뉘어 그놈들 목을 가져와라."

이튿날 밤, 요새 둔을 이뤄선 남만 장수들은 몇 패로 나뉘어 매복했다. 낮 동안 공명이 보낸 사자라고 어루꾀어 동도나와 아회남을 불러냈다.

아뿔싸! 두 사람은 계략에 빠져 동에서 나와 산을 넘어 노수로 뻗은 길에 접어들었다. 즉시 신호를 보내는 각적 소리가 울리고 사방에 숨어 있던 맹획 휘하 병사들이 동도나를 죽이고 아회남을 에워싸더니 목을 베어 시신은 골짜기에 걷어차 떨어트리고 와! 소리를 지르며 이리 떼처럼 본진으로 돌아왔다.

"잘도 내 발등을 찍었겠다? 꼴좋다!"

맹획은 두 사람 수급을 보고 욕지거리를 마구 퍼부었다. 그러고 나서는 밤새 질펀하게 화풀이용 술잔치를 벌였다.

맹획은 한숨 자고 일어나 정신을 차리고는 불현듯 외쳤다.

"좀이 쑤셔서 견딜 수가 없다. 자, 이제부터다. 촉군을 쫓아버리고 공명의 고기를 씹고 피를 마시자! 이 맹획에 꿀리지 않겠다고 결심한 자는 다 따르라!"

맹획이 구리 방울을 흔들고 철적(鐵笛)을 불며 북을 울려 출진을 재촉하자 요새 안에 있던 남만 장수들은 피가 부글부글 끓어올랐다.

"자, 나가자!"

남만 장수들은 제각기 군사를 이끌고 맹획 뒤를 따라 맹렬히 달려 나갔다. 맹획은 맨 먼저 협산으로 방향을 잡았다. 협산에 주둔하는 적장 마대를 섬멸할 작정으로 찾아갔지만 예상과는 달리 이미 촉나라 병사들은 그림자조차 보이지 않는 게 아닌가.

"어디로 이동했지?"

협산에 사는 원주민에게 물으니 그저께 밤 급하게 도강하여 북쪽 기슭으로 후퇴했다는 것이다.

"앗! 한발 늦었구나."

맥이 빠진 맹획은 일단 본진으로 돌아왔는데 도착해보니 맹획이 진영을 비운 사이 아우 맹우(孟優)가 형이 고전한다는 소문을 듣고 저 멀리 남쪽 은갱산(銀坑山)에서 병력 2만을 이끌고 합류한 상태였다.

남만족에게도 형제간에 나누는 정은 도타운 모양이다. 아니, 그 친밀감을 표현하는 데 중국인보다 숨김이 없었다.

"잘 왔다. 아주 잘 와주었어."

두 형제는 얼싸안고 뺨을 비비며 기뻐했다. 그러고는 한밤중까지 술잔을 기울였는데 그사이에 흡족한 비책을 세웠는지 이튿날이 되자 맹우가 부하 100명에게 새털을 붙이거나 남만 특유 염료로 물들인 옷을 입히고 건너편 기슭에 있는 적지를 향해 노수를 건넜다.

하선했을 때 병사 한 명 한 명을 살피면 맨발이지만 짐승 뼈로 만든 발찌를 끼고 상반신은 구릿빛 피부를 드러냈는데 팔목에 물고기 눈과 조개껍데기로 만든 팔찌를 차고 파란 눈에 붉은 털로 뒤덮인 머리에는 백공작과 극락조 깃털을 꽂으니 그 괴이한 아름다움에 눈을 의심할 정도다.

게다가 병사 100여 명은 제각각 금은주옥을 비롯해 상아며 비단이며 다 들 수 없을 정도 되는 보물을 가지고 맹우 통솔 아래 공명이 있는 진을 향해 얌전히 걸어갔다.

이윽고 그 행렬이 진문에 다다르자 즉시 망루에서 휘이휘이 키는 호가(胡角) 소리가 울리더니 군비며 병마로 답한 뒤 군사 한 무리가 앞을 가로막았다.

"기다려라! 어디 가느냐?"

말 위에 걸터탄 사람을 보니 이자가 바로 어제 맹획이 벌써 모습을 감췄다며 발을 구르던 촉나라 마대다.

맹우는 땅에 엎드려 절하고 일부러 벌벌 떨며 말했다.

"형님을 대신하여 정식으로 항복하러 왔습니다. 저는 아우 맹우입니다."

"기다려라."

마대는 진문 안에 이 사정을 전했다.

이때 공명은 여러 장수와 무언가 회의하는 중이었는데 보고를 듣자마자 곁에 있던 마속을 돌아보고 미소 지으며 물었다.

"알겠는가?"

2

"예."

마속은 끄덕였지만, 주변 장수들 이목이 꺼려졌다.

"말로는 아뢸 수 없습니다."

그러더니 종이와 붓을 들어 무언가를 써서 공명에게 슬쩍 보여주었다.

공명은 한번 읽고는 빙긋이 웃으며 무릎을 탁 쳤다.

"그렇다. 그대 생각은 내 의중과 정확히 맞는다. 맹획을 세 번 생포하는 계책이 바로 그 방법이다."

나음으로 조운을 곁으로 불러 어떤 계책을 내리고 위연, 왕평, 마충, 관색 등에게도 각각 행동 방침을 일러준 뒤 그 자리에서 즉시 각 방향으로 출발하라 재촉했다.

"자, 서둘러라."

그러고는 맹우를 불러들여 일부러 의심하는 척했다.

"왜 갑자기 항복하러 왔는가?"

맹우는 땅에 납작 엎드려 고했다.

"형 맹획은 남만국 으뜸이라 불리는 벽창호입니다. 해서 두 번이나 붙잡혀 승상께서 내려주신 은덕으로 목숨을 보전하면서도 반항하겠다고 저희에게 병사를 일으키라 재촉했습니다. 이 사실을 알고 본국에 있는 일족과 여러 동의 장로들은 반대하며 형이 고집스러운 우매함을 깨우치고 길이 촉제께 복종하라고 간곡히 의견을 말했더니 결국 형님도 승상의 무위와 온정에는 도저히 대적할 수 없다는 사실을 깨닫고 자신이 가기는 멋쩍으니 제게 대신 가서 항복을 받아주십사 간청하고 오라 말했습니다."

맹우는 남만에서도 보기 드문 달변가다. 눈물을 쏟을 듯한 표정으로 고하며 데리고 온 남만 병사 100여 명을 시켜 공물을 산처럼 쌓았다.

"형 맹획도 은갱산 궁전으로 돌아가 많은 재물을 우마에 싣고 천자에게 진상할 겸 곧 이곳에 투항하러 올 예정입니다."

맹우가 하는 말을 처음부터 끝까지 들은 후, 공명은 비로소 맹우를 친근하게 대했다. 그러고는 진심으로 남만족이 해오는 투항을 환영하고 진상품을 바라보며 더할 나위 없는 기쁨과 만족을 표했다. 자리를 옮겨 주연을 성대하게 열고 성도에서 가져온 미주와 사천에서 맛볼 수 있는 좋은 요리를 극진히 대접했다.

낮부터 시작한 연회다. 날이 어둑어둑해지자 악사들이 풍악을 울리고 촉나라 병사가 춤을 추어 흥을 한껏 돋우었다. 남만의 푸른 밤이 깊어가도 바람은 따뜻하고 별빛이 환하여 기쁨은 가실 줄 몰랐다.

그날 밤, 아니 그 무렵이었을 것이다. 남만에서 이름난 용맹한 병사 1만여 명의 그림자가 이미 노수 상류를 넘어 산골짜기 숲을 빠져나와 촉나라 진영 불빛을 나침반 삼아 교활한 들짐승처럼 바스락대며 촉진 뒤로 살며시 밀려왔을 줄이야….

이 용사들은 저마다 유황, 염초, 짐승 기름, 마른 가지 등을 든 모습이다. 바로 이때다 싶자 맹획은 벌떡 일어나 수신호를 보냈다.

"저것이 공명 본진이다. 오늘 밤에는 기필코 놓치지 마라!"

맹수 같은 군사들의 그림자는 쏜살같이 덤벼들었다. 맹획도 뛰어들어 갔다. 어찌 된 일인가? 본진에는 등불이 한낮처럼 휘황하게 타올랐지만, 사람이란 사람은 다 술에 취해 곯아떨어졌을 뿐 누구 하나 일어서서 돌아보지 않았다.

보아하니 엎드려 있는 자들은 전부 맹우 부하다. 아니, 맹우도 자리 한가운데에 쓰러져 괴로운 듯이 몸부림치면서 아군 병사들을 보고 자기 입을 손가락으로 가리켰다.

"아우야! 어찌 된 일이냐?"

맹획은 아우를 안아 일으켰지만, 맹우는 입도 벙긋하지 못했다. 속이려다가 속은 것이다. 말할 나위 없이 독술이 온몸에 퍼져 쓰러진 게 아닌가.

"당했다!"

이런 줄도 모르고 남만 병사들은 사방팔방에서 염초와 기름 독을 던져 필사적으로 화공을 준비했다. 맹획은 아우 몸을 끌어안고 뛰쳐나왔다.

"기다려라! 밖에서 불을 지르면 안에 있는 우리 아군이 불타 죽는다! 나는 맹획이다. 내가 지나가도록 혈로를 열라."

그러자 촉나라 대장 위연이 화염 아래에서 북을 울리고 창끝을 들이대며 한달음에 달려왔다.

"지나갈 수 있으면 지나가 봐라!"

서둘러 반대편으로 도망가니 조운 군대가 기다렸다가 추격해 왔다.

"맹획! 천명은 오늘로 끝났다!"

어느새 아우도 내팽개치고 맹획은 혈혈단신 노수 상류로 줄 걸음을 놓았다.

3

강기슭에 남만 배 1척이 눈에 띄었다. 남만 병사도 20~30명쯤 타고 있는 게 아닌가.

"여봐라! 나를 태우고 강을 건너라."

숨을 헐떡이며 도망친 맹획이 명령을 내리면서 하늘을 날 듯한 기세로 그 배에 올라탔다.

"잡았다!"

동시에 배 안에 있던 몇 명인가가 일제히 일어나 이물과 고물로 갈라져 앞뒤로 달려와 와! 하고 맹획을 내리눌렀다.

"악! 허둥대지 마라. 나다, 맹획이다."

소리 지르며 발버둥치는 맹획을 사정없이 칭칭 동여매 뭍 위로 끌어 올렸다.

"어리석은 놈아, 우리는 마대 군이다. 자, 이제 승상이 계신 진영으로 가자."

공명의 본진은 그날 밤도 포로로 가득 차 정신 사나웠다. 먼저 흉악한 자 10명의 목을 베고 나머지는 술을 내주거나 따끔하게 곤장을 친 다음 선물을 주고 남김없이 풀어주었다.

"맹획은 어찌할까요?"

막료들이 마지막으로 물었다.

"맹획, 또 왔느냐?"

공명은 유유히 맹획 앞에 앉아 야유했다.

맹획은 두 번 겪은 경험으로 얼마간 요령이 생긴 모양이다. 분연히 대답하며 시치미를 뗐다.

"오늘 밤 맛본 쓰라린 패배는 어리석은 아우 놈이 걸신처럼 술과 음식을 탐해서 이 맹획이 세운 계책을 아군이 망쳐버린 탓이다. 그러니 싸움에 졌다고는 생각지 않는다."

"맹획, 검을 겨루는 싸움에서는 지지 않았다 해도 술책에서는 지지 않았느냐. 네가 배 안에 뛰어든 짓은 어떠냐?"

"실책이다…."

맹획도 이 대목에서는 솔직히 인정했지만, 여전히 억지를 부렸다.

"인간이니 어두운 곳에선 돌부리에 걸려 넘어지기 마련이다."

공명은 조금 엄격한 표정을 지으며 말했다.

"이미 너를 세 번이나 생포했다. 이리된 이상 약속대로 목을 베겠다. 맹획, 남기고 싶은 말이 있느냐?"

"기다려라!"

조금 전과는 전혀 다른 모습으로 맹획은 목숨을 아까워하며 창황했다.

"한 번만 더 풀어줘라."

"아무리 참을 인 자 셋이면 살인도 피한다지만 내 인정에도 정도가 있다."

"딱 한 번이면 된다."

"그 한 번으로 무엇을 하고 싶은가?"

"기분 좋게 싸우고 싶다."

"다시 생포당한다면?"

"그때는 참수를 당해도 후회 없다."

"하하하."

공명은 호탕하게 웃어젖혔다. 그러더니 느닷없이 칼을 뽑아 맹획을 묶은 포승을 잘랐다.

"맹획, 다음번에는 군서를 꼼꼼하게 살펴서 두 번 다시 후회를 남기지 않도록 진용을 재정비하고 와라. 가만있자, 네 아우는 어찌 되었느냐?"

"앗, 이것이?"

"혈육을 잊다니…. 그래가지고 남만왕으로서 토착민을 복종시킬 수 있겠느냐?"

"불 속에서는 구해냈지만, 도중에 헤어져 죽었는지 살았는지도 모른다."

"여봐라, 맹우는 어찌 했느냐?"

공명이 좌우에 명령하자 장수들이 장막 안으로 들어가 우르르 남만 장수 하나를 에워싸고 데려왔다.

"머, 멍청한 자식! 아무리 평소에 술을 좋아하기로서니 적이 주는 독주까지 마시는 바보가 어딨냐!"

공명이 웃으며 두 사람을 떼어놓았다.

"아군이 패했다고 화를 내며 적진에서 바로 형제 싸움을 하다니, 이미 군서의 가르침에 어긋나지 않았느냐? 자, 사이좋게 돌아가거라. 이번에는 형제가 똘똘 뭉쳐 공격해도 좋다."

두 사람은 감사의 절을 하고 촉군을 뒤로했다.

배를 청하여 노수를 건너 아군 측 산성으로 돌아가려 발걸음을 떼어 산에 오르니 산채 위에서 촉나라 대장 마대가 깃발을 등진 채 창을 짚고 서서 호통쳤다.

"맹획, 맹우! 무엇을 바라느냐? 화살이냐, 창이냐, 검이냐? 그것도 아니라면 석포냐?"

혼비백산하여 한쪽 봉우리로 달아나니 그곳에서도 촉군 깃발이 파도처럼 죽 늘어선 뒤로 촉나라 장수 조운이 모습을 드리내며 외쳤다.

"이놈들아, 승상이 베푼 크나큰 은혜를 잊지 마라."

또 도망쳤다. 가는 계곡과 이르는 산마다 촉나라 깃발이 보이지 않는 곳이 없으므로 두 사람은 멀리 남만 남쪽으로 도망칠 수밖에 없었다.

왕풍을 실은 백우선

1

남만 땅은 수천 리로, 그 넓이는 끝을 짐작할 수 없었다. 공명이 이끄는 대군은 노수를 뒤로하고 계속 전진했는데 수십 일 동안 적의 그림자도 보지 못했다.

맹획은 넌더리가 난 모양이다. 남만 중심부로 멀리 도망친 후 심혈을 기울여 재기를 꾀했다.

만국 8경(境) 93전(甸) 각 동장(洞長)에게 격문을 띄웠고 사자를 일일이 보내 금은과 영예로운 지위를 내리며 이런 말을 퍼트렸다.

"공명이 이끄는 대군이 공격했다. 온 남만을 정벌하여 이 나라에 촉나라 도시를 건설하고 우리 토착민을 전부 죽이겠다고 외친다. 그놈들은 속임수에 능하고 문명이 발달한 무기를 쓰니 상대하기 만만찮지만 수천 리를 행군했고 기후나 풍토도 익숙지 않아서 대부분은 기진맥진한 상태다. 그러니 겁내지 않아도 된다. 여러 동에 있는 병사가 힘을 모아 쳐부수면 촉제도 기가 질려서 두 번 다시 우리들 나라에 눈길조차 보내지 못하리라."

이 격문은 성공했다. 여러 동에 있는 우두머리 가운데는 향기롭고 맛 좋은 술이나 잘 익은 과일과 고기 등에 질리고 평탄한 생활을 보내며 좀이 쑤셔 견딜 수 없어 하는 무리도 있기 마련이다. 그 사람들은 만국왕 맹획이 봉화를 올리자 오랜만에 자극을 받아 각 지역에서 군사를 이끌고 속속 규합했고 순식간에 구름 같은 대군을 이루었다.

"이 정도 모였으면 됐다."

맹획은 그지없이 기뻐했다.

"공명은 지금 어디에 진을 쳤을꼬?"

정찰병을 보내자 곧 부하가 보고했다.

"서이하(西洱河)에 대나무로 만든 배다리를 놓고는 남쪽과 북쪽 기슭에 진을 쳤습니다. 북쪽 기슭에서는 강물을 해자로 삼아 성벽까지 쌓아서…."

"하하하. 내가 노수에서 했던 포진을 그대로 따라 하는구나."

야성은 쉽게 자만한다. 종전에 맛본 패배도 금세 잊는다. 더욱이 새 연합인 93전 세력까지 등에 업었으니 맹획 가슴속 투지는 하늘을 찔렀다.

"어디 한번 혼비백산하게 해줄까?"

맹획은 당장 군사를 진군시켜 공명이 진을 쌓은 서이하 남쪽을 노렸다.

털이 붉은 남만 소 등에 미얀마산 금빛 비단을 깔고 모과나무로 만든 안장을 얹어 그 위에 걸터탄 맹획은 무소 가죽으로 만든 갑옷을 몸에 걸치고 왼손에 방패를, 오른손에 장검을 들었다. 침으로 위풍당당한 모습이다.

"맹획이 대군을 이끌고 다가옵니다."

사륜거를 타고 마침 남쪽 기슭에 있는 촉병 각 부대를 시찰하던 공명은 보고를 받았다.

"질풍을 몰고 올 구름이다. 비에 젖기 전에 도망치자."

그러고는 길을 바꾸어 본진으로 화급히 돌아갔다.

냄새를 맡은 맹획은 지름길로 달려가 쏜살같이 코앞까지 추격해 왔다.

"옳거니! 따라잡겠다!"

아쉽게도 간발의 차로 공명 군은 진영 안으로 먼저 달려 들어갔고 그 후로는 철통같이 문을 걸어 잠그고 구태여 싸우지 않았다.

"적은 약하다!"

만군은 촉나라를 얕보았다. 전부터 촉군 태반은 이미 지친 상태라는 말을 들은지라 도발하는 정도가 더욱 심했다. 날이 갈수록 알몸으로 진영 문 가까이에서 무리지어 엉덩이춤을 추거나 눈꺼풀을 까뒤집고 복장을 긁는 등 촉군 분통을 터트렸다.

촉나라 장수들은 치를 떨며 공명에게 몰려가 부탁했다.

"저 원숭이들이 사람을 깔보는 짓이 가관입니다. 한번 진영 문을 열고 나가 쫓아버리면 안 되겠습니까?"

공명은 여전히 허락지 않았다.

"싱화에 복강된 띠에는 그 흡교 쇼키거 시랑스러워질 게다. 당분간은 좀 참자."

원숭이가 떠는 교만은 하늘 높은 줄 몰랐다. 애당초 군법이 없는 집단이니 미치광이 같은 짓은 기가 막힐 정도다. 공명은 어느 날, 높은 곳에서 그 모습을 구경한 후에 유막에 있는 장수들에게 말했다.

"이제 됐구나."

마음속에는 이미 계책을 세운 모양이다. 조운, 위연, 왕평, 마충 등에게 무슨 말인가를 속닥여 비책을 내리고 마대와 장익도 불러들였다.

"모두 소홀히 하지 마라."

당부하고는 자리를 떴다. 공명은 즉시 사륜거에 올라 관색을 이끌고 대나무로 만든 배다리를 바람처럼 건너 서이하 북쪽으로 이동했다.

2

호각을 불고 큰 징을 울리며 때로는 남만 북을 치면서 남만 군사는 그 후 매일같이 진영 문 밖으로 몰려왔다.

그래도 촉나라 진지는 잠잠했다. 깃발만 바람에 펄럭일 뿐 무사들이 움직이는 소리도 들리지 않거니와 화살 하나도 쏘지 않았다.

맹획은 다시 한번 경고했다.

"공명은 꾀가 많은 놈이니 무턱대고 안으로 빠져들지 마라."

이상하게도 지나치게 변화가 없고 아침저녁으로 밥 짓는 연기조차 오르지 않으니 어느 날 아침 큰맘 먹고 문 하나를 돌파

헤 우르르 안으로 달려 들어갔다. 수레 수백 승이 군량을 실은 채로 내버려져 나뒹굴고 무기나 마구 등도 어질러진데다 잠을 자거나 밥을 먹은 흔적이 어수선하게 내팽개쳐져 있을 뿐 넓은 진영 안 어디를 보아도 횅뎅그렁했다.

"응? 철수했나? 어느새 퇴각했지?"

맹우가 수상히 여기며 말하자 맹획은 비웃었다.

"이 꼴을 보니 꽤나 서둘러서 간 모양이다. 이 정도 견고한 진영을 버리고 천하의 공명이 하룻밤 사이에 도망간 걸 보면 본국에 무슨 급변이 생긴 것이다. 분명 촉나라에 오나라가 쳐들어갔거나 위나라가 공격했거나 둘 중 하나겠지. 그렇지, 쫓아가서 한 놈도 남기지 말고 처죽이자!"

맹획은 물소 위에서 아군에게 호령하고 돌연 전군에게 서이하 남쪽 기슭까지 공명 군을 뒤쫓도록 명령했다.

그곳까지 가서 북쪽 기슭을 보아하니 마치 장성 같은 성벽이 서 있는 게 아닌가. 성루 숫자만 해도 수십 곳으로 어디든 깃발이 늘어서 나부꼈고 번쩍거리는 창극을 꽂아놓아 함부로 가까이 다가갈 수조차 없었다.

"놀랄 것 없다. 저것도 공명의 허세다. 저렇게 해놓고 북으로 퇴각하려는 계략일 터. 아우야, 한번 봐라. 사나흘 지나면 또 저기도 깃발만 남고 촉나라 놈들은 하나도 남지 않을 게다."

맹획은 수하 병사들에게 대나무를 베어 뗏목을 엮어두라고 명했다.

수천수만 남만 병사는 기다란 대나무를 하나둘 베어 뗏목을 짜기 시작했다. 그사이 아침저녁으로 건너편 기슭을 주의해 살피니 촉군 수가 눈에 띄게 줄어갔다. 나흘째 되니 사람 그림자를 볼 수 없었다.

"내 혜안이 어떠냐?"

맹획은 좌우에 있는 동계 장수에게도 우쭐거리며 도강하려 시도했지만, 그날은 돌이 날아다닐 정도로 광풍이 불어 잠시간 날씨를 보자며 병사와 말을 기슭에서 물렸다.

"바람이 그치지 않으니 저 높은 파도는 어쩔 도리가 없습니다. 먼젓번에 촉군이 버리고 간 진영에 들어가 밤이 새기를 기다리는 편이 이득 아니겠습니까?"

"그러자. 아우야, 전군에게 호령해라."

맹획은 맹우에게 당부하고 맨 앞에서 후퇴를 개시하여 예의 진영에 들어가 쉬었다.

밤이 되자 광풍은 기세를 더하여 밤하늘에 모래가 흩날렸다. 말도 병사도 눈앞을 가리고 사방으로 난 진영 문으로 들어가니 그토록 넓은 영내가 칠흑 같은 어둠으로 메워질 정도였다. 이윽고 잠이 들 무렵이다. 바람 소리가 아닌 꽹과리와 북소리가 사방에서 울려 퍼졌다. 어이쿠! 병사와 말이 진영 안에서 동요하기 시작했을 때는 사방 어디건 화염 벽과 불 지붕으로 덮인 뒤였다. 밟혀 죽고 불타 죽으니 아비규환이 따로 없었다.

"이런 제길, 당했다!"

맹획은 피붙이 몇몇에게 둘러싸여 아슬아슬하게 한쪽 구석 문을 통해 맹렬한 불길에서 탈출했다. 밖으로 나오기 무섭게 목청을 높이며 부르는 이가 뒤쫓았다.

"나는 촉나라 대장 조운이다!"

서이하에 남거놓은 동의 군사들 속으로 도망치려 했더니 그 아군도 대부분 내쫓긴 상태였고 뒤에서 쫓아오는 군사는 촉나라 마대 군으로 바뀐 게 아닌가. 소스라치게 놀라 도중에 되돌아가려 애쓰니 이미 퇴로도 촉병 그림자로 메워져버렸다.

산으로 도망가고 계곡에 숨으며 밤새 쫓겨 다녔다. 길이 난 곳마다 촉군이 치는 꽹과리와 북소리가 울리고 창과 극이 무섭게 날아들었다.

맹획은 겨우 부하 십수 명과 기진맥진하여 서쪽 산허리로 내려왔다. 그사이 이미 날이 밝았다. 가만히 보니 저 너머에 한 덩어리 야자나무 숲이 보였다. 병사 한 무리와 깃발 몇 폭이 사륜거를 밀고 나왔다. 맹획은 악몽에 시달리듯이 악! 하고 비명을 지른 후 되돌아 도망쳤다.

3

사륜거에 탄 공명은 비단으로 만든 두건을 쓰고 학 깃털로 만든 옷을 입는 등 평소와 다름없는 복장으로 백우선을 부쳤는데 맹획이 혼비백산하여 도망치자 껄껄 웃으며 부채를 치켜들고 높은 목소리로 맹획을 불렀다.

"맹획, 왜 도망치느냐? 너는 붙잡힐 때마다 용맹하면 패배하는 일은 없다고 말하기 않았느냐? 기급 뒷모습을 보입 점드라면 아무리 싸워도 이 공명에게 이길 자신은 없는 모양이구나."

그러자 맹획은 분연히 발길을 돌리고 외쳤다.

"닥쳐라! 내가 언제 뒷모습을 보였냐?"

그러고는 아군을 돌아보며 맹수 왕처럼 사납게 부르짖었다.

"여봐라! 저짓는 놈이 공명이다. 저 인간이 파놓은 계책에 빠져 나는 세 번이나 치욕을 당했다. 저놈을 맞닥뜨린 건 행운. 나와 함께 힘을 다해 사람이나 수레나 다 박살 내자! 저놈 목을 따오면 온 남만국에 축제가 열리리라."

"에잇!"

"와!"

부하 십수 명은 수많은 동 가운데서 손꼽히는 맹장뿐이었고 동생 맹우도 몇 번이나 맺힌 원한에 불탔으므로 일제히 함성을 지르며 우르르 사륜거를 향해 내달렸다.

촉병은 즉시 사륜거를 밀며 발뺌했다. 추격도 빠르고 도망도 빨랐는데 그 거리를 좁히기는커녕 맹획과 맹우를 비롯한 남만 무리는 천지가 무너지는 듯한 흙먼지와 함께 한꺼번에 함정으로 떨어져버렸다.

그 소리를 신호로 위연이 이끄는 군대 수백 기가 나무 사이사이에서 달려 나와 함정에서 1명씩 끌어내어 솜씨 좋게 줄줄이 묶었다. 사륜거는 이미 시원스럽게 촉나라 본진으로 향한 지 오래다. 공명은 본영으로 돌아가기 무섭게 맹우를 꿇어앉히고 부드럽게 타일렀다.

"네 형은 참으로 이상한 자가 아니냐? 생포 당했다가 다시 여기로 오기를 오늘로 이미 네 번째다. 아무리 미개한 만국이라해도 사람이라면 수치심은 있을 터. 네가 좀 달래보아라."

그러고는 술을 푸지게 내주고 뒷짐결박을 풀어 부하들과 함께 방면해주었다.

그다음 맹획을 면전으로 끌고 오도록 했는데 맹획을 향해서는 전에 없이 호되게 호통쳤다.

"이 보잘것없는 놈! 무슨 면목으로 내 앞에 또다시 포박되어 왔느냐?"

그러고는 불같이 화를 내며 힐책했다.

"중국에선 은혜를 모르는 놈은 사람이 아니라 여기고 염치가 없는 놈은 부끄러움도 모르는 짐승이라 여기며 금수보다 천시하는데 너야말로 그 금수보다 못한 놈이다. 이래도 네가 남만 왕이냐? 그것참 희한한 동물이구나."

맹획도 이날만큼은 아무 소리도 못 지르고, 수치는 아는지 눈을 감은 채 흰 엄니만 내놓고 입술을 깨물었다.

"이제는 용서할 수 없다. 오늘은 목을 벤다."

공명이 말해도 맹획은 눈을 뜨지 않았다. 공명은 별안간 백우선을 들어 무사에게 하명했다.

"진영 뒤로 끌어내어 이 짐승 왕의 목을 베라."

무사들 여럿이 우르르 몰려들어 맹획을 묶은 포승을 잡고 일어서라며 재촉했지만, 맹획은 아무 말도 하지 않고 뻣뻣이 버텼다. 이윽고 걸음을 내딛자 비로소 형형히 눈을 뜨고 공명 얼굴을 노려보았다.

결국 꽤나 태연자약하게 형을 집행할 멍석에 앉았는데 무사를 돌아보며 다시 한번 공명을 불러달라고 부탁했지만 들은 척도 하지 않자 갑자기 울부짖었다.

"공명! 한 번만 더 이 오라를 풀어주면 다섯 번째는 반드시 네 번 맛본 치욕을 씻겠다. 죽어도 좋지만 부끄러움도 모른다는 말을 들은 채로는 죽을 수 없다. 야! 야, 이 공명아! 한 번만 더 싸우자!"

공명이 일어나서 다가왔다.

"죽기 싫다면 왜 항복하지 않느냐?"

냅다 머리를 흔들던 맹획은 통곡하는 듯한 눈초리로 입에서 불을 뿜듯이 욕을 퍼부었다.

"투항은 하지 않는다! 죽는다고 해도 항복 따위 할까 보냐? 나는 속임수에 당했다. 이 사기꾼아! 떳떳하게 한 번 더 나와 싸우자!"

"그렇게까지 말한다면 좋다. 돌려보내라."

공명은 빙긋 웃으며 방 안으로 모습을 감췄다.

독 샘물

1

맹획은 자기 진영으로 터덜터덜 발걸음을 옮겼다. 며칠 동안은 멍하니 생각에 잠겨 시간을 보냈다.

"형님, 아무래도 공명에게는 이길 수 없으니 차라리 항복하면 어떨까요?"

맹우가 충고하자 맹획은 갑자기 정신이 번쩍 든다는 듯이 눈을 확 뒤집고 일갈했다.

"멍청한 소리를 지껄이는구나. 너까지 그런 말을 하느냐? 두 번 다시 입을 놀리면 용서치 않겠다."

"형님은 요즘 넋 나간 사람처럼 침울해하잖아요."

"내가 네 번이나 생포된 이유는 계략에 빠져서다. 그러니 이번에는 내가 먼저 공명을 계략에 빠트리려고 묵묵히 지혜를 짜내느라 고심하였다."

"음, 남만국에서 지혜로운 자라면 천하의 타사왕(朶思王)이 있지요."

"옳거니. 내가 왜 타사왕을 떠올리지 못했을까? 아우야, 사자가 되어 타사왕에게 다녀오너라."

맹획은 부리나케 맹우에게 자기 뜻을 설명한 후 독룡동(禿龍洞)에 있는 타사왕에게 보냈다.

맹획의 부탁을 듣고 타사왕은 가타부타 말할 필요도 없이 병사를 그러모아서 만왕 맹획을 자기 영토로 맞이했다. 맹획이 거듭 패전했던 상황과 공명의 지혜가 얼마나 대단한지 구구절절 설명하자 웃음을 터트렸다.

"걱정하지 마십시오. 맹왕이여, 안심하십시오. 우리 동계는 난공불락을 자랑하는 험준한 땅이니 이곳으로 병사를 모으면 제아무리 공명이든 촉군 장수든 그 누구도 살아서 돌아갈 수는 없습니다."

그러고는 덧붙여 설명했다.

"맹왕께서 이리로 오신 통로는 지금이 평상시라서 열어두었지만, 유사시에는 절벽과 절벽이 바짝 붙은 좁은 길을 거대한 나무와 돌로 막아 동계 어귀를 즉시 차단할 수 있습니다. 서북쪽에는 암석이 치솟고 밀림이 빽빽하며 독사나 전갈이 수두룩하니 새조차 날지 못할 정도로 험준합니다. 그러니 하루에 딱 미시(未時), 신시(申時), 유시(酉時)에만 오갈 수 있습니다."

"왜 그런가?"

맹획이 묻자 타사왕은 더 자세하게 설명했다.

"그 까닭은 저희도 잘 모르지만, 미시, 신시, 유시 외에는 뿌옇게 장기(瘴氣, 축축하고 더운 땅에서 생기는 독한 기운 – 옮긴이)가 이는데 땅이 울리고 바위틈에서 끓는 유황이 분출하니 병사도 말도 무서워서 가까이 가지도 못합니다. 해서 그 주위는 초목도 온통 말라 비틀어져서 보이는 것이라고는 불타는 지옥 같은 황량한 땅뿐입니다. 산 하나를 넘어 밀림 계곡으로 들어가면 독 샘물이 네 곳 있는데, 그 가운데 하나를 아천(啞泉)이라 부릅니다. 마시면 하룻밤 새에 입이 부르트고 장을 잡아 뜯기는 것처럼 고통스러워하다 닷새를 넘기지 못하고 죽습니다."

"오오…. 다른 샘은?"

"멸천(滅泉)이라 일컫는 샘은 한없이 파랗고 물이 따뜻해서 온천 같습니다. 만약 이 샘에 몸을 담그고 목욕하면 살가죽이 문드러져 죽음에 이르니 나중에 바닥을 내려다보면 허연 뼈만 남아 있을 뿐입니다."

"그다음은?"

"흑천(黑泉)입니다. 물이 맑고 아름답지만, 손발을 담그면 시커멓게 변해서 극심한 고통이 좀처럼 가시지 않습니다."

"마지막은?"

"유천(柔泉)은 얼음처럼 차가워서 불볕더위를 헤치고 온 나그네는 달려들어 샘물을 마시지만 그러고 나서 살아난 사람은 옛날부터 아무도 없었습니다."

"아하! 제아무리 공명이라도 동계는 넘어올 수 없을 게야."

"후한 시대에 복파장군(伏波將軍) 마원(馬援)이라는 자만이 이곳에 온 적이 있다고 들었는데 이후로는 그 어떤 영웅이 이끄는 군대라도 이 동계를 무사히 지나간 적이 없습니다."

"정말 고맙소. 동계에 진을 치면 촉군은 옴짝달싹 못하고 전멸할 터."

맹획은 이마를 탁 치며 기뻐하고는 북쪽 하늘을 바라보며 떠들어 댔다.

"자! 와봐라, 공명! 올 수 있으면 와라!"

그 무렵 공명은 이미 서이하 지방 민심을 안정시키고 타는 듯한 남국 땅에서 더 남쪽으로 행군을 이어갔다.

"이다음 수백 리 사이에는 남만 군이 전혀 없는데 병사 하나 깃발 한 폭 보이지 않습니다. 원주민을 붙잡아 캐보니 맹획과 맹우는 안쪽에 있는 독룡동이라 부르는 산악 지대에 병사를 전부 모았다 합니다."

정찰대 보고를 들은 공명은 지도를 꺼내 살펴보았지만 남방지장도에도 그런 동계는 없었다.

2

"여개."

곁에 있는 여개에게 남방지장도를 보여주며 물었다.

"독룡동이라는 지방은 이 지도에도 눈에 띄지 않는데 그대 지식으로도 모르는가?"

"남방지장도에조차 없는 지역이라면 꽤 난감한 곳일 겁니다. 저 역시 도무지 모르겠습니다."

그러자 뒤에서 지도를 보던 막료 장완이 무심결에 탄식하며 간언했다.

"이만하면 촉나라 무위를 충분히 보여주셨고 원주민 민심을 수습하며 천자의 가르침을 널리 베푸셨으니 이즈음 해서 귀화하면 어떻습니까? 깊숙이 들어갔다가 삼군 모두 허무하게 남만 땅을 떠도는 영혼이 될지 모릅니다."

공명은 슬쩍 장완 얼굴을 올려보았다.

"그건 맹획도 바라마지 않겠지."

장완은 얼굴을 붉히며 입을 다물었다. 공명은 병사를 나누어 왕평 군사에게 먼저 행군하라 명하며 서북쪽 산지로 보냈는데 며칠이 지나도 돌아오지 않자 관색에게 추가로 1000여 기를 내주어 연락하도록 명했다.

관색은 이윽고 회군하여 앞길이 얼마나 험준한지 보고했다. 왕평 휘하 병사 열에 아홉은 샘 네 곳의 물을 마시고 고통스러워하거나 죽었으며 자신이 이끄는 부대 병사와 말도 불볕더위 속을 뚫고 행군에 목이 타 경고할 틈도 없이 샘에 달려들어 그 즉시 희생자가 수십 명 나왔고 그 병자가 겪는 고통과 죽어가는 모습이 참혹하여 눈 뜨고 볼 수 없었다는 내용이다.

공명은 두 눈이 휘둥그레졌다. 공명이 가진 해박한 지식으로도 해결할 길이 보이지 않았다. 결국 결단을 내려 삼군에게 출발을 명했다. 자신은 사륜거를 타고 병사들은 서로 도우며 때때로 무서울 정도로 헐떡거리면서 미증유의 고난길로 발걸음을 움직였다.

풀 한 포기, 나무 한 그루 없이 온통 불에 탄 바위산과 말라버린 강바닥에 깔린 기간밭을 헤치고 산봉우리 또 산봉우리를 겨우 돌아 밀림 지대에 접어들자 왕평이 마중을 나와 즉시 사륜거를 샘으로 안내했다. 가보니 차디찬 물 기운이 가득하여 공명조차도 달려들어 입을 대어 마시고 싶은 유혹의 손길을 독천은 보내왔다.

올려다보니 사방에 펼쳐진 산은 병풍처럼 우뚝 솟았는데 새도 지저귀지 않았고 짐승조차 뛰어다니지 않으니 그 요기가 피부에 와 닿는 듯했다.

"아…, 저 바위 위로 보이는 사당은 무엇일까?"

공명은 문득 산중턱에 인공적인 색이 칠해진 건물을 발견하고는 직접 절벽을 기고 덩굴에 매달리며 올라가는 게 아닌가.

바위를 파내어 만든 석굴이다. 그 석굴을 사당으로 삼아 한 장군을 위한 석상을 모셔놓은 곳이다. 곁에 세워진 비명을 읽어보니 한나라 복파장군 석상이며 먼 옛날 장군이 남방을 정벌했을 때 이 땅에 이르니 원주민이 복파장군 덕을 기리며 바쳤다 새겨놓았다.

공명은 석상 앞에 넙죽 엎드려 오랫동안 기도하더니 산 사람에게 말하듯 열렬히 호소했다.

"불초 공명은 부모 없이 남겨질 아들을 부탁한다는 선제 유언을 지키고자 후주가 내린 명을 받들어 이곳에 와서 의도하지 않았지만, 선조께서 남기신 발자취를 따르다가 이렇게 장군의 위대한 넋을 만났습니다. 하늘이 우리를 만나게 해주셨다고 믿습니다. 장군의 넋이 있다면 재주 없는 저를 굽어살피셔서 한조 후손인 저희 삼군이 처한 곤경에 가호를 내려주십시오."

그러자 수상해 보이는 노인이 지팡이를 짚고 저쪽 바위에 앉아 공명을 불렀다.

"승상, 이쪽으로 오시오."

"누구십니까?"

"이 지역에 사는 사람입니다."

노인은 이렇게만 대답하고 말을 이었다.

"앞으로 20~30리 정도 계곡 깊숙이 헤치고 들어가면 오봉(五峰) 기슭에 만안계(万安溪)라는 너부죽한 골짜기가 나올 거요. 그곳에 사람들이 '만안은자(万安隱者)'라 부르는 은자가 사오. 그 사람이 골짜기에서 나오지 않은 지 수십 년, 집 안쪽에 샘이 하나 있는데 '안양천(安養泉)'이라 하며 네 가지 독에 당한 나그네나 이 지역 사람들을 구했으니 오늘까지 그 수가 몇 천 명인지 셀 수도 없소. 보아하니 승상 군대도 곤경에 처했구려. 승상 덕으로 우리도 조금은 왕화가 무엇인지 깨달았으니 오늘까지 살아온 보람이 있소. 만안계로 한번 가보시오."

이런 말을 하는가 싶더니 이름도 말하지 않고 사라졌다.

"분명 선조께서 내린 말씀이다."

공명은 그렇게 믿었다.

다음 날, 공명은 수행 무사들과 함께 노인이 가르쳐준 오봉 쪽 깊은 계곡을 찾았다.

남만 아가씨의 춤

1

바다를 건너는 듯 푸르른 빛과 어둠 속에서 아득히 깊은 숲과 계곡 길을 걷는 사이에 홀연히 무지갯빛 햇살이 쏟아졌다. 산속에 있는 널찍한 골짜기다.

"그래, 만안계는 분명 여기구나."

공명은 말에서 내려 은자 집을 수색하라 명했다.

"저겁니다. 저 산장인 듯합니다."

무사가 해주는 안내를 받아 그곳에 다다르니 낙락장송(落落長松)과 커다란 떡갈나무가 우거져 지붕을 덮고 남국에서 흔히 볼 수 있는 야자수와 우거진 대나무, 붉은색이 돋보이는 기이한 꽃 등이 울타리를 이루어 진귀한 향을 바람에 실어 날리니 자신도 모르게 황홀해져서 멍하니 보고 서 있을 정도였다.

개 짖는 소리가 들려왔다.

공명 일행의 낯선 차림을 보고 야단스럽게 짖어댔다.

그러자 산장 안에서 새까만 쇠붙이로 만든 탄생불(誕生佛, 석

가모니가 탄생하여 탄생게를 외우던 모습을 나타낸 불상 - 옮긴이)
과 꼭 닮은 벌거숭이 동자가 튀어나와서 개를 꾸짖어 쫓아 보
내고 일행 앞에 섰다.

"아저씨는 촉나라 승상이지요? 이쪽으로 오세요."

"얘야, 어떻게 내가 촉나라 승상인지 알았니?"

안내를 받으며 물으니 동자는 하얀 이를 드러내며 웃었다.

"저렇게 많은 사람이 남만을 공격했는데 남만 사람이 모를
리가 없잖아요?"

"이런, 이런. 손님에게 뭐라 나부대느냐?"

그때 안쪽에서 사립문을 열고 나타난 파란 눈동자에 누런 빛
깔 머리털을 늘어뜨린 노인이 동자를 꾸중하고 공명을 겸손히
집 안으로 맞이한 후 예를 갖췄다.

노인은 붉은 비단옷을 걸치고 대나무로 만든 관을 썼으며 두
툼한 귓불에 금 귀고리를 늘어트렸는데 마치 달마 선사 같은
풍모를 갖춘 모습이다.

인사를 마치고 자리에 앉아 공명이 찾아온 이유를 들은 은자
는 껄껄 웃으며 말문을 열었다.

"이 늙은이는 산야에 은둔하는 사람으로 세상 사람들을 위해
해줄 일이 아무것도 없다 생각하던 차에 승상께서 방문해주시
니 생각지도 못한 기쁨이며 황송할 따름입니다. 독 샘물에 쓰
러진 부상병을 어서 이곳으로 옮기십시오. 아주 간단한 일입니
다. 늙은이 힘으로 구할 수는 없지만, 자연에서 샘솟는 약수가
가까이 있으니….'

공명은 기뻐하며 곧바로 수행 무사에게 명하여 왕평과 관색

에게 병들거나 다친 병사들 전원을 차례로 이동시키라 전했다.

동자는 은자와 함께 힘을 합쳐 사람들을 만안계에 있는 안양천으로 안내했다. 그 약수로 목욕하고 염교(백합과 여러해살이풀로 가을에 자주색 꽃이 피고 열매를 맺지 못한다. 잎은 절여서 먹으며, 중국 남부가 원산지다 – 옮긴이) 잎을 씹으며 운향(芸香, 산형과 여러해살이풀로 어린잎은 식용하고, 뿌리는 한약재로 씀 – 옮긴이) 뿌리를 짜 먹거나 측백나무 열매를 우린 차, 송화(松花)로 무친 나물 등을 먹자 위독했던 병사는 혈색이 돌아오고 증상이 가벼웠던 병사는 즉시 몸이 가뿐해져 기쁨의 탄성을 올리니 그 소리가 계곡에 가득 찼다.

은자는 공명에게 주의를 주기도 했다.

"이쪽 동계 지방에는 독사와 전갈이 흔하니 각별히 조심하십시오. 행군을 힘들게 하는 건 식수인데 복숭아 잎이 떨어져 계곡물에 들어가니 오랜 시간이 지나도 부패한 물은 반드시 맹독을 품어 말에게도 먹여서는 안 됩니다. 귀찮더라도 가는 곳마다 땅을 파서 지하수만 구해서 드시면 안전합니다."

공명이 감사 절을 올리며 은자 이름을 물었다.

"승상, 놀라시면 안 됩니다."

은자는 히죽이 웃으며 미리 양해를 구했다.

"무엇을 숨기겠습니까? 저는 남만왕 맹획의 형입니다."

"앗? 맹획이라면…"

"그렇습니다. 제 부모님은 자식을 셋 두었습니다. 제가 장남으로 다음이 맹획, 그다음이 맹우입니다. 부모님께서 일찍 돌아가셨는데 두 아우는 욕심이 많고 권력과 명예를 좋아하며 힘을 뽐내어 악한 짓을 저지르면서 기뻐하고 왕화를 따르지 않으니 손쓸 수 없이 도리에 어긋난 짓을 생잡이로 저질렀습니다. 아무리 타일러도 고쳐지지 않았습니다. 해서 저는 두 아우와 헤어져 왕성을 버리고 20여 년 전 이 골짜기에 숨었고 그 후로 세상에 나가지 않고 두문불출합니다. 그런 부끄러운 인간입니다."

"아아, 그러셨습니까?"

공명은 감탄했다.

"예전에도 유하혜(柳下惠)와 도척(盜跖) 같은 형제가 있었는데 지금도 은자 같은 분이 계셨군요. 천자에게 진언하여 꼭 당신을 만왕으로 봉하겠습니다."

"아닙니다. 당치도 않습니다. 부귀를 원했다면 이런 산골짜기에서 살지도 않았습니다."

맹절(孟節)은 손사래를 쳤다. 이 은자 이름은 맹절이다.

2

돌아가는 길에 공명은 찬탄을 금치 못했다. 미개한 오랑캐 땅에도 은자 가운데는 맹절 같은 인물도 있구나 싶어 새삼스레 '사람 있는 곳에 인물 없고, 사람 없는 곳에 인물 있다'는 말을 실감했다.

심군은 갖은 고초를 극복하고 드디어 목적지인 동게에 가까워졌지만, 여전히 계속되는 고난은 식수를 얻는 일이었다. 때로는 20여 장이나 되는 암반을 깎아 내려가거나 물 하나를 얻기 위하여 천길만길 낭떠러지 계곡으로 결사대를 보내 물을 퍼 올리기도 수차례다.

도중에 물통 1000개를 만들어 비가 오면 빗물을 모으고 마소 등에 싣고 애지중지하며 전진했다. 옷과 군량도 머지않아 바닥을 보여 원정길을 궁핍하게 만드니 그 고생은 말로 다 형언할 수 없었다.

부지런히 발걸음을 놀려 공명이 진두지휘하는 대원정군은 이윽고 독룡동 땅에 들어섰다. 그리고는 동계 한쪽 지역에 진을 친 뒤 잠시간 병사와 말에게 깨끗한 물을 먹이고 야영 막사를 줄지어 세운 후 이동하지 않았다.

겉으로는 그렇게 보였지만 관색, 왕평, 위연 등 일부 부대는 이미 정면에 있는 적지를 제외하고 그 근방 지역으로 우회하여 진격했다. 이 움직임이 어떤 목적으로 한 작전인지는 공명 외에는 아무도 알 수 없었지만 이미 그 방면 공격을 개시해 몇몇 추장과 부족을 생포해 왔다.

한편.

독룡굴 수뇌부에는 공명이 이끄는 대군이 벌써 동계까지 왔다는 사실이 알려져 적지 않은 동요가 일었다.

"아니다, 그럴 리가 없다."

처음에는 타사대왕이나 맹획 형제도 믿기지 않는다는 얼굴이었지만 빈번히 도착하는 부하의 보고를 듣고는 산에 올라 아득히 먼 곳을 바라보니 촉군이 주둔하는 막사가 수십 리에 걸쳐 있고 펄럭이는 깃발이 죽 늘어선 모습이 보이는 게 아닌가.

"대체 어디를 지나온 군사들이란 말인가? 심상치 않다."

특히 타사대왕은 머리카락이 쭈뼛 서고 안색이 변하여 기절초풍했다.

타사대왕은 이내 단단히 각오한 후 맹획 형제와 같이 살고 같이 죽기를 맹세하는 피를 나누어 마시며 남만국 군사 수만에게 선언하였다.

"이리된 이상 우리 동계도 촉군에게 짓밟혀 처자와 일족 모두 살아남지 못할 것입니다. 부족과 동계 병사를 총동원하여 저놈들을 몰살시키든지 우리가 몰살당하든지, 목숨을 걸고 싸울 수밖에 없습니다."

그 말을 들은 맹획도 힘을 얻었는지 호기롭게 내뱉었다.

"설령 예까지 들어온다 해도 저놈들은 피곤에 지친 병사들이다. 어찌 질 수 있겠느냐? 대왕만 마음을 굳혀준다면 반드시 이길 터. 이번에야말로 촉나라 군사 수만 중 한 놈도 살려 보내지 않겠다."

세 사람은 투지를 불태우며 마소를 잡아 모든 군사에게 술을 푸짐하게 베풀어 야만성에 불을 붙였다.

"촉군은 장비가 호화롭고 군수품이 어마어마하다. 날이 제대로 선 창, 잘 벼린 검, 좋은 과, 반짝반짝 빛나는 갑옷, 화살도 뚫기 쉽지 않은 전포, 잘 길들인 말 그리고 수레와 말에 실어온 식량과 보물은 다 너희에게 줄 물건이다. 촉군을 다 죽여 없애면 포상으로 기꺼이 나눠 주겠다. 용기를 내라! 맞서 싸우자!"

그러던 차에 희소식이 전해졌다.

"이웃 은야동(銀冶洞) 추장 양봉(楊鋒) 일족이 3만여 명을 이끌고 합류하러 왔습니다."

타사대왕은 이마를 탁 치며 뛸 듯이 기뻐했다.

"이곳이 패하면 당연히 은야동도 위험해질 테니 가세하러 왔겠지. 우리가 필승하리라는 징조다."

재빨리 진중으로 맞아들이자 양봉은 아들 다섯과 일가친척을 이끌고 당당하게 합류하며 사기를 진작시켰다.

"아아, 대왕. 귀 동이 겪는 고난은 우리 동계가 겪는 고난이나 마찬가지요. 미흡하나마 힘을 보태러 왔소. 큰소리치는 것 같지만 나는 아들을 다섯 두었는데 하나같이 용맹스럽고 무예를 갈고닦았소. 이제 걱정은 접어두시오."

자랑스럽게 오 형제를 소개했는데 패기가 넘치는 모습으로 머리는 표범 같고 몸은 호랑이 같아 용맹한 기운이 흘러넘치는 청년뿐이다.

"정말 고맙소. 우리는 승리할 것이오."

타사대왕과 맹획 모두 입이 헤벌쭉 벌어져 더 많은 술독을 열어젖히고 고기는 접시에 푸짐하게 담고 피는 잔에 철철 넘쳐흐르게 따르며 밤이 이슥하도록 환호했다.

3

남만 특유 노래와 가락이 울려 퍼지고 술이 몇 순배 돌아가고 흥이 제법 올랐다. 우리가 승리할 것이라며 모두가 이미 정해진 일처럼 여겼다.

양봉도 입안에 잔뜩 술을 털어 넣고 대취하여 맹획이나 맹우와 술잔을 주고받았는데 문득 타사대왕을 보며 물었다.

"내가 데려온 식구 중 과년한 처자들도 많소. 한번 여흥 삼아 그 아이들 춤을 보고 난 연후에 술을 따르게 하면 어떻겠소?"

타사대왕은 박수를 치며 맹획과 맹우를 힐끗 돌아보았다.

"형제들은 어떠십니까?"

"그것참 재밌겠구려."

두 사람 다 이의가 없었다. 아니, 이의가 없을 뿐 아니라 맹우는 벌떡 일어나 자리에 앉은 남만 장수들에게 익살을 떨며 아가씨들을 소개했다.

"지금부터 미녀들 춤을 보시겠습니다만 군침을 흘리다 기절하지 않도록 주의하십시오."

우레 같은 박수가 이편저편에서 터져 나왔다. 양봉은 휘파람을 불며 저쪽을 보고 손짓했다. 미리 흥을 돋우기 위해 준비한 듯했다. 휘파람 소리에 맞춰 한 줄로 선 미녀들이 몸동작을 가지런히 맞추어 술자리로 하나둘 걸어 들어왔다.

남만 아가씨 피부 결은 다갈색으로 흑단같이 빛났다. 머리칼은 풀어서 꽃을 꽂았고 허리는 새 깃털이나 동물 엄니로 장식했다. 짧은 남만 칼을 허리에 차고 주르륵 원을 만들거나 풀면서 엉덩이를 흔들고 통통 튕기며 춤을 추었다.

"우와, 우와!"

자리에 있던 모든 사람도 덩달아 마음이 들뜨는 공연이다. 그러다가 남만 아가씨들은 서로 손을 잡고 원을 만들어 그 안으로 맹획과 맹우를 둘러싸고 남만 노래를 부르려는데 돌연 벌떡 일어난 양봉이 잔을 허공에 던지며 소리쳤다.

"자! 시작해라!"

남만 처녀들은 일제히 단검을 빼 들고 예리한 칼날로 만든 원을 점점 좁혀들어 갔다. 맹획도, 맹우도 으악! 하고 비명을 지르며 남만 아가씨를 검과 함께 걷어차고 원 밖으로 뛰쳐나가려는 찰나 양봉의 다섯 아들과 다른 가족들이 와르르 덮쳐들어 두 사람을 줄로 묶었다.

타사대왕도 도망치려다가 양봉 발에 걸려 넘어져 어렵지 않게 양봉 부하에게 포박당했다.

곤드레만드레 취해 미녀들 춤에 정신이 팔려 있던 남만 장수들도 소스라치게 놀라 적에게 맞서지도 못하고 양봉 부하에게 빙빙 둘러싸이니 손쓸 틈도 없었다.

신호를 보내는 봉화를 그전에 올린 모양인지 낭랑한 나팔 소리, 꽹과리와 북소리가 이미 공명이 이끄는 삼군이 가까워졌다는 사실을 알렸고 그 사실을 알아차리자 독룡동 대군은 앞다투어 산과 들에 깔린 어둠 속으로 뿔뿔이 도망쳤다.

맹획은 분노로 시뻘겋게 달아오른 얼굴로 양봉을 향해 호통 쳤다.

"이 양봉 놈아! 너는 만국의 동주가 아닌가! 동료를 함정에 빠트려 공명에게 넘길 셈이냐!"

양봉은 웃으며 일갈했다.

"나도 붙잡혀서 공명 앞으로 끌려갔으나 그분이 베푼 은덕을 입고 보은하기 위해 이번 역할을 자원해서 맡았다. 너도 투항하라."

"짐승 같은 놈! 그렇다면…."

맹획이 미쳐 날뛰는 동안 이윽고 공명은 막료를 이끌고 도착했다. 놀랍게도 양봉의 다섯 아들이라 했던 사람들은 촉군 무사였다. 남만 복장을 벗어 던지기 무섭게 각각 갑옷과 투구로 갈아입고 공명을 맞이하는 줄에 합류했다.

공명은 맹획 앞에서 걸음을 뚝 멈추었다.

"이걸로 다섯 번째다, 맹획. 이번에야말로 너는 순종하는 길밖에 없다."

그러자 맹획은 자포자기한 듯이 지껄였다.

"순종? 웃기지 마라. 내가 언제 네게 묶였느냐? 내 포박은 동료인 배신자가 묶은 것이다."

"보잘것없는 놈 하나를 굴복시키기 위해 총대장이 직접 손을 쓸 필요는 없다. 내 손가락 하나라도 만져보고 싶다면 너도 왕화를 입은 사람이 되어라."

"왕화, 왕화 하는데 나도 남만국 왕이다. 내 도읍은 선조 이래로 은갱산(운남성)에 있고 세 줄기 강에 둘러싸인 요해처인데다 엄중한 관문을 몇 겹이나 둘러쳤다. 거기서 나를 패배시키면 너도 상당히 훌륭하다 해도 좋다. 뭐하는 짓이냐? 이까짓 승리를 거두었다고 총대장 운운하다니 가소롭다!"

맹획이 놀리는 혀에서 쏟아지는 악담과 반항심은 변함없이 기세등등했다.

여걸

1

공명은 다섯 번째로 맹획을 놓아주었다.

"네가 원하는 땅에서 네가 바라는 조건으로 또 싸워주지. 이번에는 네 구족까지 멸할지 모른다. 명심하고 싸워라."

맹우와 타사대왕도 함께 용서했다. 셋은 말을 얻어서 부끄럽다는 듯 도망쳐 돌아갔다.

애당초 맹획이 거하는 본국인 남만 중부에 있는 도읍은 운남(곤명)보다 훨씬 아득한 남쪽에 위치한다. 도읍 지명을 은갱동(銀坑洞)이라 불렀는데 세 줄기 강이 교차하는 넓고 비옥한 평야에 자리 잡았다.

이곳을 오늘날 지도와 비교해보면 1700여 년 전 지명은 남아 있지 않지만, 남방 대륙을 흐르는 강을 근거로 고찰하건대 인도차이나 반도 메콩 강 상류와 태국 짜오프라야 강 상류, 미얀마 살윈 강 상류 등은 원류를 운남성, 서강성(西康省), 티베트 동쪽 산악 지방으로 하니 딱 공명이 원정길에 오른 당시 남만 지역을 가로지르는 강이 아닐까 싶다.

당시 남만 도읍을 묘사한《삼국지연의》기술은 이렇다.

이 땅, 은갱산이라는 곳은 노수, 감남수(甘南水), 서성수(西城水) 세 강이 둘러 흐르며 땅이 평탄하여 북쪽으로 1000리 사이에서는 만물을 생산했고 동쪽 300리에는 염정(鹽井)이 있으며 남쪽 300리에는 양도동(梁都洞)이 있고 남쪽 지방은 높은 산지로서 백은 생산량이 엄청났다.

따라서 도읍을 은갱동이라 칭하였고 남만왕이 근거지로 삼았는데 궁궐과 누각마다 은과 녹채(綠彩, 녹색 바탕에 청, 황, 홍, 백, 흑 다섯 빛깔을 가미한 채색 – 옮긴이)로 장식하고 사람들은 얇은 비단옷을 입으니 강렬한 주홍색, 연지색, 짙은 보라색, 노란색, 쪽색이 펄럭였으며 감람나무 열매를 즐겨 씹었고 술 항아리에는 언제나 보리로 빚은 술과 과일을 발효시킨 술을 담아두었다.

궁전 안에는 조상을 모시는 사당을 세우고 가귀(家鬼)라 부르며 숭상했으며 사철마다 마소를 잡아 지내는 제사를 복귀(卜鬼)라 이름 붙였고 해마다 외지 사람을 산 제물로 바쳤다. 채생(採生, 사람을 살해하여 간과 눈과 귀를 취하고 다리를 절단하여 약이라고 파는 범죄 – 옮긴이)과 거의 같았다.

오늘날 미얀마, 인도차이나, 운남성 경계 부근이라고 상상하면 틀리지 않을 듯하다.

맹획이 남만 도읍인 중부를 떠나 굳이 귀주 광서성(廣西省)

부근에서 공명의 원정군을 맞이하여 악전고투를 거듭했던 이유는 촉나라 국경 지역을 지키는 태수나 여러 동의 남만 장수들을 부추겨 움직인지라 몸소 진두에 설 수밖에 없었다. 스스로도 큰소리치며 공명에게 말했듯이 맹획다운 실력은 이곳 도읍을 흐르는 세 강 요충지에 근거해 싸울 때 발휘할 수 있으며 그것이 맹획의 본분이자 염원이기도 했으리라.

바야흐로 맹획은 패하고 패하여 결국에는 원하는 도읍까지 돌아왔다.

초록 모래가 깔리고 은빛 벽으로 꾸민 만궁(蠻宮)에는 주변에 있는 여러 동주와 추장 수천이 모여서 흡사 세계 멸망의 날이라도 온 듯 이변이 일어났다며 떠들어대느라 분주했다. 남만 땅이 개벽한 이래 최대 회의를 하는 날로, 매일 의논에 의논을 거듭했는데 그때 맹획의 처남 팔번부장(八番部長) 대래(帶來)가 제창했다.

"이 일은 서남쪽 열대 지방 나라에서 위세를 떨치는 팔납동장(八納洞長) 목록왕(木鹿王)의 힘을 빌릴 수밖에 없습니다. 목록왕은 늘 큰 코끼리를 타고 진두에 서는데 신기한 법력으로 바람을 일으키고 호랑이와 표범, 승냥이와 이리, 독사와 전갈 등을 식솔처럼 거느리고 적진으로 진격합니다. 부하로는 3만에 달하는 용맹한 병사를 두어 지금 목록왕은 이웃 천축(天竺, 인도의 옛 이름 – 옮긴이)까지도 두려움에 떨게 했습니다. 그러니 오랫동안 우리와 대립했지만, 이쪽에서 먼저 몸을 낮추고 예물을 보내 남만 일대 일어난 대란을 간절히 호소한다면 목록왕도 남토 사람인 이상 반드시 가세해주리라 믿습니다."

그 말에 자리에 모인 일동이 두 손 들고 찬성했다.

"그렇다면 자네가 사신으로 가게."

맹획이 내린 명을 받들어 대래는 즉시 사신으로서 서남쪽 나라를 향해 떠났다. 아마 오늘날 미얀마와 인도 지방 세력이었으리라.

은갱산 만궁을 전방 호위하는 지역으로 세 강 요충지에 삼강성이 있었다. 맹획은 삼강성에 타사대왕을 보내어 전위 부대 총대장으로 임명했다.

2

촉나라 대군은 여러 날이 지나 삼강성에 도착했다. 기나긴 원정길을 극복한 과정은 전투 이상의 전투였다.

삼강성은 삼면이 강에 접해 있고 한쪽 면은 육지에 닿아 있었다. 공명은 위연과 조운 휘하 병사들에게 명하여 성벽 아래로 돌격시켜 싸움을 걸어보았지만, 성이 견고하고 남만 군이라 해도 이곳 병사도 정예군이었다.

성벽 위에는 무수히 많은 쇠뇌를 붙박아놓았다. 쇠뇌로는 한 번에 화살 10발을 쏠 수 있었는데 화살촉에는 독이 발려 있어 그 화살에 맞으면 부상으로 끝나지 않았다. 살이 썩어 문드러지고 뼈가 부러 비어지며 죽을 뿐이다.

세 번이나 공격했지만, 허사로 돌아가자 공명은 재빠르게 모든 진지를 10리 정도 뒤로 물렸다. 물러날 때 결단력, 패주를 개의치 않는 점은 공명이 구사하는 전술 특징이다.

"촉군은 독화살이 무서워 진을 물렸다!"

남만 군은 자랑스러워하며 우쭐거렸다.

병법은 지혜며 문화다. 그 나라 사람 수준도 병법으로 파악할 수 있다. 이레고 열흘이고 시간이 지나면서 남만 군이 내보인 자만심은 적을 더욱 얕보게 만들었다.

"공명이다 뭐다 해도 알고 보면 대수롭지 않은 작자다."

공명은 날씨를 관찰하는 중이었다. 공명은 언제나 자연에서 얻을 수 있는 힘까지 아군으로 삼기를 잊지 않았다.

세찬 바람이 부는 날이 이어졌다. 모래가 섞여 부는 맹렬한 바람은 내일도 계속될 모양이다.

공명의 이름으로 모든 진지에 포고가 내걸렸다.

내일 저녁 초경까지 각 부대 병사는 남김없이 각자 옷 한 벌을 따로 준비하라. 태만히 하는 자는 목을 베리라.

"대체 어찌하려는 거지?"

영문을 몰랐지만, 엄명이니 장수에서 졸병까지 옷 한 벌을 손에 들고 의아해하면서 기다렸다.

갑자기 출진 명령이 떨어졌다. 다음은 진 구축이다. 정확히 초경이다.

공명은 지휘대에 서서 세 가지 명령을 발표했다.

하나, 손에 든 각자 옷에 발밑에 놓인 흙을 채워 흙주머니를 만들어라.

둘, 병사 1명당 흙주머니를 하나씩 들고 차례차례 명에 따라 행군하라.

셋, 삼강성 성벽 아래에 도착하면 강에 흙주머니를 버려서 쌓아라. 흙주머니가 산처럼 쌓여 성벽 높이와 같아지면 즉시 뛰어넘어 성안으로 진입하라. 재빨리 들어가는 자에게는 큰 상을 내리겠다.

병사들은 그제야 비로소 공명이 품은 뜻을 이해했다. 촉군 20여만 명에 남만 투항병 1만여 명이 더해져 병사 1명당 주머니를 하나씩 짊어지고 재빠르게 삼강성 벽으로 돌진했다.

어지럽게 쏟아지는 독화살도 아랑곳하지 않고 구름 같은 대군이 한꺼번에 몰려드니 그 군사의 1000분의 1도 활을 쏘아 쓰러트릴 수 없었다. 눈 깜짝할 사이에 흙주머니 산이 몇 군데에 쌓였다. 흙주머니도 병사 수와 똑같은 20여만 개다. 어떤 높이건 즉시 도달했다.

위연, 관색, 왕평 등이 이끄는 군대는 앞다투어 성벽으로 뛰어들었다. 짊어지고 올라간 흙주머니를 계속 던져 넣으니 쉽게 통로가 생기는 게 아닌가.

남만 군은 솥 안에 든 물고기처럼 우왕좌왕할 뿐 맞서 싸울 줄도 몰랐다. 대부분은 은갱산 쪽으로 도망갔고 수문을 열어 강물에 빠지는 자도 누에 띄었다.

포로 숫자는 무수하다 해도 좋았다. 전처럼 잘 타이르며 인덕을 베풀고 성안에 있던 보물 창고를 열어 빠짐없이 삼군에게 나눠 주었다.

타사대왕은 혼란스러운 전투 중에 활에 맞았다는 소문이 돌았다. 큰소리치던 모습과는 달리 초라한 최후를 맞이했다.

"뭐라? 삼강이 함락됐다? 벌써 공명 휘하 군사들이 성안으로 들어갔단 말이냐?"

은갱산 만궁에서는 맹획 얼굴에서 핏기가 가시고 있었다. 일족을 모아 회의하는 동안에도 이리저리 움직이며 혼란스러워할 뿐 무엇을 해야 할지도 모르는 눈치다.

그러자 뒤에 있던 비단 병풍 그늘에서 누군가 쿡쿡대며 웃는 사람이 있었다.

"무례한 놈! 누구냐?"

일족 가운데 하나가 그 안을 들여다보니 맹획의 처 축융(祝融) 부인이 침상에 누워 늘어지게 낮잠을 자는 게 아닌가. 고양이처럼 귀여워하며 언제나 부인 방에서 길들인 수사자도 부인 허리쯤에 턱을 올리고 졸린 눈을 반쯤 감은 모습이다.

3

그대로 회의를 재개하니 또 옆방에서 축융 부인이 쿡쿡대며 웃었다. 사람들이 듣기 거북한 얼굴을 하니 맹획도 남편으로서 가만있을 수가 없어 그 자리에서 질책했다.

"부인! 왜 웃는 게요?"

그러자 부인은 사자와 함께 침대에서 벌떡 일어나 일족에게는 눈길도 주지 않고 남편을 향하더니 말머리부터 호통치며 되받았다.

"당신은 뭐 하는 사람인지요? 사내로 태어났으면서 기개도 없군요. 촉나라 군대가 10만이든 20만이든 쫓아버리지도 못하면서 과연 남만왕이라 할 수 있을까요? 아무리 여자라도 내가 가면 공명 따위가 이 나라를 짓밟게 놔두지는 않을 거예요."

이 여성은 옛날 축융씨 후예라 불리는 집안에서 시집왔으며 말을 잘 타고 말 위에서 활을 쏘는 데도 능숙했으며 특히 단검을 던지면 백발백중이라는 비기를 소유한 사람이다.

그런 만큼 처에게 꽉 잡혀 사는지 맹획은 축융 부인이 하는 말을 듣고 꼼짝 못하는 얼굴로 입도 벙긋하지 못했다. 일족도 실제 패전을 거듭하니 맹획과 함께 입을 닫고 침묵했다.

"군사를 빌려주세요. 제가 진두에서 촉군을 처리할게요. 공명 따위 위세에 흔들릴 성싶어요?"

다음 날 축융 부인은 곱슬거리는 털을 자랑하는 애마에 맨발로 올라 머리를 질끈 묶고 붉은 전투복 위에 구슬을 박아 넣은 황금 가슴 가리개를 입은 뒤 등에는 단검 7자루를 꽂고 손에는 1장짜리 창을 안은 채 불꽃처럼 전화 한복판을 뛰어다녔다.

그 창에 맞아 쓰러지는 촉군 수가 어마어마했다.

"신기한 적이로군."

촉나라 장수 장억이 그 모습을 보고 뒤에서 추격했다.

갑자기 하늘에서 단검 1자루가 날아들었다. 검은 장억 허벅지에 정확하게 꽂혔고, 장억은 말에서 거꾸로 굴러떨어졌다.

"묶어라."

부하에게 명령한 축융 부인은 다음 적을 향해 과감하게 돌진했다. 촉나라 마충도 달려들었지만, 똑같이 단검 2자루를 맞았는데 그중 1자루는 말 얼굴에 박혀 마충 역시 낙마해 남만 군 포로가 되었다.

그날 벌인 전황은 남만 군이 눈부시게 휘어잡았다.

"승리가 보인다!"

맹획은 벌떡 뛰어올라 기뻐했다.

축융 부인은 자기가 생포한 장억과 마충 두 사람의 목을 베어 사기를 고무시키자고 제안했지만, 맹획은 극구 반대했다.

"나도 다섯 번 잡혔는데 공명이 항상 놓아주었소. 곧바로 이놈들을 죽이면 내가 얼마나 속 좁은 남자가 되겠소? 공명을 생포한 다음 늘어세워 놓고 목을 칩시다."

하여 포로가 된 두 장수를 살려둔 채 때때로 쳐다보면서 웃고 즐거워했다.

공명은 두 장수의 안위를 가장 걱정했다. 필시 죽이지는 않으리라 판단했다. 두 장수를 구출할 방법을 궁리해 조운과 위연에게 계책을 내렸다.

타는 듯한 뙤약볕 아래에서 벌이는 교전은 연일 이어졌다. 그 가운데 불꽃이 날랐다 싶으면 분명 축융 부인이다. 조운은 가까이 다가가 축융 부인에게 결전을 신청했다. 역시 여자였다. 이 적에게는 못 당하겠다 싶으면 단검을 날린 후 그 틈에 재빠르게 도망쳤다.

"꼭 나뭇가지 사이를 나는 새를 쫓는 듯하오. 아무리 해도 잡을 수가 없소이다."

용감무쌍한 조운도 탄식했다. 위연은 다음 날 부터 진영 앞에 나서지 않고 조무래기 병사를 내보내 축융 부인에게 야유를 보내게 종용했다. 부인은 발끈하여 마구 추격했다. 어느 정도 유인한 후 유리한 때가 되자 달려 나갔다.

　"타조 부인! 기다려라!"

　축융 부인은 뒤를 돌아보고 단검을 날린 다음 언제나처럼 그대로 돌아가려고 움직였다. 조운이 또 한편에서 북을 울리며 놀려댔다.

　"저건 타조냐, 성성이 암컷이냐?"

　머리끝까지 화가 난 축융 부인은 감정에 휩쓸려 촉군 한가운데로 달려 들어가는 꼴이 되었다. 촉군은 일부러 도망치느라 바빴다. 그러고는 일순간 멈춰 서서는 다시 온갖 욕지거리를 퍼부었다.

　점점 산골짜기로 유인하여 계획했던 위험 지역에 몰아넣자 촉군이 사방팔방에서 우르르 포위하여 결국 축융 부인을 생포하는 데 성공했다.

　공명은 맹획 진영에 사자를 띄웠다.

　"네 부인은 우리 진영에 있다. 장억, 마충과 맞교환하자."

　맹획은 간담이 내려앉아 곧바로 두 장수를 돌려보냈다. 공명도 축융 부인에게 술을 푸짐하게 대접하고 돌려보냈다. 축융 부인은 조금 풀이 죽었지만, 술 1말을 마신 후 포승을 풀자마자 긴에 없이 ↑ 필 에께서 른 쓰니노 비늘번서 맹획과 나름없이 호언장담하고 발걸음을 옮겼다.

걸어 다니는 목각 괴수

1

이웃 나라에 사신으로 갔던 대래가 돌아와 고했다.

"우리 요청을 받아들여 수일 내에 목록왕이 자국 군대를 이끌고 올 것입니다. 목록 군이 오면 촉군 따위는 가루가 될 것입니다."

대래 누나인 축융 부인도, 남편인 맹획도 지금은 목록왕에게 한 가닥 희망을 걸었다.

이윽고 팔납동 목록왕이 수만 군사를 이끌고 성문에 도착했다는 소식이 들리자마자 부부는 왕궁 문밖으로 나가 친히 환영했다.

"야아, 나란히 마중을 나와주시니 황공하오."

목록대왕은 흰 코끼리를 타고 나타났다. 코끼리 목에는 금방울을 걸고 칠보 안장을 얹었다. 대왕 몸에는 화려한 비단으로 짠 전쟁용 가사(袈裟)를 걸치고 금 구슬로 만든 목걸이에 황금 발찌를 찼으며 허리에는 영락(瓔珞, 구슬이나 귀금속을 실에 꿴

장신구. 인도 귀족 남녀가 몸에 둘렀음 – 옮긴이)을 늘어트리고 대
검 2자루를 찬 모습이다.

"맹획, 부인. 이제 안심해도 좋소."

흰 코끼리에서 내린 목록왕은 호언장담하며 남만 깃발이 가
득한 숲속을 유유히 걸어 왕궁 안쪽 깊숙이 안내를 받아 들어
갔다.

목록왕이 데리고 온 3만 군사 가운데는 맹수가 1000마리쯤
섞여 섬뜩했다. 사자, 호랑이, 코끼리, 흑표범, 이리 등이 울어대
는 소리는 등골이 서늘할 정도였다.

왕궁 안쪽에서는 깊은 밤까지 환영 연회가 성대하게 열린
듯, 밤새도록 엄청난 화톳불과 남만 음악으로 떠들썩했다.

맹획 부부는 온갖 좋은 것과 아름다운 것을 동원하여 사흘
동안 향연을 열었고 갖은 아첨을 떨고 조건을 붙이며 목록왕의
환심을 사려고 노력했다.

"자, 내일은 한번 촉군을 쫓아내는 모습을 보여드릴까요?"

다행히 대왕 기분은 상하지 않았고 이윽고 도착한 지 나흘째
되는 날 출진 준비를 명했다.

어찌 된 일인지 출진 전날 밤부터 아침에 걸쳐 맹수 부대 짐
승들이 밤새 하늘을 올려다보며 포효했다. 듣자 하니 전쟁 전에
는 일절 먹이를 주지 않고 맹수들 배를 주리게 한다고 들었다.

이튿날 목록왕은 비로소 진두에 섰다. 예의 흰 코끼리를 타
고 보검 2자루를 옆에 차고 손에는 꼭지가 달린 종을 들었다.

촉군은 두 눈을 의심했다.

"저게 뭐지?"

병사들은 싸우기도 전에 겁을 먹은 듯했으므로 조운, 위연 등이 망루 위에 올라가 상황을 보니 병사들이 두려움을 느끼는 것도 무리는 아니다. 목록 군 병사는 얼굴과 피부가 새카매서 마치 옻칠을 한 악귀나 나찰과 다름없었다. 게다가 대왕 뒤에는 사슬에 묶인 맹수들이 꼬리를 흔들며 구름을 향해 으르렁거렸다.

"위연, 지금까지 이런 적을 만난 일이 없네그려. 어찌 될지⋯."

"나 역시 생전 처음이오. 신기한 군대도 다 있구먼."

두 장수도 의아한 마음에 두려워하며 계책이나 작전도 내리지 못했다. 그 틈에 느닷없이 흰 코끼리 안장 위에 높이 앉았던 목록왕이 손에 든 종을 쳐서 앞줄에 있는 창을 든 부대를 먼저 돌격시켰고 양쪽 군이 어지러이 싸우는 모습을 보며 격렬하게 종을 울렸다.

기회를 보던 맹수 부대는 일제히 사슬을 풀거나 우리 문을 열었다. 동시에 목록왕은 중얼중얼 주문을 외우면서 기도를 시작하는 듯이 보였다. 사자, 호랑이, 이리, 독사, 전갈 등 맹수 군단이 갑자기 흙먼지를 일으키며 풀숲을 기거나 하늘을 나는 듯이 촉군 가운데로 덤벼들었다. 맹수들의 배는 하나같이 등가죽에 달라붙을 정도로 야위고 움푹 들어간 게 눈에 띄었다. 말 그대로 허기진 범과 배곯은 늑대뿐이다. 엄니를 드러내고 바람을 일으키며 피에 굶주린 상태다.

도망치고, 도망치고, 또 도망치며 무너졌다. 촉병의 다리는 아무리 질책해도 멈추지 않았다. 드디어 삼강 경계까지 전군이 눈사태처럼 밀려 퇴각했다. 남만 군은 우스울 정도로 승리에 취해 맹수 이상의 용맹을 떨치며 미처 도망치지 못한 촉나라 병사를 무참하게 살육했다.

기이한 요술 종이 다시 짜랑짜랑 울렸다. 목록왕이 탄 흰 코끼리 주위로 배를 두둑이 채운 맹수들이 용맹하게 꼬리를 흔들며 돌아오는 게 아닌가. 맹수들을 다시 우리에 넣거나 쇠사슬을 채운 후 북과 나팔을 울리며 왕궁으로 득의양양하게 회군했다.

조운, 위연 두 장수가 그날 겪은 패전을 보고하자 공명은 웃어 보였다.

"서책은 역시 거짓을 쓰지 않는 법이구나. 젊은 시절 초가에서 읽은 병서에 남만국에는 승냥이와 이리, 호랑이, 표범을 쓰는 진법이 있다고 쓰여 있었는데 오늘 나온 적군이 분명 그것이겠지. 다행히 촉나라를 떠날 때부터 만일을 위해 준비를 해왔으니 놀라며 소동을 피울 일은 아니다."

공명은 곧 병사 한 무리에게 준비해 온 수레를 끌어오라 명했다.

2

하나씩 덮개를 씌워 진영 깊숙이 숨겨 온 수레 20여 대가 있었다. 병사들은 수레들을 남김없이 밀고 왔다.

"덮개를 걷어라."

꼭 오두막 1채 정도 크기 되는 상자가 모든 수레에 실려 있는 게 아닌가. 무엇이 나타나는지 사람들이 호기심 어린 눈으로 보니 걷힌 덮개 아래로 커다란 궤짝이 보였다.

10여 대는 검게 칠한 궤짝을 실었고 나머지 10여 대는 붉은 궤짝이 실려 있었다.

공명은 열쇠로 몸소 붉은 궤짝만 모조리 열었다. 놀랄 만큼 거대한 목각 괴수가 수레를 다리 삼아 죽 늘어섰다. 사자를 닮은 목각 괴수, 호랑이를 닮은 목각 괴수, 코뿔소를 닮은 목각 괴수 등이 하나같이 살벌하고 웅대한 모습이다.

"이것을 대체?"

"저 멀리 성도에서 밀고 온 수레가 이것이었습니까?"

여러 장수는 공명의 의중을 의아하게 여겼다.

다음 날 촉군은 동 입구에 겹겹이 두터운 다섯 단 진을 쳤다.

맹획은 전날 거둔 승리에 우쭐해서 기세등등했다.

"저기, 저기 보이는 사륜거 위에 선 자가 촉나라 공명이라는 괴물입니다. 대왕, 부탁하건대 어제처럼 통쾌하게 대승을 거두어주십시오."

맹획은 목록왕과 함께 진두에 나타나 손가락으로 공명을 가리키며 부탁했다.

목록왕은 고개를 크게 주억거리고는 꼭지가 달린 종을 쳐서 검은 바람을 일으키고 뒤에 있던 맹수들이 적군에게 달려들게 만들었다.

무시무시한 짐승들이 내지르는 포효 속에 모래가 날고 바람이 휘몰아쳤다. 공명이 탄 사륜거는 즉시 방향을 돌려 제2단 진으로 숨으려 움직였다.

거대한 코끼리에 채찍을 휘두르며 달려온 목록왕은 그 높은 안장 위에서 보검을 머리 위로 번쩍 쳐들고는 이렇게 말하며 내리쳤다.

"공명! 오늘이야말로 목숨을 내놓아라!"

보검은 사륜거 기둥 하나를 쓰러뜨렸다. 목록왕은 한 칼, 또 한 칼, 주문을 외면서 검을 내리쳤지만, 세 번 다 칼날 끝은 사륜거에 닿지 않았다. 오히려 후방으로 돌아서 접근한 보병 둘이 코끼리 배에 창을 날린 게 아닌가.

안타깝게도 창은 코끼리 배를 단번에 뚫지 못했다. 창 하나는 부러지고, 다른 하나는 휘었다.

공명은 백우선을 높이 들고 외쳤다.

"관색! 왜 사람을 찌르지 않느냐?"

그러고는 다시 꾸짖었다.

"목록왕을 처단하라!"

"어딜!"

목록왕이 네 번째로 칼을 휘둘렀을 때 피융! 하고 화살 하나가 바람을 가르며 목록왕 목에 꽂혔다. 동시에 아래에서 찌른 관색의 창도 목록왕 턱을 꿰뚫었다.

목록왕은 지축을 울리며 땅으로 고꾸라졌다. 오늘 공명이 탄 사륜거를 밀었던 보병은 관평을 비롯해 전원이 촉나라 쟁쟁한 맹장들이다. 목록왕은 자진해서 촉군에서도 가장 막강한 곳으로 들어와 목숨을 내놓은 꼴이다.

전체적으로 보면 전날 퍼부은 맹수 공격도 이날은 제구실을 하지 못했다. 촉나라 진영에도 목각 괴수라는 대비책이 있은 덕분이다. 나무로 만든 이 거대한 괴물은 수레를 다리 삼아 입에서 화염을 뿜고 기이한 포효까지 터뜨리며 전진하고 좌우로 돌아가며 종횡무진 내달리니 호랑이, 표범, 이리 등도 그 웅장한 모습에 경기 들린 듯 소스라쳤다.

비밀을 밝히자면 목각 괴수 안에는 군사 열 명이 들어가 괴수를 조종했다. 화염을 뿜고 포효하고 앞뒤로 움직인 것도 안쪽에 설치해둔 초약과 기계가 제대로 작동한 덕분이다. 물론 전대미문의 새로운 무기로 공명이 고안한 것이다.

남만 사람들도 놀랐지만, 진짜 범과 사자도 혼비백산했다. 살아 있는 맹수 부대는 돌연 꼬리를 말고 흩어져 도망쳤다. 촉나라 북과 나발 소리가 천지에 요동치고 무너져 달아나는 남만군을 쫓아 결국 은갱산 왕궁을 점령해버렸다.

촉군은 맹획, 축융 부인, 대래, 다른 일족 등 모두가 자기 집을 버리고 달아나는 길에서 기다렸다가 일망타진하여 사로잡았다. 공명은 맹획을 비롯한 일가 친족을 풀어주며 다시 한번 방면해주었다.

"둥지 없는 새, 집 없는 인간이 어떻게 살겠느냐? 하물며 왕에게 등을 돌린다 한들 얼마나 힘이 있겠느냐? 하고 싶은 대로 끝까지 해보아라."

이제는 큰소리치고 독설을 내뱉을 기력도 없어 맹획은 쥐새끼처럼 머리를 감싸 쥐고 도망갔다. 그런 자를 왕이라 우러르고 가장이라며 따르는 피붙이들이 느낀 무기력함은 이루 말할 수 없었다.

등갑군(藤甲軍)

1

이미 나라가 없고 왕궁도 없으며 목적지도 없어진 맹획은 초연히 주위 사람에게 물었다.

"어디에서 마음을 가다듬고 재기를 꾀해야 하나?"

처남 대래가 의견을 제시했다.

"여기서 동남쪽으로 700리쯤 가면 나라가 하나 있습니다. 오과국(烏戈國)이라 하는데 국왕은 올돌골(兀突骨)이라는 자입니다. 오곡을 먹지 않고 익힌 음식도 취하지 않으며 맹수와 뱀, 생선이 주식인데 몸에는 비늘이 돋았다는 소문이 나돕니다. 그부하로 등갑군(藤甲軍)이라 불리는 병사가 약 3만은 있을 것입니다."

"등갑군이라면?"

"소끼리 안계 들 이디에서 등이 무게 널끼 끼끼는데 그 먹군을 말린 다음 기름에 절이고 햇볕에 널었다가 기름에 담그기를 수십 번 되풀이하여 갑옷을 짠다고 합니다. 그 갑옷을 입은 병사들에게 등갑군이라 이름을 붙여 부르는데 사방에서 이들에게 이긴 나라는 없습니다."

"왜지?"

"등나무 갑옷 특징은 이렇습니다. 첫째, 물에 젖어도 수분이 좀처럼 스며들지 않습니다. 둘째, 엄청나게 가벼워 몸이 가볍고 민첩합니다. 셋째, 등갑군은 물에 잘 뜨므로 강을 건널 때도 배를 쓰지 않고 물에서 자유자재로 움직일 수 있습니다. 넷째, 활이나 검으로 뚫지 못할 만큼 견고합니다."

"그 정도라면 무적이군. 한번 올돌골을 만나 이 절박한 상황을 호소해보자."

맹획은 일족과 패잔병을 이끌고 오과국에 협력을 청하러 발걸음을 옮겼다.

"좋소!"

의논할 것도 없이 올돌골은 흔쾌히 승낙했다. 그 자리에서 부하 3만이 등나무 갑옷을 껴입고 동시(洞市)에 모였다.

맹획 휘하 남은 병사들도 차차 모여들어, 10만여 명이 오과국을 출발하여 도엽강(桃葉江)에 진을 쳤다.

이 강은 물이 한없이 파랗고 양쪽 기슭에는 복숭아나무가 우거진 곳이다. 해가 지나면서 잎이 강물에 하나둘 떨어져 일종의 독물로 발효되고 그 물을 나그네가 먹으면 심한 설사를 불러일으킨다. 반면 오과국 원주민에게는 되레 활력을 북돋우는 약수가 된다고 전해진다.

공명은 남만 도읍인 은갱에 들어가 그 지역을 다스리되 약탈하지 않고 위엄에 복종시키나 살육하지 않으며 덕을 베푸는 한편 군대를 정비하여 왕화를 위한 정벌길을 공고히 넓혔다.

"위연, 병사 한 무리를 이끌고 도엽강 나루를 보고 와라. 그냥 한번 공격하여 남만 군 기세만 살펴주면 된다."

공명 뜻을 받든 위연은 즉시 선발대로서 도엽강으로 향했다. 도중에 오과국 병사와 맹획 연합군과 맞닥뜨렸다. 남만 군이 기세등등하여 대담하게도 도강하여 공세를 펼친 까닭이다.

맹획은 새 병사들로 꾸린 대군인 반면 위연 군은 수가 적기도 했는데 남만 군이 함성을 지르니 그 맹렬한 위세는 어제의 기세가 되살아난 모습이다.

그뿐 아니라 이 전초전에서 무엇보다 놀란 점은 촉군이 쏘는 화살이 공격 효과를 내지 못한다는 점이다. 아무리 맞아도 화살은 적병 몸에 맞고 튕겨 나올 뿐이다.

백병전을 벌여도 맹획 군 몸에는 칼이 박히지도 않았다. 그 점에서도 자신감이 넘치므로 등갑군 사기는 맹렬하여 남만 칼을 물어뜯듯이 휘두르며 다가왔다.

촉군은 순식간에 베이고 쫓겨 전군이 뿔뿔이 흩어져 정신없이 달아났다.

"일단 퇴각하라!"

각적을 불어 올돌골은 유유히 병사를 회군시켰다. 맹획보다 병법을 제대로 아는 자다.

돌아가며 도강하는데 등갑군은 강물에 몸을 동동 띄우고 소금쟁이 떼가 헤엄치듯 간단하게 건너편 기슭으로 올라가는 게 아닌가.

개중에는 날이 무더워 등나무 줄기로 만든 갑옷을 벗고 물에 띄우더니 그 위에 앉아서 건너는 병사도 눈에 띄었다.

위연은 그 모습을 보고 두 눈이 휘둥그레졌다. 보고 온 그대로를 공명에게 전했다.

"신기하고 특이한 오랑캐들입니다."

공명도 고개를 갸웃하다가 곧 여개를 불러 물었다.

"어떤 나라인가?"

여개는 지도를 살펴본 후 있는 힘을 다해 철수를 권했다.

"분명 오과국 등갑군입니다. 도저히 인류로는 대할 수 없는 야만적인 병사입니다. 게다가 도화수(桃花水)에 함유된 독은 오과국 사람 외에는 먹으면 안 됩니다. 이쯤에서 서둘러 회군하심이 어떻습니까? 저런 반인반수 군대를 적으로 상대하는 날에는 견뎌내지 못할 것입니다."

2

여개가 해주는 간언이 옳다고 인정했지만, 공명은 고개를 젓고 좌우 장수들에게도 일갈했다.

"일을 시작하고 끝을 맺지 않는 것만큼 큰 죄는 없다. 우리가 잃은 병사가 얼마인가? 수만 영령에게 뭐라 사죄하겠는가? 하물며 이 만계에 왕풍을 펼치는 데 어느 한구석에라도 어둠을 남기고 회군한다면 모든 성과가 무의미해진다."

다음 날 공명은 몸소 사륜거를 타고 도엽강 기슭을 한 바퀴 돌며 부근 지세를 꼼꼼하게 살폈다. 수레에서 내려 직접 걸어

북쪽에 있는 산 하나에 올라 험준한 지형을 살피고 묵묵히 진지로 돌아오더니 곧 마대를 불러 작은 목소리로 면밀한 비책을 내렸다.

"일전에 사용한 목각 괴수 수레 외에 검은 궤짝을 실은 전투용 수레 10여 대가 더 있을 것이다. 마대는 그 수레를 이끌고 병사 한 무리와 함께 도엽강 북쪽에 있는 반사곡(盤蛇谷) 안에 숨어라. 전차는 이런 식으로 써야 한다…."

어지간히 비밀리에 진행해야 하는 일인 듯, 공명은 여느 때와 다르게 엄중히 주의를 주었다.

"만약 이 일이 누설되어 내부 요인으로 패배했을 때는 군법을 물어 벌을 내릴 터. 실수하지 마라."

마대 군은 전차 10여 대와 함께 그날 밤중에 홀연히 모습을 감추었다.

이튿날 아침, 공명은 조운을 불러 군사 한 무리를 내주며 명령했다.

"조운은 반사곡 안쪽에서 삼강으로 이르는 큰길에 나가 이러이러한 준비를 하라. 무슨 일이 있어도 날짜를 어겨서는 안 된다. 명심하라."

다음으로 위연을 불러들였다.

"위연은 정예군을 이끌고 적 정면으로 나가 도엽강 기슭에 진을 쳐라. 병력은 원하는 만큼 데려가도 좋다."

이 말을 듣는 순간 위연은 기기야말로 선봉 최건선은 만음 인물이라며 대단히 기뻐했다.

"그러나…."

공명은 말을 이어 위연의 용맹함을 억눌렀다.

"이겨서는 안 된다. 만약 적이 도강하여 맹렬하게 기습해 온다면 적당히 싸우고 후퇴하라. 막사도 버리고 과감하게 도망쳐라. 도망치는 앞쪽에 백기를 세워두겠다. 적이 또 백기가 있는 곳으로 몰려오거든 또 패주하여 다음 백기가 서 있는 진영까지 달려라. 적은 점점 승리감에 도취될 터. 그때 다시 네 번째 백기가 보이는 땅, 다섯 번째 백기가 보이는 지역까지 차례로 진지를 내팽개치고 꼴사나울 정도로 계속 도망쳐라."

위연은 볼멘소리로 물었다.

"대체 어디까지 도망치라고 말씀하십니까?"

"대강 보름 동안 열다섯 번 전투에 지고 진지 일곱 곳을 버리며 몸만 달랑 가지고 백기가 보이는 곳으로 달아나기만 하면 된다."

"아…. 그렇게만 하겠습니다."

군령이므로 거역할 수는 없지만 위연은 불만스러운 얼굴로 물러갔다.

"이번에야말로 오랑캐 땅에 박힌 못된 성정을 뿌리 뽑겠다."

장익, 장억, 마충 등도 각각 명을 받아 담당 지역으로 발걸음을 놀리며 공명이 장담한 말을 다시금 떠올리면서 만반의 준비를 하고 전운을 살폈다.

그때 올돌골과 맹획은 일단 강 남쪽으로 후퇴하여 한껏 우쭐거리면서도 서로에게 경거망동해서는 안 된다고 주의를 단단히 주었다.

"공명이라는 놈은 속임수에 능하여 무엇을 할지 모릅니다.

아무쪼록 돌골 대왕께서도 그 점에 유의하셔서 숲속, 나무 그늘 등 어느 정도 병사가 숨을 만한 곳이 있다면 주의하십시오."

"무슨 말씀이오, 맹획. 그 점은 이미 유의하고 있소. 그대야말로 혈기 넘치는 성격을 조심하시오."

남만 병사가 들어와 보고했다.

"어젯밤부터 북쪽 기슭에 촉병이 진지를 세웁니다. 군사가 꽤 많습니다."

"어디냐?"

두 남만왕은 강가에 나가 손차양을 하고 물끄러미 촉군이 세운 진지를 바라보았다.

"저 요충지에 견고한 진영을 세우면 좀 귀찮겠군. 늦기 전에 뭉개버리자."

명령을 내리자 등나무 갑옷을 입은 남만 병사는 즉시 도강하여 촉군을 습격했다.

싸우고 싸우면서 위연은 계획대로 도망쳤다.

반면 남만 군은 이미 이골이 난 상태다. 멀리까지는 쫓아오지 않았다. 승리를 거두자 깔끔하게 도강하여 원래 주둔하던 건너편 기슭으로 회군했다.

위연도 다시 강가로 돌아가 진지를 구축하기 시작했다. 공명이 새 병사를 더 내주었다. 그 모습을 본 남만 군도 인원을 늘려 공격을 재개했다.

전차와 지뢰

1

그날은 올돌골이 등갑병 전군을 몸소 지휘하여 도강했다.

촉군은 열심히 항전하는 척하며 점점 무너지다 이윽고 뿔뿔이 흩어져 깃발, 무기, 투구를 내버리고 앞다투어 퇴각했다.

그러고는 백기가 나부끼는 지점에 집결했다.

"적은 툭하면 도망치는 버릇이 생겼다. 이제 문제없다. 힘껏 뒤쫓아서 다 쓸어버려라."

올돌골은 승리감에 취해서 아군 후진에 있는 맹획에게도 신호를 보냈다. 점점 추격의 고삐를 당겨 다시 적군이 집합한 곳을 들이쳤다.

위연은 예상했던 일이므로 싸우다 지고 싸우다 지는 시늉을 하며 세 번째 백기, 네 번째 백기 등 패주 지점을 찾아 계속 퇴각을 거듭했다.

이레 동안 진영 세 곳을 버리고 일곱 번 모였다가 무너지듯 도망쳤다.

"이상한데? 너무 약하잖아?"

올돌골도 미심쩍은 기분이 든 듯했다. 추격 강도가 좀 약해졌다. 이때다 싶어 위연은 갑자기 기세를 올리고 새 병사를 더해 역습을 시도했다.

역습전에서는 선두에 나가 올돌골에게 결투를 신청했다. 그러나 결국 올돌골 창끝에서 도망쳐 내달리기 바빴다.

"이번에야말로!"

올돌골은 박차를 가해 뒤쫓았다.

유도 작전은 어렵다. 너무 도망쳐도 의심을 받기 일쑤다. 위연은 때때로 되돌아가 적에게 야유를 퍼붓거나 허세를 부리기도 하면서 보름 동안 백기 15개를 찾아 거듭 도망치는 임무를 완수했다.

이리되자 의심 많은 올돌골도 무훈에 우쭐하지 않을 수 없었다. 부하들을 돌아보며 거대한 코끼리 위에서 호언장담했다.

"어찌 보았느냐? 보름 동안 계속된 싸움에서 촉나라 요새를 짓밟기를 일곱 번, 싸워서 완승하기를 열다섯 번이다. 이미 도엽강에서 300여 리 사이에는 적군이 하나도 없잖은가? 천하의 공명도 바람을 바라고 도망쳐 내달리니 대사는 이미 결정된 것이나 마찬가지다. 한바탕 개선가를 울려라! 개선가를!"

지금까지 올린 전과와 빼앗은 술에 취해 무시무시한 기염을 토하는 무적 등갑군은 점점 자신만만해져서 다음 날 전투에 임했다.

그날 대장 올돌골은 흰 코끼리를 타고 하얀 달 모양이 그려진 이리 털모자를 썼으며 청색, 금색, 백색 구슬을 박아 넣은 쾌

갑(掛甲)을 꿰입고 사지를 시커멓게 드러내니 그야말로 아라한(阿羅漢)이 진노한 듯한 얼굴로 촉군 한가운데를 향하여 철창을 휘둘렀다.

위연은 올돌골을 맞이하여 있는 힘껏 맹렬히 싸우는 시늉을 하다가 부러 뒤돌아 달려가 산속을 도망쳐 다니다가 반사곡 속으로 숨어들었다.

부하와 함께 추격해 온 올돌골은 일단 흰 코끼리를 세웠다.

"복병은 없느냐?"

주의 깊게 둘러보았지만, 주변 일대 산에는 초목도 자라지 않고 매복 기색도 없어 의심을 풀고 전군은 반사곡에서 한숨 돌렸다.

"촉군은 갑자기 어디로 사라진 건가?"

그러자 남만 병사가 소식을 전하러 왔다.

"여기부터 저 안쪽까지 커다란 궤짝을 실은 수레가 10대나 도처에 버려진 채 널브러져 있습니다."

올돌골이 직접 시찰해보니 군량을 실은 듯이 보이는 화물 수레가 여기저기 흩어져 있는 게 아닌가.

"더할 나위 없는 노획물이다. 적은 당황한 나머지 계곡에 화물 수레를 끌고 왔다가 산길을 만나 오도 가도 못하다 내버려 둔 채 도망갔을 터. 저 안에 있는 건 성도에서 나는 산해진미다. 다 계곡 밖으로 끌고 나가 모아두어라."

그러고 나서 올돌골도 뒤쪽으로 돌아가 계곡 길로 난 좁은 입구를 나서려 했을 때 별안간 천지를 울리며 거대한 바위와 통나무가 머리 위에서 하나둘 떨어져 내렸다.

"앗?"

소스라치게 놀라 물러날 틈도 없이, 좌우에 있던 남만 병사 수백은 커다란 돌과 나무에 깔려 송장이 되었다. 그 위로 또다시 통나무와 바위가 데굴데굴 굴러떨어져 계곡 입구를 막아버렸다.

"산 위에 적이 있다. 빨리 탈출하라! 길을 열어라!"

올돌골이 미친 듯이 다그치는데 그쪽에 있던 수레 1대에서 저절로 불길이 치솟았다.

더욱 놀라 전군이 뿔뿔이 흩어져 계곡 안쪽으로 무너지듯 몰려가니 와르르 쾅쾅! 하고 대지가 터져서 갈라졌다. 맹렬한 불길과 폭발 연기에 튕겨 나간 남만 병사 팔다리가 흙모래와 함께 공중에 먼지처럼 흩어지는 게 아닌가.

2

올돌골은 흰 코끼리 등에서 펄쩍 뛰어내렸다. 코끼리는 화염에 휩싸여 불길 속에 제 발로 뛰어들어 타 죽었다.

올돌골은 절벽에 달라붙어 기어 올라가 도망치려 애썼지만, 좌우 산 위에서 내던지는 횃불이 비처럼 쏟아져 내렸다. 그뿐 아니라 바위 사이사이나 땅 아래에 숨겨둔 도화선에 불이 붙으니 그 넓은 들에까지도 끓는 사이에 기름 솥에 불똥이 떨어진 듯한 지옥으로 변했다.

불길은 하늘에 어지러이 흩어지고 폭발음은 끝없이 진동하며 자욱한 연기는 괴이한 냄새를 풍겼다.

오과국 등갑군은 한 사람도 남지 않고 타 죽었다. 그 수는 3만이 넘었고 이윽고 불길이 사그라진 다음 그 모습을 반사곡 위에서 내려다보니 마치 불로 태운 해충 사체를 보는 듯했다.

공명은 다음 날 반사곡에 서서 눈물을 뚝뚝 흘리며 탄식했다.

"나라를 위해 공을 세웠지만 나는 분명 수명이 줄었을 것이다. 아무리 대의를 위해서라지만 이토록 크나큰 살육을 저질렀으니…."

듣는 사람도 측은함을 느꼈지만, 조운만은 그렇지 않다며 오히려 그 말은 공명의 소극적이고 개인적인 가치관일 뿐이라고 비난했다.

"생생유상(生生流相)이며 명명전상(命命轉相)입니다. 형상을 이루었다가는 멸망하고 멸망했다가는 형상을 맺습니다. 수만 년 동안 변하지 않는 대자연 속 생명의 모습이 아니겠습니까? 황하 물이 한 번 넘치면 수만 생명이 스러지지만 푸르렀던 잎이 떨어지면 이삭이 영글고 사람은 늘어납니다. 황하에 치는 거친 물결은 하늘 뜻에 달렸을 뿐 사람의 덕은 영향을 미치지 못하지만, 승상이 이루는 대업에는 '왕화'라는 사명이 담겨 있지 않습니까? 남만 민족 백만을 멸망시켜도 남만 땅 천세에 덕을 심어 남겨둔다면 이 정도 살생을 치른 죄업은 아무것도 아니잖습니까?"

"아아…. 잘 말해주었다."

공명은 조운 손을 잡아 이마에 대더니 몇 줄기 눈물을 더 흘렸다.

한편, 남만왕 맹획은 후방 진영에 있어 아직 오과국 병사가 전멸한 사실을 꿈에도 모르는 상태였다.

이상하게도 남만 병사 1000명쯤이 마중을 나온 게 아닌가.

"오과국 국왕께서는 등갑군을 이끌고 촉군을 뒤쫓고 쫓아 종내에는 반사곡으로 공명을 몰아넣었습니다. 대왕께서도 어서 오셔서 공명이 맞이할 최후를 함께 지켜보자는 전갈입니다."

"옳다구나! 공명도 이제 끝장이다."

보고를 들은 맹획은 즉시 큰 코끼리를 타고 부하들을 모두 끌고 반사곡을 향해 서둘렀다.

"이거, 너무 서둘러서 길을 헛갈렸나?"

정신을 차렸을 때는 안내하며 앞서 달리던 수상한 남만 부대는 어디로 갔는지 보이지 않았다.

"좀 이상하군."

뒤돌아 가려 했지만 때는 이미 늦었다.

한쪽 듬성한 숲에서 장억과 왕평이 북을 울리며 거침없이 달려 나오고 다른 쪽 산그늘에서는 위연과 마충이 환호를 올리며 몰려들었다.

"돌아가자! 아니, 앞으로 달려라!"

당황한 나머지 산기슭까지 부딪칠 듯 뛰어들어 가니 산 정상에 있던 군대가 일제히 산사태처럼 밀려 내려왔다.

"맹획! 각오하라!"

이느네 긴베게 미대 ❺ 추가기 젊ㅇ 갸수기 ❽ 갸께 시끄를 휘두르며 달려들었다.

"당했다!"

흰 코끼리는 너무 둔중하다. 맹획은 뛰어내려 숲속에 난 길로 달음박질했다.

그러자 앞쪽에서 딸랑딸랑하고 금은 방울을 울리며 시원하게 비단 덮개를 친 사륜거가 다가오는 게 아닌가. 공명이다. 싱글거리며 웃는 모습이다. 공명은 백우선을 치켜들고 일갈했다.

"반역자 맹획! 아직도 눈뜨지 못했느냐!"

"악!"

맹획은 눈앞이 아찔해져서 하늘을 찌를 듯이 양 주먹을 높이 들어 올렸다.

"으윽⋯."

그러더니 곧바로 커다란 신음을 토하며 그 자리에서 정신줄을 놓고 쓰러졌다.

어렵지 않게 포박하여 마대가 맹획을 끌고 돌아갔다.

"맹수도 기절할 만큼의 신경은 있나 보다⋯."

촉나라 여러 장수가 웃음을 터뜨리면서 맹획을 가둔 임시 감옥을 들여다보면서 하나둘 지나갔다.

왕풍만리(王風萬里)

1

"조운이 훌륭한 말로 내 전략을 두둔해주었지만 무슨 말을 한다 해도 이번 대살육을 굳이 실행한 건 지금까지 남모르게 베풀었던 덕행을 손상시키는 일이다."

그날 밤 공명은 여러 장수와 모여 이야기한 끝에 이렇게 평했다.

"열다섯 번이나 퇴각을 거듭해 적의 교만을 증폭시키고 반사곡으로 유인한 계략은 이미 여러 장수도 간파했을 터. 이번에 벌인 대섬멸전에서는 일찍이 젊은 시절부터 궁리했던 지뢰, 전차, 도화선 등을 사용해본 게 지금까지 치른 전쟁과 비교하여 그 내용이 달랐다. 전투라는 건 어디까지나 '인간' 그 자체고 '병기'가 주가 되어서는 안 된다. 그러니 촉나라에 이런 신무기가 있다는 사실에 의지해 우리 병사가 약해져서는 결코 아니 니 그 점이 장래를 위해 벌써부터 염려된다."

병법 강의로도 느껴지는 속내를 털어놓았다.

"처음 등갑군이 나타났을 때는 나도 계책이 떠오르지 않았다. 등갑군이 과시하는 유리한 점만 본지라 관점을 바꿔 약점을 생각해보니 당연히 물에 유리한 자는 반드시 불에 불리하다는 원리가 떠올랐다. 기름에 담근 등나무 갑옷은 불 앞에서는 아무것도 막아낼 수 없을 뿐 아니라 오히려 그 등갑군을 불태우지는 않을까 싶었다. 화기를 실은 수레와 지뢰를 이용한 계책은 다 그런 생각을 실행에 옮긴 것이다."

"아, 승상의 신묘한 지혜는 그 끝을 알 수 없습니다."

모든 장수가 거듭 감탄하고 엎드려 절했다.

공명은 다음 날 진영에 있는 감옥에서 맹획, 축융 부인, 대래, 맹우까지 줄줄이 엮어 끌어내고 측은히 바라보며 애증을 넘어선 얼굴로 넉넉한 물이 흐르듯이 포로들을 보고 일갈했다.

"아, 이 근본이 없는 자들에게는 천자가 베푸는 사랑도 통하지 않는구나. 사람이라고도 할 수 없는 떼거리들, 보기에도 민망하다. 어서 풀어주어 산야로 돌려보내라."

그러자 갑자기 이상한 울음소리를 내며 맹획이 외쳤다.

"승상…. 잠깐! 기다려라!"

아니, 포박당한 채로 달려들어 공명 옷자락을 입에 무는 것이 아닌가!

"무슨 일이냐?"

곁눈으로 맹획을 보며 말하니 맹획은 머리가 땅에 닿도록 절하며 토하듯 소리를 쥐어짰다.

"내가 잘못했다. 용서해라."

그러고는 꺽꺽대고 울면서 토로했다.

"으아아…. 배운 것 없고 야만스러운 놈이지만 예부터 일곱 번 사로잡아 일곱 번 놓아주었다는 예는 들은 적도 없습니다. 아무리 왕화를 입지 못한 인간이지만 어찌 하늘 같은 은혜를 느끼지 않겠습니까? 용서해주십시오…. 부디 너그러이 용서해주십시오."

"음…. 진심이냐?"

"아, 아무렴요. 이제는 생각만 해도 예전에 저지른 일이 무섭기 그지없습니다."

"좋다. 함께 기뻐하자. 함께 번영하자."

공명은 무릎을 탁 치고 친히 맹획을 결박한 포박과 축융 부인, 맹우, 대래 등을 묶은 일족의 오라를 일일이 풀어주며 기뻐했다.

"처음으로 이 공명의 마음이 통했다. 아니 왕풍만리(王風萬里)가 미치지 못하는 곳이 없어졌다. 나도 아주 기쁘구나."

"승상의 하늘 같은 위엄과 천자의 자애로움 속에서 남만 사람들은 두 번 다시 배반하지 않겠습니다."

맹획 일족은 입을 모아 맹세했다.

공명은 어조를 바꾸어 맹획에게 다시 한번 확인했다.

"그대는 정말 순종하는가?"

"심사숙고할 것도 없습니다."

"그렇다면 나와 함께 있자."

공명은 두려움에 떠는 맹획 손을 깊이 잡고 기미 인 잇저며고 싱하고 부인과 일족에게도 자리를 내주어 환영 연회를 함께하며 잔을 나누고 기울이며 약속했다.

"그대가 지은 죄는 이 공명이 다 짊어지겠소. 내가 세운 공은 그대에게 양보하리다. 그러니 그대는 예전처럼 오래도록 남만국 국왕으로서 남토 백성을 어여삐 사랑하시오. 나를 대신하여 왕화에 힘써주시오."

이 말을 들은 맹획은 양손으로 얼굴을 감싸며 한동안 참회 섞인 눈물을 그치지 못했다. 일족 모두가 감격해 흘리는 눈물과 환희에 찬 몸짓을 보였다는 것은 새삼스레 말해 무엇하겠는가.

2

원정길 1만 리.

드디어 귀환하는 날이 찾아왔다.

돌이켜보면 온갖 고난과 무수한 전투로 아직까지 살아 있는 몸이 기적이라는 생각이 들 정도다.

유막에서 장사(長史) 비위(費褘)가 총회군에 앞서 조용히 공명에게 간언했다.

"이토록 까마득히 먼 남만 땅에 들어와 모처럼 공을 세우셨는데 촉나라 관원을 아무도 남기지 않으시면 풀을 베고 비를 기다리는 일과 같지 않습니까?"

"아니다."

공명은 고개를 살살 저었다.

"그리하면 유리한 점도 있으나 불리한 점도 세 가지 있다. 낮은 벼슬아치가 왕화 덕을 그르치는 것이 하나. 왕궁과 도읍에서 멀리 떨어져 있으니 직무를 게을리하고 사사로운 위세로 분별없이 행동할 것이 둘. 남만 사람들이 그 관원이 부임함으로 인해 직위에서 물러난 뒤 동족을 죽였다는 앙심을 품게 되면 전쟁 후에 흉흉해진 민심에 더욱 의심을 하게 될 테니 사적인 싸움으로 번질 우려가 있다는 점이 셋. 천황이 보낸 관리를 통해 다스리기보다 남만왕이 남만 민족에게 익숙할 게 분명하다. 조공에 대한 예만 제대로 지키게 해두면 성도에서는 마음을 쓰거나 물자를 투입하지 않아도 남만 지역을 촉나라 외벽으로 삼아 윤택한 산지로 삼을 수도 있지 않나?"

"승상 말씀은 지극히 옳은 경책입니다."

모두 감복했다.

촉군이 북으로 돌아간다는 소식을 듣고 남만 땅 동족(洞族)과 일반 원주민 등이 서로 지지 않으려 금 구슬, 진귀한 보석, 약재, 향료, 밭 가는 소, 짐승 가죽, 전투용 말 등을 속속 진영으로 보내왔다. 이런 맹세도 함께.

"앞으로 해마다 천자께 바치는 조공도 거르지 않겠습니다. 반역하지 않겠습니다."

어느새 공명을 '자부(慈父) 승상, 대부(大父) 공명'이라 부르며 찬양하고 공명이 전적을 세운 모든 지방에 재빨리 생사(生祠, 살아 있는 사람을 신으로 모시는 사당 – 옮긴이)를 지어 사시사철 공물을 바치고 제를 올렸다.

때는 촉나라 건흥 3년 9월 가을이다.

공명과 삼군은 드디어 귀환길에 올랐다.

중군과 좌우 군은 공명이 탄 사륜거를 철통같이 호위하며 앞뒤로 붉은빛과 은빛 깃발을 늘어세우고 기마대, 공물을 실은 수송대, 흰 코끼리를 탄 백상대(白象隊), 보병 수십 부대 등이 따르니 정벌을 위해 출발할 때 못지않은 장엄한 광경이다.

그 장관에 더해 남만왕 맹획도 일족과 함께 공명이 탄 수레를 호위하며 뒤따랐으며 모든 동주와 추장들도 군악대와 미인 부대를 이끌고 노수 어귀까지 전송을 나왔다.

반사곡에서 3만 명을 태워 죽였으며 이 노수에서도 많은 아군을 잃고 적병을 죽였다. 공명은 밤이 되자 중류로 배를 띄워 하늘에 제사를 지내는 표를 쓰고 수만 영령에게 기도하며 전쟁으로 죽은 혼백에게 바쳐 명복을 빈다고 외치며 공물과 함께 강물에 띄웠다.

먼 옛날부터 노수 흐름이 사납고 거칠어졌을 때 이를 잠재우기 위해서는 사람 셋을 산 채로 물에 빠트려 제사를 지내는 풍습이 있다는 말을 듣고 공명은 밀가루 반죽에 고기를 섞어 사람 머리 모양을 만들어 그날 밤 공양으로 썼다.

이름하여 '만두(饅頭)'라 불리며 전해 내려온 관습은 노수 제물이 시초였으며 그 방법을 생각해 낸 최초 사람이 공명이라는 전설도 있지만, 진실은 알 길이 없다.

귀환길에 올라서도 지역마다 다른 풍습과 종교를 감안하여 덕을 베풀고 정을 붙이게 하기를 꿈속에서도 잊지 않았다는 점은 단순히 오랑캐를 정복하려던 장군들이 무위만을 고집하던 것과는 확연히 차이가 있다.

제문을 읽는 목소리가 물결을 잔잔하게 만들고 삼군의 마음을 움직이니 무심한 남만 땅 백성을 곡지통하게 하였고 공명이 이끄는 삼군은 어느새 영창군 땅까지 들어섰다.

"그대들도 오랫동안 고생이 많았소. 조만간 천제께서 은상을 내리신다는 기별이 있을 것이오."

공명은 길잡이를 해주었던 여개 임무를 갈무리하며 왕항과 함께 근처 4개 군 수비를 명했다.

헤어짐을 아쉬워하며 따라온 맹획에게도 시간을 내어 친밀하게 훈계를 거듭했다.

"모쪼록 부지런히 정사에 임하고 백성이 짓는 농사를 장려하여 가문을 다스리고 오래도록 절개를 지켜 빛나게 하시오."

맹획은 눈물을 흘리며 남쪽으로 발걸음을 옮겼다.

"이제 맹획이 살아 있는 동안 남만은 두 번 다시 반역을 일으키지 않으리라."

공명은 좌우를 둘러보며 확신에 찬 말을 던졌다.

성도는 이미 겨울이었다. 남쪽에서 귀환한 삼군은 찬바람까지도 반가워하며 개선문으로 의기양양하게 들어섰다.

사슴과 위나라 태자

1

"공명이 돌아온다."

"승상이 귀환한다."

성도 어디든 끓어오를 듯한 환호로 가득했다. 후주 유선도 그날은 가마에 올라 궁문 30리 밖까지 공명과 삼군을 친히 맞이하러 나갔다.

"황공하옵니다."

황제 어가를 보자 공명은 수레에서 뛰어내려 바닥에 넙죽 엎드려 절했다.

"신이 재주가 없어 멀리 원정을 떠나 조속히 평정하지 못하고 어림의 많은 병사를 상하게 하여 주군의 신금(宸襟)을 어지럽혔습니다. 우선 죄를 물으십시오."

"아니오, 승상. 짐은 그대가 무사한 모습을 보니 그저 기쁠 뿐이오. 여봐라, 승상을 일으켜라."

시종에게 명하여 공명을 안아 일으키고 황제가 친히 그 손을 내밀어 어가 안에 공명이 앉을 자리를 내주었다.

어린 황제와 승상 공명이 같은 수레에 나란히 앉아 만면에 따사로운 햇살을 받으며 성도궁 화양문(華陽門)으로 들어가자 시중에 나온 모든 백성은 하늘까지 닿을 정도로 환호성을 올렸고 궁중에 있는 모든 누각과 전각에서 동시에 풍악을 울리니 공명은 자줏빛 구름에 둘러싸인 황금성에 들어온 듯했다.

아무리 그래도 공명은 자신이 쌓은 공적을 잊었다. 관리에게 명해 전쟁에 나가 전사하거나 병사한 군사들의 자손을 방문토록 하여 빠짐없이 위로하고 시간이 비면 오랫동안 보지 못했던 농촌으로 나가 올해 수확 상황을 물었고, 마을에 사는 노인과 열심히 농사를 짓는 농부를 찾아가고 효자에게는 표창을 내리는 한편 탐관오리를 벌주고 세금의 과소를 살피는 등 여러 방면 정치에도 마음을 쏟으니 도시와 지방을 불문하고 이제는 이 나라야말로 모든 백성이 안심하고 편안하게 살 수 있는 이상향이 세상에 나타난 것이라며 공명의 덕을 칭송하지 않는 자가 없었다.

한편, 대위 황제 조비의 태자 조예(曹叡)가 가진 뛰어난 재주는 요즈음 위나라에서 소문이 자자했다.

태자는 15세다.

모친은 견씨(甄氏) 집안 딸이다. 경국지색이라 알려졌는데 기음엔 인그의 틀에 시들인 원희(袁熙) 부인이있으나 소소가 원소를 멸망시켰을 때부터 조비 처로 들어가 후에 태자 조예를 낳았다. 그런 조예에게도 불행의 그림자 하나가 늘 따라다녔다. 어머니 견씨를 대하는 아버지 조비의 총애가 차차 식고 그 사랑이 곽(郭) 귀비에게 옮겨간 탓이다.

곽 귀비는 광종(廣宗) 사람인 곽영(郭永)의 딸로 그 아름다운 용모는 위나라 전국을 통틀어 둘도 없다고 일컬어졌다. 해서 세상 사람들이 여자들 가운데 왕이라고 칭해 위궁에 들어온 뒤로는 '여왕 곽 귀비'라는 존칭으로 불렸다.

아쉽게도 마음은 용모만큼 아름답지 않았다. 견 황후를 없애기 위해 장도(張韜)라는 조정 신하와 공모하여 오동나무 인형에 위제 생년월일을 적고 몇 년 몇 월 땅에 묻는다는 주문을 적어 일부러 조비 눈에 띄는 곳에 버렸다.

불행하게도 조비는 그 음모를 간파하지 못하고 견 황후를 폐했다.

하여 태자 조예는 어릴 때부터 곽 여왕 손에서 자라며 고생도 했지만, 타고난 성정이 쾌활하여 조금도 그늘지지 않았다. 특히 무예에는 천재적인 소질을 보였다.

그해 이른 봄이다.

조비는 여러 신하를 이끌고 사냥을 나갔다.

암사슴을 발견한 순간 조비가 쏜 화살 하나가 날아가 도망가는 사슴을 명중시켰다.

어미 사슴이 활에 맞아 쓰러지자 새끼 사슴은 소스라치게 놀라 조예가 탄 말의 배 아래로 몸을 웅크리며 숨어들었다.

조비는 소리 높여 외쳤다.

"조예! 왜 활을 쏘지 않느냐? 아니, 왜 검으로 찌르지 않느냐? 새끼 사슴은 네가 탄 말 아래 있거늘!"

조비는 활을 휘두르며 답답해했다.

그러자 조예는 눈물을 글썽이며 대답했다.

"지금 아버님께서 어미 사슴을 쏘신 것조차도 가슴이 찢어질 듯한데 어찌 그 새끼를 죽이겠습니까?"

그러더니 활을 내던져 버리고 엉엉 울었다.

"아아, 이 아이는 어질고 덕이 있는 군주가 되겠구나."

조비는 오히려 기뻐하며 조예를 제공(齊公)에 봉했다.

그해 5월 여름이다.

갑작스럽게 상한(傷寒, 추위로 인하여 생기는 병을 통틀어 이르는 말 - 옮긴이)을 앓은 조비는 영면했다. 아직 마흔이라는 젊은 나이였다.

2

조비 살아생전에 받던 총애와 유조에 따라 태자 조예는 다음 대위 황제로 옹립되었다.

이는 가복전(嘉福殿)의 약조를 지킨 것이다. 가복전의 약조란 조비가 중태에 빠졌을 때 중신 셋을 머리맡으로 불러서 내린 유조를 말한다.

"아직 어리지만, 조예야말로 어질고 영민한 자질을 타고났으니 능히 대위의 대통을 이으리라. 그대들이 합심하여 그 아이를 보좌하고 짐의 뜻을 거스르는 일이 없도록 하시오."

"맹세코 유조를 거스르지 않겠습니다."

중신 셋도 맹세했던 일을 가리킨다.

그때 침상으로 불려 간 중신은 다음 셋이다.

중군대장군(中軍大將軍) 조진

진군대장군(鎭軍大將軍) 진군

무군대장군(撫軍大將軍) 사마의

가복전 약조에 따라 세 중신은 조예를 후주로 옹립하고 조비에게 문제(文帝)라는 시호를 올리고 모후 견씨에게는 문소황후(文昭皇后)라는 칭호를 바쳤다.

자연히 위궁 측신의 면면과 일족 직위에도 개혁이 따랐다. 우선 종요(鍾繇)를 태부로 삼고 조진은 대장군이 되었으며 조휴를 대사마로 임명했다. 그 밖에 왕랑을 사도(司徒)로, 진군을 사공(司空)으로, 화흠을 대위로 세운 것 등이 중요 변화였는데 다른 많은 문무 벼슬아치를 대상으로 작위를 수여하고 진급시켰으며 천하에 대사면령을 선포했다.

여기서 떠오르는 문제는 사마의가 표기장군으로 취임한 것이다. 파격적인 인사는 아니었지만 딱 이 사람에게 맞는 자리를 얻은 듯했다. 그뿐 아니라 사마의는 그 무렵 마침 옹주(雍州)와 양주(涼州)를 지키는 자리가 공석인 것을 알고 스스로 표문을 올려 청원했다.

"제게 서량 주군(州郡) 수비를 명해주십시오."

서량주로 말하면 북방 이민족과 접한 접경과 가까워 도읍과는 비교되지 않을 정도로 변방이다. 일찍이 마등이 나오고 마초가 출현하는 등 난이 끊이질 않아 통치하기 어려운 곳이기도 하다.

사마의가 나서서 서량을 다스리겠다는 부탁에 황제는 물론 윤허하였고 위나라 모든 중신도 별난 사람이라는 생각만 할 뿐 누구도 막아서는 자가 없었다.

조정은 특히 사마의 관직을 '서량등처(西涼等處) 병마제독(兵馬提督)'으로 세우고 인수를 내렸다.

"아아, 마음이 놓인다."

사마의는 북으로 부임하기 위해 말을 달리면서 오랜만에 좁은 새장에서 푸른 하늘로 나온 듯한 기분이 들었다. 들숨과 날숨 모두가 탁 트이는 느낌이었다.

궁중에서 신하와 중신들 사이에서 몸을 굽히며 지낸 지도 이미 오래되었다. 조조 시대부터 궁중에서 녹을 먹었다. 사마의가 가진 진면목은 그런 우물 안에서 길게 둥지를 틀만 한 건 아닌 모양이다.

촉나라 밀정은 빠르게 정보를 입수해 이 변화를 성도에 번개같이 보고했다. 촉나라 신하 가운데 별다르게 생각하는 사람은 아무도 없었다.

"아아, 중달이 서량으로 갔는가?"

그 정도 관심뿐이다. 그 소식을 듣고 혼자 간담이 내려앉아 입술을 깨무는 사람이 있었다. 바로 공명이다.

아니, 또 한 사람 공명과 다름없이 놀라서 서둘러 승상부로 달려온 자가 있었다.

젊은이 마속이다.

"들으셨습니까?"

"어제 알았다."

"하내온(河內溫) 사람으로 이름은 사마의, 자는 중달입니다. 저는 사마중달이 위나라 일국의 인물이라기보다 당대 영웅이라 판단합니다."

"장차 우리 촉나라에 우환이 될 인물을 꼽으라면 아마 사마의리라. 대위 황제의 대통을 조예가 이었다는 사실은 마음 쓸 일도 아니다만…."

"제가 우려하는 바도 같습니다. 중달이 서량에 부임한 일은 간과해서는 아니 됩니다."

"늦기 전에 지금 쳐야 할 것인가?"

"아닙니다, 승상. 남만 원정이 끝나고 얼마 지나지 않았습니다. 그 점을 염두에 두셔야 합니다. 제게 맡겨주십시오. 조예를 속이고 병사를 쓰지 않겠습니다. 사마의가 저세상 사람이 되도록 해보겠습니다."

젊은이치고는 큰소리치는 모습이다. 공명은 마속의 얼굴을 말끄러미 바라보았다.

출사표

1

마속은 말을 이어 나갔다.

"어쩐지 사마의라는 자는 재략이 있으면서도 오래도록 위나라를 섬기면서 위나라에서 중요한 자리에 쓰이지 못했습니다. 사마의가 조조를 받들며 도서료(圖書療)에 근무했을 때가 20살 전후였다고 들었습니다. 조조, 조비, 조예 3대에 걸쳐 섬겨온 공신치고는 지금 사마의 위치는 한직이 아닙니까?"

공명은 차분한 눈으로 말하는 마속의 얼굴을 바라보았다. 마속은 전제를 깔고 마음속에 있는 계책을 공명에게 바쳤다.

"사마의는 자원해서 서량주에 부임했습니다. 분명 사마의 마음속에는 위나라 중앙에서 몸을 피하고 싶은 이유가 있을 터. 당연히 위나라 중신들은 사마의가 보인 행동에서 좋지 않은 기운을 감지하고 의혹을 품었을 겝니다. 이런 상황에서 사마의에게 모반의 조짐이 있다는 소문을 퍼트리면서 거짓 회장(回章)을 돌리면 위나라 중앙은 당장 미혹되어 사마의를 죽이든 직위를 파면하여 변경으로 쫓아버리든 할 것입니다."

마속이 설득하는 내용은 공명이 마음먹은 생각과 정확히 일치했다. 공명은 마속이 올린 의견을 받아들여 비밀리에 그 계책을 착착 실행했다. 이른바 적국 내 유언비어 유포 계책이다. 나그네를 이용하거나 세작을 보내거나 연고가 있는 집에서 집으로, 아낙네 입에서 아낙네 입으로 풍문을 퍼트리는 등 모든 인력을 총동원하였다.

한편, 거짓 격문을 만들어 여러 주(州)에 있는 무사 가문으로 발송했다. 예상대로 사마의에 대해 세상에 갖가지 뒷말이 나기 시작한 차에 이 격문 1통이 낙양 업성 문을 지키는 관리 손에 들어갔고, 그 격문은 즉시 위나라 궁중에 상달되었다.

격문 내용은 과격한 글귀로 가득했다. 위나라 3대에 걸친 죄상을 꼽으며 이에 불만을 품은 세상 사람들에게 위나라 왕조를 타도하자고 선동하는 내용이다.

"이 글이 진실로 사마의가 쓴 격문인가?"

조예는 핏기를 잃으면서도 여전히 갈피를 잡지 못하겠다는 듯 중신들이 모인 비밀회의에서 물었다.

대위 화흠이 머리를 조아렸다.

"일전에 사마의가 서량 땅 영주가 되고 싶다며 청원했을 때 어떤 의도인가 싶었습니다만 이 격문을 보니 신들은 사마의가 품은 뜻을 짐작할 수 있을 듯합니다."

"짐에게는 사마의에게 반역을 당할 만한 이유가 없소. 대체 사마의에게 무슨 원한이 있어 위나라를 향해 활을 겨눌 마음이 생겼는지, 경들은 어찌 생각하시오?"

"태조 무제(조조 시호 - 옮긴이)께서 일찍이 간파하셨던 일입니다. '사마의는 매처럼 보고 이리처럼 돌아본다'고 하셨습니다. 그런 까닭에 무제께서 생존해 계실 때는 서고 문서 등을 정리하는 한직에 두고 병마와 관련된 직무에는 쓰지 않으셨습니다. 만약 사마의에게 병권을 주면 오히려 나라에 해가 될 자라고 깊이, 웅숭깊이 헤아리셨습니다."

왕랑도 의견을 털어놓았다.

"지금 화흠이 말씀드렸듯이 사마의는 약관에 이미《육도삼략》을 웅숭깊게 연구하고 군사 기밀과 병법을 깨달으면서 주의 깊게 선제 대에도 변변치 못한 사람처럼 시치미를 떼며 지내다 오늘날 어리신 폐하가 즉위하시는 때를 보고 처음으로 매 같은 성정을 드러내 이리처럼 서량에서 격문을 뿌리고 다년간 품었던 야망을 이루려고 일을 꾸몄다고 봅니다. 하루빨리 정벌하지 않으시면 걷잡을 수 없는 불길로 번질 것입니다."

위왕 조예는 아직 어렸으므로 여러 신하가 고하는 진언을 듣고도 결단을 쉽사리 내리지 못했다. 그사이 일족인 조진이 온당한 반대 의견을 내놓았다.

"설마 그런 일은 없을 것입니다. 만약 경솔하게 정벌에 나섰는데 이 일이 진실이 아니었다면 공연히 군신 사이에 분란만 일으킬 것 아닙니까?"

결국, 한고조가 운몽(雲夢)에 행차했던 옛 지혜(토사구팽兎死狗烹 고사 - 옮긴이)를 빌려 위제가 몸소 안읍(安邑)에 놀이를 나가 사마의가 맞이하러 나왔을 때 슬쩍 기색을 엿본 뒤 사마의에게 반역할 기운이 보이면 그 즉시 포박하는 게 좋겠다는 쪽으로 의견이 모아졌다.

이윽고 행차하는 날이 다가왔다. 통지를 받은 사마의는 서량의 병마 수만을 화려하게 정렬하고 위제가 탄 어가를 안읍 땅에서 맞이하려고 위풍당당하게 출발했다. 그러자 누구랄 것도 없이 떠들어댔다.

"어이쿠, 사마의가 10만 병사를 끌고 이쪽으로 밀려온다!"

근신은 동요하고 위제도 하얗게 질려 길가 곳곳은 흉흉한 민심과 난무하는 풍설의 도가니가 되었다.

2

아무것도 모르는 사마의는 수만 병사를 이끌고 안읍으로 들어섰다. 그러자 무시무시한 철갑을 두른 조휴 군이 길을 막아서며 외쳤다.

"이 이상은 지나갈 수 없다."

그러면서 조휴가 직접 말을 몰며 호통쳤다.

"잘 들어라, 중달! 너는 선제께서 후사를 부탁하신다며 직접 유조를 내리신 신하 가운데 하나가 아니냐? 어째서 모반의 뜻을 품었느냐? 여기부터 한 발자국이라도 들어온다면 혼쭐이 날 줄 알아라."

사마의는 소스라치게 놀라 이 사태야말로 촉나라 세작이 꾸민 모략에 지나지 않는다며 처절하게 변명했다.

"자세한 이야기는 천자를 뵙고 직접 고하겠소."

사마의는 말에서 내려 검을 버리고 수만 병사도 성 밖에 남긴 채 홀로 조휴 뒤를 따라갔다. 위제가 탄 어가 앞에 이르기가 무섭게 사마의는 땅에 엎드려 근거 없는 소문에 대해 변명하기 시작했다.

"신이 서량으로 가기를 바란 건 사리사욕을 채우기 위해서가 아닙니다. 서량 땅이 가진 중요성을 아니 은밀히 촉나라 침공에 대비하기 위해서입니다. 부디 조금 더 헤아려주옵소서. 반드시 촉나라를 치고 그다음엔 오나라를 멸망시켜 3대에 걸친 군주 은혜에 보답할 날을 맹세합니다."

사마의가 보인 순순한 태도에 조예는 마음이 움직였지만, 화흠과 왕랑 등은 쉽사리 믿지 않았다.

"암튼 사마의는 매이며 이리다."

이런 시선으로 사마의를 바라보았으니 통보를 기다리라며 사마의를 대기시킨 다음 어린 황제를 중심으로 비밀스런 논의에 돌입했다. 물론 화흠과 왕랑이 내놓은 의견이 사안을 결정하리라는 흐름은 이론(異論)의 여지가 없다.

"사마의에게 병마지권을 주어 사달이 났다. 세간에 온갖 억측이 생겨나고 이리 불온한 문제가 떠오르는 시발점도 되었다. 발톱 없는 매로 만들어 들판에 놓아주면 된다. 이는 한나라 문제가 주발(周勃)에게 대처한 사례에서 찾아볼 수 있다."

칙명에 따라 사마의 관직을 박탈하고 그 자리에서 고향으로 돌려보냈다. 그리고는 사마의가 남긴 옹수와 양주 군마는 조휴가 맡았다.

이 일은 촉나라 세작 입을 통해 화급히 성도로 전해졌다.

"중달이 서량에 있을 때는 아무리 해도 뜻을 펼칠 수 없다고 체념했지만, 이제는 아무 걱정 없구나."

공명은 주변에서 일어나는 일에 좀처럼 감정을 드러내지 않는 사람이었지만 그 소식을 들었을 때는 한없이 기뻐했다.

공명은 승상부 저택에 틀어박혀 며칠 동안 문을 걸어 잠그고 손님을 받지 않았다. 위나라가 다섯 갈래 길로 침공해 국난이 일어나기 전에도 이 문을 닫은 적이 있는데 이번에는 그때처럼 매일 공명의 모습을 후원 연못가에서 보는 일도 드물었다.

고민하기를 며칠, 공명은 어느 날 밤 목욕재계를 한 후 촛불을 밝히더니 후주 유선에게 올리는 글을 적었다. 훗날 유명해진 '전출사표(前出師表)'는 바로 이때 작성한 것이다.

공명은 바로 그때 북벌 단행을 굳게 결의한 모양이다. 한 구절, 한 문단 심혈을 기울여 썼다. 화려하고 아름다운 문장을 고심하는 글이 아니라 마음속에 가득 찬 충성과 국가 백년대계를 논하는 글이다.

출사표에서는 황제로서 후주가 행해야 할 왕덕을 설파하고 더불어 오늘날 천하를 논하며 촉나라가 처한 현재 상황을 기술한 뒤, 충성스럽고 선량한 신하를 일일이 지명하여 신임하기를 권하고 선제 현덕과 공명이 맺은 오랜 인연과 교의를 돌아보았는데 붓이 이 대목에 이르자 종이 위에 충의에 찬 눈물이 그치지 않고 떨어져 얼룩진 자국이 눈에 띄었다.

출사표는 그야말로 장문이다.

신 제갈량이 말씀드립니다.

선제께서는 창업을 위한 뜻을 채 반도 이루지 못하고 안타깝게 도중에 돌아가셨습니다. 지금 천하는 셋으로 갈라졌고 익주는 피폐합니다. 참으로 나라가 살아남을지 망할지 모르는 위급한 때이기도 합니다. 그렇지만 주군을 모시는 신하가 안으로는 게으름 피우지 않고 충성스러운 뜻을 품은 무사가 밖으로는 몸을 돌보지 않는 까닭은 대체로 선제께서 특별히 대우해주신 바를 폐하께 보답하고자 함입니다. 성스러운 귀를 여시어 선제가 남기신 덕을 빛내시고 지사(志士)의 뜻을 북돋우셔서 모쪼록 함부로 스스로를 변변치 못하다고 낮추시거나 옳지 않은 비유를 들어 의를 잃고 충간하는 길을 막아서는 아니 됩니다.

첫머리에는 충의를 다하여 어린 황제에게 훈고했다.

3

공명은 붓을 더 열심히 놀렸다.

주군께서 거하시는 궁중과 신하들이 정사를 보는 부중(府中)은 한몸이니 선악에 따라 벼슬을 올리고 낮춤에 무릎지기 서로 달라서는 아니 됩니다. 만일 간사한 짓을 하고 죄를 짓거나 충성을 바치고 선한 일을 하는 자가 있으면 마땅히 관리를 붙여 논공행상하여 폐하의 공평하고 명확한 치세를 밝히셔야지 한쪽에 치우치거나 사사로운 판단으로 안팎의 법을 다르게 처리해서는 아니 됩니다.

국가를 위한 큰 방침을 설파하더니 이어서 사직 인재를 나열했다.

시중시랑(侍中侍郎) 곽유지(郭攸之), 비위, 동윤은 선량하고 성실하여 사려가 깊고 충성스러우며 순수합니다. 그 점을 높이 사 선제께서 간택하시어 폐하께 남기셨습니다. 어리석은 신이 생각건대 궁중 일은 대소를 막론하고 이들에게 자문한 후에 시행하시면 분명 빠지거나 새는 일이 없도록 보태고 개선하여 널리 이로울 것입니다. 장군 상총(尙寵)은 성품과 행실이 맑고 치우침이 없으며 군사에 관한 일도 막힘없이 훤히 꿰뚫어 선제께서 예전에 시험 삼아 써보시고 유능하다 하셨습니다. 하니 여럿이 의논하여 상총을 추대하여 도독으로 삼으셨습니다. 어리석은 신이 생각건대 영중과 관련 있는 일은 대소를 막론하고 상총에게 자문하면 반드시 군사들을 화목하게 하고 뛰어난 자와 그러하지 못한 자를 가려 있어야 할 곳에 제대로 세울 것입니다.

현명한 신하를 가까이하고 소인배를 멀리하는 건 전한(前漢)이 융성한 까닭이고 소인배를 가까이하고 현명한 사람을 멀리한 건 후한이 기울어진 원인입니다. 선제께서 계실 때에 항상 신과 이 일을 논의하셨으며 그때마다 일찍이 환제(桓帝)와 영제(靈帝) 때 벌어졌던 일을 탄식하고 원통해하셨습니다. 시중,

상서, 장사, 참군 직에 있는 자들이 하나같이 올곧고 밝아 목숨을 바쳐 절개를 지킬 신하니 폐하께서는 이들을 가까이 두고 굳건히 믿으십시오. 그러시면 한나라 황실이 융성할 날을 헤아리며 기다리실 수 있습니다.

방향을 바꾸어 공명이 쓴 글은 자신과 선제 현덕이 알게 된 인연을 추억하니 그 붓끝에 닿은 것이 피인지 눈물인지 알 수 없을 정도로 적어 내려가는 공명도 뜨거운 눈물 몇 줄기를 멈출 수가 없지 않았을까 싶다.

신은 관직이 없는 평민으로 몸소 남양에서 밭을 갈며 이 어지러운 세상에서 목숨을 보전할 뿐 세상에 명성을 알리고자 제후를 찾아가 바라는 일은 하지 않았는데 선제께서는 신을 비천하다 꺼리지 않으시고 황공하게도 친히 몸을 낮추시고 세 번이나 초려를 찾아 신에게 지금 세상에서 해야 할 일을 물으셨습니다. 이 일로 감격하여 마침내 선제를 따라 동분서주하였습니다. 그 뒤 세력이 기울어 뒤집어지려 할 때도 있었고 우리 군사가 패했을 때 중임을 맡기도 하며 위기와 고난을 겪으면서 명을 받들어 어느새 스물한 해가 지났습니다.

선제께서 신의 조심스럽고 성실한 성품을 아시니 붕어하실 즈음하여 신에게 큰일을 당부하셨습니다. 그 명을 받은 후로 신은 이른 아침부터 깊은 밤까지 근심하며 탄식하였는데 선제께서 부탁하신 바를 이루지 못해 선제의 밝음에 흠이 나지 않을까 두려웠습니다. 그 까닭에 5월에 노수를 건너 불모지로 걸어

들어갔습니다. 남방은 이미 평정하였고 병사와 무기도 충분합니다. 이제 군을 거느리고 북으로 가 중원을 정벌해야 합니다. 바라건대, 둔하고 어리석은 재주를 다하여 간사하고 흉악한 무리를 없애 한나라 황실을 부흥시키고 옛 도읍을 되찾아야 합니다. 이 일은 신이 선제께 보답하며 폐하께 충성을 다하기 위한 소임입니다.

공명은 여기서 국가가 가야 할 길을 명시했다. 이를 완수하는 것이 자신이 맡은 신하로서 임무이자 촉나라가 품어야 할 높은 이상이라 했다. 한나라 황실이 부흥하는 것과 옛 땅으로 환도하는 것, 이 두 가지를 실현하는 일이다. 이 일을 이루기 위해서는 신하들이 분골쇄신함은 물론 천황도 몸소 고난을 이겨내 황제 덕을 보이려는 각오가 굳건해야 한다며 마치 어버이같이 넓은 사랑과 신하의 정을 담아 훈시한 것이다.

손익을 참작하여 스스로 나서서 충언을 다하는 일은 곽유지, 비위, 동윤이 맡은 소임입니다. 부디 폐하께서는 신에게 역적을 토벌하는 일과 황실을 부흥시키는 일을 맡기십시오. 이 일을 이루지 못하면 즉시 신의 죄를 엄하게 다스려 선제 영전에 고하십시오. 만일 폐하의 덕을 일으킬 충언이 마르는 날에는 곽유지, 비위, 동윤이 가진 지혜를 꾸짖으셔 그 게으름을 낱낱이 밝히십시오. 폐하께서도 마땅히 자신을 헤아리시어 선한 길을 물으시고 바른말을 살펴어 수용하며 선제가 남기신 뜻을 웅숭깊게 좇으십시오. 신은 은혜를 받아 감격해 마지않거늘 이제 멀리 떠나려 합니다. 표문을 올림에 눈물이 앞을 가려 무슨 말씀을 더 드려야 할지 모르겠습니다.

표문은 여기서 끝났다. 아마 공명은 붓을 놓는 동시에 문자 그대로 죽은 현덕이 남긴 당부를 떠올리며 한동안 눈을 감고 생각에 잠겼으리라. 그러고는 그 맹세를 한껏 다잡았으리라. 그때 공명은 47세, 촉나라 건흥 5년이었다.

4

이윽고 공명은 문을 나섰다. 칩거를 끝내고 오랜만에 조정에 오른 공명은 즉시 천자 앞에 엎드려 출사표를 올렸다.

후주 유선은 그 표문을 보고 진심을 담아 말했다.

"상부(相父), 상부가 남방을 평정하고 돌아온 지 1년이 채 지나지 않았소. 지금 다시 이전 못지않은 군사를 일으키면 아무래도 몸에 무리가 가지 않겠소? 이미 상부도 쉰을 바라보는 나이니 나라를 위해 시간을 즐기고 몸을 돌보시는 게 어떻겠소?"

공명은 감동하여 눈물을 줄줄 흘렸다.

"감사한 말씀입니다만 선제께서 신에게 아드님을 부탁한다는 당부를 남기신 후로 신의 마음속은 그 일을 완수하기 전에는 잠을 자도 편하지 않고 여유가 새거든 만끗 즐길 수 없습니다. 아직 몸에 병이 없고 나이도 쉰이 되기 전이니 지금 그 소임을 다하지 못한다면 나이를 먹은 후에는 아무리 생각해도 변변치 못한 충심을 보여드릴 길이 없습니다. 심려치 마십시오."

공명은 황제를 안심시킨 다음 일단 물러갔다.

그러나 출사표에 거론된 공명의 '북벌 단행'은 후주 유선만이 하는 우려에 그치지 않고 순식간에 촉나라 조정에 적지 않은 불안을 안겨주었다.

이 촉한 땅은 선제 현덕이 다스린 이래 국가로서는 역사가 짧은데다 매해 전쟁을 계속한 탓에 아직 위나라나 오나라 등 강대한 군사와 대립할 만한 실력을 기르지 못했다.

재작년 치렀던 남만 평정을 위해 원정길에 소비한 자재와 인원만 해도 그렇다.

'도저히 배겨낼 수가 없다. 어찌 되려는가?'

한때는 국내 재무를 맡은 관리들까지 속으로 피폐한 국고를 떠올리며 조마조마했을 정도다. 다행히 재정은 원정군이 대승을 거두면서 보상받았는데, 농사를 짓는 데 쓰이는 소, 전쟁에 적합한 말, 금은, 코뿔소 뿔 등 막대한 남방 물자가 공물로 들어오면서 국력이 활기를 띠었지만, 그래도 1년 반밖에 흐르지 않은 시점이다.

"이 시기, 이 상황에서 다시 한번 위나라를 치려는 야망은 너무 무모하다."

이 논의는 촉나라 조정에서도 다시금 제기되었다.

승상 공명의 결의에서 나온 내용이라 출사표를 두고 분명하게 반대 목소리를 높이는 사람은 없었지만, 소극적인 자세를 취하는 주장은 후주 유선을 둘러싸고 현저하게 드러났다.

"승산이 없는 전쟁입니다."

"어쩔 수 없이 위나라 침략을 막기 위해서라면 몰라도 위나라는 지금 조비가 죽고 어린 조예를 옹립하여 국외에서 소동을 일으키는 것도 꺼리는 마당에 우리가 먼저 출병한다니 도저히 이해할 수 없습니다."

반대파가 가장 걱정하는 부분은 군사가 부족하다는 점이며 전쟁을 치르는 데 필요한 재원 확보도 어렵다는 점이 한몫한다. 촉나라 호적부로 촉나라, 위나라, 오나라 호수를 비교해보면 촉나라는 위나라 3분의 1, 오나라 절반밖에 되지 않았다.

게다가 인구 밀도로 보면 위나라 5분의 1이 조금 더 되고 오나라 3분의 1 정도밖에 사람이 살지 않았다. 해서 촉나라가 개발을 다양하게 벌이고 지세가 좋아 아무리 수비에 적합하다 해도 문화는 뒤처졌고 항상 갑옷을 입을 수 있는 병사 수는 위나라와 오나라처럼 중원을 거느린 두 국가와는 비교도 할 수 없을 만큼 빈약했다.

더욱이 후주 유선은 즉위한 지 4년이 되어 21살이 되었지만, 명군이라고는 할 수 없었다. 아버지 현덕 같은 눈에 띄는 재주는 없고, 고생을 모르고 곱게 자란 점이 확연히 다르다.

"이 악조건에 깜깜한 승상도 아닌데 무슨 생각으로 군사를 일으켜 지금 당장 결행하려고 하시는가?"

사람들은 공명에게 복종했지만, 여전히 공명이 품은 참뜻을 확실히 알고 싶어 했다.

5

아는 사람은 안다.

이것이 공명 심정이었으리라.

어느 날 밤 친근하게 공명을 방문해 촉나라 신하 전체가 가진 불안을 대표하듯 넌지시 공명을 설득하려고 온 태사(太史) 초주(譙周)를 타이르는 공명의 말은 간절했다.

"지금이오. 지금 말고는 북쪽에 있는 위나라를 칠 적절한 시기가 없소이다. 위나라는 천연자원이 풍부하고 비옥하여 병사와 말이 강하고 조조 이래 지금까지 3대에 이르는 동안 점차 강대국다운 면모를 갖추었소. 하루빨리 치지 않으면 위나라를 뒤엎기는 도저히 불가능할 뿐만 아니라 우리 촉나라는 자멸할 수밖에 없소."

공명은 하늘이 내린 때라고 설득하고 나아가 자국 방비까지 언급했다.

"우리 촉나라는 약소하오. 천하 30주(州) 가운데 촉나라가 영유하는 땅은 익주밖에 없으니 면적으로 보면 위나라나 오나라와 비교되지 않소. 그러니 병사도 부족하고 군수 물자도 양국에 견줄 수 없는 건 부정할 수 없소. 허나 안심하시오. 승산은 있는 편이니 말이오."

공명은 장부를 꺼내 아무에게도 털어놓지 않은 예비군이 있음을 처음으로 밝혔다. 형주 이래 녹봉을 보내 영토 외 여러 곳에 양성해둔 떠돌이 무사들로 꾸린 부대와 남방, 기타 국경에서 모아 조운과 마충 등이 지난 1년 동안 훈련한 외국인 부대다. 그 병력을 5부(部)로 편제하여 연노대(連弩隊), 폭뢰대(爆雷隊), 비창대(飛槍隊), 천마대(天馬隊), 토목대(土木隊) 등 기동 작전을 담당할 수 있도록 충분히 훈련해놓았던 것이다. 이 부대는 적에게 예상외 부대이므로 위나라 작전을 교란시킬 수 있을 거라고 설명했다.

재정 부분에 대해서도 언급했다.

"북벌 대망은 즉흥적인 결정이 아니라 불초 공명이 선제께서 남긴 말씀을 받들었을 때부터 세운 계획이오. 그러니 그 근본이 되는 힘은 농업에 있다 믿소. 대사농(大司農), 독농(督農) 등 관제를 두어 농업 진흥에 힘썼으니 그 결과 매해 전쟁을 겪었는데도 촉나라 농사는 여력이 충분하오. 토지와 각 세대에 징수하는 세금 외에도 몇 년 전부터 소금과 철을 국영으로 운영하는 중이오. 우리 촉나라에서 나는 천연 소금과 철은 천혜 자원이라는 걸 잊지는 않았지요? 이로써 국가 경제를 다지니 촉나라는 중원으로 진출할 때를 위한 자원을 얻은 셈이오."

공명은 그동안 고심한 일들을 절실하게 토로했다. 공명이 평소에 얼마나 국가 경제에 세심한 대비를 해왔는지 성도와 농촌 부녀자가 짠 비단을 예로 들어보겠다. 근년에는 특히 비단 짜는 일을 장려하고 생산량을 늘려 남방과 서량 오랑캐에게도 수출하니 촉나라 비단만큼은 적국인 위나라와 오나라에 판매할 때 대대적으로 편의를 봐주어 대신 중요한 물자를 쉴 새 없이 촉나라로 들여왔다는 점만 보아도 공명이 이룬 고심 경영의 정도를 엿볼 수 있다.

공명의 깊은 고민과 철저한 준비 상황을 듣자 공명을 설득하러 온 초주도 두말없이 발길을 돌릴 수밖에 없었다. 해서 촉나라 조정이 걱정하는 불안과 반대 목소리는 차츰 잦아들었다.

"승상이 그 정도까지 준비해놓았으니 꼭 이길 것이다. 아니, 분명 이길 수 있다."

그뿐 아니라 벌써 중원 옛 도읍으로 돌아가 예전의 한조처럼 천하통일을 이룰 때가 왔다고 지나치게 낙관하는 분위기조차 감돌았다.

아무도 몰랐다. 사람들이 낙관하며 경솔히 승리를 꿈꿀 때 공명은 마음속으로 참담한 각오를 다졌다. 공명은 성공을 장담하지 않았으며 누구보다 위나라가 강대하다는 것을 감지했다. 그런 만큼 사후에 누가 촉나라 조정을 보전할 것인지 걱정하며 자신이 없으면 촉나라도 없다고 굳게 믿었다. 목숨이 남아 있는 동안 선제 현덕이 남긴 부탁을 완수해야 한다는 생각만 할 뿐이다.

다른 이에게는 말할 수 없지만, 현재 황제 유선이 부친을 닮은 점이 적다는 점도 공명을 얼마나 적적하게 했는지 몰랐다.

또 위나라는 조조 이래 오늘날까지도 인재가 풍부했다. 경영 수완이 뛰어난 인재, 진영에서 제 실력을 발휘하는 위대한 영웅들이 적지 않았다. 반면 촉나라는 지금 무장 관우와 장비도 없고 황제는 어리며 조정에서 일하는 신하는 대부분이 평범하기 그지없었다. 이 점도 공명의 참담한 마음을 더욱 옭아맸다.

그런데도 공명은 촉나라가 품은 위대한 이상이 불가능하다 생각지 않았다. 현덕이 남긴 유조가 무리라고 여기지 않았던 것이다. 출사표 1000여 글자에 원망을 비치는 구절은 전혀 없었다. 쓰여 있는 글 속뜻에서라도 찾아볼 수 없었다.

6

삼군 정비를 마무리지었다.

최근 촉궁 내부에 복잡한 일이 더러 있었지만, 국외에는 정보가 새지 않을 정도로 신속하고 은밀하게 이루어졌다.

춘삼월 병인일(丙寅日), 드디어 출발 명령이 내려졌다.

"정벌하고 오겠습니다."

마지막 작별을 위해 공명이 조정에 오른 날, 후주 유선은 눈물을 글썽이며 간곡히 말했다.

"상부, 부디 몸조심하시오."

유선을 우러러볼 때도 공명 뇌리에는 선제 현덕 모습이 그려졌다. 유선 뒤에는 언제나 현덕이 있다고 생각했다.

"걱정하지 마십시오. 설령 이 공명이 5년, 10년 자리를 비운다 해도 폐하 곁에는 충성스러운 신하들이 뛰어난 재량을 갖추고 나라 안팎 일을 보좌할 것이니…."

공명은 아뢰며 왕좌 좌우로 시선을 천천히 옮겼다. 사실 공명의 걱정은 단 하나였는데 자신이 밟을 원정길이 아니라 뒤에 남을 유선을 보좌하는 일과 국내 정치가 마음에 걸릴 뿐이다.

공명은 최근 며칠 동안 결단을 내려 대대적인 인사이동을 단행했다.

곽유지, 비위, 동윤 세 중신을 시중으로 봉하고 궁중에서 벌어지는 모든 일을 다스릴 권한을 부여했다. 어림군 사령부로는 상총을 근위대장으로 임명하여 궁궐을 비우는 동안 호위를 신신당부했다. 자신을 대신할 승상부 업무 일체를 장예(長裔)에게 위임하고 장예를 장사에 임명했으며 두경을 간의대부에, 두미(杜微)와 양홍을 상서에, 맹광(孟光)과 내민(來敏)을 좨주로, 윤묵과 이선(李譔)은 박사(博士)로, 초주는 태사로 삼았으며, 그 밖에 쓸 만하고 믿을 만한 자를 문무 양쪽 기구에 배치하여 자신의 빈자리를 채우는 데 만전을 기했다.

'제발 잘 부탁하오.'

지금 공명이 황제 주위에 늘어선 자들을 찬찬히 둘러본 까닭은 그 고요한 눈을 통해 황제를 보좌할 이들에게 마음으로 작별 인사를 한 것이다.

마침내 성도를 떠나는 날, 후주 유선은 궁문을 나와 거리로 난 문밖까지 공명을 배웅했다.

봄바람은 삼군에 솟은 깃발을 휘날렸다. 승상부 앞에 도열하여 철갑을 찬란히 빛내며 흘러가듯 나아가는 병마 편제 순서는 이렇다.

전독부(前督部) 진북장군 영승상사마(領乘相司馬) 위연

전군도독(前軍都督) 영부풍태수(領扶風太守) 장익

아문장(牙門將) 비장군(裨將軍) 왕평

후군영병사(後軍領兵使) 여의(呂義)

관운량(管運粮) 겸 좌군영병사(左軍領兵使) 마대

부장 비위장군(飛衛將軍) 요화

우군영병사(右軍領兵使) 분위장군(奮威將軍) 마충

우군영병사 무융장군(撫戎將軍) 관내후(關內侯) 장억

행중군사(行中軍師) 거기대장군(車騎大將軍) 유염(劉琰)

중감군(中鑒軍) 양무장군(揚武將軍) 등지

중참군(中參軍) 안원장군(安遠將軍) 마속

전장군(前將軍) 도정후(都亭侯) 원침(袁琳)

좌장군(左將軍) 고양후(高陽侯) 오의(吳懿)

우장군(右將軍) 현도후(玄都侯) 고상(高翔)

후장군(後將軍) 안락후(安樂侯) 오반

영장사(領長史) 수군장군(綏軍將軍) 양의(楊儀)

전장군 정남장군(征南將軍) 유파(劉巴)

전호군(前護軍) 편장군 허윤(許允)

좌호군(左護軍) 독신중랑장(篤信中郎將) 정함(丁咸)

우호군(右護軍) 편장군 유민(劉敏)

후호군(後護軍) 흥군중랑장(興軍中郎將) 관옹(官離)

행참군(行參軍) 소무중랑장(昭武中郎將) 호제(胡濟)

행참군 간의장군(諫議將軍) 염안(閻晏)

행참군 비장군(裨將軍) 두의(杜義)

무략중랑장(武略中郎將) 두기(杜祺)

수융도위(綏戎都尉) 성발(盛勃)

종사(從事) 무략중랑장 번기(樊岐)

전군서기(典軍書記) 번건(樊建)

승상영사(丞相令史) 동궐(董厥)

장전좌호위사(帳前左護衛使) 용양장군(龍驤將軍) 관흥

우호위사(右護衛使) 호익장군(虎翼將軍) 장포

이 가운데 없어서는 안 되는 대장 한 사람이 빠졌다. 그 사람은 현덕 이래 공신인 상산의 조자룡이다.

7

그날 조운의 당당한 모습이 출정군 가운데 보이지 않은 데는 까닭이 있었다.

장판교 이래 영걸도 이제는 늙어 귀밑머리와 머리칼도 하얗게 세었다. 공명은 남만을 정벌할 때도 조운이 노구를 이끌고 시종일관 훌륭히 싸웠던 일을 생각하며 이번에는 일부러 편제에서 제외하고 빈 궁성에 남겼다.

허나 조운은 공명이 베푼 온정을 기뻐하지 않았을 뿐만 아니라 편제를 발표하자마자 승상부로 득달같이 달려와 공명과 직접 담판을 지으려는 듯했다.

"제 입으로 말하기는 주제넘지만, 선제가 계실 때부터 진영에 나아가 물러선 적이 없고 적을 대할 때 선봉에서 달리지 않은 적이 없는 사람이 저 조자룡입니다. 몸은 늙었지만 요즘 젊은것들에게 지지 않습니다. 대장부로 태어나 전장에서 죽는 건 행복한 일입니다. 승상은 이리 말하는 만년의 절개를 군이 고목같이 썩힐 작정이십니까?"

공명도 어쩔 수 없었다. 억지로 말린다면 지금 당장 그 자리에서 스스로 목을 베겠다고 난리다.

"정 원한다면 말리지는 않겠네그려. 다만 내가 고른 부장을 데려가게."

"부장과 함께 가는 건 이견이 없습니다. 누구입니까?"

"중감군 등지일세."

"등지라면 대환영입니다."

조운도 기뻐했다. 하여 공명은 편제 일부를 바꾸어 조운과 등지에게 정예병 5000기를 내리고 따로 장수 열을 붙여 대선봉군으로 편성한 후 대군이 떠나기 하루 전에 성도를 먼저 출발시켰다.

대규모 군대가 국외로 떠나는 일은 성도가 생긴 이래 처음 있는 일이니 이날 백성은 일을 쉬고 환송하였으며 거리 문까지 예정하고 배웅을 나왔던 후주 유선도 헤어지기 섭섭하여 백관과 함께 결국 북문 밖 10리까지 나와 전송했다.

어느새 삼군은 성도 시가지를 벗어나 교외에 다다랐는데 그곳에도 시골 농부와 노인, 어린아이가 촉군을 환영하는 음식을 갖추고 단사호장(簞食壺漿, 백성이 군대를 환영하기 위하여 갖춘 음식 – 옮긴이)으로 임금이 거느린 군사들의 노고를 위로했다.

가는 마을 길거리마다, 들과 밭 어귀마다 백성은 흙 위에 철퍼덕 앉아 공명이 탄 사륜거를 향해 절했다. 시골 아가씨들은 병사를 위해 사탕수수로 담근 달콤한 물을 떠 주었고 아낙들은 쑥떡을 만들어 장수들에게 비췄다.

공명은 마음이 절절해져 그 모습을 말끄러미 바라보았다.

"이곳은 아무 염려 없겠구나."

위나라는 별안간에 충격을 받았다. 촉나라 출병이 국력을 총동원한 규모라는 사실을 안 탓이다. 더욱이 '공명'이라는 이름은 이제 위나라에서 듣기만 해도 몸서리를 칠 정도다.

"누가 공명을 능히 막아낼 것인가?"

위제 조예는 군신에게 물었다. 조정을 가득 채운 위나라 신하는 한동안 기침 소리 하나 내지 않았다.

"신이 부딪혀보겠습니다."

그때 한 사람, 자진해서 일어선 자가 있었다. 사람들 시선이 그쪽으로 쏠렸다.

"오오, 하후연(夏侯淵) 자제가 아닌가?"

모두 눈을 비비고 다시 쳐다보았다.

안서진동장군(安西鎭東將軍) 겸 상서부마도위(尙書駙馬都尉) 하후무(夏侯楙)로, 자는 자휴(子休)다.

하후무 부친은 무조 조조 시대 공신으로 한중 전투에서 전사했다. 지금 촉군이 향하는 곳도 한중이다. 한 맺힌 그 전장에서 부친 혼백을 위로하고 나라에 보답하는 건 자식 된 도리라고 하후무는 말했다. 부친이 죽은 후 어린 하후무는 숙부 하후돈 밑에서 자랐다. 그 후 조조가 하후무를 불쌍히 여겨 자기 딸을 시집보냈으므로 여러 사람으로부터 존경을 받았지만, 점차 그 됨됨이가 드러나면서 천성이 경솔하고 수다스러우며 인색한 성품도 보여 위나라 군사들 사이에서는 그다지 명성과 인망을 얻지 못했다.

그래도 하후무가 차지하는 위치, 요직에 등용하기엔 부족함이 없는 대장군다운 자격은 있는지라 회의에서는 이견이 없었

고 위제 조예 역시 그 뜻을 장하게 여겨 관서 군마 20만을 내주
어 공명을 격퇴하라며 인수를 내렸다.